Irmãs de Canção & Espada

REBECCA ROSS

Tradução
Carlos César da Silva

1ª edição

RIO DE JANEIRO
2025

PREPARAÇÃO
Bárbara Bressanin

REVISÃO
Cristina Freixinho
Beatriz Seilhe

DIAGRAMAÇÃO
Abreu's System

CAPA
Adaptada do design original de Kate O'Hara

TÍTULO ORIGINAL
Sisters of Sword & Song

CIP-BRASIL. CATALOGAÇÃO NA PUBLICAÇÃO
SINDICATO NACIONAL DOS EDITORES DE LIVROS, RJ

R746i

Ross, Rebecca
 Irmãs de canção e espada / Rebecca Ross; tradução Carlos César da Silva. – 1. ed. – Rio de Janeiro: Galera Record, 2025.

 Tradução de: Sisters of sword and song
 ISBN 978-65-5981-594-4

 1. Ficção americana. I. Silva, Carlos César da. II. Título.

25-95732 CDD: 813
    CDU: 82-31(73)

Gabriela Faray Ferreira Lopes – Bibliotecária – CRB-7/6643

Copyright © 2020 by Rebecca Ross

Arte do mapa © 2020 by Kate O'Hara

Todos os direitos reservados.
Proibida a reprodução, no todo ou em parte, através de quaisquer meios.
Os direitos morais da autora foram assegurados.

Texto revisado segundo o Acordo Ortográfico da Língua Portuguesa de 1990.

Direitos exclusivos de publicação em língua portuguesa somente para o Brasil adquiridos pela
EDITORA GALERA RECORD LTDA.
Rua Argentina, 120 – Rio de Janeiro, RJ – 20921-380 – Tel.: (21) 2585-2000,
que se reserva a propriedade literária desta tradução.

Impresso no Brasil

ISBN 978-65-5981-594-4

Seja um leitor preferencial Record.
Cadastre-se e receba informações sobre nossos
lançamentos e nossas promoções.

Atendimento e venda direta ao leitor:
sac@record.com.br

Para Ben — meu amor, meu refrão

As nove divindades e suas Relíquias Mundanas

Magda, deusa-mãe do sol:
Anel de Cura de Pedra do Sol —
concede cura encantada a
quem usar*

Irix, deus-pai do céu:
Manto Celeste — concede poder
sobre o clima e os elementos*

Ari, deusa da lua e dos sonhos:
Xale Estelar — concede proteção
a quem usar; é impenetrável e
bloqueia o ataque de armas

Nikomides, deus da guerra:
Espada Voraz — concede domínio
sobre as armas dos inimigos,
reduzindo-as a pó; também quebra
encantamentos

Euthymius, deus da terra e dos
animais:
Cinturão Dourado — concede
lealdade animal a quem usar

Acantha, deusa do destino e da
sabedoria:
Coroa Onividente — concede
proteção contra encantamentos
a quem usar e a habilidade de
ver o passado, o presente e o
futuro de qualquer pessoa que o
portador olhar*

Loris, deusa da água e do mar:
Brincos Perolados — concede o
poder de respirar embaixo da água*

Pyrrhus, deus do fogo (preso sob
a terra):
Pedra Incandescente — concede a
produção de chamas com um mero
sopro na pedra

Kirkos, deus do vento (caído):
Colar Alado — concede a
habilidade de voo a quem usar*

*Indica relíquias desaparecidas

O PRIMEIRO PAPIRO

Um colar feito de vento

I
Evadne

Evadne estava de pé sob a oliveira, observando Maia escalar com uma faca presa entre os dentes. O sol já se punha, mas a brisa era quente, soprando do oeste, onde o Oceano Origines balançava agitado para além do pomar. À noite viria uma tempestade; Evadne sentia no vento. E então o amanhã chegaria, dia pelo qual sua família esperava havia oito anos.

Só mais uma noite de sono até eu vê-la, pensou Evadne, mal se lembrando do motivo pelo qual estava no pomar, até ouvir Maia escorregar e se segurar em um galho. A árvore chacoalhou em protesto, ainda que a menina fosse a menor da família, mal chegando à altura do ombro de Evadne. Ela insistiu em ser a única a escalar.

— Será que dá para alguém nos ver aqui? — perguntou Maia quando recuperou o equilíbrio, as palavras soando imprecisas por causa da lâmina que ela ainda carregava entre os dentes.

Evadne olhou ao redor. Elas estavam bem no centro do pomar, onde a grama brilhava com a luz e os ramos farfalhavam com a brisa. Ela conseguia ouvir os sons do casarão — falatórios e risadas — ecoando ao longe. Os pais das duas provavelmente estavam juntos, trabalhando no moinho do outro lado da propriedade.

— Estamos sozinhas, Maia.

Maia cortou o galho e o deixou despencar até o chão, próximo aos pés de Evadne. Em seguida, cortou mais um, sua faca esfolando a casca da árvore.

— Acha que seu pai vai descobrir, Eva?

— Que cortamos a árvore divina? — Evadne colheu as folhas verde-prateadas, olhando para Maia, que se equilibrava nos galhos bambos. Ela imaginou um deus caindo deles e quebrando suas asas, e disse:

— Bem, se meu pai perceber, vou dizer que foi por Halcyon. O que ele poderia argumentar contra isso?

Maia rapidamente trocou uma preocupação pela outra:

— Será que Halcyon vai me reconhecer amanhã?

— Você é prima dela. É óbvio que ela vai te reconhecer. — No entanto, apesar da autoconfiança, Evadne passara dias remoendo aquela mesma dúvida: já fazia oito anos que ela não via a irmã.

Ela pensou na manhã em que Halcyon partiu; reviveu aquela lembrança tantas vezes mentalmente que volta e meia sonhava com ela. Evadne, aos nove anos, apoiada em uma muleta no pátio com o tornozelo enfaixado. Halcyon, com doze anos, o cabelo preso em tranças, seus pertences guardados em uma bolsa, esperando a hora de ir para a cidade de Abacus com o pai.

— Não vá, não vá — chorara Evadne, abraçada à irmã.

Mas Halcyon apenas sorriu e disse:

— Eu preciso, Eva. É a vontade dos deuses.

— Não conte isso a ela — falou Maia, pulando para outro galho —, mas antigamente eu sentia inveja da sua irmã.

— Eu também sentia — confessou Evadne, surpreendendo a si mesma ao perceber que a chama ainda estava ali, queimando dentro dela. *Eu também sinto*, corrigiu mentalmente. *Tenho inveja de Halcyon, embora eu não queira ter.*

Maia parou de cortar e olhou para a prima. Por um momento, Evadne temeu ter revelado seu segredo em voz alta.

— Não me leve a mal — Maia apressou-se a dizer. — Eu fiquei aliviada por *alguém* da nossa família finalmente ter herdado *alguma coisa* boa. Halcyon merecia crescer na vida. Mas… eu queria que nós duas pudéssemos ter alguma coisa também.

— Sim — concordou Evadne.

Ela e Maia eram como os demais parentes — desprovidas de magia. Isso porque um de seus ancestrais, um deus caído em desgraça, se atirara naquela mesma oliveira séculos antes para quebrar as asas. Ao menos era isso que rezava a lenda. Por isso o pai de Evadne não gostava que ninguém tocasse, subisse ou colhesse algo da árvore. A oliveira fora o fim de Kirkos, o deus do vento. No entanto, também fora um começo. O início do pomar, da família deles.

— Por que um deus seria tão *tolo* assim? — reclamava Evadne para a mãe repetidas vezes enquanto trabalhavam com o tear. — Ele tinha tudo. Por que colocar tudo a perder?

Na realidade, sua raiva vinha do fato de que ela não tinha magia, fazia parte do povo comum e estava destinada a levar a mesma vida infeliz todos os dias até retornar ao pó. Tudo porque Kirkos escolheu cair.

Sua mãe apenas sorria em resposta — um sorriso meigo, mas astuto.

— Um dia você vai entender, Eva.

Bem, Evadne achava que já entendia. A verdade era que, enquanto sobrevoava aquele território, um bosque chamado Isaura, Kirkos avistou uma mulher mortal colhendo azeitonas. Ele a amou de forma tão ardente que abriu mão de sua imortalidade e de seu poder para ficar na Terra, vivendo como um homem mortal, para cuidar do pomar com ela, ter filhos com ela e ser enterrado ao lado dela quando enfim morresse.

Se algum de seus descendentes quisesse prosperar na Corte do Povo Comum, certamente não seria pela herança de magia, e sim por algum outro dom ou atributo.

E foi o que aconteceu com Halcyon.

— Acha que já pegamos o suficiente?

O questionamento de Maia trouxe Evadne de volta ao presente. Ela olhou para os braços que seguravam várias mudas de oliveira.

— Até demais. É melhor voltarmos. Nossas mães devem estar se perguntando o porquê da nossa demora.

— Talvez pensem que um dos deuses passou voando pelo pomar e, literalmente, caiu de amores por nós duas — brincou Maia ao pular da árvore. Era uma piadinha corriqueira sobre a família, ainda assim, Evadne riu.

— Um raio nunca cai duas vezes no mesmo lugar, Maia. Lamento decepcioná-la.

As primas seguiram por entre as árvores, encontrando a trilha principal que subia pelo morro até o casarão. Na maior parte do tempo, o tornozelo direito de Evadne só doía em dias frios. Porém, ele estava doendo naquele dia, apesar do clima abafado de um temporal prestes a começar, e cada passo dado no pomar era penoso. Quando Evadne percebeu que Maia olhava para a bainha de seu quíton, roçando a grama e ficando sujo de terra, ela se deu conta da razão pela qual Maia se oferecera para subir na árvore.

— Estou mancando *tanto* assim, Maia?

— Não. Eu só estava pensando em como vai ser difícil tirar essa sujeira toda das suas roupas.

Evadne sacudiu a cabeça, mas não conseguiu reprimir um sorriso. Os quítons que elas usavam eram simples, feitos de linho branco no formato de túnicas longas sem mangas. As peças eram apertadas nos ombros com broches e presas no quadril por cintos de couro trançado. Nas estações frias, trocavam os quítons de linho pelos de lã e usavam também mantos em tons da terra: marrons, verdes e cinza. Cores que se misturavam à natureza e sutilmente proclamavam a posição delas na sociedade, que era a mais baixa na corte à qual pertenciam.

Quantas vezes Maia, Evadne e suas mães não tinham lamentado pelas manchas que o bosque deixava em suas vestes diariamente? Elas detestavam os dias reservados para lavar a roupa.

No entanto, Maia jurava que, um dia — provavelmente quando já estivesse velha e não temesse mais o que as outras pessoas pensavam a seu respeito —, ela usaria o tão estimado roxo, como se fosse a própria rainha Nerine.

As duas seguiram pelo restante da trilha em silêncio. Evadne estava distraída com a dor de seu caminhar, provocada pelo esforço recente que ela e a família haviam feito com os preparativos para o retorno de Halcyon. Todos tinham passado as duas semanas anteriores atolados de trabalho, ansiosos para deixar o casarão brilhando feito uma moeda nova, transformá-lo em um lugar digno de uma garota que ascendera na Corte do Povo Comum.

Eles colheram os melhores frutos e ficaram com as primeiras prensagens das olivas, o azeite da mais alta qualidade, tão encorpado que era tido como sagrado. Arejaram os cobertores para que cheirassem a brisa de verão e esfregaram os pisos e afrescos até que reluzissem. Encheram as lamparinas com óleo e separaram suas melhores roupas. O nome de Halcyon fora mencionado muitas vezes, com reverência, como se ela fosse uma deusa. Evadne e a família deixaram que a promessa de seu retorno preenchesse cada canto do casarão.

Antes do pôr do sol do dia seguinte, Halcyon de Isaura estaria de volta ao lar.

E quais histórias ela contaria a Evadne e Maia? Histórias do mundo além do pomar, da realidade distante que brilhava com a classe alta, as cidades e os quítons tão refinados que chegavam a ser iridescentes à luz. Seria como abrir uma caixa de tesouros, uma relíquia divina que Evadne poderia apenas admirar — sem tocar nem tomar para si.

Ela sonhava em subir de classe em sua corte também. Transformar em passado os quítons sujos de terra, o cabelo constantemente bagunçado pelo vento e os percalços sazonais de cuidar da propriedade. Em não ser mais menosprezada pelos outros simplesmente porque trabalhava no pomar.

Evadne deixou de lado o desejo da ascensão. Aquilo jamais aconteceria, então para que ficar se iludindo? Ela voltou a pensar na irmã e tentou imaginar como seria reencontrar Halcyon e abraçá-la depois de tantos anos separadas. Uma mistura enérgica de alegria e nervosismo tomou conta de Evadne. O que será que Halcyon perceberia mais? A felicidade transbordante ou o leve toque de inveja?

As garotas chegaram ao pátio do casarão, onde um arauto aguardava fora dos portões, tocando o sino para anunciar sua chegada.

— Que notícia será que ele traz agora? — grunhiu Maia baixinho. — Um aumento nos nossos impostos de azeite?

De fato, aquela tinha sido a notícia mais recente — taxas mais altas sobre terras e produção. O imposto sobre um pote de azeite de segunda prensagem não tardaria a alcançar o valor de venda e deveria ser pago ao final da estação.

— Aqui — falou Evadne, largando os ramos da oliveira nos braços da prima. — Leve isto para dentro. Vou ver o que ele quer. — Ela caminhou pela laje quente e abriu os portões.

O arauto suspirou, irritado. Bateu a areia da túnica e falou:

— Já faz quase meia hora que eu estou tocando o sino!

— Peço desculpas, arauto. Minha família está preparando o casarão para uma visita amanhã. — *Visita*, como se Halcyon fosse uma estranha. Evadne arqueou as sobrancelhas em expectativa. — Que notícias você nos traz hoje?

O arauto pegou um rolo de papiro preso com um selo de cera. Estava amassado, uma prova de sua longa jornada da cidade real de Mithra até ali.

— Um novo decreto, por ordem da rainha Nerine.

Quando era mais jovem, o mero som do nome da monarca instigava admiração e esperança em Evadne. A rainha Nerine governava Corisande com honra, igualdade e justiça. Seu perfil fora gravado nas moedas prateadas de Akkia, e por diversas vezes Evadne segurara a moeda na mão tentando decorar as feições da rainha, como se um dia pudesse se tornar ela.

Mas isso fora muitos anos antes — tinha sido antes de as leis e os impostos começarem a ficar mais e mais pesados para o povo comum.

Ela rompeu o selo e desenrolou o papiro, sabendo que o arauto não iria embora até vê-la lendo o conteúdo do comunicado.

Por ordem de Nerine, rainha de Corisande, descendente da deusa Acantha, monarca da Corte do Povo Comum e da Corte de Magia, senhora do Oceano Origines.

A partir de hoje, o décimo sétimo dia da Lua do Arqueiro, fica registrado nos anais que qualquer homem ou mulher do povo comum que encontrar uma relíquia divina não receberá mais acolhimento imediato como parte da Corte de Magia. Uma multa alta será aplicada a quem vier a ter posse de tais relíquias e não relatar seu achado ao Conselho dos Magos na Escola de Destry.

Evadne rolou o decreto de volta, mantendo a expressão facial comedida enquanto o arauto se virava para montar o cavalo e seguir até o vilarejo seguinte. Ela fechou os portões com um baque, a mente consumida por pensamentos sobre os deuses e suas relíquias.

Havia nove deuses. Ou melhor, oito, desde que Kirkos deixou de ser considerado uma divindade com sua queda. Magda, a deusa-mãe do sol; Irix, o deus-pai do céu; e seus sete filhos divinos: Ari, a deusa da lua e dos sonhos; Nikomides, o deus da guerra; Acantha, a deusa do destino e da sabedoria; Euthymius, o deus da terra e dos animais; Loris, a deusa da água e do mar; Pyrrhus, o deus do fogo; e Kirkos, o deus do vento.

Séculos antes, quando o reino de Corisande tinha acabado de começar, as nove divindades desceram para viver entre os mortais. Comeram a comida dos mortais, beberam seu vinho, dormiram em suas camas. E assim a magia deles foi passada ao sangue mortal, e descendentes mágicos começaram a nascer.

No entanto, nem toda criança que nascia herdava a magia dos deuses. Era uma questão imprevisível — o dom era capaz de pular um filho ou uma filha, e até mesmo passar gerações inteiras sem se manifestar. Rastrear a linhagem familiar logo se tornou um passatempo obsessivo da classe alta, que manejava casamentos e contava as falhas geracionais, na vã tentativa de prever quando o próximo mago nasceria na família.

Quando os deuses e deusas perceberam o clamor que haviam inspirado, deixaram o reino mortal e retornaram a suas mansões no céu para serem idolatrados à distância. Porém, cada um deixou para trás uma posse, uma relíquia particular infundida de magia. As divindades as esconderam por todo o território de Corisande, na esperança de que as relíquias fossem encontradas pelo povo comum, indivíduos que não possuíssem magia. Iniciou-se então a era dos caçadores de relíquias. Encontrar e tomar posse de uma relíquia significava que uma pessoa teria a seu dispor uma pequena fonte de magia, por mais que tivesse sangue comum. Assim, ela podia se juntar à prestigiosa Corte de Magia. *Até agora*, pensou Evadne, bufando de frustração.

— O que diz? — gritou Maia, esgueirando-se por uma das janelas do casarão.

Evadne levou o rolo à prima, observando a careta de Maia ao ler o comunicado.

— Que coisa mais ridícula! Por que a rainha decretaria isso?

— Parece que a Corte de Magia se cansou do povo comum se unindo a sua classe — comentou Evadne. — E reclamaram tanto que a rainha não teve escolha senão implementar uma lei.

Maia amassou o papiro.

— Meu irmão vai ficar irado.

— Como se ele um dia fosse encontrar uma relíquia divina.

— Justo — concedeu Maia. — Lysander mal consegue distinguir o leste do oeste. Mas fico me perguntando se o tio Ozias já encontrou alguma.

Ozias partiu do pomar quando as garotas eram pequenas para se tornar um caçador de relíquias, para o desespero e a raiva de ambos os pais delas. Os três irmãos brigaram, discutindo sobre o fato de a relíquia de Kirkos ter se perdido. Na época, Ozias acreditava que o colar do deus caído fora enterrado com ele no pomar e que eles deveriam desenterrar os ossos sagrados para tomar posse dele. Gregor e Nico se recusaram a permitir tal coisa e Ozias foi embora, renegando a família.

Elas não achavam que voltariam a vê-lo.

— Acho improvável — respondeu Evadne. — Meu pai acredita que ele foi parar na pedreira em Mithra.

Maia franziu o nariz.

— Deuses, espero mesmo que o tio Ozias não esteja lá, com todos aqueles condenados do povo comum que cometeram assassinatos!

— Os caçadores de relíquias muitas vezes matam para conseguir o que querem, prima.

— Que pensamentos mais mórbidos, Eva. Venha, deixe o decreto para lá e me ajude a trançar coroas para Halcyon.

O frio de ansiedade voltou à barriga de Evadne quando a família se reuniu na sala de estar para a ceia. Primeiro, a conversa girou em torno do novo decreto — como previsto, Lysander ficara irritado com ele —, mas o assunto foi morrendo, pois havia coisas muito mais importantes a serem discutidas. Por exemplo, Halcyon.

Evadne e Maia se sentaram no chão e teceram os ramos de oliveira para fazer coroas — uma para cada membro da família usar no dia seguinte, em homenagem a Halcyon. Os movimentos deram a Evadne um senso de propósito, um certo conforto, até Lysander se deitar no chão ao lado das duas, arrancando as folhas dos galhos.

— Lysander, *pare*! — protestou Maia.

O jovem ignorou a irmã e tirou mais uma folha. Ele ainda estava indignado com o novo decreto; todos sabiam que ele queria ir atrás das relíquias, com ou sem a bênção dos pais. Ele queria ser o primeiro da família a se juntar à Corte de Magia.

— Fico pensando em quantas cicatrizes Halcyon já deve ter — comentou o rapaz.

O silêncio recaiu sobre a sala. Sentado em seu banco, Gregor — pai de Evadne — paralisou, levando à boca um pedaço de pão empapado de molho. E a mãe de Evadne, Phaedra, que estava remendando um manto rasgado, também ficou imóvel, como se as mãos tivessem se esquecido do que fazer com a agulha e a linha.

A tia Lydia, mãe de Maia e Lysander, estava acendendo as lamparinas a óleo porque os resquícios de luz do sol haviam se esvaído pela janela aberta, e ela pareceu aturdida com as palavras do filho. Porém, foi o tio Nico o primeiro a responder. Seu rosto barbado era cheio de rugas por forçar a vista durante horas embaixo do sol, e havia mechas cinza em seu cabelo cacheado. Ele continuou consertando um par de sandálias sobre o colo ao falar.

— Verá que ela não tem nenhuma, Lysander. Lembre-se do quanto sua prima é ágil. Era impossível ganhar dela. E caso ela tenha, sim, cicatrizes… bem, serão marcas de conquistas.

A tensão no cômodo foi diminuindo conforme a família evocava lembranças de Halcyon.

— Vocês se lembram de como ela derrotou todos os garotos do vilarejo em uma corrida? — disse a tia Lydia, com a voz coberta de orgulho, enquanto terminava de acender as lamparinas. As chamas bruxulearam pelo ambiente, uma dança feita de ouro e sombras.

— Ninguém conseguia se sair melhor que ela — concordou Maia.

— Tinha aquele garoto asqueroso de Dree. Lembra-se dele, Eva? Ele achou que conseguiria ganhar dela em uma briga, mas ela o fez engolir o desafio *duas vezes*. Derrubou ele no chão com um único soco. Foi glorioso.

Sim, pensou Evadne, recordando. Ela trançou mais duas coroas, e quando a tempestade enfim caiu, ela se levantou, pronta para se retirar para a cama.

— Mas, Pupa! — contestou seu pai. — Não cantamos hoje! Você não pode ir se deitar ainda.

Gregor cantava todas as noites, se conseguisse convencer Evadne a se juntar ao embalo. Ele também gostava de apelidos. Muito tempo antes, inventou nomes para ambas as filhas: Halcyon era "Broto" e Evadne era "Pupa". No caso, um nome derivado de larvas de insetos. Quando Evadne descobriu o significado, ficou furiosa. Seu pai então explicou que se tratava de um estágio de transformação, quando uma borboleta expande suas asas. Desde então, eles começaram a brincar de tentar encontrar casulos no bosque.

— Me desculpe, pai — respondeu Evadne. — Mas estou cansada demais. Maia pode cantar com o senhor hoje.

Maia parou de tecer, boquiaberta.

— Quem, *eu*? Eu não sei cantar!

Lysander bufou em concordância. Maia olhou feio para ele.

— *Todos nós* vamos cantar hoje — anunciou Phaedra, deixando a costura de lado. — Exceto você, Eva. Sei que precisa descansar.

A família começou a cantar a Canção da Colheita enquanto Evadne se retirava. Ela subiu as escadas devagar, seguindo o corredor no piso superior até seu quarto.

Entrou e fechou a porta. O cômodo estava escuro; o óleo da lamparina provavelmente havia secado. A menina foi ao suporte da lamparina, do outro lado do quarto. Descalça, sentiu que o chão estava úmido. Parou de repente, olhando pela janela, onde as persianas ondulavam com a força do temporal, mas ela sabia que a fechara a janela antes da ceia.

E então ela sentiu. Alguém estava em seu quarto, observando-a na escuridão. Ela ouvia a respiração do intruso, um ruído que tentava se esconder no tamborilar da chuva.

A adaga de Evadne estava na prateleira, a alguns passos de distância, e a garota avançou para a arma, sentindo uma pontada no tornozelo direito por causa do movimento brusco. No entanto, uma sombra se mexeu no escuro, interceptando-a. Uma mão fria agarrou o pulso de Evadne e a puxou para perto. Ela soltou um arquejo, enchendo os pulmões para gritar, mas a mão voou para cobrir sua boca feito um selo. Havia uma força delicada no gesto, uma hesitação que fez Evadne perceber que... a figura estranha não lhe causaria mal, apenas queria silenciá-la.

— Evadne. — Foi uma voz feminina que falou, quebrando como uma onda em uma rocha.

Evadne não se mexeu, nem quando a mão descobriu sua boca. Ela não conseguia ver o rosto da intrusa, mas de repente sentiu sua presença... alta e esguia, o cheiro de metal e chuva exalando de sua pele, a cadência familiar de sua fala. Era a mesma voz que, por oito anos, vivera somente nos sonhos e nas lembranças de Evadne.

— Evadne — sussurrou a jovem novamente. — Sou eu. Sua irmã, Halcyon.

II

Evadne

—*Halcyon?* — Evadne arriscou levantar as mãos, mas o que seus dedos encontraram foi uma superfície de escamas geladas. Escamas como as de uma serpente. Um monstro. Assustada, ela recuou, e só então se deu conta de que era apenas a armadura de Halcyon. Ela queria ver o rosto da irmã, mas a escuridão a ocultava. — O que está fazendo aqui? Quando foi que chegou? Esperávamos que viesse só amanhã à noite!

— Evadne — repetiu Halcyon, o som pesado e relutante.

A empolgação de Evadne minguou.

Alguma coisa estava errada.

— Entendo que cheguei um dia antes — começou Halcyon. — E peço desculpas por pegá-la de surpresa esta noite, mas eu queria ver você primeiro.

— Deixe-me acender a lamparina — propôs Evadne, tentando pegar a mão de Halcyon. — Vem, sente-se na minha cama.

Antes, aquele quarto pertencia às duas. E Halcyon ainda o tinha memorizado, percebeu Evadne, sentindo a irmã encontrar a cama no escuro sem problemas. Evadne se atrapalhou para encontrar o suporte da lamparina e a acendeu com sua pedra incandescente. Ela tremia quando enfim se virou para ver a irmã.

Halcyon estava belíssima.

Sua pele ganhara um tom bronzeado por causa dos dias de treinamento embaixo do sol, e as pontas de seu cabelo preto tocavam o topo dos ombros, reluzindo por causa da chuva. Seu rosto ainda era perfeito, agora com as maçãs do rosto mais definidas, mas os olhos ainda tinham o mesmo tom de mel, emoldurados por cílios longos, e suas sobrancelhas mantinham a curva arqueada e elegante. Os braços de Halcyon estavam firmes com os músculos e marcados por pequenas cicatrizes que não eram feias. Como o tio Nico dissera: eram marcas de conquistas, uma prova de seu treinamento e de sua habilidade com espadas, lanças e escudos. Ela era uma hoplita no Exército da Rainha, tornara-se parte da Legião de Bronze.

E se as cicatrizes em seus braços não bastassem, sua vestimenta declarava exatamente quem ela era.

O quíton de Halcyon era de um vermelho forte, a cor do exército, e tinha sido feito sob medida no comprimento de suas coxas, ficando por baixo das pregas de linho rígido da armadura. A couraça era feita de escamas de bronze e amarradas na frente pelas duas cangas que passavam por cima dos ombros. As alças tinham pinturas das serpentes entrelaçadas que representavam Nikomides, o deus da guerra — símbolos para proteger tanto a frente quanto as costas de Halcyon durante o combate. As tiras das sandálias subiam cruzadas pelas panturrilhas e estavam amarradas logo abaixo dos joelhos.

Evadne não reconhecia Halcyon com aquela armadura, com aquelas roupas. A irmã era uma estranha.

E a mais nova se ajoelhou diante da hoplita, admirada e orgulhosa de quem ela havia se tornado. Halcyon, sua irmã, a garota que era ágil e forte. A garota que ascendera.

Halcyon sorriu e se inclinou para a frente para segurar o rosto de Evadne.

— Ah, olhe só para você, irmã — sussurrou Halcyon. — Você está tão bonita. E este cabelo! Igualzinho ao do nosso pai. — Ela tocou as ondas castanhas rebeldes. — Como senti saudade, Eva. Senti a sua falta desde o dia em que parti.

— E eu a sua, Hal.

— Por que está ajoelhada? Venha se sentar ao meu lado! — Halcyon a puxou para cima e Evadne se acomodou ao lado dela na cama.

Elas ficaram quietas por um momento. Evadne não sabia o que dizer, embora tivesse acumulado perguntas ao longo dos anos.

Halcyon, por fim, quebrou o silêncio.

— Me conte das aventuras que viveu enquanto estive longe! Nossos pais estão bem? E Maia? Lysander continua encantador como sempre?

Evadne riu, pensando que pouco havia mudado desde a partida de Halcyon. Ela começou a contar as novidades da família, do pomar. Era um tópico em comum, e a mais velha ouviu com atenção, fazendo perguntas sobre as safras, as colheitas e as prensagens. Ela quis saber sobre as estações que continuaram a se revezar em sua ausência. A chuva, as tempestades, a seca, a escassez e a abundância.

— Mas chega de falar do pomar — disse Evadne por fim, seu foco indo para o brilho estonteante da armadura da irmã. — Quero saber da legião.

Halcyon abaixou o olhar para as mãos. Evadne notou que havia algo escuro sob as unhas dela. Primeiro, deduziu que fosse terra, mas era outra coisa. Como sangue seco.

— A legião — ecoou Halcyon, parecendo exausta. — Por onde é que eu começo?

Comece pelo começo, Evadne quis implorar. *Comece pelo dia em que você chegou a Abacus.*

Houve uma batida na porta e o momento se perdeu. Halcyon se colocou de pé num impulso; ela enrijeceu, a mão voou para o cabo de osso de sua cópis, uma lâmina pequena e curvada, embainhada em couro na lateral do corpo.

Evadne olhou boquiaberta para a irmã, assustada com sua reação defensiva. Era como se Halcyon esperasse que houvesse um inimigo à espreita do outro lado da porta, e não o pai, que gentilmente falou:

— Pupa? Pupa, ainda está acordada?

O silêncio reinou por um instante. Halcyon fitou a porta de olhos arregalados, e Evadne encarou a irmã, o coração disparado com o susto. Tinha algo estranho na irmã.

Mais uma batida.

— Eva?

Halcyon se virou, olhando desesperada para Evadne.

— Por favor, Eva. *Por favor*, não diga que estou aqui.

Mas por quê? Eva quase indagou antes de ver a preocupação marcando o cenho da irmã, e ela temeu que Halcyon fugisse pela janela.

Evadne se levantou e gesticulou para que Halcyon ficasse contra a mesma parede da porta para que, caso o pai delas olhasse dentro do quarto, ele não a visse.

Halcyon obedeceu, e Evadne abriu uma fresta na porta. Seu pai estava aguardando com um sorriso sonolento no rosto.

— Ah, que bom. Fiquei com receio de tê-la acordado.

— Não, pai. Quer alguma coisa? — Evadne se posicionou firmemente na abertura da porta, como uma barreira para impedir que ele visse Halcyon.

— Eu estava pensando na noite de amanhã. No retorno de Halcyon — falou Gregor, bocejando.

— Ah, sim.

— O que acha que devemos cantar para ela? Sua mãe sugeriu a Canção da Noite Eterna, porque era a favorita de sua irmã. Mas talvez algo diferente seja melhor? E se for uma canção de guerra? Você acha que ela prefere isso hoje em dia?

Evadne engoliu em seco. De esguelha, via Halcyon escondida contra a parede, a armadura refletindo a luz das chamas, o cabelo ainda pingando chuva, o peito subindo e descendo enquanto ela se forçava a respirar sem fazer barulho.

A hesitação da filha alarmou Gregor.

— Você ainda vai cantar comigo, não vai, Eva?

A garota ruborizou-se com a culpa.

— Com certeza, pai. Estou animada para cantar com o senhor amanhã à noite, e acho que Halcyon gostaria muito da Canção da Noite Eterna.

O sorriso de Gregor voltou, e ele olhou por sobre o ombro de Evadne, para a cama de Halcyon encostada na parede, os cobertores recém-lavados e dobrados para a sua chegada. A alegria estava nítida em seu rosto; sua primogênita logo estaria de volta, e Halcyon enfim preencheria o vazio que assombrara o casarão e o pomar desde o dia em que partiu.

— Mais alguma coisa, pai?

Gregor beijou a testa de Evadne e disse:

— Feche a janela, Pupa. Está deixando a tempestade entrar.

Evadne riu, um som trêmulo e nervoso. Porém, o pai não reparou e desapareceu pelo corredor.

Ela fechou a porta e olhou para Halcyon, cheia de perguntas. A irmã lentamente deslizou na parede até o chão, seu semblante abatido. Ela não era mais a hoplita valente, a garota imbatível. Parecia estar com medo, o que deixou Evadne com medo.

— Halcyon? O que foi?

A irmã fechou os olhos, como se a pergunta fosse um soco.

— Hal? — Evadne segurou seus ombros com delicadeza, mas também insistência.

Halcyon olhou para ela, atônita.

— Você precisa me contar o que aconteceu — sussurrou Evadne.

— Eva... acha que pode pegar algo para eu comer e beber? Não consigo me lembrar da última vez que me alimentei.

Evadne ficou perplexa com aquela confissão, mas então percebeu que Halcyon só tinha consigo uma espada cópis guardada ao lado e um cantil atravessado no ombro.

— Sim. Mas primeiro vamos tirar sua armadura. Pode se deitar na sua cama para descansar e eu vou buscar algo da despensa. — Evadne ajudou Halcyon a se levantar e a guiou à cama. Ela se sentou, mas não fez menção de se despir.

Sem saber ao certo o que mais fazer, Evadne correu para fechar a janela antes que o barulho dela batendo pudesse atrair Gregor de volta. Quando arriscou outro olhar para Halcyon, viu que a irmã finalmente havia se deitado.

Evadne saiu do quarto, navegando pelo casarão no máximo de silêncio possível até a despensa. Porém, seu coração martelava, pulsando em seus ouvidos como um coro...

Do que está fugindo, irmã?

O que foi que você fez?

III

Halcyon

Não era para ser assim, pensou Halcyon enquanto ouvia Evadne sair do quarto silenciosamente. Era para a filha mais velha ter voltado para casa cheia de alegria e honra. Não como uma fugitiva, invadindo o quarto da irmã mais nova pela janela.

Embora aquele também já tivesse sido o quarto de Halcyon. Em uma outra vida.

Ela ficou deitada em sua cama de infância, o rosto pressionado contra os cobertores. Inalou o aroma de antigamente — uma combinação de sol, brisa marítima e o encanto verde do pomar — até não suportar mais e se sentar.

O quarto era exatamente como ela se lembrava. O lado de Evadne era abarrotado de bijuterias e rolos de papiro. O lado de Halcyon era vazio e minimalista, exceto pela parede alinhada com a cama, na qual o afresco de um basilisco fora coberto. Antes, aquele quarto pertencera ao tio Ozias, mas quando ele partiu anos atrás, o aposento foi repassado às garotas. Evadne tinha medo da antiga serpente na parede, e Gregor não teve escolha a não ser passar uma mão de tinta por cima. Por outro lado, o basilisco nunca incomodou Halcyon, e ela analisou as falhas na tinta, onde vislumbres da fera ainda podiam ser encontrados.

Uma onda de náusea a envolveu, e Halcyon esticou a mão para se equilibrar contra a parede, no basilisco apagado, enquanto sentia o suor escorrendo por suas costas. Sua força tinha se esgotado ao tentar agir com naturalidade e esconder o cansaço de Evadne. Porém, aquela era uma habilidade que os hoplitas aprendiam no primeiro ano de treinamento: saber como chegar ao limite, depois ultrapassá-lo quando parecia que não lhes restava mais nada. Sempre havia mais, dissera o comandante quando Halcyon, aos doze anos, caiu no chão, derrotada por tamanho esforço. Ele ficou ao lado dela, sua sombra fornecendo à menina um pouco de folga do sol escaldante, e a viu vomitando. Ela pensou que morreria, mas não se deitou em posição fetal, não com ele ali a observando.

— Levante-se — ordenara ele. — Sempre há mais força a ser usada. É preciso encontrar onde ela está escondida e dominá-la.

Ela não choramingou um "não consigo" em resposta, como os demais hoplitas do primeiro ano. Embora, naquele momento de dor, ela tivesse questionado por que escolhera a legião de hoplitas, sendo que teria facilmente sido aceita como cocheira, arqueira ou remadora da frota. Mas não... Halcyon quis fazer parte da infantaria. O trabalho de soldada era o mais difícil, o mais exigente. O mais glorioso, na opinião ela.

Ela endireitou a postura, afastando a mão da parede à medida que a náusea cedia. Expulsou da mente os pensamentos sobre o comandante e sobre os últimos oito dias que vivera. Ela foi até o lado de Evadne no quarto, onde ficava a cor e a vida do cômodo, sua atenção se voltando à placa de cera sobre o baú de carvalho da irmã mais nova.

A letra de Halcyon ainda marcava a cera. Surpresa, ela pegou a placa e a analisou, seu coração ficando mais leve com a lembrança.

Era o código que ela e Evadne haviam criado juntas, uma língua que só as duas conheciam. Uma língua inspirada na natureza — árvores e flores, pássaros e libélulas, montanhas e nuvens tempestuosas.

Tinha sido ideia de Halcyon. A língua secreta de "Haleva" nascera de uma tentativa de animar Evadne.

A pequena acabara de aprender a ler e a escrever na Língua Comum e na Língua Divina. Acreditava com fervor que herdaria magia, apesar de ser descendente de Kirkos. E ninguém tentara moderar a esperança inocente. Nem mesmo Halcyon, que assistia a Evadne pegando uma pena, aprendendo letras e palavras cheia de expectativa de que a magia despertasse nelas.

A magia, por mais misteriosa que fosse, era bastante direta em suas escolhas. Se uma criança a herdasse, a magia transparecia no letramento. Não havia dúvida sobre como se manifestava. Halcyon não entendia o fenômeno de todo, mas tinham lhe explicado da seguinte forma: um mago impunha sua magia com a mão dominante, fosse a esquerda ou a direita. E quando escrevesse com aquela mão, suas palavras se recusariam a grudar no papiro. As palavras se perderiam, cairiam da folha ou se transformariam em outra coisa, como se tivessem vontade própria. Mas a verdade é que seria a magia zunindo na escrita de quem a herdasse.

Conforme Evadne aprendia as línguas, ficou evidente para a família que ela era tão comum quanto eles. Mas Evadne se recusava a acreditar nisso, mesmo quando as letras de tinta continuavam unidas ao papiro, imóveis e desprovidas de magia.

— Tenho certeza de que a magia vai aparecer nas minhas letras amanhã — dizia Evadne a Halcyon noite após noite quando as irmãs iam para a cama. — Como será que é Destry? Acha que a mãe e o pai vão me mandar para a escola imediatamente?

Destry era a escola para magos. Todas as crianças que demonstrassem magia em sua escrita deveriam ser mandadas para Destry, que ficava na cidade real de Mithra, para aprenderem magia de maneira adequada até que atingissem a maioridade. Era exigido por lei.

Halcyon se deitava na cama, ouvindo a irmã externalizando seu maravilhamento com a magia e Destry, como se estivesse destinada a ir para lá.

— Você precisa ajudá-la a entender, Halcyon — pedira, por fim, a mãe delas. — Evadne não tem magia, e você deve ajudá-la a lidar com essa decepção.

Foi assim que o código Haleva nasceu. Halcyon ajudou Evadne a criar sua própria língua mágica, e isso amenizara a dor do coração comum da irmã. Também garantira horas de diversão infindável enquanto as irmãs trocavam mensagens, enfurecendo Lysander e fascinando Maia.

A porta rangeu.

Halcyon desviou a atenção para ela, tensa, mas era Evadne voltando com um saco de comida e um frasco enfiado debaixo do braço.

— Sou só eu — tranquilizou-a Evadne, e Halcyon relaxou. — Vejo que você encontrou o velho código Haleva.

Halcyon baixou os olhos para a placa de cera.

— Você nunca apagou, mesmo depois de todos esses anos?

— Como é que eu apagaria a única magia que já conheci? — Evadne deu um sorriso largo e atravessou o quarto. Foi então que Halcyon reparou no leve mancar no andar da irmã.

— Evadne — sussurrou Halcyon, olhando para o ponto de onde o pé direito da garota aparecia por baixo da bainha. — Seu tornozelo ainda te incomoda?

Evadne pareceu congelar por um momento. Era quase como se ela estivesse envergonhada, constrangida por aquela situação.

— Ah. Não, nem sempre. Só em dias frios.

Evadne voltou a andar — ela estava tentando esconder o quanto mancava, e isso irritou Halcyon. Porém, a mais nova só entregou a comida e a cerveja, e Halcyon sentiu que ela não queria tocar no assunto.

Elas se sentaram lado a lado na cama de Evadne, a placa de cera entre as duas, e Halcyon começou a vasculhar o saco. Tinha passado uma semana sobrevivendo à base de frutinhas, castanhas e grão-de-bico roubado — vez ou outra um peixe ou uma lebre quando tinha tempo para pescar ou caçar, o que não era grande coisa, considerando que o comandante estava em seu encalço. Ela salivou quando pegou um bolo de mel, um de seus doces favoritos. Comeu devagar, saboreando cada mordida, ouvindo o tamborilar da chuva na janela, sabendo que deveria racionar comida. Mas quando tirou do saco um par de figos, devorou os dois sem pensar duas vezes.

Evadne estava quieta. Ela tateou os símbolos em cera do Haleva e então perguntou:

— Por que chegou mais cedo, Hal? Por que entrou escondida pela minha janela?

Halcyon terminou de engolir os figos e fechou o saco com um nó. Era chegada a hora, ela sabia. Deu alguns goles na cerveja, lembrando o discurso que ensaiara.

— Estou com problemas, Eva.

Evadne esperou pacientemente por uma explicação. Quando ela não veio, disse:

— Até aí eu já tinha deduzido. Que tipo de problemas?

Halcyon soltou um suspiro.

— Não posso contar os detalhes. Por mais que eu queira.

— Não confia em mim?

As palavras cortaram, mas Halcyon se defendeu delas rapidamente.

— Eu confio minha vida a você, Evadne. Por isso que foi pela *sua* janela que eu escolhi entrar.

Evadne desviou o rosto, afoita.

Halcyon suspirou novamente e pegou a mão da irmã.

— Não te conto porque quero proteger você.

— E do que exatamente você está me protegendo?

— Olhe para mim, Eva.

Levou um tempinho, mas Evadne enfim se virou para observar Halcyon.

— Amanhã ele chega aqui — sussurrou Halcyon, enquanto sentia a mão de Evadne ficando mais rígida em resposta.

— "Ele"? De quem está falando?

— Do comandante da minha legião. O lorde Straton. — Halcyon titubeou por um instante. — Oito dias atrás, eu cometi um crime. Não foi minha intenção, mas aconteceu, e minhas mãos carregam a culpa pelo que fiz.

— *O que...*

— Não vou te contar o crime, Eva. E não é por falta de confiança em você, mas porque ele não pode descobrir que você me ajudou. Quando o lorde Straton chegar, vai revelar o que fiz, e por que ele está me caçando. Você deve ficar surpresa, tanto quanto nossos pais vão ficar. Do contrário, ele vai saber que você me ajudou. Está me entendendo?

Evadne ficou em silêncio, mas Halcyon ouvia a respiração da irmã acelerando.

— Você está fugindo dele. Há *oito* dias?

Halcyon assentiu. Era surpreendente que tivesse conseguido superar o lorde Straton em esperteza e agilidade com somente o cantil e a cópis. Mais uma vez, ela o imaginou acampado em algum lugar ali por perto, olhando carrancudo para o temporal e se perguntando: *Para onde ela fugiria?*

Ao amanhecer, ele descobriria. Perceberia o quanto estava perto de Isaura, e então ele iria até lá.

— E se você continuasse aqui, Hal? Para falar com o seu comandante quando ele vier amanhã? Se o crime foi um acidente, como você diz, certamente ele vai entender.

— Não. Não vai, não, Eva. Se ele me pegar... — Ela não conseguiu terminar. Em parte, porque a imagem a aterrorizava, e também porque não tinha ideia do que Straton faria.

O rosto de Evadne ficou branco, como se ela estivesse entrando em choque.

— Ele não mataria você, mataria?

E Halcyon, por mais que quisesse, não conseguiu mentir.

— Não sei, Eva. É por isso que ele não pode me pegar.

Evadne se pôs de pé e andou em círculos pelo quarto. Quando enfim parou diante de Halcyon, sua voz saiu rouca em um sussurro:

— Posso esconder você, Halcyon. Lembra-se das cavernas na costa? Onde Lysander escorregou aquela vez e quebrou o braço? Posso te levar até lá agora.

Calmamente, Halcyon respondeu:

— É uma proposta generosa, Eva. Mas você não deve me esconder. O lorde Straton vai saber se você fizer isso, e não será gentil tentando extrair a verdade de você. Preciso fugir, e você não pode saber para onde eu vou.

Ela esperava que Evadne protestasse, mas a irmã a surpreendeu novamente.

— Do que mais você precisa? Comida? Uma muda de roupas? Podemos montar um disfarce para você.

Halcyon quase aceitou a oferta, a mão indo ao fecho da couraça, querendo arrancá-la.

— Mas minha armadura... Onde você a esconderia, Eva?

Evadne mordeu o lábio, olhando ao redor do quarto. Não havia onde escondê-la. Halcyon não poderia deixar rastros.

— É melhor eu ficar com ela — disse, ficando de pé. — E você já me trouxe mais comida que o suficiente, irmã. Obrigada.

Evadne não pareceu convencida. A comida duraria mais um dia, talvez, estimou Halcyon com base no peso do saco. Porém, ela não poderia arriscar que Evadne furtasse ainda mais da despensa. A mãe das duas acabaria percebendo.

Evadne foi até a janela para abrir a vedação. O vento e a chuva sopraram para dentro, bagunçando seu cabelo longo.

Halcyon a seguiu, as sandálias deixando marcas sujas no chão molhado.

— Eu a verei de novo? — sussurrou Evadne, com medo, ao lado da irmã enquanto encaravam a noite.

— Sim. Quando for seguro para mim, voltarei. Prometo.

Evadne observou a tempestade sem conseguir se despedir.

Halcyon subiu no parapeito, mas olhou para Evadne e sussurrou:

— Não tenha medo, irmãzinha.

Evadne respirou fundo, mas se tinha a intenção de falar mais alguma coisa, Halcyon jamais saberia.

Ela pulou da janela e se segurou nas videiras que cresciam pela parede do casarão. Desceu, apoiando e escorregando nas pedras molhadas, mas logo chegou ao chão e recuperou o equilíbrio sob o temporal.

Um relâmpago pintou o céu, iluminando as montanhas altas da fronteira norte de Isaura.

Halcyon começou a caminhar em direção a elas, o trovão fazendo o chão tremer. Dali, ela podia ouvir o ruído do pomar — os galhos balançando as folhas farfalhando na tempestade. Quando sentiu que Evadne não conseguia mais vê-la, caiu de joelhos na lama e chorou.

Seu peito guardara aquilo por dias, desde o acidente, suprimindo a emoção como se pudesse fazê-la sumir. Chorar enfim trouxe um pouco de alívio, mas não o bastante para abrandar a dor em seu coração.

Não olhe para trás, disse Halcyon a si mesma, limpando chuva e lágrimas do rosto. Ela sabia que veria a janela de Evadne ainda aberta, a irmã emoldurada pelas chamas douradas da lamparina. Sabia que se arrastaria de volta para ela.

Então, Halcyon se levantou, olhando fixamente para o cume escuro das montanhas do norte, e correu.

IV
Evadne

Straton chegou como Halcyon disse que aconteceria, assim que o sol deu início a seu arco descendente no céu. Evadne estava no jardim com Maia, colhendo ervas à sombra do casarão, quando ouviram o bater distante de cascos na estrada. Evadne parou de trabalhar, os dedos inertes em um ramo de orégano. Ela sentia o tremor da terra à medida que o comandante se aproximava de seu lar. Um ritmo estável e contrariado.

Ela desviou o rosto de Maia para esconder o medo que fincava em seu cenho.

— Deve ser Halcyon! — gritou Maia, ficando de pé com um sorriso largo no rosto. — Venha, Eva! — Ela correu pelo caminho de pedra que fazia uma curva para o pátio. Evadne se levantou devagar.

A casa foi tomada de repente por um rebuliço de gritos e passos agitados de sandálias. Gregor e tio Nico desceram do pomar; Phaedra e tia Lydia dispararam do moinho pela trilha. Até mesmo Lysander correu do celeiro, ainda com palha grudada nas roupas.

Evadne foi a última a chegar ao pátio.

Os portões estavam abertos, aguardando a chegada de Halcyon. Gregor e Phaedra ficaram à frente, com os braços entrelaçados, esperando ansiosos por algo que jamais viria.

Quando Evadne achou que o suspense fosse quebrá-la, o comandante chegou trotando pelos portões até o pátio de Isaura, montado no maior cavalo que Evadne já vira. À sua sombra, havia outros dez hoplitas, seus cavalos escumados feito espuma do mar. A armadura dos guerreiros era densa; doía olhar para eles com a luz do sol refletindo nas grevas, nos peitorais e nos elmos. Levavam espadas, cópis, aljavas de flechas, arcos, machados e lanças entre seus aparatos de viagem.

O que Halcyon tinha feito para provocar tamanha caça?

— Minha filha está com o senhor, lorde? — questionou Gregor, analisando o rosto dos hoplitas que os haviam cercado. — Estamos muito ansiosos para vê-la novamente.

Straton ficou em silêncio. Ele afastou o olhar de Gregor e estudou cada familiar, um a um. Ele também estava procurando Halcyon. Seu elmo era adornado com pelo de cavalo preto e branco; o vento o fez balançar quando o olhar do comandante enfim encontrou Evadne. E lá ficou, examinando seu rosto.

Evadne ficou gelada de pânico.

— Eu estava prestes a perguntar o mesmo a você, Gregor de Isaura — falou o lorde, desviando o olhar de Evadne. — Halcyon não está entre nós, mas talvez um de vocês ou de seus agregados a tenha visto esta manhã, ou ontem à noite?

— Não, nós não a vimos ainda, lorde. Ela deve chegar ao anoitecer.

— Entendo — respondeu Straton com um tom irônico. — Como nós dois estamos esperando por ela, talvez meus guerreiros e eu possamos jantar com vocês esta noite, para celebrar o retorno de Halcyon.

Gregor e Phaedra trocaram um olhar furtivo. Finalmente se deram conta de que havia algo de errado.

— Certamente, lorde — disse Phaedra com a voz agradável, apesar da tensão no ar. — Venham, entrem e se refresquem.

Straton desmontou, e Lysander cambaleou para a frente para levar o cavalo ao celeiro. O comandante olhou novamente para Evadne. Ele sabia que ela era irmã de Halcyon. Por isso continuava a estudar suas feições. Ele levantou a mão, dando um sinal mínimo para os guerreiros.

Os guerreiros se dividiram em cinco grupos e viraram os cavalos de volta aos portões, galopando ao sul, ao norte, a leste e a oeste de Isaura. Evadne sabia que eles estavam indo vasculhar a encosta e o pomar.

Corra, Halcyon, suplicou Evadne em oração. *Corra depressa, irmã.*

— O que eles estão fazendo? — ponderou Maia em voz alta.

Lydia se virou e agarrou os braços das meninas, guiando-as à porta de casa.

— Sem demora, vocês duas. Vão se lavar e vestir as roupas de comemoração, depois voltem para a cozinha para nos ajudar a preparar o banquete de Halcyon.

— Mas Halcyon não chegou ainda — protestou Maia.

— Faça o que eu disse — respondeu Lydia firmemente, mas não estava olhando para Maia; era Evadne que ela fitava.

E tudo em que Evadne conseguia pensar era que a tia reparou na comida que sumiu.

Evadne entrou no casarão e foi direto ao balde de banho. Ela estava imunda pelo trabalho nos jardins. Esfregou as mãos, ansiosa para sentir alguma coisa que não fosse medo.

— Acha que Halcyon está encrencada? — sussurrou Maia ao lado de Evadne, as duas batendo os ombros.

Evadne evitou o olhar da prima.

— Não sei.

Ela deixou Maia se limpar a sós, subindo as escadas para o quarto o mais rápido que podia.

Os cobertores de Halcyon ainda estavam amarrotados de quando ela se deitara na cama. Evadne se apressou a dobrá-los e alisá-los. E então ela notou o chão. A luz do sol entrava pela janela aberta, iluminando as pegadas de Halcyon no piso.

Evadne tirou o quíton e o mergulhou no jarro de água, ficando de joelhos para esfregar as pegadas, irritada e desolada. Não era para o dia estar sendo daquele jeito.

Quando terminou de limpar o chão, Evadne abriu o baú de carvalho e procurou seu melhor quíton, o que ela estivera guardando para aquela noite. Era branco e a bainha tinha uma estampa de trepadeiras verdes. A mais enfeitada de todas as suas roupas. A garota o vestiu e apertou o cinto de couro antes de pegar os dois broches de latão que sua mãe lhe comprara de presente. Eram como guirlandas de oliveira, e Evadne apertou o quíton nos ombros com os broches enquanto suas mãos tremiam.

Não tenha medo, irmãzinha.

Ela olhou pela janela. Ao longe, as Montanhas de Dacia pareciam os nós dos dedos de uma divindade. Evadne cogitou se Halcyon fugira para aqueles montes para se esconder, mas então decidiu que seria tolice, por causa do Monte Euthymius.

O monte era o ponto mais alto do reino, e embora Evadne não conseguisse vê-lo de sua janela em Isaura, ela sabia que o cume de Dacia era menor em comparação. Ninguém queria viver à sombra do Euthymius, onde os medos se manifestavam e tinham o poder de perambular pela terra como assombrações, onde a porta do Submundo podia ser encontrada no vasto coração da montanha.

Quando era criança, Evadne tinha pavor do cume, como todos os mais novos de Corisande eram ensinados a ter. Euthymius, deus da terra e dos animais, tomara a montanha para si, durante a era em que as nove divindades viviam entre os humanos. Em um ato de tolice, o irmão de Euthymius — Pyrrhus, deus do fogo — pegou algumas das pedras de lá e soprou seu fogo nelas, deixando as "pedras incandescentes" como relíquias espalhadas por todo o reino. Isso provocou a adoração do povo comum, que assim ganhou a habilidade de criar fogo sem esforço. Não tardou para que mais pessoas idolatrassem Pyrrhus do que a Euthymius, que ficou com inveja, irado por seu irmão ter usado pedaços de terra para seu fogo mágico. Ele começou a planejar uma maneira de fazer Pyrrhus pagar.

Não demorou muito.

Pyrrhus queria uma passagem forjada sob a terra para que pudesse criar o Submundo que idealizava. Euthymius e sua irmã, Loris, deusa da água, fizeram um trato com Pyrrhus de que os dois escavariam até o coração da montanha e lá criariam uma porta para ele. No entanto, para que Pyrrhus conseguisse chegar à porta, ele teve de passar por camadas de terra e água, que engoliram todo o seu fogo. Ele era o único deus que continuava atrelado à terra, preso por trás de sua própria porta na montanha, que, ironicamente, levava o nome de seu irmão. Assim, sua ira ainda podia ser sentida de tempos em tempos, no tremor da terra. E todos os templos do reino — mesmo os que veneravam Euthymius — jamais deixavam seu fogo se extinguir como Pyrrhus tinha feito.

Evadne fechou a janela. Sentiu um calafrio, como sempre acontecia quando pensava no Monte Euthymius e no deus do fogo encurralado embaixo do chão.

Não, Halcyon não fugiria para as montanhas. Até ela tinha medo do Monte Euthymius, pensou Evadne enquanto descia de volta ao piso térreo do casarão.

A garota sentia a presença de Straton como uma sombra que recaíra sobre eles. Começou a seguir pelo corredor até a cozinha, até que ouviu o pai falando.

— Devo perguntar, lorde Straton. Por que veio até aqui para encontrar Halcyon? Por acaso minha filha fez algo para provocar essa visita?

Os homens estavam na sala de estar. As portas estavam entreabertas; Evadne parou à sombra da passagem, ouvindo.

— Acho que devemos esperar e deixar Halcyon responder pessoalmente, quando chegar — falou o comandante.

Ele não tinha dúvida de que seus guerreiros a encontrariam e a arrastariam para casa em desonra.

Evadne cerrou os dentes, odiando-o naquele momento.

Foi até a cozinha, onde a mãe, a tia Lydia e Maia já haviam colocado mãos à obra para dispor as tigelas de frutas e esquentar o pão folha no braseiro.

Ninguém disse nada.

Evadne abriu a porta da adega para pegar duas jarras de cerveja. Quando voltou à cozinha, o pai esperava por ela.

— Pupa — disse com uma calma terrível. — O lorde Straton gostaria de falar com você. Sirva um pouco de cerveja, responda as perguntas dele e depois volte imediatamente para cá. Não há motivo para alarde. Você é inocente.

Só que ela não era, não.

Evadne encontrou o melhor cálice no armário e o encheu de cerveja. A família observava, todos paralisados feito estátuas em um tempo, e talvez fosse por isso que ela conseguiu se movimentar com graciosidade, porque sabia o que estava prestes a acontecer.

Ela saiu para a sala de estar.

O comandante estava sentado no banco de Gregor, as pernas estendidas e os tornozelos cruzados. Sua armadura estava suja com respingos de lama, e suas armas estavam dispostas a seu redor. Ele finalmente removera o elmo, e Evadne pôde ver seu rosto.

O cenho de Straton era pesado, suas bochechas definidas. Sua pele era castigada pelo sol e coberta de cicatrizes de lâminas. O cabelo baixo era escuro, mas tinha tufos prateados. Mesmo imóvel e quieto, a presença dele era imponente.

Evadne levou a bebida a ele. Em sua ansiedade repentina, ela acabou derramando um pouco de cerveja pela borda do cálice. As gotículas âmbar se juntaram na mão cheia de cicatrizes do comandante — e sua mão era enorme, sem dúvida alguma conseguiria tirar a vida de uma pessoa ao agarrar seu pescoço.

Evadne o imaginou sufocando Halcyon, e congelou diante do homem.

— Sente-se, criança. — A voz dele era surpreendentemente gentil.

Ele pegou o cálice e Evadne se sentou de frente para ele. A garota tentou relaxar, mas com Straton a encarando... ela se sentia um camundongo sendo observado por um falcão.

— Halcyon falava muito a seu respeito no acampamento.

— Ah, falava?

— Sim. Evadne, sua irmã mais nova. Vocês duas eram muito próximas, antes de ela ir treinar em Abacus.

Evadne engoliu em seco. O que é que Halcyon contara àquele homem?

Ele estava esperando uma resposta.

E então, Evadne assentiu, as palavras ficando presas na garganta enquanto ela tentava prever o que ele diria em seguida. Ela reparou nele olhando para o seu pé direito, quase escondido por baixo da bainha com estampa de videiras.

— Ela me contou sobre como salvou sua vida naquele dia, anos atrás. Foi logo antes de se juntar a minha legião, então ela tinha doze anos. O que significa que você tinha, o quê, nove anos, Evadne? — Straton direcionou os olhos para o rosto dela; eles tinham um tom de azul e queimavam. Era como observar a porção de céu que cercava o sol. Foi preciso muito esforço para sustentar o contato visual, mas Evadne conseguiu, recusando-se a desviar o olhar.

E o comandante a levou de volta ao passado.

Halcyon tinha acabado de derrotar o garoto asqueroso de Dree em uma briga. Ela, Evadne, Maia e Lysander voltavam para casa pela estrada com um ar de campeões. Passaram por um pastor e seu cachorro, e o animal estava estranho, não parava de latir para as crianças e tentar se soltar da coleira. Evadne sentiu medo, mas o cão estava preso. O pastor se desculpou, e as crianças seguiram em frente.

No entanto, o animal se soltou e correu atrás deles.

Lysander e Maia se agacharam, abaixados sob uma árvore, mas Evadne correu, embora Halcyon gritasse para que ela não fizesse isso. O cão atacou seu tornozelo, e anos depois ela ainda conseguia sentir seus dentes cravando-se na pele, a forma como ele a agarrara e balançara, como se ela não pesasse mais que uma pluma.

Com Evadne caída de costas, o cachorro avançou para seu rosto, mas algo interveio. Um galho, meneado com uma força admirável, prendendo o animal pela boca.

Era Halcyon, e Evadne assistiu, boquiaberta, a sua irmã contendo o cão, dando início a uma dança perigosa com ele, usando nada além de um galho que ela pegara na beira da estrada. Quando o cachorro partiu o galho em dois, Halcyon ainda assim não sentiu medo. Ela levou o animal ao chão.

— Não estou conseguindo lembrar — falou o comandante, e Evadne recuou ainda mais o pé direito. — Halcyon chegou a matar o cachorro?

Evadne corou. Seus dedos se cruzaram sobre o colo — ela sentia o coração batendo nos ouvidos —, mas respondeu calma e ponderada:

— O que acha, lorde?

Straton sorriu, mas com amargor, provocando uma expressão sinistra em seu rosto. Enfim, Evadne desviou o olhar.

— Imagino que sim — comentou ele lentamente. — Afinal de contas, foi por isso que seus pais decidiram trazê-la para mim. Segundo Halcyon, aquele foi o momento em que ela soube que não era destinada para o pomar, mas para outra coisa.

Por mais que aquilo a incomodasse, o comandante estava certo. Halcyon tinha um dom. Matar o cachorro para salvar a irmã de um ataque fora o último sinal de que Gregor e Phaedra precisavam.

Halcyon não tinha sido feita para o pomar. Seu lugar não era ali.

— Ela se surpreendeu ao ver que você manca? — indagou Straton. A audácia fez Evadne se virar para ele mais uma vez. Ele parecia esperar por isso, para ver o que havia escondido em seu olhar, porque ele continuou: — Seu pé provavelmente ainda estava se curando quando ela partiu para Abacus anos atrás. Ela deve odiar ver que suas dores antigas ainda a afligem.

— Acredito que ela ficará surpresa, sim — respondeu Evadne em um murmúrio — Quando ela enfim me vir novamente hoje à noite.

O comandante colocou a cerveja de lado.

— Você e eu podemos parar com o fingimento, Evadne.

— Não sei do que o senhor...

— Onde a está escondendo? Sei que ela procurou você em busca de ajuda ontem à noite. Onde ela está?

Evadne respirou fundo. Ela entendeu o joguinho dele, como ele a provocara na esperança de que a raiva a fizesse dar o braço a torcer. A voz da garota soou indiferente.

— Não sei do que está falando, lorde Straton. Não sei por que veio aqui para perguntar de Halcyon. Não a vimos, mas estamos esperando sua chegada. Pode esperar para conversar com ela hoje à noite.

— Ela não contou para você — determinou ele baixinho quando juntou as peças. — Mas como eu poderia culpá-la? Eu também não gostaria de contar a minha irmã sobre um crime assim.

— Lorde Straton...

— Quer que eu conte então, Evadne? Quer que eu diga o que Halcyon fez e por que ela está fugindo de mim?

Evadne não conseguia respirar. Seu coração martelava tão rápido que ela teve receio de vomitar nos pés do comandante.

Ele continuou esperando que ela respondesse, mas quando Evadne permaneceu em silêncio, Straton suspirou e se reclinou.

Ela deduziu que ele guardaria a informação e começou a se levantar, embora ele não a tivesse dispensado. A voz do lorde se ergueu junto a ele, preparada para cortar.

— Sua irmã cometeu um assassinato.

As palavras a atingiram como uma pedra. Evadne ficou diante de Straton, a mente tentando assimilar o que ele acabara de dizer com o que ela sabia sobre a irmã.

Halcyon era boa. Leal. Corajosa. Reverente. Quase perfeita.

Como é que poderia ter *assassinado* alguém?

Evadne voltou a se sentar, as pernas bambas.

Mas Halcyon também tinha passado oito anos longe. Será que Evadne ainda conhecia a irmã de verdade? Ela fugira para casa com sangue debaixo das unhas, sem saber ao certo o que o comandante faria se a pegasse. E o que foi que disse a Evadne?

— Foi um acidente.

Straton riu, um som seco que fez arrepiar os pelos no braço de Evadne.

— Foi isso que ela falou para você? Que foi um *acidente*?

O desdém do lorde machucou. Evadne cobriu a boca, sua pose começando a rachar.

— Halcyon matou um colega hoplita — revelou o comandante. — E depois fugiu. Ela é uma assassina e uma covarde, e se não me contar onde a está escondendo, vou punir sua irmã dez vezes mais quando arrastá-la até…

— Vá embora.

A voz de Gregor cortou o ar. Após surgir de repente no cômodo, ele foi para trás de Evadne, o olhar fixo no comandante.

Straton se calou, surpreso por Gregor o ter interrompido.

— Não vou permitir que entre em minha casa e fale com a minha filha desta maneira — declarou Gregor com frieza. — Saia. *Agora.*

Straton se demorou recolhendo as armas, mas não tirou os olhos de Gregor, que sustentou o contato visual com arrojo. Os homens se comunicaram em uma língua silenciosa que Evadne não entendeu, mas sentiu como se uma cópis arranhasse sua pele.

O comandante se retirou, batendo a porta.

Assim que Straton partiu, Evadne conseguiu respirar de novo. Ela soltou um arquejo trêmulo e sentiu a mão do pai sobre o ombro. Seu toque era gentil, mas então ela tentou se levantar.

— Ainda não, Pupa.

Ele se mexeu e ajoelhou diante dela. Seus olhos estudaram os da filha.

— Gregor — alertou Phaedra, aparecendo no canto da visão de Evadne, assim como os tios e os primos. — Espere até que ele esteja longe daqui.

Evadne não deveria ter se surpreendido com o fato de a família toda ter ficado ouvindo a conversa escondida. Provavelmente tinham escutado todo o diálogo entre ela e Straton. E Gregor continuava a fitá-la. Ela viu o tremou em sua bochecha.

Maia correu para a janela e olhou para o pátio. Foi como se uma hora passasse antes de ela anunciar:

— Ele foi embora.

Gregor passou a mão na barba, ponderando.

— É verdade, Evadne? — questionou. — Halcyon procurou você ontem à noite?

— Pai...

— *Responda!*

Evadne se encolheu. Seu pai raramente levantava a voz, e quando acontecia, nunca era direcionado a ela. A garota recuou ainda mais na poltrona.

— Não minta para mim, filha. Aquele homem disse a verdade? Você ajudou sua irmã?

Se ela falasse, desmoronaria. Evadne assentiu, sentindo a garganta apertada.

— Quando foi que isso aconteceu?

Evadne não respondeu, lutando para esconder as lágrimas. No entanto, ela viu a revelação se formando nos olhos do pai. Ele estava pensando na noite anterior, quando fora ao quarto da filha. A janela aberta enquanto o vento e a chuva entravam...

— Onde ela está, Evadne? Espero que a tenha escondido bem, pois lorde Straton vai matá-la quando a encontrar.

— E-eu não a escondi, pai! — gaguejou Evadne. — Só dei comida e bebida a ela. Halcyon se recusou a me contar o que tinha feito, por que estava fugindo ou para onde planejava ir.

Mais uma vez, aquela expressão terrível assumiu o rosto de Gregor. Ele se levantou e olhou para o irmão e o sobrinho.

— Nico, Lysander, venham comigo.

Evadne sabia que os homens iam procurar Halcyon. E ela não ficaria sentada sem fazer nada, aguardando eles voltarem para casa. Levantou e pediu:

— Pai, espere.

Gregor parou, mas não olhou para ela.

— Quero que fique aqui, Evadne. Não saia das paredes desta casa, estamos entendidos?

Será que ele a estava punindo ou protegendo? Ela não sabia dizer, mas não podia ficar ali. Foi até ele, e Gregor não teve escolha senão levantar os olhos e olhar para a filha. Havia um medo intenso, uma agonia sanguinária dentro dele.

Evadne sussurrou:

— Acho que sei onde encontrar Halcyon.

V

Halcyon

Halcyon depositara toda a sua esperança nas montanhas. Era o único lugar que ela conseguia imaginar aonde o comandante talvez não a seguisse. As montanhas de Corisande, principalmente o cume do oeste, chamado Dacia, eram conhecidas por serem penosas. Poucos mortais viviam a tais alturas, por causa do clima desagradável, mas também pela proximidade do tão temido Monte Euthymius.

Ela, no entanto, não temia mais o pico.

Ao partir de Isaura em meio à tempestade, ela sabia que não estava preparada para a caminhada. Precisaria parar em algum lugar para roubar alguns itens, um lugar como o vilarejo de Dree.

Halcyon ajustou o ritmo, arriscando-se pela estrada porque era mais rápido por ali. No entanto, não demorou até que precisasse desacelerar, tão exausta que mal sentia as pernas. Tirava cochilos curtos sempre que se sentia segura. E, embora quisesse continuar, sua mente começava a ficar confusa.

Havia tempo. A tempestade atrasaria Straton. Além do mais, o pomar de Isaura era difícil de encontrar, um dos últimos encantamentos mágicos que Kirkos lançara antes da queda.

Halcyon desviou da estrada. Sabia que havia uma gruta por perto, um local que ela, Evadne e os primos tinham explorado muitas vezes. Também era um lugar onde viajantes podiam encontrar abrigo, e ela procurou com atenção.

A pequena caverna estava vazia, e Halcyon se deitou no chão e esfregou as panturrilhas, grunhindo. Fechou os olhos, decidindo acordar em uma hora. Até ali, no poço profundo do esvanecimento, sonho nenhum a visitava. Ela não viu Xander, como acontecera das vezes anteriores que dormiu. Xander com sangue escorrendo pelo corpo, tentando alcançá-la, perseguindo-a quase todas as vezes que fechava os olhos.

Quando Halcyon acordou, já estava amanhecendo.

Xingando, ela se colocou de pé num cambaleio e pegou o saco de comida. Devorou mais alguns figos e um bolo de mel empapado ao passo que seguia pela estrada. A tempestade passara, e sua mente estava mais aguçada; ela conseguiu ir mais rápido.

Ela e Xander tinham viajado por aquele mesmo percurso semanas antes. Chegaram à noite para encontrar Bacchus, o sacerdote de Dree. Ninguém viu os dois hoplitas entrando no vilarejo, no templo. Ninguém os viu sair. Na época, foi difícil para Halcyon estar tão perto de casa e não conseguir parar e ver a irmã, os pais. Porém, ela disse a si mesma que os oito anos de treinamento estavam prestes a acabar, e sua recompensa — uma visita à família — era iminente. Era preciso apenas manter o foco na empreitada diante dela.

Mas as coisas tinham mudado.

Ela subiu o cume e ficou sob o brilho dourado da manhã. O vale entre ela e Dree era repleto de flores silvestres, e suas folhas roxas se curvavam à brisa. Cabras pastavam por perto, indo para lá e para cá feito nuvens. O cenário era idílico. Halcyon continuou a observá-lo, surpresa. Parecera tão diferente à noite, quando ela foi até lá com Xander. Mas, sob a luz, ela descobriu que tudo estava exatamente como em suas memórias de infância. O vilarejo ficava no sopé de um declive íngreme, as casas eram feitas de rochas pálidas coletadas das montanhas e os telhados eram de palha. Na coroa de Dree ficava o Templo de Euthymius, o deus da terra, seu patrono. Dentro daqueles pilares, o fogo sempre queimava, e eram feitas oferendas de grãos e óleo.

Ali moravam pessoas humildes, como a família de Halcyon. Trabalhavam para sobreviver; eram diligentes e produtivos. Ceramistas e fabricantes de sandálias, pastores de cabras e padeiros, tecelões e ferreiros.

Como ela poderia roubar deles?

Mais uma vez, considerou ir direto a Bacchus para pedir ajuda, mas ele era um sacerdote. Sentiria a morte marcada nela, e havia uma grande chance dele prendê-la até que Straton chegasse.

Vou recompensá-los, jurou ao se aproximar. *Assim que possível, vou retribuir tudo o que eu roubar.*

O alvoroço no vilarejo estava só começando. Halcyon escolheu a moradia mais distante e se escondeu atrás de uma pilha de feno. Havia um jardim a sua esquerda, um retângulo com alfaces, rabanetes e ervas. Ela colheu um pouco de cada, ágil como um relâmpago. Em seguida, entrou no armazém, um anexo pequeno e torto que ficava atrás da vivenda. Estava quente e almiscarado lá dentro, mas ela viu prateleiras cheias de mantimentos. Potes de semente de milhete e cevada; jarros de conserva de frutas, mel e óleo; filetes de peixe defumado e tiras de carne seca de cabra.

Halcyon pegou o saco e começou a carregá-lo de comida. Suas mãos tremiam. A exaustão voltou a importuná-la.

A porta se abriu, e a luz do sol invadiu o espaço, interrompendo seu roubo.

Halcyon virou, levantando as mãos. Ela congelou, assim como o homem à entrada, que a fitava boquiaberto.

Ele parecia ligeiramente familiar. Cabelo castanho-claro que caía aos olhos, ombros largos e caídos, tufos esparsos de barba e uma pinta no queixo.

— *Halcyon?* — falou o garoto asqueroso de Dree, só que ele não era mais um garoto. Era um homem feito e tinha ficado muito mais alto que ela. *Laneus.* Ela se lembrou do nome dele, sentindo um calafrio.

Quando era mais jovem, ela o fez desmaiar com um soco perfeito.

Quando era mais jovem, ele a odiava, porque ela era mais veloz que ele.

Quando era mais jovem, ele quis ser aceito na legião de Straton, mas foi negado. Porque a verdade era que ele não passava de um menino preguiçoso e cruel, e garotos assim viravam péssimos guerreiros.

Parecia que o ódio que ele nutria por ela ainda vivia.

— A legião não é boa o bastante para você, então? — debochou ele, chegando mais perto. Halcyon estava encurralada. Tinha apenas uma porta e o brutamontes a bloqueava. — Precisou mesmo escapar de volta para casa e nos roubar? Esqueceu o que fazemos com ladrões?

Halcyon atacou primeiro. Seu punho foi mais rápido que a luz, acertando o nariz dele.

Ele gritou e virou para a direita, derrubando uma estante. Halcyon passou por ele enquanto ele se debatia tentando levantar.

Ela voou de volta ao jardim e deu a volta na pilha de feno, mas acabou trombando com outro homem. O irmão de Laneus. O impacto quase o fez cair, mas ele a agarrou, recuperando o equilíbrio. Torceu os braços de Halcyon para trás antes que ela pudesse fugir, e o saco cheio de mercadoria caiu com um baque infeliz entre eles dois.

— Quem é esta, Laneus? — gritou o rapaz. — Ela estava roubando?

Laneus saiu do armazém com o nariz quebrado e o rosto coberto de sangue.

Por um momento, Laneus desapareceu, e Xander assumiu seu lugar, o rosto pálido marcado pela morte, o sangue formando um rio que serpenteava pelo chão até tocar os pés dela...

Halcyon fechou os olhos, lutando para manter a compostura. Ela ouviu um riso abafado, cheio de desdém.

— Não a reconhece, Aedus?

Ela sentiu dedos no cabelo, puxando sua cabeça para trás. Abriu os olhos e viu Aedus encarando-a de cima com a boca aberta.

— Não... não pode ser ela.

— Mas é. Segure-a. Quero dar as boas-vindas do jeito que ela merece.

Halcyon observou, impassível, enquanto Laneus se preparava para golpeá-la. Deixou que a mente vagasse, preparando-se para a dor. Ela estava no pomar; tinha voltado a ser criança. Escrevia mensagens em Haleva na terra para que Evadne encontrasse...

— Já basta — rosnou um homem, e o punho de Laneus paralisou antes que ele pudesse socar os dentes dela.

Halcyon aguçou o foco, olhando para um idoso parado a uma curta distância, apoiado em uma bengala, encarando os três.

— A mãe de vocês lhes deu mais educação que isso — falou com a voz rouca, o cabelo grisalho longo e desgrenhado. — Você mancha a memória dela assim, Laneus. Você também, Aedus.

— Mas, pai! — protestou Laneus, apontando para o nariz sangrento. — Olhe só o que ela fez! E ela é...

— Sei muito bem quem ela é — respondeu o velho. Ele fitou Halcyon por um longo momento, mas ela não conseguiu ler as linhas em seu rosto. — Levem-na a Bacchus. Agora.

Os irmãos obedeceram, resmungando. Esperaram até terem levado Halcyon para longe do olhar do pai, subindo a estrada que levava ao templo de Euthymius.

Halcyon não previu o golpe, mas deveria tê-lo esperado.

Laneus bateu nela, como sempre quis fazer, bem na curva do maxilar. Aquela era a única oportunidade que teria de atacá-la: quando era uma prisioneira exausta, quando fazia dias que não comia direito.

E Halcyon se deixou levar pela escuridão.

Quando Halcyon se mexeu, o mundo tinha mudado. Pelo menos é o que lhe parecia. Estava presa a um poste grosso no meio do mercado de Dree, amarrada pelos pulsos e tornozelos. Isso a forçou a continuar de joelhos, com o peito e o rosto desprotegidos, enquanto a madeira se alinhava a sua coluna. Ela sabia exatamente o que era antes mesmo de abrir os olhos, silenciosamente testando as cordas que a apertavam. Ela estava presa ao Mastro do Ladrão, um lugar público de humilhação pelo qual passara muitas vezes quando era criança, sem nunca imaginar que um dia ela mesma acordaria atada a ele.

O mastro era o castigo mais brando para roubos. O ladrão era amarrado ao poste e esperava, tomado pela vergonha, até que outro chegasse para pagar sua dívida. Alguns, como os que roubavam joias ou cavalos, podiam acabar ficando presos por dias.

A sorte dela é que Laneus não tinha feito acusações mais fortes a seu respeito, algo que pudesse acarretar para ela uma mão decepada.

O sol estava quente no cabelo de Halcyon, e sua cabeça parecia dilacerada. Ela abriu os olhos e viu um borrão de pessoas andando pelo mercado, e então um rosto particularmente feio entrou em foco. Laneus.

— Peguei ela, peguei — dizia ele a qualquer um que passasse. — Estava roubando minha mercadoria de inverno. Eu a detive antes que ela pudesse tirar de mim uma migalhinha que fosse.

— Pelo visto ela revidou — comentou um homem, tirando sarro ao indicar o nariz de Laneus, que ainda estava torto.

Laneus gaguejou alguma resposta indignada, e Halcyon fechou os olhos mais uma vez, tendo dificuldade de engolir. Sua garganta estava seca; seus lábios, rachados. Havia quanto tempo ela estava ali?

— Está com sede, Halcyon?

Ela manteve os olhos fechados, mesmo quando sentiu Laneus se aproximando. Ele estava derrubando água no chão; os respingos eram como música para ela, e Halcyon, sem se dar conta, virou na direção deles.

— Agora vamos, hoplita. Mostre sua ilustre força — provocou. — Quebre suas amarras, como a deusa que todo mundo pensa que você é.

— Se água importa tão pouco para você, Laneus, então talvez possa ficar sem — falou uma voz grave, e o gotejar cessou imediatamente. — O mesmo pode ser dito de seus armazéns de comida. Se há tamanha abundância, não faria mal compartilhar.

Halcyon levantou a cabeça e viu Bacchus por perto, a brisa esvoaçando suas vestes marrons. Ele era um homem velho de idade misteriosa, o cabelo em uma coroa de branco sobre sua cabeça, mas sua voz era forte e ressonante.

Bacchus era o único sacerdote de Euthymius no reino. O único mortal que podia falar com o deus da terra e dos animais e ouvi-lo. Ele também possuía a relíquia de Euthymius, e a usava aberta e valentemente. O Cinturão Dourado estava cingido ao quadril do sacerdote, decorado com gravuras de montanhas e fauna. Bacchus tinha sangue comum, mas usar o cinturão lhe dava a habilidade de comandar os animais.

Halcyon se perguntou se o obrigariam a devolver a relíquia ao Conselho dos Magos, como ditava o novo decreto. Ou se ele o desafiaria.

Bacchus encarou Laneus até ele se afastar. Só então o velho sacerdote olhou para Halcyon, e ela sentiu um ardor de vergonha.

— Imagino que seus pais não saibam que você está aqui, Halcyon de Isaura — disse Bacchus, a voz grave. — Ou o lorde Straton.

— Não, lorde. — O maxilar dela latejou com o movimento.

— Laneus queria sua mão como castigo. Não permiti.

Ela tentou engolir. A língua prendeu no céu da boca quando ela sussurrou:

— Obrigada.

Bacchus se ajoelhou e virou um jarro d'água nos lábios dela. Halcyon bebeu, a dor em suas têmporas atenuando. Ela sentia o cheiro de fumaça e canela nas vestes do sacerdote. Ele usava um pingente de Euthymius ao redor do pescoço, um círculo de argila com a gravura de uma montanha.

Quando seus olhares se encontraram, o coração dela tremeu como uma corda de lira. Porque ela sabia que ele viu a corrupção nela, a fratura.

— Suspeito que o pior tenha acontecido. Vendo você sozinha. Sem o Águia-pescadora.

Águia-pescadora, o codinome de Xander.

— Sim, lorde.

Bacchus ficou em silêncio por um instante, depois murmurou:

— E onde está o mapa?

— Com o lorde Straton. Fracassei.

— O fracasso nunca é definitivo, a menos que você escolha que seja — falou Bacchus. — Onde há vida, há esperança. Não desista, Halcyon.

Ele a deixou presa ao mastro. Não havia por que tentar escapar. Ela não tinha mais a cópis. Inúmeros olhos a analisavam; incontáveis vozes sussurravam a seu respeito. Algumas pessoas ali a reconheciam.

Não tardaria para que a verdade sobre seu roubo se espalhasse. Seus pais ficariam sabendo, e ela os desgraçaria ainda mais por isso.

Halcyon baixou a cabeça à luz do sol, estava suando e tremendo. Esperando.

E ela soube o momento em que ele a viu.

O mercado ficou quieto; havia apenas o cacarejar de algumas galinhas, o assovio do vento da montanha e os cascos parando devagar na estrada de terra.

Halcyon levantou o queixo, abriu os olhos e mirou diretamente o comandante.

VI

Halcyon

S traton estava montado em seu cavalo a alguns metros de distância, encarando Halcyon. O sol ateava chamas a sua armadura de bronze. Parecia que aquilo era tudo que ele conseguia fazer: continuar sentado sobre o cavalo e fitá-la.

Ela imaginara que seria devorada pelo medo quando enfim se reencontrassem. No entanto, Halcyon suspirou, aliviada. *Isto logo terá fim*, pensou.

Ela o observou desmontando e se recusou a encontrar o olhar dos demais hoplitas na companhia do comandante, colegas de batalha que conhecia bem. Afinal, ela fora parte do esquadrão; eles haviam treinado juntos. Foram como irmãos e irmãs. Houve uma época em que eles eram o orgulho dela, e ela o deles.

Mas isso tinha acabado.

Os hoplitas continuaram em um círculo fechado, montados e aguardando ordens, escudos ilustrados com um escorpião em seus braços. Straton se aproximou de Halcyon sozinho. Ele parou diante dela, alto e inabalável feito um pilar.

Os olhos do comandante a queimaram, mas ela não pareceu ter medo, nem quando ele tirou a espada da bainha.

Porém, ouviu arquejos do povo de Dree que havia preenchido o mercado.

Até Halcyon foi pega de surpresa. Ela acreditava que ele a levaria de volta para Abacus, que desejaria confrontá-la antes de decretar sua execução. Imaginou que teria, ao menos, uma chance se explicar.

O comandante era conhecido por seu senso de justiça e de honra. Anos antes, ele fora selecionado pela rainha para se tornar seu conselheiro de guerra. Ele tinha jantado muitas vezes no palácio real ao lado da rainha Nerine, aconselhando-a.

O lorde jamais quebrava regras, e Halcyon levara alguns anos para entendê-lo, para aprender a ganhar seu respeito. Mas ao olhar para o comandante naquele momento... a fúria dele era tangível, e todo o seu senso de moral estava desiquilibrado. Tudo por causa dela.

Straton parou atrás dela, sua espada pronta para cortar.

Os pensamentos de Halcyon se embaralharam ao observar a sombra dele, o braço levantando a arma. Ela fechou os olhos por fim, esperando sentir o corte da lâmina no pescoço.

Não tenha medo, não tenha medo, não tenha medo...

Houve um baque, o mastro vibrou, e então Halcyon se viu tombando para a frente com as amarras cortadas. Ela se apressou para colocar os braços à frente, os ombros doloridos, e interrompeu a queda um segundo antes de cair de cara no chão.

A jovem ainda estava de bruços quando ouviu uma voz acalorada.

— Só eu posso libertá-la! Ela tem dívidas comigo!

Halcyon se ergueu e viu Laneus correndo pelo mercado. Porém, assim que Straton se virou e olhou feio para ele, Laneus parou e seu rosto se enrugou de medo.

— E que dívida é essa? — falou Straton.

— Ela, hum, bem, invadiu meu armazém e roubou minhas provisões.

Halcyon sentou-se sobre os calcanhares. Ela sentiu o olhar do comandante, mas manteve o rosto voltado para o céu. *Sim, minha lista de crimes aumentou, senhor.*

— O que foi que ela roubou, então? — O comandante parecia extremamente impaciente. Ele embainhava sua espada, indo até onde Halcyon estava ajoelhada.

— Alguns rabanetes. Três filés de peixe. Um pote de mel. Uma tigela de ameixas...

Straton abriu a bolsa de couro presa a seu cinto. Ele procurou uma Akkia de prata e lançou a moeda para Laneus com uma repulsa aparente. O metal caiu no chão, e Laneus foi depressa pegar.

— Levante-se. — O comandante então se dirigiu a ela, ríspido.

Halcyon se esforçou para ficar de pé. Ele agarrou o braço dela com uma força de ferro e a arrastou pelo mercado, a multidão se abrindo para que eles passassem. Depois de um tempo, Halcyon conseguiu andar por conta própria, e ele a empurrou para seguir na frente dele morro acima, onde o templo ficava. Os pilares brancos reluziam ao sol, e fumaça oscilava lentamente em direção às nuvens. E lá estava Bacchus na escada, aguardando a chegada dos dois.

— Lorde comandante — cumprimentou Bacchus.

— Lorde sacerdote — respondeu o comandante enquanto Halcyon subia os degraus de pedra com dificuldade.

Ela enfim chegou ao topo, ofegante. Sentiu o olhar dos homens se voltando para ela; ambos inescrutáveis.

— Algum aposento privado? — solicitou Straton.

— Por aqui, milorde — disse Bacchus, gesticulando para que eles o seguissem para um átrio estreito. O espaço levava a uma porta arqueada, a madeira de freixo esculpida com faunos e loureiros, e dentro ficava um pequeno cômodo. Tratava-se do quarto do sacerdote, esparsamente mobiliado. Havia um colchão de feno em um canto, um banco, uma mesa coberta de rolos de papiro, um braseiro que ainda estava quente.

O mesmo lugar onde Halcyon e Xander haviam se reunido com o sacerdote, semanas antes. A lembrança ficou mais afiada do que uma lâmina em sua pele quando Bacchus os deixou, fechando a porta ao sair.

Straton se recusou a olhar para ela. Halcyon sentia como se tivesse se transformado em uma sombra. Com as últimas migalhas de força esvaídas, ela deslizou pelo chão e se sentou toda encolhida.

Halcyon o ouvia respirando. Straton parecia tão ofegante quanto ela, como se enfim pudesse deixar a pose de lado e revelar o quanto de fato estava exausto. Ele não estava mais escondendo a devastação. Seu coração estava partido, havia sido quebrado dias antes, e seu rosto expôs sua angústia.

Se algum dia ela tivesse a oportunidade de tentar explicar o que acontecera, por que fugira... o momento era aquele.

— Lorde comandante... eu sinto muito.

Ele enrijeceu. Ainda assim, não olhou para ela.

— Sente muito por aquilo ter acontecido ou por você não ter conseguido escapar?

As palavras a cortaram bem fundo. Halcyon ficou se perguntando se ela não tinha mesmo remorso algum por ter matado Xander.

— O senhor me conhece tão pouco assim, comandante?

Ele a ignorou.

Halcyon ficou de pé, a armadura rangendo.

— O senhor treinou apenas a mim nos últimos oito anos. Escolheu-me para isto, comandante. *Escolheu a mim*, e escolheu Xander. Se acha que mudei da noite para o dia, que me transformei em uma criatura que não tem um pingo de moral ou de sentimentos, então você também não é o homem que eu pensei que fosse.

Ele se virou e olhou feio para ela. No entanto, um pequeno lampejo de respeito fora restaurado. As palavras de Halcyon o forçaram a refletir sobre algo em que ele não queria pensar: ele a escolhera a dedo, entre milhares de outras possibilidades. E escolhera Xander. De certa forma, ele próprio tinha causado tudo aquilo.

— Xander e eu só estávamos fazendo o que o senhor pediu. — Ela esticou o braço para se apoiar na mesa. — Estávamos treinando para lutar sem enxergar. Eu estava vendada, lutando com ele, e eu... — Ela parou abruptamente, porque o semblante de Straton, de repente, ficou terrível demais para ela suportar.

— E depois, Halcyon?

— Acredita mesmo nisso, comandante? Que eu mataria Xander?

Ele desviou o rosto.

— Seria uma desculpa simples. Com Xander morto, você estaria isenta de cumprir a missão. Se você estivesse com medo...

— Mas eu não estava com medo! — gritou ela. — Eu disse isso desde o começo. Que eu iria. E o que tem de *simples* em dar as costas para o que eu jurei fazer, lorde Straton? O senhor tentou me moldar de uma forma que não me cabia. Sabe bem disso, e deveria sentir vergonha de tamanhas mentiras!

— *Eu* deveria sentir vergonha? — rosnou ele, aproximando-se dela.

— Acho que esse papel cabe a *você*, Halcyon. A covarde de Isaura, que fugiu quando deveria ter continuado onde estava.

Pronto. A palavra pela qual ela estivera esperando. *Covarde*. O som a dilacerou, e Halcyon cambaleou, porque acreditava na acusação.

Ela devia mesmo ter ficado com Xander. Era para ter esperado ao lado do corpo dele até que o comandante chegasse.

Mas mesmo depois do que se passou... ela sabia que faria tudo de novo. Ainda assim fugiria, frenética de tanto terror, com o sangue dele brilhando em suas mãos.

— Por oito anos eu a treinei — disse Straton. — Oito anos preparando você para a batalha, para o desconhecido. Eu lhe ensinei tudo o que sei. E no passado, quando eu via medo em seus olhos... você não permitia que ele a sabotasse. — O lorde examinou o rosto dela. Halcyon se sentia machucada. — Por que me fez de tolo? Por que fugiu de mim, Halcyon?

— Tive medo de que o senhor me matasse, lorde — respondeu ela com honestidade. — Que não acreditasse em mim quando eu dissesse que tinha sido um acidente. Fugi para me salvar.

— Covardes fogem — rebateu ele. — Você deveria ter continuado lá, e não fugido.

Ela ficou em silêncio, pensando na missão que lhe fora dada. Lembrando-se de como, em um único suspiro, tudo desmoronou.

— Eu estava vendada — declarou ela, sabendo que as palavras a sufocariam se ela não as soltasse. — Escolhemos uma palavra, como o senhor sugeriu, para indicar a trégua. Eu não ouvi o pedido de Xander. Percebi exatamente no momento em que minha espada o cortou. Eu soube que tinha dado um golpe fatal, e... — Halcyon perdeu o fôlego ao se lembrar. O engasgo, o som de uma espada caindo. Ela removera a venda e vira a garganta de Xander sangrando. Um corte aparentemente singelo, mas que o mataria em instantes.

O sangue derramara torrencialmente, como uma inundação.

Halcyon cobriu o rosto com as mãos. O comandante detestava lágrimas. Ela as limpou com agressividade, os dedos puxando o rosto para baixo.

— Xander foi o irmão que eu sempre quis. Eu o amava. E sei que comprometi a missão. Tirei uma vida à qual eu nunca quis fazer mal e depois fugi do senhor. Sou uma covarde, como disse, e você deveria me matar. É a justiça que mereço.

Straton ficou em silêncio. Sua respiração estava pesada novamente, como se as palavras de Halcyon o tivessem perfurado. Ele foi até a única janela do quarto e olhou para o mundo exterior, o tom prateado de seu cabelo refletindo a luz.

— Você contou a mais alguém? Revelou a missão a sua irmã?

— Não quebrei meu juramento ao senhor, lorde.

O comandante se virou para ela.

— Então sabe o que preciso fazer, Halcyon.

Ele alertara tanto ela quanto a Xander no começo, antes de divulgar qualquer detalhe sobre a missão, que as coisas poderiam chegar a um ponto crítico como aquele, caso o pior acontecesse. Os dois, Xander e ela, concordaram ao aceitar seus codinomes, acreditando que eram invencíveis.

Mas o pior de fato acontecera. E apenas Halcyon vivera para carregar o fardo, para manter a missão em segredo. Cicuta já observava o comandante havia muitas luas. Cicuta, uma pessoa que, para eles, ainda era desconhecida, mas que estava se mostrando ser seu maior obstáculo, tramando para detê-los.

Halcyon abaixou a cabeça e sussurrou:

— Sim, senhor. Faça o que for preciso.

Ela se perguntou se o comandante tentaria seguir com os planos. Será que ele mandaria o outro filho completar o que Xander e Halcyon haviam começado?

Eles estavam perdendo tempo.

Straton foi até a porta e a abriu. Ele esperou Halcyon ir na frente, permitindo que ela o guiasse até a saída do templo e descesse a estrada até o mercado, onde a multidão ainda fervilhava e os hoplitas continuavam a esperar.

Ela foi para perto do mastro e viu o comandante se aproximando de alguém da legião. Sabia quem era a guerreira pelo penacho em seu elmo, o pelo de cavalo branco e vermelho. Era Narcissa, a líder do Esquadrão do Escorpião. A capitã de Halcyon.

Narcissa ouviu a ordem de Straton, mirando Halcyon com os olhos verdes. Ela desmontou e tirou o elmo, o longo cabelo castanho preso em tranças. Não havia emoção em seu rosto ao tirar o chicote da sela, nenhuma hesitação em seus passos ao ir em direção à infratora. Ela parou a um braço de distância, e as duas mulheres se olharam.

— Halcyon de Isaura — começou Narcissa. — Você matou um colega hoplita, seu parceiro de escudo, Xander de Mithra. Fugiu de seu comandante. Quebrou a mais sagrada das nossas leis. — Ela parou, deixando o chicote se desenrolar em suas mãos. A cauda longa se enrolou feito uma serpente. — Você deve receber vinte chibatadas por sua covardia. Retire sua armadura e se ajoelhe diante do mastro.

Halcyon começou a soltar a couraça. Ela se sentia submersa; o som estava abafado, e seus braços estavam pesados. No entanto, ela tirou a armadura e a soltou. O bronze caiu ao seu lado no chão. Tudo o que lhe restara no corpo eram as sandálias e o quíton vermelho, úmido de suor.

— De joelhos — ordenou Narcissa.

Halcyon se virou para o mastro e colocou os braços ao redor da madeira. Outro hoplita foi à frente. Iason. Ele amarrou as mãos dela, e Halcyon sabia que não era para prendê-la ali, mas para sustentar seu corpo quando ela perdesse a consciência.

Iason não olhou para ela. Ao recuar, ele tinha um semblante aflito.

Halcyon sentiu a presença do comandante à sua direita; ele dividia o vento, e sua sombra se esgueirou de longe até ela.

O som de passos. Narcissa se aproximando, desembainhando sua cópis. Ela rasgou o quíton de Halcyon para expor suas costas.

Houve um momento de silêncio. Uma paz trêmula. E então veio a primeira chicotada.

VII

Evadne

E vadne estava no mercado de Dree, seus olhos vagos encarando a mancha de sangue no chão. Ela e a família tinham levado algumas horas para chegar ao vilarejo. E ela até poderia pensar que aquilo não passava de um pesadelo, que ela conseguiria acordar se ao menos se esforçasse. Se não fosse pelo sangue. O sangue era real. Ainda brilhava à luz fraca do entardecer, como se a terra se recusasse a bebê-lo.

Ela se perguntou quanto tempo levaria para a mancha sumir.

O comandante e seus hoplitas já tinham ido embora, viajando de volta a Abacus, Halcyon com eles. Evadne viu a irmã de relance nas brechas entre as armaduras, as lanças e os cavalos. Halcyon era como uma deusa caída, o cabelo escuro escorrido sobre o rosto, suas feridas nas costas cobertas com linho branco.

O pai abrira caminho por entre os hoplitas, absurdamente imprudente. Ele enfim conseguira um momento com Halcyon, um instante para tocar o rosto inconsciente da filha e suspirar seu nome, como se ela fosse acordar. Gregor só recuou tropicando quando o comandante disse algo a ele, palavras que Evadne não conseguiu ouvir.

E então Halcyon e os outros foram embora.

Gregor se ajoelhou na terra entre os rastros das rodas das carroças, tão entorpecido quanto Evadne. O povo de Dree começou a ir embora do mercado, o entretenimento se esvaindo. Algumas pessoas continuaram ali, fitando Gregor. Mas ninguém ofereceu ajuda ou conforto.

E então Evadne avistou o garoto asqueroso de Dree, o que Halcyon derrotara anos antes. Ele estava por perto, rindo com outro jovem. Algo familiar estava preso a seu cinto. A cópis de Halcyon, embainhada em couro.

Evadne marchou em direção a ele antes de se dar conta do que estava fazendo, a raiva ardendo, queimando o que sobrava de seu espanto. Quando o rapaz a viu, interrompeu a conversa que estava tendo e arqueou as sobrancelhas para ela.

— E você quem é?

Era óbvio que ele não se lembraria dela; eram raras as pessoas que lembravam. Afinal, quem se lembraria da irmã quietinha quando Halcyon existia?

— Isso não lhe pertence — disse ela, indicando a cópis.

Ele baixou o rosto para o cinto.

— Bem, não acho que Halcyon ainda vai precisar disto. Você acha? — E ele riu.

Ela queria bater nele. Deuses, seus punhos cerraram, e ela desejou ter pedido para a irmã ensiná-la a lutar.

Mas a oportunidade nunca se apresentou. Uma outra voz se juntou à interação, uma que Evadne conhecia e respeitava. Bacchus, o sacerdote de Dree.

— Então agora se tornou um ladrão, Laneus?

A satisfação no rosto de Laneus congelou enquanto ele olhava acuado para o sacerdote.

Bacchus continuou:

— Porque eu não me lembro de Halcyon ter lhe dado a cópis. Você deveria deixá-la sob os cuidados da irmã dela, ou talvez prefira passar alguns dias amarrado ao mastro?

Os lábios de Laneus se curvaram, mas ele tirou a lâmina da bainha e a jogou aos pés de Evadne. Ela o ouviu rosnar alguma obscenidade para ela, o que fez seu sangue ferver, mas ao menos ela recuperara a cópis.

A garota se curvou para pegá-la, segurando o pequeno cutelo de Halcyon. Ter algo que pertenceu a irmã quase a fez chorar.

— Você deveria ajudar seu pai a voltar para casa, Evadne — falou Bacchus, com a voz calma. — A alma dele está em luto.

Ela se virou e viu o pai ainda ajoelhado na terra. O tio Nico e Lysander também o observavam e, depois de um tempo a mais, não lhes sobrou escolha senão levantá-lo. O sol estava se pondo, era hora de voltar para Isaura e repassar as notícias às pessoas que ficaram no casarão para manter as aparências. Evadne não conseguia nem se imaginar relatando à mãe tudo o que se passara.

— O que o lorde Straton disse a você, Gregor? — indagou Nico, sustentando o corpo do irmão.

Evadne nunca tinha visto o pai tão frágil. Ele parecia à beira da morte, com a pele cinza e os olhos fora de foco. Ela percebeu que ele estava em choque.

— Pai? O tio Nico fez uma pergunta ao senhor. — Ela trocou um olhar preocupado com o tio quando Gregor permaneceu em silêncio.

— O julgamento de Halcyon será daqui a seis dias — disse finalmente, com a voz rouca. — Acontecerá na ágora de Abacus.

Quando chegaram em Isaura, a lua já estava alta no céu. Phaedra, Lydia e Maia correram para o pátio, ávidas por notícias de Halcyon.

Evadne não ficou por perto para ver Nico contando às mulheres o que tinha acontecido com sua irmã. Ela estava quase no quarto quando ouviu o eco do choro de sua mãe, logo acompanhado pelos lamentos estridentes de Maia. Lydia ficou em silêncio, mas choraria depois, quando estivesse sozinha.

O quarto de Evadne estava escuro. Ela avançou pela escuridão e se deitou na cama de Halcyon.

Por um momento, não pensou; apenas respirou, mantendo os olhos fixos na noite.

Ela guiara o pai e o tio às cavernas litorâneas mais cedo naquele dia, acreditando que Halcyon pudesse ter ido se esconder lá. Perderam tempo vasculhando a costa. Era óbvio que Halcyon iria para as montanhas; ela não temia o Monte Euthymius. Evadne olhou pela janela para as Montanhas de Dacia, convencida de que a irmã não iria por aquele caminho. Como se enganara.

Se ao menos Evadne tivesse pensado em Dree antes; se eles tivessem conseguido chegar a Halcyon antes do comandante. Como aquele dia teria sido diferente.

Com cautela, Evadne pegou a cópis de Halcyon. Ela a tirou da bainha e assistiu ao luar dançando na lâmina.

Se eu tivesse magia, poderia salvá-la, pensou. *Eu levantaria a mão na ágora e lançaria um encanto para libertar você, Halcyon.*

Mas Evadne tinha nascido com sangue comum. Se um dia quisesse sentir um gostinho de magia, teria que ser em posse de uma das relíquias divinas. Era um pensamento intrigante e ela refletiu sobre aquelas que estavam perdidas. O Manto Celeste de Irix, o Anel de Cura de Pedra do Sol que pertencera a Magda, a Coroa Onividente deixada por Acantha, os Brincos Perolados presenteados por Loris e o Colar Alado de Kirkos: essas eram relíquias desaparecidas.

Se ela tivesse o Manto Celeste do deus Irix, poderia controlar os céus, o clima. Poderia invocar uma seca. Poderia fazer uma barganha pela liberdade de Halcyon em troca de chuva. Ou, se tivesse o Colar Alado de Kirkos, ela poderia descer das nuvens e tomar Halcyon nos braços. Elas poderiam voar para longe de Abacus, de Corisande. Mas pra onde iriam depois?

Não, esses devaneios eram inviáveis, ridículos. Evadne era uma garota comum de uma família comum e jamais teria uma relíquia divina.

Se quisesse salvar Halcyon, teria que usar outros meios.

Evadne e os pais saíram cedo na manhã seguinte. Seria uma jornada de três dias na direção leste até chegarem a Abacus, isso se o clima colaborasse. Evadne jamais fora tão longe de casa. Da carroça, ela observava Isaura ficar cada vez mais distante, até, por fim, ser engolida pelos montes.

Os declives e vales logo deram lugar a campos planos e abertos, onde brotavam milhete e cevada. Falcões e estrelinhas-de-poupa voavam pelo céu, as asas abertas para planar na brisa, e Evadne pensou na irmã, em como sempre imaginara Halcyon com asas.

Ela se perguntou como Halcyon devia estar, se estava sentindo dor, se o comandante estava garantindo que seus ferimentos fossem cuidados. Ela tentou prever o que poderia acontecer no julgamento da irmã, e o desejo de redimir Halcyon se acendeu dentro dela novamente. A irmã que ela por vezes invejara, mas que sempre tinha admirado e amado.

Ela não a invejava mais.

A família montou acampamento sob a luz das estrelas, a uma boa distância da estrada. Evadne ajudou a mãe com um pão folha e peixe defumado, e o pai acendeu uma fogueira com sua pedra incandescente. Eles ficaram sentados em silêncio para comer; mal tinham falado o dia todo, cada um deles imerso em seus próprios pensamentos.

Evadne teve dificuldade de engolir o jantar e se deu por vencida quando foi estender a cama na grama e se aninhar nos cobertores. Ela estava à beira do sono quando Gregor enfim falou, baixo e tomado pelo remorso.

— Eu jamais deveria tê-la deixado se unir à legião. Era para eu ter mantido ela onde estava segura, no pomar.

Phaedra ficou em silêncio por um instante, mas depois falou.

— Você não pode se culpar por isso, Gregor.

Ela falou com confiança, porque acreditava que Halcyon receberia o perdão, que a filha viveria. Porém, estava evidente que Gregor se preparava para a morte da primogênita.

E Evadne não tinha uma opinião formada, mas sentiu que estava no meio-termo entre os pais.

Ela acabou dormindo pensando em Halcyon e sua irmã a acompanhou até os sonhos. As duas estavam no pomar e Evadne escrevia no código Haleva. Desenhou os símbolos com um buril na placa de cera, ansiosa para que Halcyon lesse a mensagem. No entanto, quando entregou a placa para a mais velha, Halcyon franziu o cenho.

— Não conheço estes símbolos, Eva.

Um choque invadiu Evadne.

— O quê? Conhece sim, Hal. É nossa língua.

A irmã deu de ombros, sem entender.

— Nunca vi isto na vida.

Evadne encarou a placa. Viu as letras começarem a tremer, criando asas e escamas, transformando-se em criaturas que saíram da cera e desapareceram em uma lufada de poeira dourada.

Magia. A mão de Evadne acabara de conjurar magia.

— Você viu isso? — suspirou com os olhos arregalados em admiração. E ela não estava imaginando. Halcyon também via as palavras despertas, metamorfoseadas. — Sabe o que isto significa, Hal? Posso te salvar agora.

— Me salvar do quê? — indagou Halcyon.

Evadne não chegou a responder. Acordou com uma sequência de risos. Vozes de homens que ficavam cada vez mais altas.

— Phaedra! — sibilou Gregor.

Evadne se sentou, lúcida depois do susto. Ela se virou e viu o pai por perto com uma adaga reluzindo à mão. O fogo iluminava o acampamento de um jeito sinistro.

— O que foi, Gregor? — sussurrou Phaedra.

— Pegue sua adaga. Tem alguém vindo.

Evadne ouviu a mãe vasculhando seus pertences para encontrar sua lâmina. A garota não se mexeu, o coração acelerado à medida que as vozes se aproximavam. Tinham avistado o fogo. Conseguiam ver Evadne e seus pais, mas eles não conseguiam ver quem chegava.

Um calafrio percorreu os braços de Evadne.

— Podemos nos juntar a sua fogueira, humildes amigos? — gritou um homem, seu corpo ainda escondido na noite. Ele falou com um tom estranho, mas agradável.

Gregor permaneceu quieto, mas Evadne percebia que os olhos dos pais desbravavam a escuridão em desespero, tentando ver quem era o estranho.

— Ah, por favor. Não vamos fazer mal a você, sua esposa e sua filha. Só queremos nos aquecer com sua fogueira.

— Mostrem seus rostos — exigiu Gregor.

Pareceu haver uma discussão. Evadne ouviu um burburinho e, por fim, o orador do grupo ficou à luz do fogo. Havia mais duas pessoas com ele, um rapaz e uma mulher, ladeando o homem alguns passos para trás.

Evadne o analisou com atenção. Ele vestia um quíton branco com dobras douradas tão opulentas que parecia que o linho tinha sido mergulhado em ouro derretido. Um manto azul estava atravessado em seu peito, preso no ombro com um broche de nuvem tempestuosa. Um símbolo do deus do sol, Irix, que o estranho provavelmente reconhecia como seu ancestral. As vestes por si sós revelavam o que ele era. Um mago.

O olhar de Evadne desceu para as mãos do homem. Todos os magos usavam um anel de prata depois de terem se formado em Destry. O dedo em que colocavam o adereço correspondia ao nível de poder que tinham. Um anel no mindinho indicava um poço de magia bastante raso, mas conforme os dedos avançavam pela mão, mais fundo era o poço mágico de quem usava a joia. Um anel no polegar significava a maior intensidade de magia.

O estranho usava o anel prateado no dedo indicador.

Gregor baixou a adaga e Evadne sentiu o receio do pai. O que um homem com uma lâmina poderia fazer contra um homem com magia?

— Ah, obrigado, amigo — disse o mago. Mais uma vez, sua voz saiu impregnada de poder langoroso, fazendo um arrepio descer pela coluna de Evadne. — Meu nome é Macarius, esta é minha escriba, Beryl, e este é meu amigo, Cyrus.

Escriba? A atenção de Evadne se voltou à mulher, que estava tão bem vestida quanto Macarius, com um quíton branco cingido com um cinto feito de folhas adornadas com joias. Sóis dourados estavam presos a seus ombros e um manto azul protegia suas costas. Ela devolveu o olhar de Evadne, fria e arrogante. Um sorriso nasceu em seus lábios e Evadne desviou os olhos para o outro jovem, que usava faixa amarela típica de políticos. Seu rosto estava vermelho e suado, como se o grupo já tivesse atravessado muitos quilômetros e, suspensa em seu braço, estava uma reluzente bolsa de couro com hastes de papiro ornamentadas.

— Que tal colocar mais um graveto no fogo? — sugeriu Macarius.

Gregor obedeceu. Evadne observou o pai jogar mais dois gravetos nas chamas, fazendo faíscas voarem. Em seguida, ele foi se sentar ao lado dela, e Evadne se viu encurralada entre os pais.

O mago e sua escriba se sentaram primeiro, diretamente do outro lado da fogueira. O político largou a bolsa com um grunhido, esfregando os ombros antes de cair no chão sem graciosidade nenhuma.

— Espero que se lembre do que está em sua posse, Cyrus — falou a escriba, Beryl, em um tom ríspido, olhando para o político com olhos letárgicos.

— Sim, e não sei o que me deu para concordar com isso! — rebateu Cyrus.

— Paz, meus amigos — ordenou Macarius. — Ainda precisamos nos apresentar aos nossos novos conhecidos. — Ele olhou para Gregor, que permaneceu taciturno, então virou os olhos para Evadne. — E você é...?

— Nossos nomes não importam — respondeu Phaedra.

— Mas os nomes são nossa forma de nos identificar, não são? — Macarius inclinou a cabeça para o lado. Seu cabelo era longo e fino, do tom da lua. No entanto, suas sobrancelhas eram escuras, um belo contraste do qual era difícil desviar. Seus olhos continuaram em Evadne e ele perguntou: — Qual é o seu nome?

— Evadne. — Ela falou antes que pudesse se dar conta do que estava fazendo, o nome escapando de seus lábios feito fumaça. Uma parte dela se perguntou se ele a encantara para falar e sua garganta apertou.

— Evadne — ecoou ele, como se quisesse saborear o nome da menina. — Para onde você e seus pais estão viajando, Evadne?

Dessa vez ela ficou de boca fechada.

O sorriso de Macarius se alargou, fazendo seu rosto parecer torto.

— Se estivermos seguindo para o mesmo destino, podemos ir juntos.

— Vamos para Abacus — respondeu Gregor.

— Ah, a esplêndida Abacus! Uma cidade antiga tão bela. É uma pena não estarmos seguindo na mesma direção, então. Embora eu deva admitir que a vida noturna de Abacus é bastante enfadonha.

Mais um momento constrangedor de silêncio. O que é que Macarius queria? Evadne ponderou, evitando o olhar do homem.

— Muito bem, então — falou o mago, levantando a mão em uma oferta generosa. — Eu poderia entretê-los com uma simples canção, Evadne e seus pais sem nome, como forma de expressar minha gratidão pelo fogo?

— Não será necessário — determinou Gregor. Ele soava amedrontado; sua mão encontrou a de Evadne, e ele entrelaçou os dedos com os da filha. Deu a impressão de que temia que a garota deixasse os pais para ir com o mago, enfeitiçada.

No entanto, esse tipo de magia era ilegal, pensou Evadne, os batimentos acelerando. Magos nunca deveriam impor sua magia para causar mal, para enfeitiçar outra pessoa. E ela olhou para o político em busca de uma garantia, mas Cyrus bocejava, completamente alheio à conversa que se passava a seu redor.

— É o mínimo que posso fazer — disse Macarius, olhando para a escriba. — O que devo cantar para nossos novos amigos, Beryl?

Beryl sorriu. Seus dentes reluziram como uma foice à luz da fogueira.

— Talvez a Canção do Sustento?

— Excelente escolha.

Evadne não tinha um conhecimento vasto de magia, somente partes e pedaços que absorvera lendo mitos e ouvindo fofocas que viajavam por lugares como Dree. Porém, sabia que magia podia ser falada ou cantada. Feitiços cantados eram sempre mais potentes, mais perigosos.

Ela olhou de Beryl para Macarius e depois para a bolsa de rolos pousada na grama aos pés de Cyrus. Evadne ainda tentava entender a dinâmica do trio, como Beryl parecia conhecer os feitiços do mago intimamente, mas então Macarius começou a cantar.

Sua voz era suave feito o fluir de um rio. Ele cantou na antiga Língua Divina, que detém a concentração mais fervorosa de magia.

Evadne não queria admirá-la ou desejá-la, mas a canção, o encantamento, provocou vontades dentro dela, e ela percebeu que estava com fome, que parecia haver um buraco dentro de si que ela não sabia como preencher.

Escutou atentamente as palavras, sabendo que ele as escolhera com cuidado para o encanto. Sua mente demorou a traduzi-las em um primeiro momento, pois fazia anos que ela tinha lido e escrito na Língua Divina pela última vez. No entanto, logo as palavras do mago começaram a fazer sentido em sua cabeça.

Macarius cantou sobre pão e vinho, sangue e carne. Sobre azeitonas e queijo e frutas robustas sobre videiras. Sobre abundância e saciedade. Cantou sobre longas jornadas que findaram com a morte da sede na concha de mãos cheia de cerveja.

A canção transbordava alegria.

Mas Evadne não se sentia assim. Mais uma vez, ela sentiu uma pontada de vazio, como se estivessem desocupando um espaço dentro dela.

Preocupação a tomou quando Macarius enfim chegou ao final da canção. E ele não os tinha machucado ou enfeitiçado. A mãe ainda segurava a adaga no colo com o maxilar travado e o pai ainda apertava a mão de Evadne com tanta força que chegava a doer.

— Acredito que seja pagamento o suficiente pelo fogo — falou Macarius. — A menos que queiram mais uma canção?

Gregor recusou.

— Muito bem, então. Vamos embora.

Evadne observou Macarius se levantando. Ele estendeu a mão para Beryl para ajudá-la a ficar de pé. Cyrus teve que se virar sozinho e grunhiu ao se erguer, olhando feio para a bolsa de rolos de papiro da qual o mandaram tomar conta.

O trio desapareceu de volta na noite, rindo da mesma forma como havia chegado. Quando o silêncio foi restaurado e o único som que restou foi o do crepitar do fogo, Evadne se perguntou se tinha sonhado todo o encontro.

Gregor soltou um suspiro trêmulo. Soltou a mão da filha, mas continuou próximo a seu lado, rígido feito uma tábua.

— Volte a dormir, Pupa.

Como é que ela ia dormir depois daquilo? Como poderia cair no sono com a música do mago, que era ao mesmo tempo feliz e terrivelmente vazia, ecoando em sua cabeça?

Ela se deitou, sentindo as cobertas frias. Evadne fechou os olhos e fingiu dormir até que o amanhecer chegasse.

Foi Phaedra quem descobriu. Ela revirava os sacos de viagem para preparar o desjejum quando soltou um arquejo.

— Gregor! Levaram tudo. Tudo.

Evadne assistiu em descrença à mãe virando o saco do avesso. Ele estivera lotado de mantimentos e de repente não passava de linho esvaziado.

— E os demais? — Gregor ficou de pé num impulso, juntando-se à esposa na traseira da carroça.

Eles conferiram os outros sacos, todos vazios. Abriram as jarras de cerveja, os frascos de água. Todos secos. A bolsinha de dinheiro que Gregor deixava presa na lateral do cinto também estava vazia. Até mesmo a aveia que tinham levado para alimentar os burros sumiu.

Gregor se ajoelhou, os sacos jogados ao seu redor no chão. Ele passou os dedos pelos cabelos, os olhos vermelhos.

— Será melhor voltarmos? — sugeriu Phaedra. — Estamos somente a um dia de Isaura.

— Não podemos voltar — respondeu Gregor, a voz fraca. — Perderíamos o julgamento.

Lentamente, Evadne foi até o pai para pegar um dos sacos. Ela o revistou, mesmo sabendo que ele estava vazio. Pressionou o rosto contra ele, sentindo o cheiro da lembrança dos figos e do queijo. Seu estômago grunhiu em resposta e ela se lembrou de como a canção de Macarius a fizera se sentir.

Vazia.

O mago não tocara na carroça. Ele nem chegara perto. Evadne nem o vira olhando para ela. No entanto, ao cantar seu feitiço, em um único refrão ele roubou quase tudo que tinham.

— Pai — sussurrou.

As feições de Gregor suavizaram. Ele esticou a mão para tocar o cabelo da filha, reconfortá-la em um gesto silencioso. Ela aceitou o carinho, abalada.

Um dia, Evadne foi uma menina pequena que sonhava com a magia e a achava algo bom, honroso e digno. Porém, a garota enfim via o quanto fora ingênua, ignorante.

A magia não era tudo que ela pensava que fosse.

E ela então se deu conta de que ainda tinha muito a aprender sobre o mundo.

Quando finalmente chegaram a Abacus, Evadne e os pais estavam com uma aparência desgrenhada, a fome e a sede se transformaram numa dor constante. Phaedra encontrara algumas frutinhas silvestres em um arbusto espinhoso que deram sustância a eles. Gregor também usara a lança para pegar dois peixes em um rio. Era tudo que eles tinham comido.

Evadne estava tão faminta que mal conseguia apreciar o esplendor de Abacus, a cidade dos guerreiros, onde Halcyon tinha passado um período da vida.

Aquele era um lugar iluminado e amplo, com telhados de terracota aquecidos sob o sol. As construções eram feitas de paredes brancas, empilhadas umas às outras de modo que as ruas asfaltadas pareciam desfiladeiros sinuosos. As portas eram todas pintadas de vermelho, os lintéis adornados com os símbolos de Nikomides: cobras, espadas e lanças. Ervas cresciam em cestas e urnas dispostas nas janelas e havia um cheiro constante de fumaça no ar. Evadne ouvia gritos do mercado se misturando com o som das marteladas das forjas. Todos iam e vinham com rapidez, cada movimento cheio de propósito.

A família não tinha moedas para comprar um quarto, então Gregor acabou negociando um para eles com o acréscimo de duas refeições por dia, mediante a promessa de cinco potes de azeite da mais alta qualidade.

Evadne comeu com os pais e depois os três foram para o quarto lavar a imundice das mãos e do rosto. Desembaraçaram os cabelos com um pente e vestiram roupas limpas — os únicos pertences que Macarius não desejara.

Seguiram a pé para a ágora, para falar com o arconte — o juiz — de Abacus. Como o crime de Halcyon tinha sido cometido nas terras de Abacus, o julgamento seria conduzido pelo magistrado da cidade. Aconteceria naquele mesmo lugar antigo aonde tinham ido, uma estrutura grandiosa construída de mármore branco. O teto de bronze era sustentado por pilares, cada um esculpido como um hoplita.

Evadne se sentiu pequena ao subir as escadas da ágora, o tornozelo estralando. Ela nunca estivera em um lugar tão vasto, imersa no próprio maravilhamento e medo enquanto seguia os pais até as sombras frias do saguão.

Halcyon já havia explorado aquela cidade; treinara e residira no vale ao lado dela. Evadne se perguntou se a irmã tinha amado Abacus, com a barulheira, a luz e a agitação constantes. Ficou pensando se Halcyon entrara nos mesmos lugares, naquele saguão, no coração da ágora.

O arconte era um homem velho, seu cabelo, que estava solto, era branco feito um ganso e o rosto era marcado por rugas de anos de treinamento embaixo do sol. Ele tinha um quarto particular na ágora e estava sentado embaixo de uma mesa repleta de rolos de papiro, mapas e correspondências. Havia um recipiente cheio de penas próximo à mão do idoso, que arqueou a sobrancelha quando Evadne e seus pais se aproximaram.

Ficou aparente que o arconte não queria vê-los. Que ele presumia que a família estava prestes a lhe apresentar uma pequena causa. Ele suspirou e gesticulou para que chegassem mais perto, mas seus olhos ficaram intrigados quando Gregor os apresentou. Os pais e a irmã de Halcyon de Isaura.

— Ah, sim. Sua filha enfrentará julgamento por assassinato amanhã — comentou o arconte. Seu olhar era de curiosidade ao examinar cada um dos três. — Se tiverem vindo para influenciar minha escolha, permitam-me dizer que a tentativa não vingará. Minha jurisdição não aceita suborno.

Gregor ficou ofendido.

— Lorde, não viemos com o intuito de suborná-lo ou persuadi-lo, mas para pedir permissão para vermos Halcyon.

O arconte bufou.

— Sinto muito, Gregor de Isaura, mas isso não pode ser feito. Uma ofensa grave como assassinato não possibilita tais privilégios.

— Mas, lorde... não tive a oportunidade de dizer uma palavra sequer a minha filha. Eu lhe suplico.

— Não será possível.

Gregor parecia a um suspiro de cair de joelhos e rastejar até o arconte para se humilhar e implorar ainda mais. Phaedra, felizmente, pegou o braço do marido para segurá-lo.

— Milorde — falou ela em um tom suave. — Entendemos que não podemos visitar nossa filha. Mas talvez seja possível darmos uma olhada nela? Da última vez que meu marido e eu a vimos, ela tinha sido flagelada publicamente e estava em profunda agonia.

O arconte ficou em silêncio, analisando Phaedra. Evadne pensou que a mãe conseguira persuadi-lo — parecia que a mãe conseguia levar qualquer um na conversa —, mas o idoso disse:

— Mais uma vez, sinto muito, mas não posso permitir algo do tipo. Sua filha cometeu dois crimes terríveis: matou o parceiro de escudo e fugiu de seu comandante. Ela foi rotulada como covarde, um destino muito pior que a morte para uma guerreira.

— Por favor, lorde — suplicou Gregor. — Não falamos com Halcyon há oito anos.

A paciência do arconte enfim se esgotou. Ele se inclinou sobre a mesa, balançando os rolos que bloquearam parte da luz que entrava pelas janelas.

Evadne estivera ouvindo, observando. Ela ficou parada à luz cinza, mal se dando ao luxo de respirar enquanto esperava.

— Está evidente para mim que vocês não têm conhecimento da magnitude do crime de Halcyon — determinou o lorde, esgotado. — Quem ela matou. Estou errado?

— O que nos disseram foi que ela matou um colega hoplita — respondeu Phaedra enfim.

O arconte endireitou a postura. Seu corpo ainda era largo e alto apesar da idade avançada, os braços marcados de cicatrizes. Ele usava uma armadura de couro com uma espada embainhada às costas, como se ele pudesse enfrentar qualquer um num estalar de dedos.

Ele fitou Evadne, a irmã da acusada, e o único membro da família que permanecia recomposta.

— Halcyon de Isaura não matou um colega hoplita *qualquer* — revelou o arconte, os olhos pálidos ainda fixos em Evadne. — Ela matou o filho do lorde Straton, seu comandante.

VIII

Evadne

Depois de uma noite de sono conturbada, Evadne e os pais acordaram na manhã seguinte e foram para o salão de assembleia da ágora. Uma multidão já havia se formado, evidência de que Halcyon se tornara uma das guerreiras mais notórias do exército de Corisande. No entanto, quando as pessoas diziam seu nome, ele vinha atrelado a palavras como *covarde, tola, assassina*.

Evadne tentou ignorar os sussurros ao se sentar entre os pais em um banco na frente da assembleia. Porém, o burburinho persistiu e a fez tremer.

O arconte chegou e ficou de pé atrás de uma tribuna esculpida com as fases da lua. Uma guirlanda de folhas de oliveira adornava sua cabeça. Ver aquilo só intensificou a raiva de Evadne, embora ela soubesse que a guirlanda era um símbolo de introspecção e conhecimento.

Séculos antes, quando ainda andava entre os mortais, a deusa Acantha também usava um adorno daqueles, uma coroa eterna que seu irmão Euthymius fizera para ela, confeccionada com ramos de oliveira. Era justamente a relíquia mágica que a divindade decidira deixar na terra, e que ainda não havia sido encontrada. Lysander estava convicto de que seria ele que encontraria a relíquia um dia, quando tivesse coragem o bastante para ir embora do pomar. O tio Ozias também acreditara que seria capaz, mas ninguém encontrou a coroa de Acantha, então o arconte usava uma guirlanda comum para o julgamento — uma homenagem à deusa, à verdade e à sabedoria.

Com a presença dele, um silêncio se espalhou pelo salão. Ele abriu um rolo e o leu por um momento. E então Straton chegou, e atrás vinha sua família: a esposa, a filha e um outro filho.

Evadne estava nervosa demais para olhar para eles enquanto se sentavam em um banco adjacente ao de sua família. Porém, logo ela sentiu que alguém a olhava, exigindo sua atenção. Com cuidado, ela levantou o rosto.

Não era o comandante — sentado com tamanha rigidez e quietude que ele poderia ser apenas pedra esculpida — ou sua esposa — friamente bela. Eram os filhos que analisavam Evadne descaradamente. Não eram muito mais velhos que ela, mas seus semblantes levavam a crer que eles não dormiam direito havia uma semana.

A filha era um reflexo da mãe — cabelo loiro espichado, olhos grandes e castanhos, uma tez pálida. Ela usava um quíton luxuoso, tão refinado que reluzia iridescente quando ela respirava, e os broches dos ombros brilhavam com esmeraldas. Havia ainda um diadema prateado em sua testa, o que indicava que ela era uma curandeira de mão cheia, bem como sua mãe ao seu lado.

A garota foi a primeira a desviar o rosto de Evadne, como se não suportasse olhar para ela.

Evadne desviou o olhar para o irmão da garota.

O cabelo era de um castanho-escuro, comprido e solto, as pontas tocando os ombros. Seu rosto era angular, mas equilibrado, como se um deus tivesse se dedicado para criar suas feições. As sobrancelhas eram elegantes, embora arqueassem sobre um par de olhos de cor atípica. Um era castanho, mas o outro parecia ser dividido: a metade de cima da íris era castanha, mas a parte de baixo era de um tom claro de azul. Seu olhar desarmonizado massacrou Evadne, que respondeu abaixando o rosto, reparando nas roupas do jovem.

Ele usava um quíton branco de dobras estampadas com quadrados azuis, e um manto índigo cobrindo o peito, preso ao ombro com um broche celestial. Ele era um mago, percebeu Evadne, alarmada. Ela viu as mãos dele, onde um anel de prata reluzia no dedo do meio.

Evadne desviou o olhar, focando num dos grandes pilares que sustentavam o teto. Porém, ainda sentia o mago observando-a, e sua pele formigou com a encarada.

Suas vestes simplórias logo ficaram suadas e Evadne contou cada respiração, tentando acalmar o coração que batia eufórico.

Mais uma onda de silêncio predominou na assembleia.

Era uma quietude sufocante, gradualmente quebrada pelo baixo tilintar de correntes de metal, um som que foi ficando cada vez mais alto.

Por fim, Halcyon chegou.

Ela foi levada da parte de trás da assembleia, de modo que a plateia conseguiu vê-la se aproximando do arconte. Evadne não conseguia ver por cima das cabeças, não até que a irmã já estivesse quase na frente do salão. Halcyon estava sendo escoltada por dois guardas, cada um segurando um braço. Ela estava coberta de correntes para ser contida, pois mesmo depois de ser chicoteada e aprisionada, Halcyon ainda irradiava força.

Com um choque, Evadne viu que o cabelo de Halcyon fora raspado; sobrava apenas uma sombra do cabelo escuro. A veste de juta que ela usava estava encardida e com respingos secos de sangue, e os pés, descalços e sujos.

Evadne não conseguia nem imaginar o quanto cada passo era doloroso para a irmã, com as costas ainda dilaceradas e tentando se curar. Ainda assim, Halcyon não chegou curvada e devastada. Aproximou-se com a cabeça erguida, como se não sentisse a dor.

Evadne pensou em todas as vezes que tinha sentido orgulho da irmã mais velha, as inúmeras ocasiões em que Halcyon ganhou as corridas pela montanha e com um único soco levou ao chão garotos asquerosos. Porém, todos esses momentos eram eclipsados por aquele, em que sua irmã mantinha a dignidade e a honra.

Gregor começou a tremer ao lado dela no banco e ela soube que as suas emoções estavam afloradas.

A garota entrelaçou os dedos finos com os grossos do pai e, em silêncio, eles seguraram um ao outro, seus olhos voltados somente a Halcyon.

Ela, no entanto, não se virou para a família. Certamente sentia a presença dos pais e da irmã, deduziu Evadne. Porém, Halcyon se recusou a olhar para eles, nem mesmo de relance. Ela parou bem em frente ao arconte e o fitou, aguardando.

— Halcyon de Isaura — começou o arconte, a voz se espalhando pela assembleia como um trovão. — Você foi trazida diante de mim hoje com duas queixas prestadas contra você. Está sendo acusada pelo assassinato de Xander de Mithra, um colega hoplita e seu irmão de escudo. Também foi acusada de covardia: fugiu de seu crime e de seu comandante. Três testemunhas prestarão depoimento. Você deve se manter em silêncio enquanto elas estiverem falando, mas também terá seu momento de falar e responder as perguntas que eu direcionar a você. Dependendo do que for apresentado hoje, sua sentença será anunciada ao final do julgamento ou ao meio-dia de amanhã. Você entende e aceita os termos?

— Sim, lorde — respondeu Halcyon.

— Acorrentem-na à tribuna.

Os guardas direcionaram Halcyon até a tribuna adjacente à do arconte. Ela ficaria de frente para a multidão. Enquanto as correntes ao redor de seus pulsos eram presas à madeira, Halcyon manteve os olhos fechados.

— Seja forte, Broto — sussurrou Gregor, tão baixo e delicado que Evadne quase não ouviu.

Ela sempre se perguntaria se os deuses tinham carregado o sussurro para o outro lado do chão de mármore, subindo à tribuna e passando pelas correntes até chegar aos ouvidos de Halcyon. Um conforto invisível. Porque a irmã abriu os olhos e fitou Gregor.

A tensão em seu rosto suavizou.

Ela olhou para Phaedra e a cor voltou a suas bochechas. Enfim, olhou para Evadne — o canto da boca de Halcyon se curvou num ângulo tão diminuto que foi quase imperceptível. Ainda assim Evadne viu e soube que Halcyon estava tentando tranquilizá-la com o gesto.

— Iason das Ilhas do Leste, apresente-se ao tribunal — determinou o arconte.

O hoplita convocado se levantou da plateia e foi até o arconte. Evadne reparou em como ele se recusou a olhar para Halcyon.

— Iason, foi você quem encontrou o corpo de Xander — começou o arconte, consultando o rolo de papiro. — Conte-nos tudo que sabe a respeito do relacionamento entre Halcyon e Xander, assim como o que viu aquele dia.

— Ao amanhecer, Xander me contou que ia praticar luta com Halcyon — falou Xander. — Não me surpreendeu. Os dois eram parceiros de escudo havia somente um ano. No começo, lutavam no ringue de treinamento com frequência. Mas então começaram a lutar em lugares privados. Quando questionei Xander a respeito disso, ele não quis me contar, mas disse que era necessário. Eu não o pressionei, porque não era da minha conta o que ele e Halcyon faziam.

— Mas Xander gostava de Halcyon? — indagou o arconte. — Havia alguma inimizade entre os dois?

Iason balançou a cabeça.

— Não que eu tenha visto. Eles pareciam ser bem compatíveis.

— Faz alguma ideia de onde eles iam treinar juntos?

— Não, lorde.

— Você já chegou a suspeitar que Xander e Halcyon estavam envolvidos amorosamente?

Iason hesitou. Ele olhou para o comandante antes de responder em um tom incerto:

— Sim, lorde.

Evadne franziu o cenho. Essa ideia não passou por sua cabeça nem por um instante.

Ela olhou para a irmã. O semblante de Halcyon estava vago enquanto continuava assistindo ao depoimento de Iason. Vago como se o pouco que restava de sua luz estivesse prestes a se extinguir, e isso fez Evadne entrar em pânico.

Ela nunca tinha visto a irmã tão derrotada. Ainda assim, era exatamente isso que ela via em Halcyon — o longo suspiro antes da rendição.

— Continue seu relato do dia em que Xander morreu — solicitou o arconte. — Como foi que encontrou o corpo dele?

— Eu vi Halcyon... — Iason parou mais uma vez, titubeante. — Vi Halcyon correndo de volta para o acampamento ao meio-dia. Ela parecia abatida, frenética. Suas mãos estavam sujas de sangue, o rosto também. Quando tentei falar com ela, ela me respondeu de um jeito incoerente. Quando ela finalmente recuperou o fôlego, consegui entender as palavras dela.

— E o que ela disse?

— Ela disse "não foi minha intenção, foi um acidente". Várias vezes. E então me contou onde eu poderia encontrá-lo. Pensei que ela continuaria no acampamento, que Xander estava ferido. Deixei Halcyon para ir ao local que ela descrevera para mim.

— E onde era isso?

— No Desfiladeiro de Dione, ao sul do acampamento.

— E o que encontrou lá, Iason?

O hoplita baixou a cabeça, encarando as mãos.

— Encontrei Xander caído em uma poça de sangue no chão do desfiladeiro. A garganta dele estava cortada.

— Havia algo atípico? — questionou o arconte, estreitando os olhos para Iason. — Algo que indicasse que Xander e Halcyon tivessem estado em um encontro romântico?

— Encontrei, sim, algo estranho. Uma tira de linho no chão próxima a Xander.

— Uma tira de linho?

— Sim, lorde. Não sei de que outra forma poderia descrever. Um torniquete, talvez?

Um movimento súbito chamou a atenção de Evadne. Era Straton, que flexionara os dedos e dera um tapinha no joelho. Pelo visto, o arconte também notou. Um sinal não verbal foi comunicado entre os dois homens. Imediatamente, o mistério do linho foi deixado de lado, e o arconte disse:

— Muito bem, Iason. Está dispensado.

Ele escreveu no rolo que tinha diante de si e Evadne precisou de todo o controle que tinha para não levantar a voz e chamar a atenção para o fato de Straton ter acabado de influenciar o arconte.

— Convoco agora Symeon de Aphra.

Iason desapareceu no meio da multidão e outro hoplita foi à frente. Ele também evitou o contato visual com Halcyon.

— Symeon de Aphra, você conhece Halcyon e Xander há sete anos — disse o arconte. — O que pode me contar a respeito do relacionamento dos dois?

Symeon respondeu rapidamente, sem sombra de dúvida.

— Eram amantes, lorde.

— E que evidências você traz, Symeon?

— Os dois eram bastante cautelosos. Mas um dia, testemunhei o afeto entre eles. Na primavera passada; atrás de uma das tendas, Xander acariciou o rosto de Halcyon, como apenas um homem apaixonado faria.

— Mais alguma coisa?

— Sim, lorde. Xander e eu compartilhávamos uma tenda, e em algumas noites ele saía escondido. Só posso supor que ele saía para encontrar Halcyon. Os dois também passaram dias longe do acampamento, algumas semanas atrás. Parte da legião acreditou que eles tinham ido procurar um sacerdote para se casar em segredo.

O comandante se mexeu no banco. Evadne o fitou; seu olhar não carregava emoção, mas tinha um certo brilho. Era quase um alerta, e o arconte provavelmente entendeu, porque dispensou Symeon na mesma hora e chamou a última testemunha para depor.

— Por fim, convoco Narcissa de Cantos, capitã do Esquadrão do Escorpião.

Uma terceira hoplita se aproximou da tribuna. Ela era alta e graciosa, o longo cabelo castanho preso em uma trança.

Evadne a reconheceu. Era a guerreira que tinha dado chibatadas na sua irmã e depois se ajoelhou e tratou das feridas que causara.

Até que, finalmente, um lampejo de emoção perpassou o rosto de Halcyon. Ela franziu o cenho antes de fechar os olhos, como se não suportasse olhar para sua capitã.

Narcissa, como os demais guerreiros que haviam se apresentado antes dela, não olhou para Halcyon.

— Narcissa, você foi capitã de Halcyon durante cinco anos — começou o arconte. — Conte-nos o que sabe sobre ela.

— Halcyon era uma das melhores guerreiras da legião — respondeu Narcissa. — Ninguém era mais rápido que ela e somente alguns de nós conseguiam desarmá-la.

— Então ela é muito forte?

— Sim, lorde.

— Ela apresentou alguma inclinação à violência?

— Sim. Em determinadas circunstâncias.

Evadne sentiu um aperto no coração. Halcyon *não* tinha inclinações para violência. Halcyon era boa. Ela era leal.

— Como você descreveria Halcyon? — pressionou o arconte.

— Competitiva. Reservada. Atenta.

— Te surpreende que Halcyon cometesse um erro tão grave, se você acredita na declaração dela de que matar Xander foi "um acidente"?

— Sim, diria — respondeu Narcissa. — Como mencionei, Halcyon é muito atenta. É muito raro ela cometer erros.

— Já chegou a suspeitar que Halcyon e Xander estavam envolvidos romanticamente?

— Confesso que a ideia passou pela minha cabeça vez ou outra. Ainda mais quando os dois pareciam inseparáveis. Mas Halcyon nunca foi de me contar sobre seus gostos. Como falei, ela era reservada. Totalmente concentrada no treinamento.

O arconte escreveu no papiro e dispensou a interrogada.

Narcissa enfim olhou para Halcyon, logo antes de se virar, mas os cílios longos de Halcyon permaneceram cerrados. Seu rosto tinha ficado pálido novamente.

O estômago de Evadne se contorceu em um nó de ansiedade quando o arconte voltou a atenção a sua irmã.

— Halcyon de Isaura, agora lhe farei perguntas e, pela ira dos deuses, você deve responder com a verdade. Jura cumprir o que lhe foi pedido?

Halcyon abriu os olhos. No entanto, eles não focaram nada; seu olhar estava distante.

— Juro, lorde.

— Fazia quanto tempo que você e Xander eram parceiros de escudo?

— Quatro estações.

— E você tinha escolhido Xander?

— Não. O lorde Straton o escolheu para mim.

— Você e Xander se envolveram romanticamente em algum momento?

Halcyon hesitou.

— Não. Ele era um irmão para mim, e eu era uma irmã para ele.

Evadne sabia que Halcyon dizia a verdade, apesar do semblante conflituoso. Porém, sussurros se espalharam pela multidão, determinando que a irmã mentia, que houvera sim algo mais entre ela e Xander.

— O que tem a dizer a respeito da afeição que Symeon diz ter visto entre vocês dois?

— Era afeição entre parceiros de escudo, lorde. Xander estava com receio de ter me machucado no treino daquele dia e quis checar se eu estava bem.

— Alguma vez ele a irritou?

— Não.

— Você fugiu do acampamento depois da morte de Xander?

— Sim.

— Não procurou seu comandante após o incidente?

— Não.

— Por quê?

— Tive medo, lorde.

— Medo de quê?

— Da ira do lorde Straton.

— E por que teria medo dele?

— Porque eu tinha acabado de matar o filho dele.

— Então admite o assassinato? — emendou o arconte rapidamente. A transpiração umedeceu a testa de Halcyon.

— Foi um acidente.

— Como é que alguém talentosa como você, Halcyon de Isaura, cometeria um erro tão horrendo? A testemunha Iason disse que você cortou a garganta de Xander. Não entendo como isso pode ter sido um acidente.

Evadne observou a irmã atentamente; viu a forma como ela respirava, como falava, como seus olhos ficaram temerosos. *Não se renda, Halcyon*, Evadne quis gritar. *Não aceite a derrota sem antes lutar.*

Halcyon enfim demonstrou alguma reação, pousando o olhar no comandante. Straton já a encarava com a expressão rígida feito um escudo.

— Xander baixou a guarda — falou Halcyon, tão imperceptivelmente que o arconte precisou se inclinar para conseguir ouvir. — Xander tinha se rendido, mas eu não... vi. Eu já estava em movimento, e minha espada acertou seu pescoço.

A assembleia ficou em silêncio. Foi como se ninguém respirasse naquele exato momento da confissão de Halcyon, enquanto ela encarava o comandante e ele a encarava de volta.

— Causei dor à sua família, lorde Straton — continuou Halcyon. — Sinto muito por isso e sei que minhas palavras jamais serão o bastante para reparar o que fiz. Não há um momento que se passe sem que eu deseje que tudo tivesse sido diferente, que eu tivesse sucumbido e Xander estivesse vivo. Sou uma covarde, e não mereço viver.

O choque tomou conta da plateia. Evadne sentiu o pai soltar a mão dela para cobrir o próprio rosto. Do outro lado, Phaedra estava pálida, devastada ao olhar para Halcyon. Até mesmo o arconte ficou sem reação com as palavras sinceras de Halcyon e olhou para Straton. Evadne viu acontecer de novo: o comandante fez um movimento singelo com os dedos, tamborilando o joelho.

O arconte baixou a pena e ficou de pé. Evadne se deu conta de que ele estava concluindo o julgamento e ia dar o veredito. Ninguém se mexeu nem falou nada enquanto esperavam, prendendo a respiração, para ouvir o destino de Halcyon.

— Halcyon de Isaura — começou o arconte e o nome dela ecoou feito o ruído de aço em pedra. — Pelo meu poder e jurisdição sobre a cidade de Abacus, você foi considerada culpada de assassinato acidental. Por consequência, passará cinco anos trabalhando na pedreira do povo comum em Mithra. Também foi considerada culpada de covardia. Em vista disso, passará os cinco anos seguintes acorrentada na prisão de Mithra. Por fim, passará os últimos cinco anos de sua sentença servindo a casa à qual fez mal, tratando-se da casa de seu comandante, o lorde Straton de Mithra. Em nome dos deuses, isto será feito, e caso tente escapar de sua sentença, enfrentará a execução imediata.

A assembleia virou um rebuliço. Metade da multidão vaiou o veredito; a outra metade aplaudiu. Evadne ficou em silêncio, imóvel, mas por dentro estava furiosa.

A sentença de Halcyon devoraria *quinze* anos de sua vida. Ela teria trinta e cinco anos de idade quando enfim fosse liberta.

E Evadne pensou no quanto a pedreira do povo comum era terrível. O lugar era, em grande parte, composto por caçadores de relíquias, homens cruéis que haviam matado para conseguir o que queriam. E ela também pensou em como as prisões de Mithra eram horríveis. Halcyon ficaria acorrentada na mais profunda escuridão. Não teria companhia nem veria a luz do sol durante cinco anos. E Evadne pensou no serviço de Halcyon ao comandante e sua casa. Sua irmã teria de servir uma família que se ressentia dela e a odiava.

Halcyon talvez sobrevivesse à sentença, mas estaria quebrada no final. A morte teria sido mais fácil, e Evadne viu o mesmo choque se acender nos olhos da irmã. Halcyon encarava o comandante, mas ele não retribuía mais o olhar. Evadne enfim entendeu a docilidade da irmã e os sinais sutis de Straton.

Halcyon fora ao julgamento esperando receber uma sentença de morte.

E Evadne havia se preparado para aquele momento. Ela também acreditara que a sentença da irmã seria a execução e tinha decorado um discurso; ela planejava despejar suas palavras feito óleos preciosos diante do arconte, suplicando pela vida de Halcyon. Agora, porém, Evadne precisava tecer um novo plano depressa.

O comandante estava escondendo algo e Evadne se recusava a deixar qualquer segredo arruinar a vida da irmã.

— Lorde arconte? — Evadne se levantava, falando antes que pudesse mudar de ideia.

O arconte a ouviu, mesmo em meio ao tumulto. Ele fez cara feia, seus olhos vasculhando a frente da assembleia até pousarem nela.

— Lorde, tenho permissão para falar? — pediu a ele.

— *Evadne!* — sibilou Phaedra, horrorizada.

— Pupa, sente-se — implorou Gregor, segurando o braço da filha. — Por favor, *sente-se.*

Evadne apenas olhou para eles, para os olhos alarmados do pai, para o pânico que a mãe mal conseguia mascarar, e disse:

— Permita-me falar.

Gregor a soltou, mas nunca parecera tão velho, tão frágil.

— Sim, o que foi, criança? — concedeu o arconte, erguendo a mão no ar para que a plateia se calasse.

— Evadne... *não.* — A voz de Halcyon a atingiu feito uma flecha lançada.

Evadne olhou de volta para a irmã e viu o desespero crescente de Halcyon.

— Fale, menina — ordenou o arconte, impaciente.

Um silêncio sepulcral recaíra sobre o salão, todos os olhos presos em Evadne, que de repente estava trêmula. Em sua mente, na noite anterior, ela se imaginara sendo corajosa e forte como Halcyon sempre tinha sido, e não toda encolhida, a voz saindo como uma nota débil de uma corda frouxa de cítara.

— Lorde, sou Evadne de Isaura, irmã mais nova de Halcyon. Eu gostaria de assumir metade da sentença de minha irmã e servir ao lado dela.

A atmosfera do local fervilhou de espanto. Era sufocante; era difícil pensar coerentemente. Porém, apesar do alvoroço, era possível ouvir os gritos de Halcyon.

— Não, Eva! Lorde arconte, eu não aceito tal acordo!

Pela segunda vez naquele dia, o arconte ficou perplexo. Encarou Evadne como se ela tivesse perdido o juízo.

— Lorde arconte — disse Evadne, falando mais alto, sobrepujando a recusa enérgica da irmã. — Deixe-me servir com ela. Em vez de uma sentença de quinze anos, seriam então sete anos e meio no total, divididos entre nós duas. Dois anos e meio na pedreira, dois anos e meio na prisão e mais dois anos e meio em serviço ao lorde Straton de Mithra.

O arconte olhou para o comandante. Evadne fez o mesmo.

Straton se colocou de pé, os olhos intrigados ao observá-la. Ele era o único que não parecia surpreso pela oferta imprudente de Evadne, mas ela se perguntou se o homem alguma vez deixava transparecer suas emoções reais. Ele baixou o olhar para o chão, mirando o tornozelo direito dela.

— Sou mais do que capaz, lorde Straton — defendeu Evadne. Porém, assim que disse as palavras, o tornozelo latejou em discordância.

— É admirável de sua parte — apontou Straton —, mas a sentença cabe a Halcyon, não a você.

— Eva... Eva, está tudo bem — garantiu Halcyon, rouca. As correntes tilintaram quando ela esticou os braços. — Por favor, irmã. Ouça o que o lorde Straton diz.

Evadne ignorou Halcyon. Continuou sustentando o olhar do comandante e ousou emendar:

— Sei que um dia o senhor admirou minha irmã, lorde Straton. Ter escolhido Halcyon como parceira de escudo do seu próprio filho expressa isso mais do que qualquer outra coisa. Sei que a justiça deve ser servida aqui hoje e minha família está grata pelo senhor ter poupado a vida dela. Mas não restará nada da minha irmã ao final dessa punição. Se não quiserem concordar em me deixar cumpri-la com ela, então eu peço que repassem uma parte a mim.

— Você é ingênua, Evadne de Isaura — analisou o arconte, chamando a atenção dela. — Não sabe nada a respeito da justiça entre guerreiros. O que atribuí a sua irmã é o mais leve dos castigos, considerando seus crimes.

Mais uma vez, Evadne teve que engolir sua resposta. No entanto, seu maxilar tensionou e ela direcionou seu olhar ao lorde Straton. Ela não era tola; sabia que tinha sido o comandante a decidir o destino de Halcyon. O arconte simplesmente o oficializou.

Straton, por sua vez, também não era tolo. Evadne percebia que ele lia a linha de raciocínio dela. Afinal, ela se dirigira a *ele*, não ao arconte, sabendo que o comandante era quem detinha o poder ali.

— Lorde arconte — falou Straton em um tom plácido, olhando para onde o juiz estava atrás da tribuna. — Considerei as súplicas de Evadne e gostaria de apresentar um acordo alterado para a consideração do senhor. Halcyon servirá cinco anos na pedreira e cinco anos na prisão. Evadne servirá cinco anos em minha casa. E isso completará a sentença pelos crimes de Halcyon.

O arconte franziu o cenho, como se tivesse que ponderar a nova dinâmica proposta. Porém, Evadne já sabia que ela seria implementada.

— Então assim será — anunciou o arconte. — Halcyon, sua irmã mais nova tomará cinco anos da sua sentença servindo a casa do lorde

Straton. Vocês duas começarão suas respectivas penalidades no próximo amanhecer. Halcyon, você será transportada para a pedreira do povo comum; Evadne, você viajará a Mithra com o lorde Straton e sua família.

Os guardas libertaram Halcyon da tribuna e a escoltaram de volta à cela. Evadne olhou para a irmã, voraz para decorar cada detalhe antes que ela fosse arrastada às sombras.

E Halcyon, que Evadne nunca tinha visto chorar, que sempre havia sido forte e corajosa aos olhos dela, cobriu o rosto com as mãos e chorou amargamente.

IX

Evadne

E vadne se deitou em seu estrado naquela noite, com o luar entrando pela janela aberta. A estalagem estava silenciosa; Gregor e Phaedra haviam finalmente escapado para o mundo dos sonhos depois de horas se revirando inquietos na cama. Evadne ouviu os roncos baixos do pai, sua mente consumida por pensamentos da manhã seguinte, quando ela se juntaria a Straton e sua família. Quando sua vida mudaria.

O que foi que eu fiz?

Ela estava exausta, o que fazia sua imprudência parecer ainda maior. Ela era tola por acreditar que era capaz de expor um homem poderoso como Straton, por acreditar que podia aliviar uma fração do sofrimento de Halcyon — e tudo o que ela queria era dormir e esquecer o horror daquele dia.

Ela ouviu um bater de asas.

Olhou para a janela, onde um passarinho estava empoleirado no parapeito. Parecia um rouxinol, e suas penas brancas e marrons brilhavam à luz das estrelas.

Ela prendeu a respiração ao observá-lo voando da janela para a beirada do estrado. O rouxinol piou e pulou para mais perto dela. Evadne se sentou e estendeu a mão, ficando maravilhada quando o pássaro pousou em seu dedo. Ele gorjeou baixinho, como se estivesse tentando dizer algo a ela. No entanto, antes que Evadne pudesse sussurrar para o animal, ele voou de volta ao parapeito e esperou.

Ela se levantou, seguindo-o até a janela.

O pássaro voou. Ela o viu descendo para a rua, até um garoto que estava com a mão estendida sob a luz do luar. O rouxinol aterrissou no dedo do jovem e Evadne sentiu o coração balançar, estonteada, até que o reconheceu. Era o filho de Straton, o irmão mais novo de Xander. O mago.

Ele continuou parado na rua, esperando. Esperando por ela, Evadne sabia.

Ela pensou em ignorá-lo, mas a curiosidade cresceu dentro dela. O que ele queria? Por que a procurara na calada da noite quando iria vê-la pela manhã?

O quarto da família ficava no segundo andar da estalagem. Evadne se esgueirou pela janela para ver se era possível descer pelo lado de fora. O mago chamou sua atenção, apontando para a porta da frente do estabelecimento.

Ela encontrou a cópis embainhada da irmã e calçou as sandálias. Os pais continuaram dormindo, sem reparar na filha atravessando o quarto.

A porta se abriu sem fazer barulho. Evadne saiu para o corredor, seguindo pela parede até encontrar as escadas. O salão de jantar estava vazio e a porta da frente destrancada. Era um tanto assustador, pensou ela ao sair da estalagem. O modo como o mago encantara um pássaro e várias portas. Foi inevitável para ela ficar se perguntando se ele iria machucá-la.

Ela parou na soleira da porta e olhou ao longe para ele.

O jovem continuava no meio da estrada deserta, o rouxinol ainda empoleirado em sua mão.

Evadne começou a se aproximar. Ela se lembrou do truque de Macarius, daquele vazio oco em seu estômago, e parou a um braço de distância do filho de Straton, sua cautela evidente.

— Não tenho intenção de lhe fazer mal, Evadne — disse, com a voz em um timbre grave que o fazia soar mais velho do que de fato era. Ele parecia ser apenas um ou dois anos mais velho que ela. — Eu a procurei hoje em nome de Halcyon. Conversei com sua irmã algumas horas atrás e ela pediu para ver você. Posso levá-la escondida à cela, mas você terá que confiar em mim.

Evadne pensou não ter ouvido direito.

— *O quê?*

O mago sussurrou para o rouxinol e o pássaro saiu voando, sumindo nas sombras.

— Não temos muito tempo. Vou lançar um encantamento que me tornará invisível a olhos alheios. O mesmo acontecerá a qualquer coisa que me tocar. Você precisa pegar a minha mão e segurá-la até que seja seguro soltar.

Evadne olhou para a mão dele, o anel prateado que brilhava no dedo do meio. A ideia de segurar a mão do garoto a fez hesitar.

— Por quê? Por que está me oferecendo isso? — Ela não confiava nele e não se deu ao trabalho de esconder.

O mago ficou em silêncio, analisando-a. Sua voz saiu fria quando ele falou:

— Porque eu faria qualquer coisa para ter a chance de falar com o meu irmão uma última vez.

Ela ficou sem resposta. No entanto, suas bochechas esquentaram. Ela sentiu uma pontada de vergonha, de raiva.

— Aceita ou não? — pressionou ele, impaciente.

— Sim — sussurrou ela, e o ar entre os dois zuniu, a mágica aguardando que ele a respirasse, que a verbalizasse.

O mago deu as costas a Evadne, o que a deixou ansiosa, até se dar conta de que ele estava cantando, e que provavelmente queria um pouco de privacidade. Ainda assim, Evadne não parou de olhar para ele. Ela entendeu algumas partes do feitiço — ele cantava na Língua Divina, assim como Macarius fizera, mas sua voz não era nem de longe tão polida e bela quanto a de Macarius. Sua voz era mais grave, mais esfumaçada. Era um tanto mordaz, como cascalhos na sola de pés descalços, e Evadne sentiu um arrepio.

Ela viu o contorno do garoto começando a reluzir à medida que ele se esvanecia em poeira prateada. E então ele sumiu, como se nunca tivesse existido. Evadne ficou parada sozinha no meio da rua, o vento da noite uivando por entre as construções, fazendo o cabelo voar em seus olhos descrentes.

— Minha mão está na sua frente — ela o ouviu dizer. — Estenda a sua e irá encontrá-la.

Evadne levantou a mão, procurando a dele. Seus dedos se encontraram e se entrelaçaram, desajeitados. O coração da garota batia como um tambor enquanto ela sentia o encantamento engolfando-a. Era como um véu sendo puxado sobre sua pele, mais macio que seda. Ela viu o próprio corpo se esmaecendo em poeira dourada, sucumbindo à invisibilidade.

— Devemos ser rápidos — disse o garoto. — Não me solte até eu falar.

O mago assumiu um ritmo apressado, guiando Evadne pelo labirinto de ruas, passando por guardas que não faziam ideia de sua presença. Ela teve dificuldade de acompanhá-lo, o tornozelo ardendo em protesto quando enfim chegaram à ágora.

Os dois subiram as escadas, sem enxergar direito e silenciosos como um suspiro. Os guardas que patrulhavam a colunata não deram atenção a eles nem ouviram as portas abrirem uma fresta, e o mago assumiu a dianteira guiando Evadne pela partilha. O quíton dela ficou preso na maçaneta. Ela mordeu o lábio, os dedos quase se soltando dos dele, mas o mago segurou a garota com força, recusando-se a deixar suas mãos se separarem.

Com cuidado, ela se soltou da maçaneta de latão quando um dos guardas se virou, franzindo o cenho antes de fechar as portas ao passarem.

O saguão da ágora era bem diferente à noite. O ar estava espesso com o silêncio. Lamparinas a óleo estavam acesas sobre suportes de ferro, as chamas bruxuleando anéis de luz no piso polido.

O mago a guiou adiante, passando pelo salão da assembleia e atravessando um corredor. Havia uma porta aberta que revelava uma luz vinda do fogo lá dentro. Evadne sentiu o trêmulo mago diminuir o passo enquanto se preparavam para passar por ela, e só entendeu o motivo quando conseguiu olhar pela fresta.

Straton estava no cômodo, sentado com uma mesa à sua frente, repleta de rolos e papiros, as mãos escondendo o rosto; sua armadura e as armas suspensas na parede atrás dele. Tão imóvel que parecia estar dormindo. Porém, o comandante abaixou as mãos e seu rosto agoniado estava marcado por rugas.

Evadne não queria sentir compaixão por ele.

Mas sentia, como um beliscão em sua alma. Os dedos do filho do lorde firmaram nos dela e ela só conseguia se perguntar por que ele estava se arriscando daquela maneira.

Deixaram o comandante para trás, passaram por mais um grupo de guardas armados e enfim chegaram a uma escadaria de pedra. O ar ficava mais gélido conforme desciam à prisão; tochas queimavam nas paredes, iluminando gravuras de bestas e os hoplitas que as mataram.

Entraram em um espaço onde havia dois guardas sentados a uma mesa, jogando bugalha. A entrada da prisão ficava logo depois deles, uma porta de correr enorme treliçada em ferro — trancada. Porém, o mago devia ter surrupiado uma chave, pois ele levou Evadne até porta e ela viu a fechadura girar até fazer um clique.

Mais uma vez, ele fez a porta se abrir sem fazer barulho, e os dois passaram antes que ela se fechasse atrás deles, os guardas completamente alheios ao que se passava.

E é por isso que magos são proibidos em prisões comuns, pensou Evadne com amargor. A lei determinava que magos não podiam entrar em lugares como aquele. O risco de encantamento era alto demais — feitiços de tortura ou de fuga. No entanto, vez ou outra, era permitido. Se o mago fosse considerado confiável.

O jovem devia ter estado ali mais cedo, quando visitou Halcyon. Por um motivo que Evadne estava ansiosa para descobrir.

— Pegue aquela tocha com sua outra mão, mas tenha cuidado — murmurou o mago para ela, e ela fez o que lhe foi pedido. Assim que seus dedos tocaram a haste, a tocha ficou invisível, e a luz sumiu.

Eles avançaram pelo corredor. Felizmente, o garoto conhecia a planta da prisão, mesmo no escuro.

Passaram por uma cela após a outra. Evadne ouvia murmúrios e grunhidos de dor. O som se espalhava de um jeito sinistro, alto depois baixo, como se ela estivesse presa em um sonho.

Por fim, o mago parou.

— Esta é a cela da sua irmã. Pode me soltar agora, para reaver o fogo.

Evadne desenlaçou os dedos dos dele. As chamas que ela carregava se acenderam, agora visíveis, e ela viu o próprio corpo retornando, assumindo espaço mais uma vez. O mago continuou invisível, mas a garota sentiu sua manga roçar o braço dela enquanto ele destrancava a porta.

— Vou ficar de tocaia aqui, mas receio que você não vá ter muito tempo — sussurrou. — Quando eu abrir a porta, esteja pronta para pegar minha mão para partirmos.

— Sim, sem problemas — concordou Evadne. — Obrigada.

A resposta dele foi abrir a porta da cela de Halcyon e Evadne entrou.

Halcyon estava sentada, apoiada na parede paralela, de olhos fechados. Seu peito subia e descia em um padrão frenético, e o coração de Evadne se contorceu quando ela viu a irmã de cabeça raspada e usando uma veste feita de juta, presa em uma cela que só conhecia o desespero.

— Halcyon — sussurrou.

A irmã abriu os olhos. A preocupação se desfez em seu rosto e ela abriu um sorriso largo, como se estivessem em casa, no quarto que compartilhavam. Como se nada daquilo tivesse acontecido.

— *Evadne*. Meus deuses, não acredito que ele te trouxe! — Ela teve dificuldade de se levantar, mas por uma vez na vida, Evadne foi mais rápida. Ela apoiou a tocha em um suporte de ferro na parede e se sentou em frente a Halcyon, os joelhos das irmãs se tocando. O chão estava frio, e Evadne pegou as mãos de Halcyon, sentindo o quanto ela estava frígida.

— Está falando do mago? — indagou Evadne, esfregando os dedos gelados de Halcyon nas próprias mãos. — O outro filho do lorde Straton?

— Sim. Damon — respondeu Halcyon. — Pedi para ele trazer você até mim, mas não imaginei que ele fosse mesmo fazer isso.

Evadne engoliu as perguntas, recusando-se a perder o tempo que lhe fora concedido. Ela levou as mãos da irmã aos lábios para soprar calor nelas.

— Você está congelando, Hal.

Halcyon riu sem humor.

— Não dão cobertores para assassinas.

— Mas você não é assassina.

Halcyon ficou quieta, encarando a irmã mais nova com atenção. Quando enfim falou, a voz falhou.

— Por quê, Eva? Por que fez isso?

Evadne baixou as mãos entrelaçadas das duas.

— Lembra do dia em que você partiu para se juntar à legião, anos e anos atrás?

— Não tenha dúvidas. Ainda sonho com ele às vezes.

— Eu também. E levei muito tempo para superar sua ausência. Chorei todas as noites durante uma estação inteira. Eu odiava ter o nosso quarto só para mim. Depois de um tempo, a dor aliviou, mas a saudade persistiu. Todos os dias, eu me perguntei o que você estava fazendo, mais quantos amigos tinha agora, se você ainda sequer pensava em mim.

Ela parou, a voz vacilando. Os olhos de Halcyon brilhavam; ela segurou a mão de Evadne com mais firmeza.

— Primeiro, eu não entendia por que você tinha que ir para a legião. Mas então compreendi, e senti orgulho de você. Depois veio a inveja, porque você tinha ascendido. Você era a alegria dos nossos pais. Estava destinada a fazer coisas grandiosas, e eu a continuar no pomar, esquecida. Mas aí, quando vi você descer pela minha janela naquela noite, sabendo que você estava em apuros, mas incerta sobre aonde você ia... Tudo veio à tona de novo. A dor da sua partida. Eu disse a mim mesma que não seria deixada para trás dessa vez. Que eu seguiria você, que eu iria aonde quer que você fosse, mesmo que isso significasse ajudá-la a cumprir uma punição que você não merecia.

Halcyon se inclinou para juntar a testa com a de Evadne. As irmãs ficaram paradas assim por um momento e foi como se a frieza e a umidade da cela tivessem desaparecido.

— Você é corajosa, Eva — sussurrou Halcyon. — Muito mais do que eu. Tem aço dentro de você, irmãzinha.

— Ah! Isso me lembra de uma coisa. — Evadne se afastou e levou a mão ao bolso. — Trouxe isto para você. — Ela colocou a cópis sobre o colo da irmã.

— Onde a encontrou? — Os dedos de Halcyon tremeram ao tocar a bainha de couro.

— Tomei de Laneus.

Halcyon sorriu.

— Que bom. — Ela pegou a lâmina, mas logo a colocou de volta nas palmas de Evadne, curvando os dedos da irmã sobre a bainha. — Quero que fique com ela, Eva. Mas deve mantê-la escondida, do contrário ele tirará ela de você.

"Ele", no caso, Straton.

Evadne tentou se esquecer do lampejo de dor que vira no rosto do comandante, quando ele pensava estar a sós. No entanto, ela sentiu um nó na garganta que a lembrou que havia muito mais acontecendo do que ela tinha conhecimento.

— Hal… — Evadne respirou fundo, enfiando a cópis de volta no bolso. — Por que o comandante te escolheu para ser a parceira de escudo de Xander?

— Não sei — respondeu Halcyon, rápido demais.

Evadne sabia que ela estava mentindo. Foi difícil esconder sua frustração pelo fato de que Halcyon continuava escondendo coisas dela, mesmo depois de todo o trauma que havia se passado.

— Ele deve ter tido um motivo, irmã. O lorde Straton não me parece o tipo de homem que faz as coisas sem um propósito. Ele por acaso pediu para você e Xander fazerem algo de que ninguém mais poderia saber?

Halcyon estreitou os olhos. O brilho de alegria já se esvaíra, e ela levou um dedo aos lábios de Evadne.

— Por que está fazendo esse tipo de pergunta, Eva?

Evadne afastou o dedo de Halcyon.

— Porque estou sentindo que a questão é muito mais complexa e que ele está tentando encobrir alguma coisa ao puni-la injustamente.

A raiva de Halcyon explodiu. Evadne raramente tinha visto a irmã mais velha irritada; ela sempre tivera um temperamento moderado e paciente, mesmo na infância. Ver a cólera de Halcyon naquelas circunstâncias só intensificou as suspeitas de Evadne sobre o comandante.

— De onde tirou algo absurdo assim, Eva? Tem que me prometer que vai deixar isso para lá e manter a cabeça baixa enquanto servir ao lorde Straton. Não busque respostas, senão vai irritá-lo, e eu não posso suportar isso. Se algo acontecesse a você…

Evadne baixou a guarda; ela ouviu o medo à espreita na voz da irmã e segurou o rosto de Halcyon para ampará-la.

— Não vai acontecer nada comigo, Hal.

— Então jure, Evadne — sussurrou Halcyon, tremendo. — Prometa pra mim que vai ser esperta, que vai continuar em segurança.

Era uma promessa que Evadne não sabia se poderia cumprir. Porém, sorriu e assentiu, e a tensão que crescia em Halcyon relaxou.

A porta da cela se abriu.

— Evadne — falou Damon, a voz baixa, mas urgente. — Precisamos ir agora.

A garota sentiu um aperto no coração ao envolver Halcyon em seus braços uma última vez. Ela sentiu uma rigidez nas costas da veste da irmã, e quando se afastou, percebeu que era sangue seco.

— Hal! Você estava sangrando!

— Eu sei — sussurrou Halcyon. — Vou ficar bem. — Foi a vez dela de segurar o rosto de Evadne, amparando-a. — Eu te amo, Evadne. Cuide-se, seja prudente, e logo eu a verei de novo. Prometo. — Ela beijou as bochechas da irmã e Evadne achou que fosse chorar, o peso de dez anos de repente se tornando visceral. — Agora vá.

Evadne deu um beijo de despedida na irmã e quis mais do que qualquer coisa devolver as palavras a ela. *Eu te amo, Halcyon*. Mas sabia que, se falasse, ela se espatifaria em centenas de cacos.

Cambaleando, ela se pôs de pé, o nariz tinha começado a escorrer e a vista estava turva. Porém, antes de pegar a tocha de volta do suporte, Evadne olhou para Halcyon. A irmã sorriu e, por um suspiro, parecia que elas tinham voltado a ser crianças.

Quão diferente as duas estariam daqui a dez anos?

Evadne encontrou a mão de Damon, invisível e à espera. Com a outra mão, ela pegou a tocha, e a escuridão recaiu sobre o mundo.

X

Evadne

—E vadne? É hora de acordar.

A voz de Phaedra interrompeu o sono de Evadne, deixando-a agitada. Ela se sentou no estrado, grogue, até ver a última coisa que esperava: a mãe e o pai aguardando por ela, de pernas cruzadas no chão do quarto, com o desjejum servido à frente. Os pais mal haviam falado com ela após o julgamento. Evadne sabia que estavam chateados, irritados por ela ter proposto uma nova barganha a Straton. Só que estava evidente que eles tinham algo a dizer para a filha.

Devem ter me ouvido saindo escondida ontem, pensou Evadne, reprimindo um grunhido. Ela se juntou a Gregor e Phaedra no chão, tomando cuidado para não fazer contato visual com eles. Como poderia explicar o que tinha acontecido na noite anterior? Como responderiam ao fato de que ela tinha saído por aí com o filho do inimigo? Que ela, e apenas ela, tinha ganhado um momento a sós com Halcyon?

— Lembro-me da noite em que você nasceu, Pupa, como se fosse ontem — começou o pai com a voz tenra. — Você veio ao mundo tão quietinha, tão imóvel que eu tive receio de que os deuses tivessem tomado seu suspiro. Mas então você esticou a mão e segurou meu dedo com firmeza, e eu pensei que jamais te soltaria. Às vezes esqueço que descendemos do deus do vento. Um deus que se arruinou por amor. Mas de vez em quando, uma geração se lembra de como é voar, e cria suas próprias asas. Como Halcyon. E como você, Eva.

Evadne ficou atônita. Era a última coisa que ela esperava que o pai dissesse e ela tentou conter as lágrimas que brotavam em seus olhos.

Gregor pegou algo que estava escondido sob a gola da túnica. Evadne observou, confusa enquanto ele puxava uma corrente prateada que brilhava na luz do sol.

— Estenda a mão, Pupa.

Ela obedeceu de queixo caído, a palma aberta. Assim que o pai colocou o pingente de lápis-lazúli em sua mão, ela soube exatamente o que ele era, embora nunca o tivesse visto antes. Ela somente ouvira lendas a respeito dele. Ouvira o primo descrevê-lo com uma gana quase dolorosa na voz. Aquilo havia sido o estopim da briga do tio Ozias com a família. A razão por que ele renunciara aos parentes dez anos antes. Porque ele queria o pingente mais do que qualquer coisa.

E ali estava ele, reluzindo na mão de Evadne, prata e azul, como um pedaço do céu.

A relíquia de Kirkos.

O objeto encantado que o deus do vento dera ao reino antes de quebrar as asas e se tornar mortal. O ancestral dela.

— Pai... — sussurrou, atônita.

Evadne não sabia o que mais a incomodava: o fato de que o pai estivera em posse da relíquia o tempo todo e a mantivera escondida e segura — ele poderia ter deixado a Corte do Povo Comum por causa dela! Poderia ter se tornado um membro da Corte de Magia anos antes — ou a noção de que ele estava dando a relíquia para ela. Um pedacinho de magia. Um pedacinho de casa.

— Chegou a hora de você usar isto, filha — sussurrou Gregor. — Esconda e guarde em segredo, do contrário vão tirá-lo de você.

Evadne o analisou, passando o dedo pelo adorno. A lazulita era esculpida na forma de uma asa e o pingente tinha o tamanho do dedo mindinho dela. A corrente era longa o bastante para manter a asa escondida debaixo de suas vestes.

— É verdade que ele... — Ela nem conseguia oralizar a pergunta. Encontrou o olhar do pai, arregalado em maravilhamento.

Gregor sorriu.

— Sim. Quando usá-lo ao redor do pescoço, vai responder ao comando do seu coração quando desejar voar. Mas repito, Pupa: você deve ser astuta, cautelosa. — Ele pegou o objeto da mão da filha para colocá-lo no pescoço dela. Evadne ouviu o sussurro da corrente, sentiu o peso da asa pousando sobre seu coração.

— Combina com você — disse Phaedra.

Tanto a mãe quanto o pai, então, sabiam da relíquia e a haviam escondido.

— O tio Nico e a tia Lydia também sabem? — indagou Evadne, escondendo o pingente sob as roupas.

— Não, Eva. É um segredo que guardamos há muito tempo — respondeu Gregor. Havia uma nuance de arrependimento em sua voz. Evadne se perguntou se o pai estava pensando no irmão perdido, que podia ou não ser um prisioneiro na pedreira do povo comum, acorrentado entre outros caçadores de relíquias que deixaram a ambição e a ganância falar mais alto. O lugar onde Halcyon passaria os cinco anos seguintes.

Tiveram dificuldade de comer depois daquilo, a manhã emanando uma energia ansiosa. Porém, Evadne forçou-se a engolir um pedaço de pão folha e alguns figos antes da hora de partir. Ela deveria encontrar Straton no poço do mercado, do outro lado da rua da estalagem. E ainda assim, chegado o momento, Evadne sentia vontade de agarrar Gregor e Phaedra e não soltar mais.

O pai foi o primeiro a se levantar, puxando a filha para também ficar de pé. Ele deu um abraço apertado nela, fazendo Evadne perder o fôlego, e deu um beijo em sua testa. Em seguida, virou-se para esconder as lágrimas, não suportando vê-la indo embora.

Evadne pegou sua pequena bolsa de pertences, a cópis de Halcyon seguramente aninhada ao fundo. Phaedra desceu com a filha até o primeiro andar e a acompanhou até a porta de entrada da estalagem, por onde Evadne passara feito uma sombra apenas horas antes.

A mãe parou na porta. Segurou o rosto da filha nas mãos e olhou bem para ela, o subir e o descer do perfil da filha, a escuridão em seus olhos, as sardas nas bochechas.

— Não importa que você sirva à família do lorde Straton agora — sussurrou. — Você pertence a si mesma. Ninguém possui sua alma, seu corpo ou seu destino. Ninguém além de você, Evadne.

A garota suspirou as palavras, deixou-as se misturar com seu sangue e seus ossos, de modo que ela nunca pudesse esquecê-las.

— Você fez uma coisa corajosa, filha. Os deuses vão ver e abençoar sua generosidade. Estou orgulhosa de você, Evadne. Use a relíquia de Kirkos *apenas* em momentos de necessidade extrema, e mesmo nessas circunstâncias, seja inteligente com ela, meu amor. É um presente extraordinário, mas pode ser perigoso se for mal utilizado — sussurrou Phaedra, beijando a face da caçula. Ela soltou a filha, como deveria fazer, ainda que isso causasse dor às duas.

Evadne começou a andar em direção ao mercado.

Não olhou para trás, embora sentisse o olhar da mãe. Cada passo que Evadne dava a afastava ainda mais da vida que conhecia. O medo e a dúvida guerrearam dentro dela até ela pensar em Halcyon, que sempre fora um exemplo de valor, uma constelação para guiar o percurso de Evadne.

Ele levou a mão ao peito, sentindo a asa de lápis-lazúli sobre o coração, vibrando com magia. Uma promessa irradiou da terra, do vento, reverberando dentro dela como um refrão.

Há aço dentro de mim.

Eu não me curvarei.

Eu não quebrarei.

O SEGUNDO PAPIRO

Uma coroa feita de segredos

XI

Evadne

S traton aguardava próximo ao poço.

Num primeiro momento, ele parecia um deus — alto e robusto e implacável —, com o sol brilhando sobre as escamas de bronze da sua armadura, como se ele tivesse sido forjado a partir do fogo. Ele segurava o elmo na dobra do braço, a crista preta e branca feita de pelo de cavalo esvoaçando na brisa da manhã. Havia uma bolsinha de couro presa em seu cinto e uma espada guardada na lateral do corpo, a borda da bainha adornada com esmeraldas.

Enquanto se aproximava, Evadne ponderou sobre quantas pessoas ele já devia ter matado.

Os olhos do comandante a analisaram brevemente. Tudo que ela podia fazer era torcer para não passar um ar de aflita e assustada.

— Acompanhe-me.

Straton se virou e avançou pelo mercado — vendedores, criados, donas de casa e hoplitas, todos prontamente abriram caminho para ele. Mais uma vez, os sussurros chiaram, seguindo-a em seu encalço.

Sim, é ela mesma. A irmã da hoplita que matou Xander.

Ela está pagando uma parte da punição de Halcyon. Que menina tola.

O que foi que deu nela para fazer algo assim?

A testa de Evadne suava quando o comandante enfim parou na banca de um prateiro. Um cobertor velho servia de toldo, protegendo--os quase totalmente do sol que nascia enquanto esperavam por auxílio.

Evadne ficou ligeiramente atrás de Straton, observando a quantidade de joias dispostas na mesa do artesão.

Uma bandeja estava repleta de símbolos das divindades, com cada um dos oito deuses e deusas representados em prata. Até mesmo Pyrrhus, o deus do fogo, tinha sido homenageado, apesar do fato de ainda estar preso no Monte Euthymius. Kirkos, no entanto, fora negligenciado, e Evadne sentiu uma pontada de tristeza vendo que a decisão do deus o havia tornado insignificante.

— Lorde Straton! — cumprimentou o prateiro, saindo de uma porta aberta. — Peço desculpas pela espera. Como posso ajudá-lo?

— Preciso de um amuleto — explicou o comandante.

O prateiro olhou para Evadne. Ela leu seus pensamentos, o arco de suas sobrancelhas — ele sabia exatamente quem ela era.

— Sim, agora mesmo — respondeu ele, e os convidou para entrar em sua área de trabalho.

Evadne precisou de um momento para que seus olhos se ajustassem à luz baixa, mas logo viu a mesa longa encostada à parede. Barras de prata e instrumentos de ferro estavam espalhados nela. Um rolo longo também estava aberto sobre a bagunça, marcado com desenhos.

O prateiro remexeu em alguns potes e enfim mostrou um amuleto na palma da mão para a consideração de Straton.

— Isto vai servir — falou o comandante.

Evadne continuou ali por perto até o prateiro gesticular para ela se aproximar e ficar perto do fogo. Ela sabia o que estava prestes a acontecer, e devia ter se preparado. Mas não havia criados em Isaura. Ninguém no pomar usava um amuleto para expor com quem tinham dívida. Seus braços eram musculosos e fortes e não tinham marcas, exceto o bronzeado do sol. Eles eram mestres de si próprios, sabendo que tinham de trabalhar para comer e sobreviver.

Evadne se mexeu como se estivesse submersa.

Ela estendeu um braço, aguardando.

Não queria olhar enquanto o homem colocava o aro de prata na parte superior de seu braço, soldando-a no lugar certo com a insígnia de Straton suspensa nele. Ela se distraiu pensando em Halcyon, refletindo sobre onde a irmã estava naquele momento. Elas viajariam na mesma direção: a pedreira do povo comum ficava nas redondezas de Mithra, o destino de Evadne. Pelos cinco anos seguintes, haveria apenas alguns quilômetros separando as irmãs. Quilômetros que seriam impossíveis de atravessar.

Embora... talvez, depois de um tempo, Evadne conseguisse.

Talvez ela voasse até lá.

Saindo da loja do prateiro atrás de Straton, com o amuleto reluzindo no braço, Evadne planejou como conquistar a confiança da família. Se ela parecesse humilde e os honrasse, quem sabe eles não passariam a confiar nela o suficiente para conceder uma visita à pedreira.

Era uma ideia improvável, mas deu a ela um tanto de esperança e de energia enquanto seguia o comandante pelo mercado. Ela cedeu à tentação e olhou para o amuleto. A insígnia de Straton era uma espada. Um lado da lâmina exibia uma lua cheia, um tributo a Ari. O outro estava gravado com um sol, um tributo a Magda. A família tinha tanto o sangue da deusa do sol quanto o da deusa da lua.

Não era de estranhar que um dos filhos de Straton tivesse herdado magia. As divindades corriam pelo sangue deles.

Ele levou Evadne a um segundo mercado. Os mercadores pechinchavam em suas bancas, uma longa fila fluía em direção à venda de um padeiro. O aroma doce de bolos se misturava com o fedor de peixes, burros e ferro aquecido, fazendo os olhos de Evadne lacrimejar. Ela sentia saudade do cheiro terroso do pomar.

Finalmente passaram por um portão de ferro e chegaram a um pátio privado, cercado por muros altos adornados com trepadeiras floridas. Um grupo de pessoas se reunia ali, com cavalos e carroças. Evadne parou quando percebeu que era a família do comandante e seus criados, preparando-se para partir de Abacus. O rosto da garota corou quando ela atraiu os olhares e sentiu o quanto eram afiados.

Ela não era bem-vinda entre eles.

E não sabia pra onde ir, o que deveria estar fazendo, então simplesmente observou Straton se aproximando de sua esposa, a curandeira, que encarava Evadne com um semblante frio. Ele se abaixou para sussurrar algo no ouvido da mulher, o cabelo loiro balançando com a fala dele, e Evadne desviou o rosto, olhando então para a filha do casal.

A garota usava outro quíton belíssimo, com um diadema prateado reluzindo em sua testa.

Ela estava sentada em uma égua cinza, devolvendo o olhar de Evadne sem se acuar. Foi então que seu irmão, Damon, indicou que seu cavalo baio parasse ao lado da irmã.

O mago era o único no pátio todo que não olhava para Evadne. Era como se ela não existisse em seu mundo, o que deu a ela uma sensação estranha, desequilibrada. Poucas horas antes ele lhe mandara o rouxinol à janela. Ele segurara sua mão e a encobrira com o encantamento.

E agora agia como se ela ainda estivesse invisível para ele.

Ela o observou falando algo para a irmã, chamando a atenção da garota.

Evadne enfim sentiu que podia respirar e mirou o chão, o lugar mais seguro a se olhar.

— Esta é Evadne de Isaura — anunciou Straton. — Acredito que todos nós estamos cientes do acordo que ela fez com o arconte ontem, para assumir o lugar da irmã servindo minha casa pelos próximos cinco anos.

Levante a cabeça, Evadne ordenou a si mesma. *Não tenha medo. Erga a cabeça e olhe nos olhos deles.*

Foi o que ela fez, somente tudo que encontrou foram carrancas e semblantes enojados estampados no rosto dos demais criados. Cada um tinha um amuleto no braço esquerdo, o mesmo que o dela. Ainda assim, ela nunca tinha se sentido mais excluída e sozinha.

A saudade de Isaura, dos pais e do resto da família a despedaçou por dentro, com tanta força que a fez perder o fôlego.

Não pense neles, mandou. No entanto, a dor no peito de Evadne era quase fatal.

— Ela deve ser tratada como uma igual entre vocês — dizia Straton aos criados, que olhavam para ele com expressões suplicantes e desesperadas. — A menina está sob minha proteção e eu não quero que nada de mal lhe ocorra enquanto ela serve à casa e cumpre a sentença. — Ele parou e se dirigiu a uma mulher mais velha, parada ao lado de uma das carroças. — Toula? Quero pedir que tome Evadne como sua aprendiz. Veja onde ela melhor se encaixa entre vocês e garanta que não lhe falte nada. Agora, voltemos para casa.

Toula fez uma reverência diante do pedido, mas Evadne viu a aversão em seus olhos quando a mulher se aproximou dela. Como se a menina fosse um roedor a ser capturado e um problema a ser resolvido.

— Para que você serve? — indagou Toula, direta e reta. Ela não era uma mulher alta, mas definhada, esguia, como um arbusto que desafia uma montanha e cresce em uma fenda entre as pedras. Era melhor não a irritar nem contrariar, pensou Evadne.

Mas o que ela responderia, então? Será que deveria contar a Toula dos dias que passara trabalhando no pomar, os dias em que prensara azeitonas até que sangrassem dourado? Será que deveria contar das manhãs em que acordara cedinho para tratar do jardim, plantar sementes, tirar ervas daninhas, procurar gafanhotos, apanhar frutos quando finalmente nasciam? E de como ela assara pães, dessalgara peixes e colhera castanhas, de como remendara buracos nas vestes da família, de como esfregara o piso do casarão até que ele brilhasse como o chão lustroso do templo de Magda?

— Posso fazer qualquer coisa — disse Evadne, por fim.

— Que bom. Pode começar seu serviço limpando os penicos. — Toula se virou e voltou a uma das carroças.

Evadne hesitou, sem saber se deveria segui-la.

Montado em seu cavalo enorme, o comandante foi em direção a Evadne, os cascos do animal batendo no chão de pedra.

— Quero que vá na parte de trás da carroça — instruiu-lhe, indicando o veículo para o qual Toula olhava.

Foi então que Evadne entendeu que a maior parte dos criados seguiria a pé.

— Posso ir andando, lorde.

— Seria melhor se fosse de carroça — falou Straton, juntando as rédeas nas mãos. E, embora não tivesse dito, Evadne viu em seu olhar o real significado daquilo. *Você nos atrasaria.*

Ele indicou que o cavalo avançasse e a esposa fez o mesmo, montada em uma égua de pelo castanho.

Evadne foi até a carroça indicada, onde Toula esperava.

— Sente-se ali — determinou Toula, apontando para o assento menos convidativo.

Evadne subiu na parte de trás da carroça e tentou ignorar os olhares ressentidos dos demais criados. O grupo peregrino emergiu do pátio e passou pelos portões de Abacus. Evadne não se deu conta, não até que tivessem formado uma caravana na estrada do norte, mas de repente, o ódio dirigido a ela lhe pareceu justificado.

A carroça que seguia logo atrás dela não levava sacos de comida nem jarros de vinho.

Ela levava o corpo de Xander.

Já estavam viajando havia horas quando o sol começou a se pôr sob os cumes escarpados das montanhas. Straton guiou a caravana para fora da estrada, até uma planície desolada. Evadne teve dificuldade de mascarar seu choque quando percebeu que eles acampariam à sombra do Monte Euthymius.

Ela desceu da carroça sentindo o corpo rígido pela viagem e tentou não olhar para o pico amaldiçoado. Era a primeira vez que ela o via, mas era exatamente como imaginou quando era criança, quando sua tia Lydia contou a ela e Maia sobre os espertos Euthymius e Loris prendendo o irmão em uma montanha. Porém, não era o deus enclausurado que Evadne temia; era Ivina, a maga que guardava a montanha. Embora ela tivesse nascido mortal, Euthymius concedera à mulher a vida eterna séculos antes, para afugentar os adoradores de Pyrrhus e impedir possíveis resgates. Ivina era quem transformava os medos dos viajantes em assombrações, atormentando quem chegava perto demais da montanha.

Os criados de Straton não pareceram preocupados em passar a noite ali, e Evadne deduziu que aquele devia ser um ponto de acampamento frequente quando transitavam entre Abacus e Mithra. No entanto, a garota reparou que o comandante distribuiu pessoalmente um círculo de tochas pelo acampamento, acendendo-as antes do pôr do sol. O fogo de Pyrrhus então crepitou e ardeu, expulsando a escuridão à medida que a noite surgia.

Evadne contara quinze criados e assim que as carroças pararam, eles se apressaram a descarregá-las. Todas, exceto a de Xander, colocada bem dentro do anel de fogo e deixada em paz. A garota tentou não olhar, mas seus olhos eram atraídos para o veículo. O caixão era feito de madeira, esculpido com a insígnia do lorde Straton. Ramos de louro o cercavam, assim como ervas, que enfim haviam murchado. A espada de Xander estava disposta sobre o caixão, seu aço refletindo a luz do fogo, as estrelas, e Evadne tentou imaginar o jovem cujo corpo residia ali dentro, o rapaz que outrora lutara e rira com sua irmã.

Ela sentiu alguém observando-a, e quando se virou, viu o comandante parado próximo a ela, seu rosto coberto por sombras.

Evadne baixou a cabeça para ele e se afastou, tentando encontrar seu lugar entre os criados. No entanto, parecia ser invisível a eles. Não falaram nem olharam para ela. Metade dos criados, inclusive Toula, correu para armar as barracas para Straton e sua família. A outra metade saiu para cuidar dos cavalos e preparar o jantar.

Depois de um tempo, Evadne se aproximou de uma criada não muito mais velha que ela, que organizava uma pilha de travesseiros, o cabelo claro preso em uma trança grossa.

— Posso ajudar?

A garota se assustou, derrubando os travesseiros e virando-se para Evadne com os olhos arregalados. Seu rosto era pálido e estava suado. Ela não parecia bem.

— É Toula quem cuida de você, não eu — respondeu a garota, mas depois se abaixou, levando a mão à barriga. — Aqui, leve estes travesseiros e deixe-os na barraca do lorde Straton e da lady Cosima. Posicione-os de tal forma que a cabeça dos dois aponte para o leste quando se deitarem, por causa do Monte Euthymius.

Evadne pegou vários travesseiros, que emanavam uma fragrância de sândalo, e fez como a garota instruíra, atendendo a superstição. Não se dormia com a cabeça virada para o monte, e sim os pés — só para o caso de Ivina mandar suas assombrações.

Toula já havia montado a barraca do lorde. Era alta e grande, com espaço amplo para um homem do tamanho do comandante se mexer confortavelmente. Tapetes de junco foram colocados sobre a grama e lamparinas a óleo acesas sobre mesinhas de madeira.

Evadne colocou os travesseiros na parte de cima da cama improvisada, olhando para a barraca. Ela avistou uma bolsa de couro — a mesma que o comandante prendera no cinto naquele dia. Estava em uma das mesas e Evadne hesitou, ponderando se teria coragem de bisbilhotar dentro dela.

Imaginou que Halcyon não pensaria duas vezes antes de agir sorrateiramente, então pegou a bolsa. Seus dedos tremiam enquanto ela avaliava o conteúdo... uma bolsinha de dinheiro, uma pena, um pequeno frasco de tinta... dois rolos de papiro do tamanho da palma de sua mão, com os selos rompidos. Correspondências, imaginou ela, e congelou, ouvindo os sons do acampamento do outro lado das paredes da barraca.

Evadne se arriscou, rapidamente desenrolando a primeira mensagem.

Meus pêsames por seu filho. Que tremenda perda!

A letra era requintada, feminina, escrita em tinta dourada. O recado estava assinado como *Cicuta*. Evadne se apressou a enrolar o papiro novamente, sentindo o pulsar sinistro da mensagem. Cicuta, quem quer que fosse, era um inimigo do comandante.

Evadne abriu a segunda correspondência.

Seja misericordioso com a Guarda-rios.

Mais uma mensagem enigmática, pensou ela com uma pontada de decepção. No lugar da assinatura, havia o carimbo de uma grande serpente bem no canto inferior direito. Talvez fosse a insígnia do comandante de uma legião amiga? Porém, quanto mais Evadne analisava o carimbo, mais ela percebia que o desenho não tinha nada a ver com as serpentes que adornavam a armadura de guerreiros. Era muito maior. Um basilisco.

Ela devolveu depressa as correspondências à bolsa de Straton, deixando como as havia encontrado. Sua mente estava em um turbilhão quando voltou à carroça da garota, que estava vomitando ao lado do veículo, tentando ao máximo não fazer barulho.

Ela endireitou as costas, secou a boca com a parte de trás da mão e olhou para Evadne com os olhos turvos.

— Você deveria descansar — sugeriu Evadne.

— Não, não posso — ofegou ela, fraca.

— Amara? *Amara*, onde está o vinho? — O sibilo impaciente de Toula interrompeu as garotas. — O lorde Straton e sua família estão esperando.

Amara pegou um jarro de vinho, mas acabou desviando o rosto para vomitar de novo. Toula afastou-se bem a tempo de se esquivar, mas seu rosto assumiu uma expressão furiosa.

— Peço desculpas, Toula. — Amara caiu de joelhos, agarrando as esporas da roda da carroça. — Meu fluxo lunar começou.

— Ah, mas é óbvio. De todos os dias em que isso poderia acontecer — falou Toula, bufando. — Vou pedir que Lyra faça uma infusão para você esta noite, depois do jantar, mas não posso permitir que apareça doente assim na presença do senhor. — Ela olhou para Evadne. — Acho que terá de ser você. Leve o jarro de vinho e aquele copo ali. O copo é para você. Beba o primeiro gole do vinho na frente do lorde Straton, para que ele tenha certeza de que não está envenenado. Em seguida, sirva a taça do lorde, depois a da madame, depois a de Damon e a de Lyra. Não deixe que as taças fiquem vazias e não derrube uma gota sequer, entendeu?

— Envenenado? — ecoou Evadne com os olhos arregalados.

— É uma norma puramente rotineira — explicou Toula. — Nada que precise temer. Amara é copeira há anos e nunca foi envenenada.

Amara, que estava vomitando na grama.

Evadne ficou imóvel. Se ela fosse envenenada e morresse no primeiro dia de serviço, que fim levaria sua irmã? Será que os cinco anos de servidão voltariam a Halcyon?

— Vá, garota — falou Toula, impaciente.

Entorpecida, Evadne escolheu um jarro de vinho e pegou o pequeno copo de degustação. Ela encontrou Straton e sua família no centro do acampamento, reclinados sobre cobertores e travesseiros, com lamparinas a óleo suspensas sobre eles, banhando-os em uma luz dourada. Um prato de comida havia sido disposto bem no meio do círculo, embora ninguém comesse.

Evadne apareceu no campo de visão do comandante. Ele a observou, uma ruga singela marcando seu cenho conforme a garota quebrava o lacre do jarro e servia um gole em seu próprio copo. Um tremor percorreu seu corpo ao levar a bebida à boca, lembrando-se das mensagens estranhas escondidas na bolsa de Straton.

Cicuta.

O carimbo de um basilisco enrolado.

Será que era ali que ela ia morrer, bebendo veneno destinado a Straton, a quilômetros de casa?

Evadne engoliu o vinho e aguardou com o coração disparado. Ela esperou pelo que lhe pareceram anos, mas não havia sinal algum de envenenamento. Convencido, o comandante indicou que ela enchesse sua taça.

Ela se ajoelhou e serviu o vinho, mas quando fez menção de encher a taça da esposa de Straton, Cosima se retraiu, protegendo seu cálice.

— Acha que quero você perto da minha bebida e da minha comida? — indagou.

Evadne parou, ajoelhada e com o jarro estendido e pronto para servir. O gosto ácido do vinho persistia em sua boca enquanto ela pensava na ironia do comentário de Cosima. Evadne estava se arriscando, experimentando a bebida da família para garantir que não havia veneno nela. A garota via Damon e sua irmã pela visão periférica, ambos atônitos assistindo à cena.

— Mãe — sussurrou Damon.

Cosima não deu a mínima para o filho.

— Onde está Amara? *Amara!*

Toula emergiu das sombras com um sorriso envergonhado pintado no rosto.

— Lady Cosima, peço desculpas por esta... inconveniência. Amara não está se sentindo bem e pensei que seria bom começar a treinar a menina.

— Não quero que ela encoste no alimento da minha família — declarou Cosima. — Na verdade, não quero vê-la nunca. Estamos entendidas, Toula?

As mãos de Toula balançaram inutilmente no ar.

— Certamente, madame. Peço desculpas novamente. Isso jamais...

— Seja razoável, Cosima — interrompeu Straton, a voz cansada.

— Evadne passará cinco anos conosco. Não há motivo para temê-la.

Cosima lançou um olhar cortante e desafiador para o marido.

— Era isso que você pensava da irmã dela também, Straton? Antes de escolhê-la para o nosso filho? Antes de ela o assassinar?

Evadne ficou de pé e se afastou do círculo. Seu tornozelo estalava, mas ela conseguiu ir tranquilamente até Toula e pôr o jarro de vinho nas mãos da mulher. Toula não a impediu de atravessar o acampamento, ir além do círculo de tochas e sumir na escuridão.

Evadne andou até ser engolida pelo vento, até quase conseguir enganar a si mesma fingindo que estava perto do pomar e que nada daquilo tinha acontecido. Sentou-se na grama e fechou os olhos. Suas têmporas latejavam de raiva, e ela teve dificuldade de recuperar o fôlego, de focar sua mente.

A lua estava alta quando ela enfim conseguiu estabilizar suas emoções. Abriu os olhos e viu as estrelas espalhadas pelo céu noturno. E, ao longe, estava o Monte Euthymius, incandescente com luz celestial.

Evadne estava cansada demais para ter medo de sua presença vigilante. Ela mal dormira na noite anterior, e então se deitou, pensando que descansaria por apenas um momento.

A garota acordou em um sobressalto horas mais tarde.

Seu ombro direito e o quadril estavam pressionados contra a terra, e havia flores silvestres sobre ela, feito um cobertor. No chão, ela sentiu um movimento. A vibração de algo se aproximando.

Evadne se sentou, atordoada. A princípio, não sabia onde estava. A luz sumira e as estrelas estavam ocultas em um véu de nuvens. Mas então ela viu o acampamento do comandante ao longe, as tochas ainda se esforçando para continuarem acesas contra o vento que soprava forte, frio e implacável, direto das montanhas. Havia uma certa canção no vento, a voz de uma mulher, entoando.

Ivina.

A guardiã da montanha os avistara ali, dormindo à sombra do Monte Euthymius, e ela estava prestes a mandar um encantamento para confrontá-los.

Atrapalhada, Evadne começou a se pôr de pé, o medo derretendo seus membros. Ela congelou de quatro no chão quando ouviu o primeiro uivo. Algo se aproximava do acampamento de Straton: a luz iluminava seus pelos e não era apenas um, mas vários. Evadne contou seis lobos que avançavam lentamente, mais e mais, esperando as chamas das tochas se extinguirem.

Não, pensou a garota, forçando a vista na escuridão. Não eram lobos. Era a mesma criatura, porém multiplicada. Um cachorro que ela reconhecia.

O sangue dela esfriou. Era o cão do pastor, de todos aqueles anos antes, o que quase a destroçara, que deixara seu tornozelo dolorido e com cicatrizes.

Halcyon tinha entrado na frente dos dois e matado o animal para salvar a vida da irmã.

Isto não pode ser real. Evadne ofegou, os dedos se entranhando no solo. No entanto, era real. Ivina havia ressuscitado o cão diversas vezes, de acordo com o maior medo de Evadne. Ela disse a si mesma que eram somente aparições; que não podiam morder. Porém, uma tocha se apagou e um dos bichos rosnou, saltando para o acampamento em um rio de sombras.

Um grito perfurou o vento.

Evadne recuou. Ela viu os criados correndo com tochas acesas, gritando freneticamente e tentando acuar a assombração do cachorro com fogo. Toula correu até a tocha apagada, acendendo-a novamente antes que mais uma assombração invadisse o acampamento. E lá veio Straton, marchando por entre as barracas e carroças com uma precisão calma e carregando uma lança na mão.

Ele a acendeu com chamas e arremessou a arma pela noite. A lança atingiu uma das assombrações no flanco. O cachorro uivou e se balançou antes de se desfazer em uma nuvem de faíscas e fumaça. O comandante repetiu o ataque, depois mais uma vez, com a mesma naturalidade de um respiro, e o medo de Evadne diminuiu.

Os cães se estilhaçavam, dissipando-se sem conseguir aguentar o fogo.

Evadne se levantou, trêmula. Deu alguns passos à frente, mas parou quando sentiu um formigar na nuca.

Lentamente, ela se virou.

Mais uma assombração se esgueirava pelo escuro, seus olhos brilhantes fixos nela.

— Evadne! — A voz de Straton rompeu sua indecisão. Era um comando para correr, correr até ele, e Evadne disparou até o acampamento, avançando com dificuldade.

O cachorro foi atrás. Ela podia ouvi-lo rosnar enquanto batia os dentes em seu encalço. Mas então viu o comandante indo em direção a ela com uma lança acesa na mão. Ela não tirou os olhos dele, nem quando sentiu algo puxando seu quíton, quando ouviu o linho rasgar.

Por um momento impulsivo, Evadne cogitou sair voando. Faltava-lhe um único suspiro para agir, mas seu coração batia frenético. Ela mal conseguia pensar, que dirá ordenar que o vento a levantasse.

— Para baixo, Evadne! — mandou Straton, atirando a lança. Evadne teve um milésimo de segundo para decidir se queria dar ouvidos a ele.

Ela foi ao chão e a arma em chamas acertou a assombração bem acima dela. A fumaça subiu e faíscas caíram sobre os braços dela e em seu cabelo embaraçado. Ela as ouviu chiando no vento, seu rosto pressionado na terra. E então, tudo ficou quieto, e Evadne se deu conta de que estava tremendo tanto que não conseguia se mexer.

— Consegue ficar de pé?

Gradualmente, ela ergueu o queixo e viu Straton ao seu lado.

A garota se levantou, vacilando. O comandante não fez menção de ajudá-la, mas a seguiu enquanto ela tropegava de volta ao acampamento. Alguns dos outros criados observavam; não disseram nem ofereceram nada ao verem Evadne apoiada em uma das carroças, sofrendo para respirar.

Damon apareceu, como se tivesse saído de uma sombra. À medida que se aproximava, Evadne reparou em seu cabelo escuro bagunçado e no quíton sujo de cinzas.

Ele olhou para as pernas dela, onde o vento esvoaçava suas roupas rasgadas.

— Está machucada?

— Não — respondeu Evadne. Ela tremia e não conseguia parar, por mais que tentasse. Também não conseguia resistir à atração nos olhos de Damon. Seus olhares se cruzaram, relutantes e famintos, e Evadne não sabia o que ele via nela. Desejo, terror, dor. Ressentimento. Ela sentiu centenas de coisas ao mesmo tempo, e depois nada. Damon tentou segurar o braço de Evadne de repente, mas a voz do comandante deteve o filho.

— Toula? Traga algo para Evadne beber, por favor. Roupas limpas, também.

Os criados se retiraram, mas o comandante e o filho continuaram com Evadne. Ninguém falou por um momento, e em seguida a irmã de Damon pediu sua ajuda. Ele foi embora, seguindo depressa para uma das barracas.

Evadne ficou de boca calada, esperando o comandante quebrar o silêncio.

— Por que se afastou do acampamento? — indagou Straton finalmente, suas palavras carregadas de raiva.

Num surto de imprudência, ela quase riu. *Por quê?* Por causa da esposa dele, cheia de fúria e rispidez. Por causa dos criados, que abertamente a antagonizavam. Porque Evadne estivera tão zangada a ponto de sentir vontade de fazer o acampamento inteiro virar cinzas.

— Estava tentando fugir, Evadne?

— Não, lorde. Achei que seria melhor dar à sua família... um pouco de distância — respondeu cautelosa. — Ainda não sei onde é meu lugar entre seu povo, comandante.

Ele passou uma mão pelo rosto. Seus olhos estavam vermelhos quando fitou Evadne novamente, e ela se lembrou de que ele também não tinha dormido na noite anterior.

— Peço desculpas em nome de minha esposa. Espero que entenda e nos dê tempo.

Ela assentiu, mas franziu o cenho, traindo sua cautela. Por que ele estava sendo tão gentil com ela? *Não confie nele*, disse a si mesma.

— Muito bem, então. Eu gostaria que você continuasse no acampamento durante a noite, onde é seguro — disse o comandante. — Você tem um lugar entre nós, nas barracas. Toula vai lhe mostrar.

Toula acabara de voltar com um copo de vinho e uma túnica sobre o braço. Ela parou, ouvindo as palavras do comandante. A mulher mais velha quase pareceu arrependida quando viu Evadne toda desalinhada. Porém, o lampejo de compaixão cedeu assim que Straton se retirou.

— Menina tola! — repreendeu. — Onde já se viu, ir para longe do acampamento até a sombra do Monte Euthymius! Onde é que estava com a cabeça?

Evadne ficou quieta, aceitando a bronca e o vinho que Toula levara. Ela deu um gole fortalecedor e seguiu a mulher até uma das barracas dos criados. Estava vazia; todos ainda estavam abalados com as assombrações e permaneciam de guarda próximos ao fogo.

Evadne tirou as roupas arruinadas, ficando de costas para Toula para esconder a relíquia. Ela vestiu a túnica nova, amaciou os vincos do linho. A peça era grande demais para ela e engolia suas curvas. Ela teve dificuldade para amarrar o cinto, graças ao tremor insistente de suas mãos. Toula agia como se não tivesse percebido e apontou para um saco de dormir no canto, onde Evadne poderia ficar.

— Alguém se feriu? — questionou Evadne, lembrando-se de ter ouvido um grito.

— Sim. Amara.

Evadne sentiu um embrulho no estômago só de imaginar.

— Onde foi que o cão a machucou?

— Cão? — ecoou Toula. — Ah, você não sabe. Acredito que seja sua primeira vez passando pelo Euthymius, certo? — Ela gesticulou para Evadne continuar bebendo o vinho. A garota bebeu, sentindo a cor voltando à face. — Se Ivina escolhe infligir o caos, o que é comum, mas não acontece sempre que passamos pela montanha, cada pessoa vê algo diferente. Nossas assombrações assumem a forma dos nossos medos.

Era óbvio. Evadne sabia disso. No entanto, no alvoroço, ela presumira que o resto do acampamento também tinha visto o maior trauma de sua infância.

— O que foi que você viu? — ousou perguntar a Toula.

A mulher mais velha desdenhou.

— Ora mais, *isso* é uma coisa que eu não contaria nem à minha amizade mais próxima, que dirá a você. — E ela deve ter percebido o quanto aquilo tinha soado cruel, porque amansou o tom. — Os medos são íntimos. A maior parte de nós nunca fala do que nos assombra quando passamos pelo Euthymius.

— Entendo.

Toula ficou em silêncio, mas fitou Evadne por um longo momento. A garota não sabia onde olhar e terminou o vinho antes de entrar no saco de dormir.

— Você é muito sortuda, menina — falou Toula, antes de sair da barraca. — Foi muita sorte o lorde Damon ter percebido que você não estava no acampamento.

Lorde Damon, quem diria.

A ideia manteve Evadne desperta noite adentro.

A viagem foi lenta no dia seguinte. O braço de Amara tinha sido ferido e ela descansava na parte de trás de uma das carroças, seu rosto se contorcendo de dor toda vez que um solavanco a balançava. A filha do comandante, Lyra, escolheu renunciar a sua égua para se sentar ao lado de Amara e ficar de olho nos curativos da garota, encorajando-a a beber um chá pungente para conter a febre.

Evadne voltou a ser invisível, sentada no mesmo lugar desconfortável, observando a paisagem passar enquanto ela se preocupava com Halcyon. Fez o melhor que pôde para ficar longe de Cosima em particular, mas parecia que a esposa do comandante ainda estava perturbada pelo ataque da noite, viajando próxima ao marido na dianteira da caravana.

Quando montaram acampamento na segunda noite, Evadne finalmente se encarregara dos penicos. Sua primeira tarefa.

Straton os instalara em um vale ao lado do rio Zan, o mais longe possível da sombra da montanha, e Evadne levou os potes de latão para a margem. Ela recolhia água do rio, se preparando para limpar os penicos, quando o comandante a surpreendeu. Ela não sabia que ele a havia seguido.

— Lorde?

— Largue isso — ordenou ele.

Evadne voltou para o musgo, e deixou o balde de água ali. Um vestígio de pânico reverberou pelo seu corpo enquanto ela aguardava as palavras do comandante, se perguntando por que ele a tinha procurado. Quando ele finalmente falou, suas palavras a pegaram de surpresa, como uma farpa cravada na palma de sua mão.

— Você não vai limpar os penicos, e sim servir o vinho da minha família.

Ela ficou boquiaberta com a fala dele.

— Mas, lorde, eu pensei que...

— Sei o que pensou — interrompeu ele, bufando. — Mas conversei com a minha esposa e ela concordou que você será a melhor substituta até o braço de Amara se recuperar. Está de acordo?

Evadne engoliu o choque.

— Sim, lorde. Mas...

Ele arqueou a sobrancelha, esperando.

— O que foi, Evadne?

— Se eu morrer com vinho envenenado... o que acontecerá a minha irmã? Ela ainda assim terá que pagar os cinco anos de servidão?

— Não vou deixar você morrer — falou ele, como se de fato fosse um deus, segurando os fios da vida e da morte. — Agora deixe os penicos para Toula e venha preparar o vinho. — Ele se virou e seguiu de volta ao acampamento.

Evadne respirou fundo antes de segui-lo. Ela rapidamente trançou o cabelo para afastá-lo dos olhos e desamarrotou os vincos da túnica, em seguida lavou as mãos com água e uma gota de nardo — um óleo aromático colhido de uma planta. Ela ainda não tinha entendido por que o comandante tinha feito aquele acordo por ela quando chegou para provar o vinho e cuidar das taças da família.

Mais uma vez, eles não falavam. Reclinaram-se nas almofadas de diferentes cores — índigo, amarelo-laranja, oliva, ocre. Descansaram sob as lamparinas a óleo suspensas, a luz do fogo tingindo pele, cabelo e olhos em tons de dourado. A família estava reunida em torno de um jantar que mal haviam tocado, as mãos segurando taças vazias, esperando que Evadne as enchesse.

Foi só quando ela serviu o vinho de Cosima, quando sentiu o olhar frio da mulher, que Evadne enfim entendeu. Não tinha sido um teste de vontades, uma disputa entre um marido e sua esposa para ver quem determinaria a tarefa da nova criada.

Aquilo era uma tática.

Porque, Evadne começava a perceber, quando o inimigo estava dentro de sua casa, o ideal não era fazê-lo lavar o excremento de seus penicos.

Era dar-lhe uma posição de honra, de confiança.

Era mantê-lo por perto.

Era mantê-lo ao alcance.

XII

Evadne

Mithra superou as expectativas de Evadne e ela perdeu o fôlego ao ver a amplitude magnífica da cidade por todo o território.

A cidade real foi construída ao redor de um pequeno cume, onde o palácio da rainha ficava bem no topo. Uma estrada principal levava ao palácio, ramificando em ruas que fluíam de leste e a oeste e de norte a sul, ostentando mercados e templos e indo até onde a vista alcançava. Daquela distância, Mithra reluzia feito prata polida, com árvores e vegetações brotando de jardins privados. Flâmulas divinas balançavam na brisa em lampejos vacilantes de cor. O grande rio Zan cortava o quadrante leste da cidade feito uma lâmina e nas margens amplas ficavam navios e barcaças atracados. Cheirava a fumaça, musgo, peixe e incenso.

O Monte Euthymius estava fora do campo de visão, não passava de um pesadelo enevoado ao sul. No entanto, era possível ver a pedreira do povo comum, reparou Evadne. Ficava a oeste de Mithra, como uma ferida nos sopés das Montanhas de Dacia. Uma estrada serpenteava do portão oeste da cidade, atravessando campos de cevada até o posto avançado da pedreira, uma construção alta e estreita cercada por um muro impenetrável.

Meros quilômetros a separavam da irmã, pensou Evadne, analisando o local onde Halcyon chegaria em breve. Era reconfortante e desanimador ao mesmo tempo.

Entraram pelo portão leste da cidade e passaram por um mercado de peixes bem movimentado, seguindo sem obstáculos pelas ruas amplas.

No entanto, o barulho e a agitação se transformaram em reverência e silêncio quando as pessoas avistaram o comandante e sua família, e a carroça que transportava um caixão. O silêncio sombrio os acompanhou até a sombra do cume, onde a propriedade de Straton supervisionava o quadrante leste da cidade feito uma sentinela.

A primeira impressão que Evadne teve do casarão do comandante foi que era uma construção monumental, uma réplica menor do palácio da rainha. Era feito de mármore branco, com um telhado bronze sustentado por uma grande colunata. Um muro cercava a área verdejante da propriedade, abrangendo árvores e arbustos floridos, além de dois pequenos altares em homenagem às deusas Magda e Ari. Havia uma arena de luta, um arsenal e uma forja, sem contar um estábulo e um pasto para os cavalos que ficava ao lado de um laguinho. A propriedade toda tinha uma vista belíssima para o rio.

Aquele seria o lar de Evadne por cinco anos.

Ela mal absorvera toda a grandeza do lugar quando Toula se aproximou dela com uma carranca.

— Você vai ficar com Amara no andar de baixo — disse, olhando de relance para a criada machucada, que estava afligida demais com a dor para protestar contra a organização estabelecida. — Pode tirar água do poço dos criados e pegar uma bacia e o óleo essencial de nardo no armário para se lavar. Lá vai encontrar uma túnica limpa e sandálias também. A família vai enterrar Xander ao pôr do sol, mas vão voltar para o jantar, e você deve estar pronta para servir o vinho. Amara, mostre o caminho a ela.

A mente de Evadne estava em um turbilhão e ela sentia o ímpeto de entrar em um buraco para se esconder. Porém, quando Amara entrou no casarão, Evadne não teve escolha a não ser ir atrás dela. As portas da frente eram feitas de bronze martelado, e eram tão altas que um gigante poderia passar por ali sem problemas. Levaram as garotas a um salão de recepção sem teto, que era um pátio aberto com vista para o céu. Os pisos eram hexagonais, feitos de jade e cornalina, e no centro do pátio havia um espelho d'água.

Evadne diminuiu o ritmo ao passar por ele, admirando-o. Um mosaico de Pégaso brilhava logo abaixo da superfície da água rasa, as asas abertas e o corpo adornado de ouro.

— Nas noites de verão, a constelação Zefira reluz na água, bem no meio das asas do Pégaso — contou Amara, pegando Evadne de surpresa. O braço da menina estava cheio de curativos e seus movimentos eram limitados, mas um tom rosado voltara a suas bochechas. — É minha parte favorita da propriedade.

— É lindo — confessou Evadne. Ela ficou quieta o restante do caminho até o quarto. Empenhou-se para memorizar os corredores em que passaram e, por fim, chegaram a um quartinho com duas camas e uma janela, que estava aberta para deixar o ar fresco entrar.

— Você tem algumas horas até o cair da noite — disse Amara, deitando-se com cuidado em sua cama. — Eu descansaria, se fosse você. Às vezes a família fica acordada até tarde e espera que você fique atenta o tempo todo. Especialmente quando Lady Selene está aqui.

— Quem é a lady Selene? — indagou Evadne, sentando-se lentamente na outra cama.

— A irmã do lorde Straton. Nunca deixe o copo dela vazio. — E foi tudo que ela disse. Amara se virou de costas para Evadne e logo dormiu.

Evadne descansou, como Amara aconselhara, mas estava ansiosa demais para dormir, preocupada em se atrasar para o jantar. Quando se levantou, fez como Toula instruíra, lavando-se com água e uma gota de óleo de nardo. Tinha um cheiro doce de terra e almíscar, e mexeu com as emoções de Evadne. Ela sentia saudade de casa.

Trançou o cabelo, encontrou uma túnica que melhor lhe caía no corpo — gola alta, para evitar qualquer vislumbre do Colar Alado de Kirkos — e seguiu os aromas do jantar até o andar principal. Ela encontrou a cozinha, onde os criados preparavam a refeição, e seguindo pelo corredor, Evadne se deparou com a sala de jantar.

Pequenos braseiros de ferro forneciam luz e calor à medida que a noite se aproximava, e havia pedaços longos e transparentes de linho suspensos entre os pilares, balançando com a brisa leve. Uma mesa baixa feita de carvalho polido ancorava o meio do cômodo. Pratos e cálices de prata tinham sido postos e uma fileira de flores fluía pelo centro da mesa — botões de lírios, anêmonas, jacinto e folhas de murta.

Havia uma adega entre dois dos pilares. Jarros já tinham sido levados da adega até lá, ainda estavam gelados do armazenamento, os lacres intactos.

123

Logo a noite caiu e os criados começaram a trazer pratos de comida, organizando-os ao longo da mesa.

A família chegou sem alarde. Evadne ficou entre outros pilares, ouvindo os passos no mármore e o farfalhar das roupas ao entrarem na sala de jantar. Straton e Cosima. Damon e Lyra, e em seguida outra mulher que Evadne presumiu ser Selene, a irmã do comandante. Eles se uniram ao redor da mesa, sentados em almofadas, e Evadne pegou o jarro de vinho.

Ela se aproximou de Straton, que a observou beber o primeiro gole do vinho. A garota esperou para sentir o calor do veneno se espalhando por ela, contando as batidas frenéticas de seu coração entre um respiro e outro. Porém, o vinho estava imaculado. Straton gesticulou para ela começar a servi-lo.

Cosima estava distraída e pálida. Ela colocou somente um pouco de comida no prato e não atentou aos movimentos de Evadne. Ninguém, na verdade. Nem Damon com o rosto contido, nem Lyra com os olhos vermelhos. Evadne percebeu que a família não repararia nela contanto que ela ficasse quieta e fizesse seu trabalho.

Nem mesmo Selene. Ela tinha a mesma altura do comandante e os mesmos olhos azuis, mas as semelhanças paravam por aí. À primeira vista, Evadne jamais teria deduzido que eles eram irmãos. Selene era o oposto de Straton: a pele pálida e impecável, o rosto redondo e agradável, o cabelo cacheado em um tom claro de castanho e com mechas nas cores cobre e cinza. Ela vestia um quíton branco com detalhes em roxo. Quando esticou o braço para pegar o cálice, Evadne notou um brilho prateado — um anel no polegar direito.

Ah, sim. Selene era uma maga. Do tipo com o mais profundo reservatório de magia.

Evadne voltou a seu posto na adega, a brisa noturna brincando com seu cabelo. Ela observou e escutou enquanto a família começava a interagir.

— Estou preocupada com você, Damon — declarou Selene. Parecia que ela estava retomando uma conversa anterior que havia cessado abruptamente.

— Não precisa se preocupar, tia. Tudo dará certo. — Damon deu um sorrisinho a ela, mas soava exausto. A rouquidão de sua voz ficara ainda mais áspera. Ele não estava comendo, embora houvesse comida em seu prato.

— Escribas são traiçoeiros — continuou a tia, girando o vinho na taça. — Você ouviu o que aconteceu com Orrin semanas atrás? O escriba dele roubou seus encantamentos e os vendeu ao rival. Ele ainda está se recuperando, mas sua reputação está arruinada.

— Ouvi dizer — comentou Damon. Ele olhou para o pai, mas Straton ainda estava absorto em pensamentos. — Tenho certeza de que Orrin logo vai se recuperar.

— Por que você precisa de um escriba, afinal? — indagou Lyra, com a voz vacilante. — Até hoje isso nunca foi necessário, Damon. Parece arriscado demais confiar em alguém assim.

— A maioria dos magos contrata escribas, Lyra — explicou Damon. — É para o nosso próprio benefício, mesmo que haja o risco de traição.

— É por causa da sua escrita? Porque ela não continua no papiro? Eu poderia ser sua escriba, Damon — ofereceu Lyra. — Se são os encantamentos que você precisa registrar, eu poderia ajudar. Sei que sou capaz.

— Não, Lyra. — O comandante enfim falou, seu olhar afiado ao mirar a filha.

Lyra pareceu ficar abalada pelo tom ríspido do pai. Cosima esticou a mão para entrelaçar os dedos com os da garota. Tentou sorrir para ela, mas acabou lembrando uma careta.

— Sabe que preciso de você na enfermaria, meu amor. Ainda há tanta doença no quadrante do norte.

Lyra assentiu, mas se recusou a deixar o assunto morrer.

— Mas como você pode confiar neles? — Ela voltou a olhar para Damon, a voz se tornando um sussurro trêmulo: — Não quero que nada de ruim aconteça a você.

— Nada vai acontecer com seu irmão, Lyra — falou Selene. — Vou ajudá-lo a encontrar o escriba perfeito.

Damon limpou a garganta, passando o dedo pela borda da taça.

— Agradeço, tia. Mas não estou com pressa.

— E por que deveria? Ora, você se formou em Destry na última primavera.

— Sim. Isso pode esperar.

Entretida com a conversa, Evadne só percebeu que a bebida de Selene tinha acabado quando já era tarde demais.

Selene levantou a taça, os olhos fixos em Evadne enquanto ela se atrapalhava ao pegar a jarra. E, num instante, a distração de Evadne se esvaiu.

— Então esta é a menina? — questionou Selene, encarando Evadne enquanto ela enchia seu cálice.

Por um instante, Evadne pensou que ninguém responderia, e ela não conseguiu sair do lado de Selene. Porém, até que enfim, a voz do comandante quebrou a atmosfera densa.

— Não. É a irmã dela.

Selene continuou analisando Evadne, dizendo:

— Pensei ter sentido o cheiro do sangue de Isaura. O cheiro inconfundível de icor estragado, o fedor de um deus caído em desgraça.

As palavras dela machucaram. Evadne sentiu o rosto ficando quente, as mãos começando a tremer. Ela não devolveu o olhar da maga, mas, ah, como queria devolver a expressão fria de Selene e provar que não havia nada de inferior nela por ser descendente de um deus caído. Na verdade, isso só tornava Evadne ainda mais perigosa, pois ela vinha da única divindade que não teve medo de quebrar.

Ela queria dar um sorriso presunçoso a Selene, tocar a relíquia escondida por baixo de suas vestes. Flutuar com asas invisíveis e derrubar com um chute cada um de seus cálices, derramando o vinho em suas roupas perfeitas até que se espalhasse feito sangue pelo seu piso perfeito.

Mas Evadne teria que agir com prudência, como Halcyon suplicara. Ela teria que ser cautelosa, como os pais instruíram. Não poderia deixar que aquelas pessoas de alto escalão a irritassem. Precisava conquistar a confiança deles. Por isso, manteve-se firme e respirou fundo, aguardando com um semblante plácido.

— Deve amar muito sua irmã para assumir o lugar dela aqui — indicou Selene.

— Sim, senhora.

Enfim a mulher desviou o olhar, e Evadne foi liberada. Em silêncio, ela voltou a servir os demais cálices. Cosima desatou a falar da doença que estava tratando na enfermaria, mencionando o quanto seria incrível possuir o Anel de Cura de Pedra do Sol que pertencera a Magda, em situações como aquelas. Evadne sentiu a tensão diminuir e, pouco a pouco, o foco se desviou dela. Até que ela se aproximou de Damon. Ele a deteve sem dizer nada, cobrindo a boca da taça com a mão, a prata do anel em seu dedo brilhando como se fosse um alerta.

Evadne voltou ao aconchego da sombra dos pilares.

Dessa vez, ela não se permitiu distrair com as conversas da família. Manteve o olhar fixo neles, observando seus cálices. Logo se esqueceram dela, uma mera garota nas sombras.

Exceto um deles.

Damon não comeu nem bebeu. Mal voltou a falar. Porém, olhou para Evadne, encontrando seu olhar do outro lado do salão, e lá seus olhos permaneceram. Bem nos dela.

Ela desviou o olhar primeiro, sem conseguir sustentar o olhar misterioso dele, castanho e azul, como o céu encontrando a terra.

E ela sabia que ele prestara atenção nela a noite toda, independentemente do quanto ela tivesse pensado que estivera passando despercebida. Ele a observou durante todo o jantar, como se observa o nível de vinho em uma taça.

Ou com se observa uma víbora.

XIII

Halcyon

A quilômetros da propriedade de Straton, descendo as ruas sinuosas de Mithra, além dos portões do oeste e pelos campos de cevada iluminados pelo luar, Halcyon enfim chegou ao posto avançado da pedreira. Ela estava acorrentada na parte de trás de uma carroça com gaiola de ferro e sozinha — foi a única prisioneira a ser levada à pedreira naquela noite. Ela podia ouvir o uivo do vento nos sopés enquanto vislumbrava a luz distante das chamas em Mithra, uma cidade que nunca dormia. O palácio da rainha chamejava no topo, e Halcyon mal conseguia encará-lo. Era como uma lembrança de como havia falhado.

Evadne.

Ela sussurrou o nome da irmã, torcendo para o vento carregá-lo ao leste, para o casarão do comandante onde Evadne agora residia.

Os guardas soltaram Halcyon da carroça e a escoltaram para dentro do posto avançado. Havia tochas presas nas paredes, lançando uma luz irregular sobre os muros escarpados, e Halcyon seguiu atenta, as costas ainda sensíveis por conta das feridas. Ela foi levada para dentro de um cômodo. Parecia algum tipo de escritório, com uma mesa iluminada por uma lâmpada e uma única cadeira posicionada ao centro. Estantes preenchiam uma das paredes, carregadas de rolos de pergaminho e pilhas de papiro.

Ela foi instruída a se sentar na cadeira. Obedeceu, e os guardas a acorrentaram aos elos de ferro presos ao chão. Como se ela pudesse escapar para algum lugar.

Deixaram-na no escritório, e ela ficou sentada em silêncio, ouvindo. Ela deve ter ficado sentada ali por horas, fosse lá quem fosse encontrá-la parecia se atrasar de propósito para fazê-la se sentir esquecida e insignificante. Halcyon observou o luar atravessar o piso a seus pés e viu as lamparinas quase se extinguirem. Contou o número de rolos nas prateleiras. E então, finalmente, quando estava prestes a cochilar sentada, a porta se abriu.

Ela esperava o lorde da pedreira, imaginando que o homem a quem ela deveria responder pelos cinco anos seguintes seria um indivíduo troncudo e acabado.

Mas quem a cumprimentou foi um rapaz esbelto, impecavelmente vestido com as vestes de um mago e com um anel prateado reluzindo em seu dedo indicador. Ele a estudava com um olhar intrigado. O cabelo era comprido, liso e claro feito cabelo de milho.

Ali, ele parecia tão deslocado quanto Halcyon.

Era proibido que magos supervisionassem ou mesmo visitassem prisões do povo comum e pedreiras de condenados. Para os magos que cometiam crimes... havia uma prisão especial, na costa leste de Corisande.

No entanto, aquele mago não era um prisioneiro. Enquanto ele atravessava o cômodo até ficar atrás da mesa, o medo se instalou na barriga de Halcyon.

— Halcyon de Isaura — cumprimentou ele com um sorriso inquietante. — Devo dizer que jamais imaginei encontrá-la aqui. — Ele abriu um rolo com um passar dos dedos e Halcyon viu as palavras escuras no papiro. Era um relatório de seu julgamento, recém-escrito. — Foi condenada por acidentalmente matar seu companheiro amoroso e parceiro de escudo e foi sentenciada a apenas cinco anos de trabalho aqui, com cinco anos de encarceramento em seguida e... o que é isto? Sua irmã mais nova tomou uma parte da sua pena. Evadne de Isaura, estou correto?

Ela odiou a forma como ele disse o nome de Evadne, como degustou as sílabas. Como se já tivesse saboreado o nome da irmã antes.

— Parando para pensar, acredito ter conhecido sua irmã — continuou. — A caminho daqui. Compartilhei uma fogueira com ela e seus pais. Ela é um pouco mais baixa que você, porém é mais curvilínea.

Cabelo castanho comprido que precisa urgentemente de um pente, olhos grandes e inocentes, rosto salpicado de sardas. Talvez até fosse bonita, se tivesse sido criada na classe alta.

— Sorte a sua eu estar acorrentada — respondeu Halcyon. A voz saiu calma, mas seu sangue latejava. — Do contrário, eu o mataria.

O mago riu.

— Poderia tentar, Halcyon. Na verdade, eu adoraria. Você não me intimida nem um pouco, ainda que já tenha sido considerada uma das guerreiras *prediletas* do lorde Straton. Até havia boatos de que ele estava prestes a promovê-la ao título de capitã na legião. Evidentemente, isso foi *antes* de você assassinar o filho dele.

Halcyon teve dificuldade de controlar a fúria, mas não conseguia parar de imaginar: Evadne e os pais viajando para Abacus e encontrando aquele mago, que fedia a falcatrua e maldade. Será que ele havia machucado sua família? Será que tinha dito ou feito algo à irmã?

— Não se preocupe, Halcyon. Eu jamais cogitaria machucar sua irmã. Nem seus pais rústicos, a propósito. Sim, eles estavam morrendo de fome e sede, mas provações como essa constroem caráter. Como você bem sabe.

— O que está fazendo aqui, mago? — ela rebateu, interrompendo as palavras dele a respeito de sua família antes que perdesse a compostura. — A entrada de gente da sua laia é proibida aqui.

— Vai se dirigir a mim como *lorde*, porque é o que sou para você. Estamos entendidos, Condenada 8651?

Condenada 8651. Foi a vez de Halcyon rir. Ela riu até saber que o havia irritado, até ele bater o punho na mesa.

— Estamos entendidos, 8651?

Ela se calou. Não murmurou em concordância, nem planejava fazê-lo. Mas então, ouviu o mago enunciando um encantamento e sentiu sua magia preenchendo o espaço. A chama da lamparina a óleo se transformou em uma criatura feita de calor e rancor. Ela começou a crescer em direção a Halcyon, seu papo flamejante aberto e voraz, e a jovem sentiu o calor intenso que vinha dela. A quimera estava a um momento de agarrar o tornozelo dela, derreter sua pele com sua luz branca, quando ela falou:

— Sim, eu entendo, lorde.

O mago relaxou. A quimera de fogo dissipou-se, voltou à sua forma de uma chama solitária na lamparina.

Halcyon também parecia relaxada, mas ela podia sentir o pânico latejando por baixo da sua pele. Um mago tinha entrado escondido naquela pedreira do povo comum disfarçado de lorde. Ele era poderoso e parecia não ter escrúpulos ao usar seu charme para a violência.

Aquilo não era um bom presságio para ela.

Pela primeira vez desde o anúncio de sua sentença, Halcyon percebeu que talvez não sobrevivesse à pedreira.

— O que você quer de mim? — sussurrou.

Ele tamborilou os dedos na mesa. Os guardas voltaram para desacorrentá-la do chão.

No entanto, o mago demorou para responder, esperou até ela estar na porta, prestes a ser levada a sua cela.

— Acredito que iremos descobrir em breve, não é mesmo, 8651?

XIV
Evadne

—Aqui. Hoje você vai limpar o piso. E eu não quero ver nem uma manchinha de terra — ordenou Toula, entregando um balde, lixívia e uma escova para Evadne na manhã seguinte.

A garota aceitou a tarefa sem dizer nada e foi pegar água no poço dos criados. Ela começou no lado sul do casarão, lentamente avançando pelo piso de mármore, uma esfregada por vez. Não se sentia intimidada por aquele tipo de trabalho, como Toula sem dúvida esperava que ela ficasse. Dava a ela tempo para pensar no que tinha ouvido na noite anterior, o fato de Damon estar precisando de um escriba. Ela também aprendeu a planta do casarão, principalmente onde o escritório de Straton ficava, escondido atrás de portas trancadas.

No entanto, não tardou para que a lixívia deixasse suas mãos vermelhas, a pele coçando e queimando. Evadne parou para descansar e se esparramou no meio da sala de jantar vazia. Ela grunhiu, puxando o tornozelo direito para massagear a rigidez. Foi então que reparou no cachorro, deitado à luz do sol a alguns metros de distância, observando-a.

Evadne ficou paralisada.

O cachorro piscou e levantou a cabeça como se farejasse o medo dela. O pelo do animal era longo e marrom-acobreado, com algumas manchas brancas no peito e nas patas. Ele não tinha um brilho perverso nos olhos, como os do cão do pastor, mas ainda assim Evadne ficou apavorada.

Recuou, sem tirar os olhos do bicho, arrastando o balde consigo.

— Em nome dos deuses, menina, *o que é* que está fazendo?

Evadne se virou e viu Toula na sala de jantar, carregando uma bandeja de pratos de prata.

— T-tem um cachorro.

Toula franziu o cenho, olhando para o cão em seu banho de sol.

— Arcalos é velho e dócil. Não há razão para ter medo dele.

Ainda assim, Evadne hesitou, o que fez Toula bufar.

— Vá, menina. Termine de limpar o piso.

A mulher partiu, e Evadne voltou a trabalhar, chorando em silêncio e lavando o chão com suas lágrimas. Arcalos não se mexeu, mas esticou a cabeça como se para confortá-la.

Ela olhou para o cachorro e não viu nada além de mansidão em seus olhos, o focinho cinza pela idade avançada.

— Você não entende — sussurrou ela para ele.

Arcalos apenas piscou, sonolento por causa do sol.

Evadne terminou o piso da sala de jantar e foi para o corredor. Ela ouviu o tamborilar de unhas e, quando se virou, horrorizada, viu que Arcalos a seguia, deixando um rastro de patas pelo chão que secava.

— Não, para — implorou.

Arcalos parou, sorrindo ofegante para ela.

Ela teria que esfregar o chão de novo para remover as marcas de patas, mas suas costas doíam e ela sentia que a própria pele estava prestes a rachar e descolar do corpo. Sabia que estava a um instante de desabar em lágrimas. Evadne se apoiou na parede. Arcalos se aproximou e se sentou ao lado dela, o pelo quentinho encostando em sua perna. Ela não tinha para onde ir e estava exausta demais para fugir dele, então continuou ali nas sombras do corredor, chorando baixinho, com seu pior pesadelo aninhado nela.

Um assovio soou do outro lado do corredor.

Arcalos levantou as orelhas, mas permaneceu ao lado de Evadne. A garota não se mexeu, não respirou, rezando para que quem quer que fosse não atravessasse o corredor e a encontrasse tão desgrenhada.

— Arcalos? Arcalos, venha cá — chamou Damon, e o cachorro obedeceu na mesma hora, enfrentando certa dificuldade para levantar, como se estivesse tão rígido quanto Evadne.

Mas é óbvio que você é o cachorro do Damon!, pensou Evadne, apressando-se para ficar de joelhos. Ela mergulhou a escova no balde e começou a limpar as marcas de patas.

— Ele está te incomodando, Evadne?

Pela segunda vez no dia, Evadne se assustou. Não tinha ouvido Damon se aproximando, mas agora que ela sabia que ele estava atrás dela, ela sentiu sua presença.

— Não — respondeu e continuou esfregando. Ela não virou o rosto, mantendo a trança caída por sobre o ombro para esconder as lágrimas.

Ele continuou parado ali por mais um momento, observando-a. E, num piscar de olhos, ele se foi, levando o cão consigo.

Ela trabalhou até o pôr do sol, quando chegou a hora de servir o vinho. E Evadne descobrira que cada vez que levava o vinho aos lábios para verificar se estava envenenado, seus desejos se intensificavam. Ela se sentia dilacerada por sua própria vontade de viver, de escapar. De voltar para casa com Halcyon. Seus desejos sangraram enquanto ela esperava para ver se morreria por um homem como Straton. Porém, o vinho estava intacto naquela noite, como em todas as outras que a antecederam.

Evadne foi até ao lado de Straton, fazendo o melhor que podia para esconder seu manquejar, que havia piorado depois de todo o rastejar e agachar que ela havia feito durante a limpeza.

Ela já havia enchido metade do cálice de Straton quando ele reparou nela.

— O que aconteceu com suas mãos, Evadne?

Ela parou, sentindo Cosima, Lyra e Damon olharem para seus dedos machucados.

— Foi a lixívia que usei para limpar hoje, lorde — respondeu, seguindo para a taça da madame.

— Precisa usar luvas, então. Toula deve conseguir lhe arrumar um par — falou o comandante, e Evadne assentiu, sabendo que não tinha coragem de fazer um pedido daqueles para Toula.

Ela parou ao lado de Damon, mas ele cobriu o cálice, e ela não sabia se era porque ele estava se abstendo de beber vinho ou porque não confiava nela. Mas não fazia mal — era uma taça a menos à qual precisava atentar.

Quando Evadne voltou ao quarto naquela noite, encontrou Amara na cama dobrando túnicas com uma única mão, o braço machucado apoiado em uma tipoia.

— Toula trouxe aquilo pra você — anunciou Amara, indicando um pequeno recipiente sobre a prateleira de Evadne.

Ela removeu a tampa e encontrou um unguento curativo aromático dentro. Ficou atordoada num primeiro momento, se perguntando quem poderia tê-lo preparado para ela.

— É melhor também proteger suas mãos com isso — disse Amara, jogando luvas de couro na cama de Evadne. — Quando comecei meu serviço aqui, também precisei esfregar o piso. Mais cedo ou mais tarde suas tarefas irão mudar.

Evadne se sentou na beira do colchão, mergulhando os dedos no unguento. De início, ardeu, mas depois sua pele ficou fria e dormente, e ela grunhiu enquanto espalhava a pomada nas mãos. Observou Amara dobrar as roupas à luz das chamas por um momento, gradualmente criando coragem para perguntar:

— Há quanto tempo você está aqui?

— Desde os oito anos. Minha mãe me trouxe à enfermaria da curandeira, a lady Cosima, e implorou para ela me aceitar como criada. — A voz de Amara não denunciou emoção enquanto dobrava as vestes em três perfeitamente, alisando os vincos das suas túnicas de trabalho. — Meu pai nos abandonou quando eu nasci, para caçar relíquias. Nunca mais tive notícias dele. Minha mãe trabalhou nos campos de cevada nas fronteiras de Mithra. Teve um ano em que a praga atingiu as plantações de maneira tão severa que quase perdemos tudo. Todas as noites, quando me deitava, eu achava que fosse morrer de fome dormindo. Mas um dia, a rainha Nerine foi à nossa casa e nos levou dois sacos de grãos, jarros de azeite e de vinho e um pote de mel. Ouvira falar da praga e abriu as despensas reais. Ela nos alimentou quando não tínhamos nada. Ela nos salvou. Lembro-me de como era gentil e carinhosa, de como me colocou no colo e disse à minha mãe que se um dia sentíssemos fome ou precisássemos de ajuda, deveríamos procurá-la imediatamente. Porém, no ano seguinte, a praga foi tão devastadora quanto antes, e quando minha mãe foi ao palácio real para pedir auxílio à rainha novamente… foi expulsa por um dos magos da corte. Naquele ano, minha mãe ficou doente demais e não era mais capaz de trabalhar ou cuidar de mim. Foi o ano em que senti como se a Corte de Magia quisesse manter a nós, o povo comum, longe da nossa própria rainha. Desde então, odeio os magos, exceto Damon.

Evadne se manteve em um silêncio pesaroso enquanto ouvia.

— A lady Cosima tentou curar minha mãe, mas ela estava muito doente. Acabou morrendo, e a lady Cosima me manteve aqui como criada. Quando eu atingir a maioridade no ano que vem, meu serviço vai terminar, e vou ter a escolha de ficar ou ir embora. — Amara terminou de dobrar as roupas. Levantou-se e levou as vestes limpas para o baú ao pé de sua cama.

— Vai continuar aqui? — questionou Evadne, tirando as sandálias para se deitar debaixo das cobertas.

Amara também foi para a cama, tomando cuidado com o braço.

— Sim. Que outro futuro eu poderia ter? Um campo de cevada? A caça de relíquias? A fome? Não tenho mais família. Toula e os demais criados são minha família agora. E aqui, como criada, sou paga pelo meu trabalho e não me falta comida. A lady Cosima e o lorde Straton são bons para mim. Estou melhor aqui do que antes.

Ela assoprou a lamparina a óleo, e a escuridão invadiu o quarto.

— Amara?

— Oi?

Evadne hesitou.

— Já encontraram veneno no vinho alguma vez?

— Sim. Uma vez, anos atrás. Eu ainda era uma menina que esfregava o piso quando aconteceu. O lorde Straton descobriu que um dos antigos hoplitas que treinava havia envenenado o vinho, como vingança por ter sido dispensado da legião. — Amara ficou quieta. Quando voltou a falar, sua voz soara mais delicada. — Você tem medo, Evadne?

Evadne ficou tentada a mentir, mas a verdade escapuliu em um sussurro.

— Sim.

Amara se mexeu na cama. Evadne quase conseguia sentir o olhar da garota nela, mesmo no escuro absoluto.

— A lady Cosima tem antídotos para o caso de você ser envenenada.

— Acha mesmo que ela tentaria me salvar com um antídoto?

— Seria tolice deixar você morrer.

Sem demora, os roncos de Amara preencheram o quarto. No entanto, tudo o que Evadne conseguia ouvir era a voz de Halcyon ecoando nas profundezas de sua alma.

Não tenha medo, irmãzinha.

Os dias passavam, um pôr do sol se fundindo ao outro, enquanto Evadne repetia o mesmo ciclo exaustivo. Ela esfregava os pisos, provava e servia o vinho da família e pensava em Halcyon até mal conseguir respirar. Mas Evadne contava cada nascer do sol, riscando uma marquinha para cada um no piso de pedra com a cópis da irmã, escondida debaixo de sua cama.

O décimo segundo dia de seu serviço começou como os demais. O casarão estava quieto; Cosima e Lyra estavam na enfermaria, e Straton tinha ido ao palácio para uma reunião com os conselheiros da rainha. Damon era o único membro da família que tinha ficado em casa, fechado em seus aposentos. Os criados continuaram suas tarefas: Toula lavando e polindo prata, Amara dobrando roupa lavada, Evadne esfregando o piso.

Ela estava limpando o pátio ao lado do espelho d'água quando uma visita chegou ao casarão. Era um rapaz com um ar de acadêmico, alto e bem-apessoado, vestindo roupas práticas, mas perfeitamente limpas. Evadne viu Toula cumprimentando-o.

— Tenho um compromisso com o lorde Damon — anunciou, olhando ao redor para admirar o glamour da casa do comandante.

— Acompanhe-me — instruiu Toula, levando o jovem à escada de mármore.

Evadne assumiu um ritmo mais lento na faxina, acompanhando o passar do tempo pelo ângulo da luz do sol no chão. A visita do estudioso durou apenas meia hora. Damon o escoltou às portas do casarão e agradeceu o rapaz pela visita. Não soou lá muito promissor e Damon voltou a seus aposentos.

A garota não deu muita importância até que mais uma visita chegou. Uma garota com o cabelo cor de fogo, as vestes luxuosas feitas sob medida, a voz como a de um pássaro canoro.

— Vim ver o lorde Damon — disse ela a Toula.

A mulher guiou a recém-chegada até os aposentos de Damon, e Evadne desacelerou mais uma vez, medindo o tempo do encontro. Mais meia hora se passou, e a garota foi levada à porta com um agradecimento por seu tempo.

Uma terceira visita logo tocou o sino do casarão. Toula resmungou consigo mesma ao correr para atender. Era mais um jovem, robusto e forte. Um atleta, pensou Evadne, observando-o sumir escada acima para encontrar Damon.

Apenas quinze minutos se passaram antes de Damon levá-lo à porta, com o mesmo agradecimento em seus lábios.

As portas se fecharam quando o atleta foi embora. Dessa vez, Damon não retornou a seus aposentos. Continuou no pátio e olhou para Evadne.

— Essa parte do chão deve estar bastante imunda, Evadne.

Ela acelerou, mantendo o olhar firme no piso.

— O que faz o senhor dizer isso, lorde Damon?

— Você está no mesmo lugar há mais de uma hora.

— Acabei me entretendo com suas reuniões.

— Ah, é? Por quê?

Evadne interrompeu o trabalho, ousando erguer os olhos para o dele.

— Todos parecem não ter algo que você busca. Não é inteligência, ou você teria escolhido o acadêmico. Não é beleza, do contrário teria escolhido a cantora. Mas também não é força, porque senão você teria escolhido o atleta.

Ele achou divertido.

— Ou talvez eu precise de um pouco dos três em uma única pessoa.

— Boa sorte encontrando alguém assim, lorde. — Ela voltou a se concentrar na tarefa, mas seu corpo estava tenso sob o olhar inabalável de Damon. — Receio que só possa encontrar esse tipo de pessoa em um mito.

— Então estou destinado a fracassar. Afinal, que tipo de mito ainda vive e respira? — Ele se calou, esperando que Evadne rebatesse. Quando ela o ignorou, ele começou a se afastar, mas chegou à beira do espelho d'água antes de voltar até ela. — Gostaria de fazer uma entrevista, Evadne?

As palavras do mago fizeram um choque percorrer o corpo da garota. Ela largou a escova e olhou boquiaberta para ele.

— Entrevista? Para quê?

— Estou procurando um escriba. Você é destra. Talvez seja o mito que procuro.

Ela semicerrou os olhos. Bajulação. Era o que ele estava fazendo. Para abrandar a aversão dela por sua família, por aquele lugar. Para conquistar a confiança dela.

Ainda assim, ela se sentou sobre os calcanhares, sentindo uma pontada de dor no tornozelo. Ela não fazia ideia do porquê sua mão dominante importava. Confusa, disse:

— Como sabe que sou destra?

— Você serve vinho com a mão direita.

— Está me observando porque não confia em mim?

— Não. Prometi à sua irmã que tomaria conta de você. — Ele saiu andando, sua resposta deixando Evadne perplexa.

Evadne jamais teria imaginado Halcyon pedindo algo do tipo a Damon. Mas ele não tinha ido à cela dela na ágora? *Por quê?* Evadne ainda se perguntava.

E lá estava ela, com os joelhos machucados e as mãos doloridas, esfregando o piso quando ele tinha acabado de lhe oferecer uma chance de se erguer e aprender com ele.

A garota ficou de pé e pegou o balde e a escova. Tomou cuidado para não cruzar o caminho de Toula e correu escada acima, derramando lixívia e água até a porta de Damon, que estava entreaberta. Um feixe de luz escapava da fresta, iluminando Evadne quando ela levantou a mão para bater na porta...

E percebeu que não conseguia. Era impossível que ele acreditasse que ela pudesse ser sua escriba. Evadne estava recuou, a mão enluvada ainda suspensa no ar, quando a porta se abriu de repente.

Damon, por sua vez, pareceu chocado ao encontrá-la ali.

— Pois não?

— Vim limpar seu chão — falou Evadne depressa, abaixando a mão, desengonçada. — E, depois, quem sabe, eu ainda possa fazer aquela entrevista. Mas vou entender caso a oferta tenha sido revogada.

Damon ficou em silêncio. Evadne pensou que ele estava prestes a rejeitá-la e ela continuou a recuar para as sombras.

— Não precisa esfregar o piso daqui. Deixe o balde no corredor e entre.

Evadne colocou o balde e a escova no chão. Ela teve dificuldade em arrancar as luvas de couro, mas Damon aguardou pacientemente. Ela passou por ele, entrando em seus aposentos pela primeira vez.

— Peço desculpas, estou fedendo a lixívia.

Ele deu uma risadinha, fechando a porta.

— Existem cheiros muito piores. Venha, sente-se à mesa.

A sala de recepção era espaçosa. Uma das paredes era repleta de janelas, recebendo uma inundação de sol. A outra parede era formada por prateleiras, cada uma cheia de rolos, tantos que a mente de Evadne rodopiou por um instante só de pensar em todas as histórias que poderiam estar escondidas ali. Havia uma escrivaninha com pés de marfim, o tampo de carvalho coberto com uma pilha de folhas quadradas de papiro, um jarro de penas e vários potes de tinta.

Ela o seguiu pelo espaço e sentou-se na cadeira junto à escrivaninha, com os olhos ainda percorrendo a sala, assimilando os detalhes. O tapete de pele de leão. A espada embainhada em um canto. A porta na parede oposta que devia levar ao quarto dele. O afresco espalhado pelo teto, implorando para ser admirado. Arcalos esparramado no chão à luz do sol, balançando o rabo enquanto observava Evadne. Ela ainda sentia um leve temor ao ver o cachorro, mas não tão intenso quanto antes, e suspirou, relaxando.

— Já atuou como escriba antes, Evadne?

— Não.

— Presumo que seja letrada na Língua Comum, mas e quanto à Língua Divina?

— Sim, sou fluente em ambas. Eu... — Ela se deteve. Por pouco não lhe contara sobre seus sonhos de se tornar uma maga, como ela se dedicara ao letramento com fervor, acreditando que um dia suas letras magicamente escorreriam do pergaminho. Ela engoliu a emoção que a frágil lembrança despertou.

— Você...? — incitou ele, aguardando.

— Não tem importância, lorde.

— Não sou lorde para você, Evadne. Apenas Damon.

— Muito bem, então... Damon.

— Pois bem. Quero contratar um escriba, alguém que possa registrar meus encantamentos e até mesmo minha correspondência diária. Como sabe, não posso escrever com minha mão dominante. A mágica torna isso impossível; minha escrita não permanece no papiro. E por mais que eu queira memorizar todos os meus feitiços, alguns são longos e complicados, e seria ótimo para mim tê-los registrados. Por isso, meu ou minha escriba estará a par dos meus segredos. Preciso de alguém de confiança, uma pessoa com quem eu possa contar, que não me traia dando meus feitiços a outro mago que possa desejá-los. — Ele parou, baixando o rosto para o papiro em branco sobre a mesa. — Se puder concordar com isso, Evadne, eu gostaria que pegasse uma pena e escrevesse seu mito favorito.

A garota ficou perplexa até se dar conta de que *aquilo* era a entrevista. Ela pensou por um momento antes de escolher uma pena e abrir um potinho de tinta, dispondo uma folha de papiro diante de si.

Ela quase escreveu o mito de Kirkos. Quantas vezes ela ouvira aquela lenda, repetidamente, sentada no colo do pai?

Porém, não queria chamar a atenção para Kirkos, caso os mistérios sobre sua relíquia viessem à tona.

Ela percorreu a coleção de mitos em sua memória e, talvez fosse por estar com saudades de casa, sentindo mais falta do bosque do que achava possível, que Evadne decidiu escrever sobre a criação da coroa de ramos de oliveira — a relíquia de Acantha.

Quando terminou, Evadne baixou a pena e foi entregar a lenda a Damon, dando a volta pelo caminho mais longo para evitar a proximidade com Arcalos, que dormia.

O rosto de Damon estava contido, mas então Evadne reparou que a testa de Damon se franziu enquanto ele lia suas palavras. Ela não conseguia explicar por que o coração começou a bater mais rápido e desesperado, mas parecia que, de alguma forma, ela havia escrito a coisa errada sem nem mesmo perceber.

Damon abaixou o papiro e olhou para ela.

— Agradeço, Evadne. Pode ir.

Ela não devia ficar decepcionada — nem atordoada, a propósito. Por um breve momento irracional, acreditara mesmo que poderia se tornar a escriba dele, que ele não a estivera bajulando por uma diversão cruel. Que ele não havia balançado a esperança diante dela apenas para arrancá-la por birra.

Evadne foi embora sem uma palavra. Encontrou o balde e a escova exatamente onde os havia deixado no corredor e voltou ao pátio, seu andar assumindo um ritmo irritado.

— Onde esteve, menina? — Toula a interceptou na escada com uma carranca.

— Eu estava ajudando Damon.

— *Lorde* Damon — corrigiu Toula. — E não o incomode mais, está ouvindo? Ele é muito ocupado.

Evadne não respondeu. Voltou a esfregar, descontando sua ira no chão, já que ela não podia descontá-la no rosto de Damon. No entanto, logo ela se cansou, a frustração amansando à medida que seus braços começavam a doer. Ela se apoiou em um dos pilares, consumida pela vergonha.

A entrevista não durara meia hora. Nem mesmo um quarto de hora.

Evadne levara apenas dez minutos.

No jantar aquela noite, Damon bebeu vinho.

Isso só intensificou a irritação de Evadne, pois então teria que observar a taça dele e servir mais bebida conforme a necessidade. Ele não falou das visitas. Parecia que Straton, Cosima e Lyra não faziam ideia de que Damon estivera fazendo entrevistas. A conversa girou em torno de impostos, doenças e a legião, à qual Straton em breve retornaria.

Quando o jantar terminou, todos deixaram a mesa. Exceto Damon. Ele ficou ali, bebendo o cálice de vinho, lendo um papiro que tinha aberto diante de si à luz dos braseiros. E Evadne não podia ir embora, porque a taça dele ainda estava ali, e ele continuava a bebericar de tempos em tempos.

Ela se reclinou em um dos pilares, exausta, observando o cálice. Uma brisa gélida da noite entrou no ambiente, balançando as cortinas brancas. O casarão estava silencioso, pacífico como um sonho; o luar começou a se esgueirar pelo chão e Evadne fechou os olhos até Damon dizer seu nome baixinho.

— Evadne.

Ela se endireitou e pegou o jarro de vinho.

— Traga outra taça à mesa e junte-se a mim — convidou ele.

Evadne fez como lhe fora pedido, sentando-se na almofada de frente para ele do outro lado da mesa. Ele pegou o jarro e depois o cálice vazio, servindo o vinho. Em seguida, passou a bebida para ela, e ela só a olhou, pasma por ele tê-la servido.

— Foi para *isto* que me fez ficar até tarde, lorde Damon? — questionou ela, deixando a irritação transparecer. — Para que pudesse me servir uma taça?

— Sim e não. Quero falar a sós com você.

— Falou a sós comigo hoje mais cedo.

Ele a encarou por um momento. O brilho azul de seu olho esquerdo distraiu Evadne. Ela quebrou o contato visual, abaixando o rosto para o vinho em suas mãos.

— Não vai beber, Evadne?

— O senhor também não bebe direito quando o sirvo, lorde Damon.

— É Damon. Apenas Damon. E hoje eu bebi.

— O que quer de mim? — indagou Evadne. Ela estava tão cansada, com tanta saudade de casa, que perdeu todos os escrúpulos.

— O mito que escreveu hoje — ele disse, retirando um quadrado de papiro do rolo. Evadne reconheceu a própria caligrafia quando Damon dispôs o papiro virado para cima na mesa, entre eles. — Quando Euthymius criou a Coroa Onividente de Acantha. Dentre todos os mitos que poderia ter escolhido, por que esse?

Evadne coçou a testa.

— Não sei. É só um mito, e eu o escolhi num impulso.

Ele duvidou dela. Sua expressão era intensa enquanto ele esperava por uma explicação.

— Sei que o desagradei hoje — começou ela, sua raiva aumentando.

— Você não me desagradou.

— Embora eu mal saiba o porquê. Talvez tenha sido a inclinação na minha caligrafia...

— Não, sua letra é mais do que adequada.

— Ou talvez eu não tenha escrito rápido o bastante, ou...

— Se eu lhe pedisse para se tornar minha escriba, você aceitaria, Evadne?

Ela ficou imóvel. Por um momento, só conseguiu respirar e encarar o mago, se perguntando se havia imaginado a oferta.

Damon continuou a observá-la, a luz do fogo refletindo sobre seu rosto.

— Antes de responder, quero que saiba que será um trabalho árduo. Sim, eu preciso de alguém em quem possa confiar, mas preciso de uma parceira que também confie *em mim*, que não se intimide facilmente com desafios ou oposições. Que se levante para enfrentá-los ao meu lado.

Evadne não achava que registrar feitiços seria lá tão difícil assim, mas ouviu a seriedade na voz dele. Ela não conseguia nem imaginar que desafios seriam esses.

— Você zombou de mim a respeito das visitas que recebi hoje — disse Damon, enquanto o silêncio de Evadne continuou a se expandir entre eles. — Mas não fui eu que marquei as entrevistas. Foi minha tia Selene. Ela me quer na palma de sua mão. Qualquer escriba selecionado por ela seria um espião que relataria todos os meus encantamentos e movimentos para ela. — Ele fez uma pausa, traçando a borda do cálice com a ponta do dedo. — Minha tia foi uma das minhas instrutoras em Destry. Ela foi boa comigo, mas também espera que eu siga suas ordens. É poderosa. E ficará muito contrariada por eu ter escolhido você como minha escriba, porque ela não tem controle sobre você.

Evadne ficou surpresa por ele estar revelando tanto.

Ela respirou fundo.

— Durante toda a minha vida, eu quis ser mais do que sou. Desejei ser rápida e forte, como minha irmã. Cobicei a magia, a habilidade de falar e cantar encantos para dar vida a eles. Queria ser alguém que deixaria uma marca no mundo, mesmo que fosse uma marca pequena.

— Ela engoliu em seco, mal acreditando que tinha dito aquelas coisas a Damon. No entanto, quando levantou o olhar para encará-lo, viu que o mago estava absorto por suas palavras, e uma corrente tímida de amizade começou a fluir entre os dois.

— Você está deixando sua marca, Evadne — sussurrou ele.

E ela pensou em como ele tinha quebrado leis por ela e Halcyon, como ele a deixara invisível e a guiara até a prisão da ágora. Como ele dera falta dela no acampamento e dissera ao pai para procurá-la, para encontrá-la antes dos cães fantasmas. *Por quê?*, ela se perguntou.

— Não menti quando disse que sei a Língua Divina, mas já faz um tempo desde que a usei — confessou ela.

— Eu posso refrescar sua memória.

— O lorde Straton pode não gostar deste acordo. Era para eu ser sua copeira.

— Ele não terá problema em encontrar outra.

— Não o incomoda que minha irmã... — As palavras de Evadne morreram. Ela jamais conseguiria pronunciá-las, a dor que existia entre ela e Damon.

Ele ficou em silêncio, encorajando-a a concluir o pensamento em voz alta.

— Imagino que, quando olha para mim, você veja Halcyon — disse ela. — Que eu sou um lembrete constante do que aconteceu.

— É isso que você sente quando olha para mim? — rebateu ele. — Você vê meu irmão? O que meu pai fez com sua irmã?

Evadne sustentou o contato visual, o orgulho grande demais para ela desviar o olhar. Ela precisava aceitar a verdade: a cada dia que passava, ela via Damon mais por quem ele era, e somente ele.

— Não. Vejo somente um mago que me irrita de vez em quando.

Ele sorriu e seus olhos formaram rugas nos cantos.

— Bom saber. — Mas ele não disse o que via quando olhava para ela, e Evadne estava ansiosa demais para perguntar.

Ela não conseguiu pensar em outra desculpa. Queria saber os segredos da família, certo? Bem, aquela era sua chance. Não teria outra oportunidade, e Evadne se perguntou se os deuses a estavam abençoando, abrindo uma porta para ela, como sua mãe pensara que eles fariam.

— Sim — respondeu. — Serei sua escriba.

— Obrigado — disse ele, e Evadne sentiu um tremor de nervosismo em sua voz. Será mesmo que ele tinha pensado que ela lhe diria não?

Ele pegou outra folha de papiro e a colocou na frente de Evadne, junto a uma pena e um pote de tinta. Ela arqueou uma sobrancelha, incrédula.

— Você quer começar *agora*?

Damon parecia querer rir.

— Não. Mas precisamos fazer um contrato para o nosso acordo. Devemos ser rápidos, antes que minha tia possa interferir.

Evadne suspirou, mas aceitou a pena. Mergulhou a ponta na tinta e esperou Damon lhe dizer o que escrever.

Ele batucou os dedos na mesa, imerso em pensamentos. Evadne percebeu que ele estava tão incerto quanto ela, lembrando da conversa que ele tinha tido com Selene algumas noites antes. Damon nunca tivera um escriba antes.

— Neste dia — começou o rapaz —, o quinto dia da Lua de Fogo, eu, por meio deste, estabeleço um contrato entre Damon de Mithra, mago, e Evadne de Isaura, escriba...

Evadne começou a escrever, capturando a fala dele em tinta.

— De quanto tempo deve ser a validade do contrato? — Damon interrompeu a si mesmo para perguntar a ela.

Ela levantou os olhos para fitá-lo.

— Cinco anos.

Ele assentiu e continuou a ditar o contrato. Tudo pareceu aceitável a Evadne, até chegarem à cláusula do vasculhamento da mente:

Damon deterá o poder e a autoridade de vasculhar a mente de Evadne em apenas duas circunstâncias: caso ela escolha ou se Damon tiver evidência de que Evadne o traiu, compartilhando ou vendendo seus encantamentos a terceiros.

Evadne sabia que todos os magos tinham o poder de bisbilhotar a mente e a memória de outras pessoas, e por causa de tal habilidade, havia restrições. Ninguém jamais havia sondado sua memória e ela nunca queria passar por essa experiência.

Ela parou de escrever no meio da frase. Damon percebeu.

— Algum problema, Evadne?

— O vasculhamento da mente... eu não gosto dessa ideia.

— Essa condição é imposta a todos os contratos entre magos e escribas — respondeu Damon com o tom suave. — Não a colocarei em prática, a menos que me traia.

Evadne ficou em silêncio, encarando a própria escrita. Ela não assinaria o próprio nome em algo como aquilo.

Ouviu Damon passar outro quadrado de papiro para ela.

— Comecemos do zero, então.

Surpresa, Evadne o observou jogar no braseiro o contrato escrito pela metade. Enquanto o papiro queimava, Damon falou e Evadne voltou a escrever, suas palavras idênticas ao que ele ditara antes, até chegar à cláusula sobre sua memória.

Ele a omitiu, renunciando a seu direito de bisbilhotar sua mente.

Quando terminaram, Evadne estava pronta para assinar. Ela escreveu o próprio nome na parte inferior da folha antes de entregar a pena e o papiro a Damon. Ele assinou em seguida com a mão direita, a mão com a qual ele não conseguia conjurar magia. Sua escrita saiu fraca e torta, mas seu nome continuou no papel ao lado dela, desprovido de magia.

— O que acontece agora? — indagou Evadne.

— Vamos a Destry para que o contrato seja oficializado e divulgado publicamente. — Damon pegou o papiro na mão, a tinta ainda fresca. — Encontre-me ao raiar do dia no pátio. Boa noite, Evadne.

Ele foi embora do refeitório, e Evadne continuou sentada à mesa, observando as chamas queimando no braseiro, ainda sem conseguir digerir tudo que havia acontecido. Então ela bebeu o vinho em seu cálice e estava prestes a levantar e se arrastar para a cama quando um pensamento lhe ocorreu.

Ela parou, pegando o papiro que Damon havia deixado sobre a mesa. O mito da Coroa Onividente de Acantha. Uma relíquia perdida.

Evadne se acomodou novamente na almofada. Tateou o Colar Alado de Kirkos, traçando a forma rígida da relíquia por baixo de sua roupa enquanto relia o mito que escrevera.

O semblante de Damon mudara quando ele viu o mito que ela tinha escolhido. Ele desconfiara dela, como se ela soubesse de algo. Talvez o paradeiro da Coroa Onividente? Mas por que ele pensaria que Evadne teria tal informação? Porque a coroa era feita de ramos de oliveira e ela vinha de um pomar?

Todos guardamos segredos como guardamos ar em nossos pulmões, pensou Evadne, refletindo sobre o próprio segredo, que pendia ao redor de seu pescoço, esperando que ela invocasse sua magia para alçar voo.

Halcyon guardava um segredo. Assim como Straton.

O que eles estavam protegendo no julgamento? O que Halcyon e Xander estavam fazendo, em todos aqueles treinos privados? Damon, Evadne começava a acreditar, sabia da verdade por trás disso.

Ela pensou no tio Ozias, em Lysander, no pai de Amara. Todos conectados pelo mesmo desejo — o de encontrar e reivindicar uma relíquia.

Evadne lançou seu mito no fogo do braseiro e assistiu às chamas engolindo o papiro, que encolheu até virar cinzas. Rápido como um suspiro. Tão irreversível quanto roubar uma vida.

E ela achou ter descoberto enfim o que a irmã, Xander e Straton estavam tentando fazer em segredo.

148

XV

Halcyon

O trabalho na pedreira começou pela manhã. Halcyon era a única mulher entre os condenados, e a maioria eram caçadores de relíquias, porém, todos eram assassinos. O primeiro dia foi tão horrível quanto seu primeiro encontro com o mago. A cela dela era pequena, e assim que a porta de ferro se abriu ao raiar do dia, três condenados foram cumprimentá-la. Eles tinham barbas longas e emaranhadas, olhos famintos e havia certa insinuação em seus sorrisos tortos que fazia o coração de Halcyon gelar.

— Bem-vinda à pedreira — falou o maior deles. Ele não tinha o dente da frente, e o rosto parecia desgastado pelo tempo depois de dias forçando a vista debaixo do sol. — Embora seja difícil imaginar você tirando uma vida. Quem você matou, lindinha?

Halcyon lentamente se sentou na cama, as costas ainda doloridas. Ela o analisou, sabendo que era forte, como a maior parte dos homens que trabalhavam na pedreira. Força bruta não a intimidava — ela já havia derrotado muitos homens do tamanho dele. No entanto, nunca sentira tanta dor no corpo. Tudo era árduo, até mesmo algo simples como ficar de pé.

Também era a primeira vez que um homem como ele se aproximava dela. No acampamento hoplita, Straton havia cortado aquele tipo de comportamento repulsivo na legião. Estupro e má conduta sexual eram raros, porque o comandante considerava ambas as coisas intoleráveis e imperdoáveis. Seus castigos para esses crimes eram severos. Halcyon sempre se sentira segura entre seus colegas guerreiros no acampamento.

— Cortaram sua língua, foi? — o homem banguela continuou e deu um passo para dentro da cela.

Os dedos de Halcyon se fecharam. Seus punhos já estavam prontos, sua respiração ficando mais pesada. Ela estava prestes a arrancar o outro dente da frente dele quando houve uma batida na porta.

— Fora, todos vocês — ordenou um guarda. — Vão para o refeitório.

Os três condenados se retiraram, os olhos ainda consumidos por Halcyon. Ela esperou até que eles estivessem fora de vista, enquanto o guarda gesticulava impacientemente para que ela saísse da cela.

— Depressa — disse ele, cutucando suas costas com um cassetete.

Ela estremeceu e seguiu pelo corredor sinuoso. As celas ficavam no subsolo e haviam sido construídas em pedra. Era uma parte fria e mal iluminada, e a prisão parecia se contorcer como uma serpente. Mas o refeitório ficava no andar de cima, na direção da luz, e Halcyon sentiu o cheiro de mingau e de ar fresco ao entrar em um espaço amplo com mesas longas e bancos compridos, onde havia uma fila para a comida. Titubeando, Halcyon se aproximou. Todos os olhares se voltaram para ela, que se sentiu esmagada sob o peso deles.

Sua esperança de reencontrar o tio Ozias foi se dissipando enquanto ela olhava ao redor. Ela não reconhecia rosto algum. Se bem que, talvez, ainda pudesse acabar cruzando com o tio uma hora ou outra. Devia haver centenas de homens ali na prisão. Ela se permitiu criar esperanças novamente, o que lhe deu forças para continuar de pé, andando e respirando.

As primeiras três semanas, falou Halcyon a si mesma. *As primeiras três semanas serão as mais difíceis.*

E de repente ela tinha doze anos de novo. Estava no acampamento de Abacus, lado a lado com outros recrutas do primeiro ano. O comandante caminhara diante da fileira que tinham formado e lhes dissera que os primeiros vinte e um dias de treinamento seriam os mais difíceis. Eles sentiriam falta de casa; a exaustão os devoraria; a alimentação consistiria unicamente em mingau, vegetais e água; eles vomitariam depois do treinamento; a dor em seus músculos seria avassaladora;

eles desejariam desistir; a solidão e carência seriam implacáveis; eles o odiariam; eles o respeitariam; ficariam se perguntando por que concordaram em se juntar à legião. Ainda assim, poderiam ir embora a qualquer momento em que sentissem vontade de desistir.

Mas se conseguissem chegar ao vigésimo segundo dia, dissera ele, então durariam na Legião de Bronze.

Dia vinte e dois, dia vinte e dois, ela entoou baixinho, acompanhando a fila.

Um guarda servia o mingau de uma panela de ferro enorme. Ele parou para fitar Halcyon quando chegou a vez da garota, os olhos percorrendo o corpo dela. De propósito, ele lhe deu uma porção menor.

Ela aceitou o mingau, mas já estava começado a reconhecer o que a vontade de matar fazia com o pulsar do seu coração. Reconhecia a batida melódica que ela trazia. Cinco homens. Halcyon já queria matar cinco homens ali, e fazia apenas cinco horas que ela havia chegado.

— Eu te ajudo com isso — falou um outro homem, sugestivamente esbarrando nela e pegando sua tigela.

Seis homens agora. Halcyon o encarou, e ele apenas sorriu e soltou uma gargalhada.

— Isso é meu — falou ela calmamente. — Devolva.

— Oh, vocês ouviram isso, meus amigos? — disse ele, virando o corpo para olhar para o restante do refeitório. — A Senhorita Careca já está dando ordens, e ainda nem suou na pedreira. — Ele riu e aproximou o rosto do dela. Por baixo da sujeira, do pó e dos pelos faciais, ele não parecia ser muito mais velho que ela. Porém, o ódio queimava dentro dele feito uma chama, e ver um estranho antagonizá-la dessa forma deixou Halcyon sem ar.

— Que tal um acordo? — chiou ele. — Eu te devolvo a comida, mas você me dá algo em troca.

— Devolva a comida dela, Cassian — interrompeu uma voz grave e crepitante. — Agora.

Cassian endireitou a postura, mas cuspiu no mingau de Halcyon antes de devolvê-lo a ela e ir para uma mesa onde outros jovens estavam reunidos, observando Halcyon com um interesse malicioso.

151

Ela ficou parada por um momento, encarando a saliva de Cassian em sua tigela. Deduziu que o sujeito que falara por ela fosse um dos guardas, mas quando levantou os olhos, ficou surpresa ao ver que era outro condenado. Apesar de ser alto, ele não era corpulento, nem parecia ser forte. Na verdade, era magro, tinha o cenho enrugado, e o cabelo preto tinha fios prateados e estava preso em uma trança que o mantinha afastado dos olhos. Ele não a encarou com desejo como os demais homens, mas com uma tristeza que ampliou sua saudade de casa.

O homem se virou e voltou a sua mesa, sentando-se em um banco para terminar de comer. Halcyon não *queria* segui-lo, mas precisava de um aliado, e ele era o único ali que parecia ter um pingo de honra.

Ela o seguiu e parou ao lado dele.

— Posso me sentar aqui?

— Sente-se onde quiser.

Ela se acomodou ao lado dele no banco e fez o melhor que pôde para remover o cuspe de Cassian. Em seguida, levou a tigela à boca e começou a engolir o mingau, forçando-o garganta adentro.

— Obrigada — falou ela depois de comer um pouco.

— Não precisa me agradecer. Só fiz o que qualquer um deveria ter feito.

Halcyon parou, analisando o homem de esguelha. Tinha algo diferente nele, mas ela não sabia dizer o que era. Ele obviamente não era um caçador de relíquias. Emanava uma aura diferente, sem o fulgor da ganância e a ambição implacável. Essa mesma aura devia dar a ele certa autoridade, porque apesar de sua estrutura corporal nada ameaçadora, os demais prisioneiros o respeitavam.

— Halcyon de Isaura — sussurrou.

O homem pareceu surpreso por ela ter se apresentado. Quase derrubou a tigela ao se virar, olhando para ela com certa descrença.

— Thales de Zenia.

— Tenho a impressão de que seu lugar não é aqui, Thales de Zenia.

Thales riu sem humor.

— Não, e nem o seu, Halcyon de Isaura. É bom que fique perto de mim por enquanto. Os primeiros dias aqui podem ser traiçoeiros.

— Ele se levantou com movimentos fluidos e levou a tigela vazia até o lavatório.

Halcyon o seguiu. Ele era da classe alta, suspeitou ela. Por isso parecia tão deslocado ali. O que será que ele fazia da vida antes? Era político? Artista? Acadêmico?

Mais uma fila se formou no refeitório até uma plataforma externa. Halcyon aguardou à sombra de Thales, observando os condenados à frente deles passarem por uma mesa. Os guardas estavam registrando os números de identificação dos prisioneiros e lhes dando as ferramentas de que precisavam para o dia: martelos de ferro, picaretas, cinzéis, serrotes, cunhas de madeira e jarros d'água.

— Como podem confiar essas ferramentas às mãos de assassinos? — indagou Halcyon.

— É mesmo surpreendente, não? — falou Thales, achando graça. — A probabilidade de morrer em uma queda é muito maior do que a de ser dilacerado com uma picareta. Embora já tenham ocorrido alguns assassinatos a marteladas aqui. Mas há uma punição bastante severa para esses infratores.

Halcyon ponderou sobre a informação por um instante e em seguida perguntou:

— Que tipo de punição?

— Cortam fora uma parte do corpo. Geralmente um olho, às vezes a língua. Porém, o mais importante é: se você mata outro condenado aqui, recebe a sentença de prisão perpétua. A maioria de nós recebeu uma pena de alguns anos ou algumas décadas nesta pedreira antes de seguirmos para a próxima parte da nossa sentença. E depois de algumas luas aqui... você não vê a hora de ir embora.

Ela ficou em silêncio, pensando no que a aguardava a seguir em sua sentença: prisão em Mithra. Ela sentia mais receio dessa parte do que da própria pedreira. Pelo menos ali ela sentiria a luz do sol e o cheiro de ar fresco, além de exercitar os músculos. Na prisão, ficaria acorrentada a uma parede na escuridão absoluta.

Halcyon pensou em Evadne, a corajosa e bela Evadne, tomando para si cinco anos de sua pena. Seus olhos pinicaram. Ela se esforçou para dissipar a emoção, que deixou marcas de queimadura em sua alma.

— Todas as manhãs — começou Thales, interrompendo seus pensamentos —, sua cela vai se abrir logo cedo. Você segue para o refeitório e come. Depois, vem até o capitão, aqui na plataforma, e dá seu número a ele. Ele vai te emprestar as armas, mas não se esqueça de que os registros são impecáveis. É inútil tentar levar uma escondida para o refeitório ou para sua cela.

— Eu não estava pensando nisso — defendeu-se Halcyon, embora sentisse suas bochechas corando, lembrando como tinha desejado matar seis homens poucos minutos antes.

— Que bom. No momento, eu estou trabalhando no trilho vinte e sete. Seria bom se você me ajudasse. Vou perguntar ao capitão se você pode trabalhar comigo hoje.

Halcyon assentiu, cada vez mais ansiosa conforme ela e Thales se aproximavam do capitão na plataforma. Ele era um homem robusto com uma cicatriz no rosto, a mão grande engolindo a pena enquanto ele anotava os aluguéis do dia. Depois que Thales disse seu número, o capitão o escreveu em uma letra perfeita, e um guarda logo atrás dele entregou seus materiais do dia: um conjunto de cinquenta cunhas de madeira, um cinzel, um martelo e um jarro d'água.

— Eu gostaria de solicitar a ajuda de Hal... da Condenada... — Thales parou, olhando para Halcyon e esperando sua resposta.

Ela quase se esquecera de seu número.

— 8651.

— A ajuda da Condenada 8651 no trilho vinte e sete.

O capitão correu seu olhar cansado por Halcyon. Analisou cada linha e curva dela, assim como o guarda do mingau fizera, e ela precisou de todas as forças para não cuspir labaredas de xingamentos.

— Pois bem — disse, por fim, o capitão, e Halcyon o observou escrevendo o número dela, 8651, no livro de registros. — Você receberá os mesmos materiais que o Condenado 7909. Saberei se estiver algo faltando no fim do dia.

Halcyon assentiu e pegou suas ferramentas, seguindo Thales para onde os trilhos de madeira ao longo das paredes da pedreira começavam a ramificar e crescer, feito raízes de uma árvore, descendo pela superfície íngreme de mármore. Diversas vezes, ela temeu escorregar e despencar das beiradas precariamente limitadas com cordas — a pedreira era profunda e perigosa —, mas os trilhos de madeira tinham apoios para os pés. Halcyon enfim chegou ao trilho vinte e sete e colocou suas ferramentas sobre um banco.

— Minha tarefa é talhar sulcos superficiais no mármore — explicou Thales quando Halcyon foi para o lado dele, olhando para a superfície de mármore branco diante deles enquanto suas costas latejavam. — Depois finco estas cunhas de madeira nas fendas e as encharco com água. As cunhas dilatam em um ritmo estável, quebrando o mármore em grandes blocos. O grupo atrás de mim vem e transporta o bloco com polias, e eu sigo para o trilho seguinte, repetindo o ciclo. — Ele parou e olhou para ela. — Acha que consegue cravar as cunhas nas fissuras?

— Sim.

— Ótimo. Vamos começar.

Halcyon e Thales pegaram suas ferramentas e deram início ao dia. Ela só reparou que a mão direita dele era torta quando ele pegou o cinzel. Os dedos eram contorcidos em ângulos dolorosos. Parecia que ele conseguia fazer alguns movimentos limitados com a mão direita, mas Thales trabalhava mais com a esquerda. A direita devia ter sido quebrada brutalmente e sarado sem endireitar os ossos antes. Halcyon, então, viu a cicatriz no dedo do meio direito, como se um anel tivesse derretido sobre sua pele, deixando uma marca.

Ela golpeou o sulco com a primeira cunha.

— Você é um mago.

— De fato, eu era — respondeu Thales, transformando a afirmação em pretérito. Não havia emoção em sua voz. Ele continuou abrindo buracos no mármore com o buril.

Halcyon esperou ele explicar, mas ele não falou mais nada e se afastou dela. Mais uma vez, ela se perguntou o que ele estava fazendo naquela pedreira do povo comum. Ele ainda tinha a língua para conseguir cantar, e sua mão dominante estava intacta para que ele lançasse encantamentos, ainda que carregasse a evidência do trauma passado. De acordo com a lei, era para ele estar na prisão dos magos, na costa do leste.

— Ainda consegue fazer magia?

— Não.

— É por isso que está aqui na pedreira do povo comum, Thales? Porque perdeu sua magia?

— Estou aqui porque dizem que matei alguém, Halcyon.

— *Dizem?* Você não sabe ao certo se matou ou não?

Ele se recusou a responder mais uma vez, e Halcyon se calou, na dúvida se ele estava brincando com ela ou se era verdade que alguém o incriminara por assassinato. Ela voltou ao trabalho de martelar as cunhas nos sulcos que Thales fazia. Não tardou para que suas costas queimassem e cada golpe no mármore se tornasse uma agonia.

— Está machucada?

Ela se virou para Thales, que a observava com atenção.

— Sim. Fui chicoteada, dias atrás.

Thales inclinou o rosto para os trilhos superiores. Sempre tinha um guarda à vista, percebeu Halcyon, carregando cassetetes e espadas, prontos para bater em prisioneiros que relaxassem no trabalho.

— Aqui, deixe que eu martelo as cunhas por um tempo — falou Thales. — Pode pegar o jarro e jogar a água devagar. Vai te dar um tempo para se recuperar.

Halcyon passou o martelo para ele e pegou a água, fazendo como lhe fora sugerido. Thales a deixava ao mesmo tempo desconfiada e intrigada — seu passado era um mistério, assim como suas motivações em ajudá-la quando ela era apenas uma estranha.

— Por que está sendo tão gentil comigo? — questionou ela.

— Um motivo é mesmo necessário para ser gentil com alguém necessitado?

Ela ficou quieta, insatisfeita com a maneira como ele constantemente se esquivava de suas perguntas.

Thales provavelmente sentiu a irritação dela, porque suspirou e disse:

— Alguns anos atrás, contraí uma dívida com um homem a quem causei mal. Desde então, estive esperando para acertarmos as contas.

Halcyon franziu o cenho.

— E você planeja pagar essa dívida sendo gentil com a nova prisioneira?

156

Thales apenas a fitou, mais uma vez com aquele brilho de choque nos olhos — o mesmo de quando Halcyon se apresentou a ele.

A imaginação dela entrou em um turbilhão, e ela percebeu por que o nome "Isaura" o assustara tanto e por que ele sentia tanta dificuldade em manter contato visual com ela.

— Você conhece meu tio — sussurrou ela, e de repente seu coração disparou na garganta. — Onde ele está? Ozias está aqui?

— Shh — silenciou-a Thales, a mão trêmula. — Sim, eu o conheço. E, não, ele não está aqui.

— Por favor, diga onde ele está. Minha família não tem notícias dele há dez anos, e eu...

Thales se virou para ela, o rosto tomado pelo medo e pela raiva.

— Não me faça perguntas, Halcyon. Eu mal conheço seu tio e não estou aqui para te dar respostas, e sim para mantê-la viva e pagar minha dívida com ele.

Ela se calou novamente, observando Thales martelando estacas no mármore. Ela poderia ser paciente, afinal, passaria cinco anos naquele lugar. Um dia, ela extrairia a verdade dele.

Eles trabalharam em um silêncio harmonioso durante horas. No entanto, à medida que o calor ficava mais forte, Halcyon se via desesperada por uma distração.

— Ontem à noite, quando fui trazida para o posto avançado, um mago me visitou.

Thales parou de martelar por um instante.

— Sim. Macarius de Galenos. Ele chegou poucos dias antes de você.

— E agora ele é o lorde desta pedreira?

— É o que dizem os boatos.

— Mas não entendo *como*. É proibida a entrada de magos nas áreas de prisão do povo comum.

Thales martelou mais algumas cunhas, avançando pela parede. Halcyon seguiu com o jarro de água, esperando.

— Estou aqui há dois anos, mas antes de receber a sentença... mudanças estavam acontecendo na Corte de Magia. Havia conversas sobre alteração e retificação das leis. Conversas sobre nos colocar em posições de poder mais altas entre o povo, de nos dar liberdades jamais vistas. De nos transformar em deuses. — Ele parou, apesar da possibilidade ameaçadora de um guarda perceber seu momento de descanso. Os ombros de Thales se curvaram e ele parecia respirar com dificuldade. Ele estendeu a mão esquerda sobre o mármore, como se conseguisse sentir os batimentos da terra, de Corisande, escondidos bem lá no fundo. — É uma crença perigosa, já faz algum tempo que a rainha não está bem. Ela não é a rainha que conheci quando era mais jovem. E leis terríveis estão sendo aprovadas, leis que mudarão este território. Corisande vai se transformar em algo que não reconheceremos, o que me entristece profundamente.

Halcyon estava paralisada. Era praticamente o mesmo discurso que Straton lhe fizera uma vez, quando escolheu Halcyon para ajudá-lo.

Você é minha última esperança, Guarda-rios.

Ela pensou em Xander. As palavras que ele lhe disse antes de lutarem, naquele fatídico dia, momentos antes de Halcyon cobrir os olhos com a venda.

Faremos isto pela rainha Nerine. E é uma honra estar ao seu lado.

Um som escapou dela, o primeiro soluçar de um choro. Ela relutou, mas ele veio como uma onda crescente. Queria quebrar, e ela queria desmoronar. Tudo que esperara fazer com a própria vida, com o dom que tinha. Todas as pessoas que tinha amado e machucado. Havia uma fissura em sua alma, um buraco. E ele aumentava cada vez mais. Não tardaria para que Halcyon estilhaçasse, e então o que sobraria dela?

— Venha para cá — sussurrou Thales para ela. — Depressa.

Ela obedeceu, bem quando o mármore logo abaixo da pedreira rachou com um ruído trovejante, partindo-se em um bloco perfeito. Halcyon observou um grupo de condenados amarrando-o, o mármore reluzindo feito osso. Era incrível ver algo tão pesado sendo puxado ao céu por polias.

— Voltem ao trabalho.

Halcyon levou um susto. Havia um guarda a um braço de distância dela, cutucando-a com seu cassetete. Ela não o tinha visto se aproximando, então assentiu e voltou a trabalhar. Thales já seguia à sua frente.

Ela sentiu a parte de trás da túnica molhada e rezou para que não fosse sangue.

Depois de um tempo, Thales desacelerou para que eles pudessem trabalhar lado a lado novamente.

Entre uma martelada e outra, ele sussurrou para ela:

— Não sei por que está aqui, Halcyon de Isaura. O que seu passado guarda. Mas não deixe que o desespero supere a esperança. Sim, você e eu somos prisioneiros. Mas estamos vivos, não?

Sim, ela estava viva.

Embora, todos os dias, ela se perguntasse por quê.

Por que Straton se recusara a deixá-la morrer?

XVI

Halcyon

Quando Halcyon voltou para a cela à noite, havia um presente esperando por ela. Um cesto com novas ataduras de linho e um pote de unguento. Trancada, ela se sentou na cama e o admirou. Quem teria mandado aquilo? Será que seus pais tinham dado um jeito de ajudá-la? Ou talvez Evadne?

Ela esperou até a sentinela ter passado por sua porta para enfim tirar a túnica e refazer os curativos. Teve certa dificuldade para espalhar a pomada em suas costas, mas as feridas que conseguia alcançar ficaram dormentes com a camada do bálsamo. Halcyon engoliu um grunhido de dor, apressando-se para enrolar as ataduras de linho ao redor das costas machucadas antes de vestir a túnica. Ela caiu na cama, virada de barriga para baixo, exausta.

Foi acordada pelas batidas na porta de sua cela um tempo depois. Era um guarda, que tinha uma tocha em mãos.

— O lorde da pedreira quer vê-la.

Halcyon queria se liquefazer em sombras e evaporar. No entanto, forçou-se a sair da cela, uma escolta de guardas formando um círculo ao seu redor. Eles a guiaram até o último piso do posto avançado. Ela foi levada ao escritório de Macarius, onde se sentou na cadeira solitária e foi acorrentada ao chão pelos pulsos e tornozelos.

Dessa vez, o mago esperava por ela. E com ele estava um político, exibindo orgulhosamente uma faixa cor de açafrão atravessada sobre o corpo. Também havia uma mulher presente. Ela estava vestida de maneira gloriosa, com estrelinhas de diamante presas no cabelo. Sentada na beirada da mesa de Macarius, ela encarava Halcyon como se visse através dela. Ela tinha uma das mãos apoiada sobre o colo, manchada de tinta, e Halcyon soube de imediato o que ela era: a escriba do mago.

Macarius esperou até que os guardas fechassem a porta e os quatro ficassem a sós: o mago, a escriba, o político e a antiga hoplita, atual condenada.

— Ah, um dia na pedreira e você ainda preserva sua vivacidade, 8651 — comentou o mago. — É admirável, mas eu me pergunto quanto tempo você vai durar aqui.

Halcyon não respondeu.

— Beryl — chamou Macarius, dirigindo-se à escriba, sem tirar os olhos de Halcyon. — Prepare-se.

Beryl desceu da beirada da mesa e sentou-se no lugar de Macarius. Halcyon a observou enquanto a mulher abria um rolo, seus dedos elegantes pegando uma pena e abrindo o recipiente de tinta.

O político bocejou e coçou o cabelo castanho-claro, totalmente desinteressado. Por que ele estava ali? Quando foi que homens preguiçosos como ele passaram a ser aceitos no senado? Halcyon ponderava com desdém.

Macarius se aproximou de Halcyon, ficando de pé diante dela. Suas roupas continuavam limpas e exuberantes — nem um grãozinho de pó da pedreira para maculá-lo. Halcyon não conseguiu resistir e falou:

— Percebi que você se esconde durante o dia, Macarius. Por acaso tem medo de ser visto aqui?

— Cuidado, 8651 — rebateu ele com a voz afiada. — Esta é a única vez que irei alertá-la. Se não conseguir manter a boca fechada, recorrerei a… outros métodos para fechá-la.

Halcyon ficou quieta.

— Muito bem. Vamos começar, sim? — Macarius sorriu. Ficou evidente que ele esperava que a conversa corresse sem complicações.

Ele realmente não a conhecia, pensou Halcyon, preparando-se.

— Eu lhe farei uma pergunta, 8651 — começou ele. — Não é difícil. Você sabe a resposta. E se responder com sinceridade, eu a libertarei desta pedreira. Sua sentença será revogada. Assim como a de Evadne. Você e sua irmã poderão retornar a Isaura e a sua família e esquecer que tudo isso aconteceu. — Ele fez uma pausa apenas para observar a esperança e a vontade reluzindo nos olhos dela. — Qual relíquia lorde Straton mandou você procurar, *Guarda-rios*?

Ela ficou em silêncio, o rosto tão inexpressivo quanto pedra. Straton a treinara para momentos como aquele, prevendo que esse dia poderia chegar. Mas por dentro... ela estava desmoronando. O mago sabia seu codinome. Ele sabia quem ela era. Isso mudava tudo.

— Não há por que fingirmos aqui — apaziguou Macarius. — O lorde Straton arrastou você e Xander para a aliança secreta da rainha e mandou vocês recuperarem uma relíquia, não foi? E, como sabemos, houve um acidente. Você matou Xander antes que ele pudesse cumprir a ordem de lorde Straton. E ele se vingou de você ao mandá-la para cá. Não é culpa sua, Halcyon. Seu lugar não é neste covil de assassinos. Então, diga. Qual relíquia o comandante ordenou que você e Xander encontrassem? O Manto Celeste de Irix? O Colar Alado de Kirkos? O Anel de Cura de Magda? Os Brincos Perolados de Loris? Ou talvez tenha sido a Coroa Onividente de Acantha?

Halcyon sentiu o suor se acumulando na testa e na palma da mão. Porém, sorriu, satisfeita com a forma como os olhos de Macarius se estreitaram.

— Sim, você e eu não precisamos fingir, mago. O que você daria pelo Manto Celeste, a Coroa Onividente, o Colar, os Brincos Perolados? O Anel de Pedra do Sol? Já chegou tão perto de coletar todos eles para sua patroa. — Ela baixou o tom para um sussurro rouco. — Que recompensa Selene lhe prometeu? Como foi que ela prendeu as cordas em você para movê-lo feito um fantoche, *Cicuta*?

Macarius deu um tapa nela. A prata brilhou em seu dedo indicador, como se sua magia estivesse ávida para se acender agora que Halcyon havia pronunciado seu codinome.

A bochecha da jovem latejou, mas ela sustentou o olhar do mago sem abaixar a cabeça. Halcyon tinha esse palpite ousado de que ele era Cicuta, um enigma que transtornava o comandante, que era a pessoa que ela e Xander tinham se esforçado muito para enganar. E a deduzir pela resposta do mago... ela estava certa.

— Torci para que não chegasse a este ponto — falou Macarius. Sua voz saiu calma, mas seus olhos denunciavam sua fúria.

Que estranho, pensou ela quando os ouvidos começando a zunir. Que estranho ela querer a mesma coisa que o mago desejava possuir. Eles eram tão diferentes, a Guarda-rios e o Cicuta. Não tinham nada a ver um com o outro, pertenciam a lados distintos, mas trilhavam o mesmo caminho.

— Perguntarei mais *uma* vez, e terei Cyrus como testemunha — Macarius se virou e gesticulou para o político, que assentiu sem entusiasmo. — Já perdi a paciência com você. Dei várias oportunidades para você colaborar. Qual relíquia lorde Straton a mandou encontrar e onde ela está?

Halcyon ficou em silêncio.

— Você me decepcionou, 8651 — comentou Macarius. — Beryl, prepare-se para escrever tudo que eu disser.

Beryl colocou a ponta da pena na tinta, sorrindo.

Macarius se aproximou. Sua autoconfiança tinha nuances de crueldade, o que fez o coração de Halcyon disparar. Ela sentiu a boca ficando seca, o corpo tremendo com o mago pairando por cima dela.

Ela sabia o que ele estava prestes a fazer, mas não podia se esquecer de seu juramento a Straton. À rainha.

— Está quebrando a lei, Cicuta. Eu não lhe dei permissão de bisbilhotar minha memória.

— Se disser esse nome de novo, cortarei sua língua — ameaçou Macarius, e acenou para o político. — O que determina a lei, Cyrus? Aquela que acabou de ser aprovada pela rainha a quem a 8651 serve tão bravamente?

— O vasculhamento da mente pode ser usado à força em prisioneiros, sem seu consentimento — disse Cyrus, bocejando. — Principalmente se o infrator detém informações vitais para a segurança do reino.

— Ouviu isso, 8651? — falou o mago, voltando a olhar para Halcyon. — Você é uma assassina, e não tem direitos. Se eu quiser, posso averiguar cada uma de suas memórias, e é isso que farei.

Halcyon agarrou os apoios de braço da cadeira, sentindo as correntes pesadas apertando sua pele.

— Você não sairá impune disso.

— E quem vai me impedir?

Halcyon não teve resposta, pois não havia ninguém para deter Macarius.

Ela teve apenas um momento para se preparar, para fixar um escudo mental. Macarius posicionou as pontas dos dedos em sua testa, e ela sentiu sua magia se embrenhando entre suas lembranças. O mago viu Halcyon e Evadne no moinho, guiando o burro e assistindo à mó prensando as azeitonas. Ele a viu apostando corrida com os garotos de Dree, deixando-os para trás comendo a poeira que ela levantava em toda a sua velocidade. Ele a viu invejando a irmã mais nova, todas as noites em que Evadne se sentara no colo do pai, sendo adorada, enquanto Halcyon ficava sentada no chão, apenas observando de longe. Ele a viu presa ao mastro, um lampejo de dourado — o Cinturão Dourado de Euthymius — enrolado no quadril de Bacchus enquanto o sacerdote se aproximava dela...

O mago estava chegando cada vez mais perto da verdade, e Halcyon sentia como se estivesse de mãos atadas, vulnerável. Estava sob o controle dele, e ele a manuseava como se ela não passasse de um pano sujo no chão.

Ela se mexeu na cadeira. Reclinou as costas contra a madeira. Uma ardência de dor. De agonia. Ela chacoalhou o corpo ainda mais, provocando mais dor e fazendo suas feridas sangrarem. Ele não poderia vasculhar sua mente se ela estivesse desacordada.

O controle de Macarius vacilou. Ele fez um som, como se estivesse desorientado. E então veio um palavrão, quente e colérico.

Halcyon apertou as feridas na cadeira uma última vez e por fim encontrou a segurança da escuridão, sua mente se esvaindo completamente do controle do mago, como água escorrendo por entre seus dedos.

XVII
Evadne

Ao nascer do dia, Evadne encontrou Damon esperando por ela no pátio do casarão. Saíram pela porta da frente sem serem notados pelos guardas, graças a um dos encantos de Damon, e Evadne o seguiu pelo caminho que levava aos portões. Não se falaram — parecia ser cedo demais para palavras, e Evadne não se importava em compartilhar o silêncio com Damon. O sol da manhã tingia de fogo as nuvens acima deles, e o vento soprava forte do leste, trazendo o cheiro do rio Zan.

Era a primeira vez que Evadne saía da propriedade de Straton desde que chegara, mais de uma semana antes. Ela sentia que já estava lá havia anos, e andar pelas ruas lhe trouxe um ar de liberdade. Ela manteve o ritmo de Damon enquanto serpenteavam de uma rua a outra, e assistiu ao despertar de Mithra: acadêmicos correndo apressados para a universidade com rolos de papiro e placas de cera; criados carregando cestos para o mercado; oleiros, tecelões e padeiros dando início ao trabalho; políticos e coletores de impostos circulando com suas bolsas de dinheiro e o decreto mais recente enfiado no cinto.

Damon e Evadne logo se juntaram ao fluxo de jovens magos, que se moviam tão apressados quanto os acadêmicos — exceto que os acadêmicos seguiam para o oeste e os magos iam para o sul, onde ficava toda a imponência e o esplendor de Destry.

A escola de magia lembrava Evadne a ágora em Abacus, mas enquanto a ágora transmitia força e vigor, Destry resplandecia com beleza e grandeza. A colunata era imensa, os pilares embelezados com uma arquitetura abobadada. Sua estrutura era feita de um mármore branco reluzente, extraído da pedreira do povo comum, e a metade inferior das paredes externas estava coberta por plantas e videiras floridas. As janelas eram arqueadas e protegidas com telas de bronze adornadas com estrelas, e as portas de carvalho tinham sido entalhadas com os nove símbolos das divindades. Para variar, o emblema de asa de Kirkos também tinha sido incluído.

O coração de Evadne acelerou conforme ela e Damon se aproximavam das portas mágicas. Ela pisou na sombra de Destry e sentiu o cheiro doce do néctar das trepadeiras floridas. Por um momento, ela deixou a admiração tomar conta dela enquanto subia os degraus.

Mas logo Evadne sentiu o tornozelo, que latejava de dor, e as mãos, machucadas pela lixívia. A realidade retornou feito uma onda fria, engolfando-a.

As portas grunhiram ao se abrirem para eles, e Evadne seguiu Damon para dentro do saguão cavernoso, o chão de piso quadriculado nas cores preta e branca. Nove pilares sustentavam o teto, cada um com uma gravura para representar uma divindade. Evadne poderia ter passado horas ali, admirando a beleza dos deuses e deusas. Ela procurou Kirkos e o encontrou na mesma hora, alto e forte, feito de mármore, vestido em um quíton que ia até o joelho, uma coroa de louros em sua cabeça. O cabelo em ondas esvoaçantes que caíam sobre os ombros, e as asas estavam encolhidas às costas, mas eram enormes e haviam sido esculpidas como penas. Um falcão de mármore acompanhava o deus, empoleirado em seu braço, e acima dele, o teto ruborizava com o nascer do sol, como se fosse o próprio céu além do telhado.

— O teto é um reflexo encantado do céu — explicou Damon ao reparar no deslumbramento de Evadne. — É fácil perder a noção do tempo quando se está criando e lançando feitiços. Venha, precisamos nos apressar.

Evadne baixou os olhos e viu uma escadaria larga. Alunos atrasados continuavam a disparar escada acima, mas logo o silêncio recaiu sobre Destry. Ao lado do lance de escadas havia uma mesa, onde uma maga mais velha e sua escriba recebiam os visitantes.

— Damon — cumprimentou a maga quando chegaram mais perto. Sua voz era polida, os olhos da cor do oceano olharam para Damon, depois para Evadne. — O que o traz de volta a Destry?

— Bom dia, professora Cinta. Preciso selar um contrato. — Damon entregou o papiro em que ele e Evadne haviam trabalhado na noite anterior.

— E a senhorita deve ser Evadne de Isaura — disse Cinta, chamando a atenção da garota. Uma ruga se formou no cenho da maga quando ela viu a túnica simples e o amuleto de Evadne. — Está entrando neste contrato por vontade própria?

— Sim.

O olhar de Cinta voltou ao contrato.

— Não há cláusula de vasculhamento da mente, Damon.

— Sei disso, professora. Foi uma escolha deliberada.

Cinta não pareceu nada contente, mas engoliu a própria opinião enquanto aquecia um quadrado dourado de cera em uma chama.

— Estão cientes de que, quando eu selar este contrato, um acordo mágico será instaurado pelo período descrito, a menos que haja uma quebra?

Evadne olhou de relance para Damon. Ele a observava para garantir que não havia hesitação em seu olhar. Ela assentiu em consentimento.

— Estamos, professora.

Cinta derramou um pingo circular de cera no papiro. Ela rapidamente pegou um sinete e o pressionou à cera, ativando assim o contrato.

Evadne não se sentiu diferente. Uma parte dela esperava sentir algo... uma corrente invisível, um peso singelo pousando sobre seus ombros, uma falta de ar. Mas não havia nada que sinalizasse sua nova posição, nada além das palavras no papiro, que Cinta explicou que seria divulgado, postado no pátio de Destry.

Evadne se virou para seguir Damon pelo saguão, assumindo um ritmo lento para admirar o máximo que conseguisse da escola antes de partirem.

— Estou pensando em irmos comprar roupas novas para você e depois encontrar algo para comer — sugeriu Damon, estreitando os olhos à luz do sol quando saíram da sombra da colunata. — O que acha, Evadne?

— Acho que minhas roupas ainda fedem a lixívia.

— Isso é um sim, então?

Evadne assentiu, um sorriso surgindo em seus lábios. Ela não conseguia se lembrar da última vez que tinha sorrido, e parecia quase um sacrilégio sorrir naquelas circunstâncias, sabendo que Halcyon ainda estava no oeste da cidade, presa na pedreira.

Ela e Damon voltaram a pé ao quadrante leste de Mithra e entraram em uma lojinha de tecidos. As preocupações com a irmã se agarrando a seus pensamentos como carrapichos.

— Lorde Damon! — cumprimentou uma idosa com carinho. Ela estava atrás de uma mesa, organizando rolos de linho e lã de todos os tons da terra e do céu. — O que o traz aqui hoje?

— Bom dia, Rhode. Minha escriba, Evadne, precisa de vestes novas.

— Ah! Mas que maravilha! — Rhode deu a volta na mesa com os olhos brilhando para Evadne. — Venha cá, minha filha, para que eu possa tirar suas medidas.

Damon continuou na frente do estabelecimento, de costas para as duas enquanto Evadne seguia Rhode para trás de uma tela de privacidade. Foi só quando a lojista começou a tirar as medidas de seu corpo que Evadne se lembrou, com um sobressalto, de que estava usando a relíquia de Kirkos.

— E há quanto tempo você é a escriba do lorde Damon? — questionou Rhode, manuseando a fita métrica sobre o peito de Evadne.

A garota não respirou por um momento, pensando que a mulher devia ter sentido a corrente escondida por baixo de sua túnica. Porém, quando Rhode arqueou as sobrancelhas, em expectativa, Evadne reencontrou a própria voz.

— Hoje é meu primeiro dia.

— Que maravilha! Minha filha se tornou escriba anos atrás. Trabalha em Destry. — Rhode se virou para começar a analisar uma fileira de quítons pendurados, e Evadne aproveitou o instante furtivo para puxar a relíquia de dentro da roupa e escondê-la no punho cerrado. — Aqui está. Este vai servir perfeitamente. Vamos tirar esta túnica?

Com a ajuda de Rhode, Evadne vestiu a roupa nova. O quíton era fino e macio e reluzia com um toque de dourado quando a luz o tocava. Evadne achou a roupa sofisticada demais para ela, mas quando tentou dizer isso para Rhode, a lojista desconsiderou suas desculpas com um aceno de mão.

— Escribas são tão importantes quanto os magos para quem escrevem. O que acha deste cinto? — Ela levou uma faixa dourada de fios trançados ao quadril de Evadne.

A relíquia continuava escondida na palma de Evadne, ficando escorregadia em sua palma suada. A garota esperou até que Rhode se ocupasse com as sandálias antes de começar a procurar bolsos no quíton novo. Para seu desespero, não havia nenhum. Além do mais, a gola do quíton era muito mais baixa que a da túnica.

— Aqui. Estas sandálias serão perfeitas. — Rhode se ajoelhou para que Evadne pudesse calçá-las e cruzou as tiras ao redor das pernas da garota, amarrando logo abaixo de seus joelhos. — Agora, os broches. Vamos para a mesa.

Ela afastou a tela, e Evadne percebeu que teria que esperar para colocar o colar novamente. Com sorte, Damon não repararia quando ela o colocasse mais tarde.

O coração de Evadne adotou um ritmo estranho quando Damon se virou para ela. Seu olhar a percorreu, indo para seu cabelo cheio de nós rebeldes, as linhas de suas clavículas, os braços nus e compridos, o cinto no quadril, e desceram até o resplendor dourado de seu novo quíton e o ponto onde seus dedos do pé espiavam por baixo da bainha. E ela soube, naquele instante, que ele repararia na corrente de prata, caso ela ousasse colocá-la mais tarde.

Pelo visto, ela precisaria manter a relíquia escondida dentro do punho fechado, por mais impossível que a ideia lhe parecesse.

— Você descende de sangue divino, Evadne? — indagou Rhode, abrindo uma caixa de madeira cheia de broches nos tons dourado e prata, feitos de bronze ou latão. Alguns tinham joias, enquanto outros ostentavam desenhos complexos.

— Sim. Kirkos.

O sorriso de Rhode se desfez.

— Ah, não. Puxa vida. Não tenho um broche de Kirkos. Peço desculpas, mas... nunca me pediram. — Afoita, ela começou a revirar os adornos, como se magicamente pudesse encontrar asas no fundo da coleção.

— Não tem problema — Evadne rapidamente tranquilizou a mulher. — Estes aqui servirão muito bem. — Ela tocou um par de broches no formato de guirlandas de oliveira, feitos de bronze.

— Deixe-me ver se tenho um par dourado — disse Rhode, continuando a vasculhar a caixa de adornos. — Bronze não combina com seu quíton.

Evadne queria dizer que o bronze era mais do que suficiente para ela, mas Rhode sorriu ao encontrar dois broches dourados de guirlandas, e a garota não teve coragem de recusá-los.

Rhode juntou o tecido do quíton nos ombros de Evadne, prendendo um fecho dourado em cada guirlanda de oliveira. O linho ficou mais justo, expondo ainda mais os ombros e o peito de Evadne.

O coração dela continuou batendo ansioso, mas ela conseguiu sorrir e agradecer Rhode.

— Você gostou, Evadne? — indagou Damon, a voz bem próxima atrás dela. — Se você quiser, posso pedir a Rhode para mandar mais alguns conjuntos ao casarão.

Evadne abaixou o rosto para o brilho das roupas, ainda segurando a relíquia da maneira mais imperceptível possível com a mão direita.

— Talvez um segundo quíton feito com bolsos? — arriscou ela.

Rhode ficou sem reação por um momento, erguendo as sobrancelhas. Em seguida, ela riu.

— Certamente! Posso fazer-lhe um quíton com bolsos.

Enquanto Damon fazia o pedido, Evadne se afastou alguns metros e se abaixou para enfiar a relíquia sob os dedos do pé direito. Ela teria que mantê-los curvados durante a volta para o casarão, mas já estava mancando de qualquer forma.

Ela se levantou bem quando Damon se virou para ela, pronto para partir.

O mercado estava fervoroso e barulhento. Era o meio da manhã, e Damon comprou um espeto de carne assada e frutas para cada um dos dois, além de um frasco de hidromel para dividirem. Eles ficaram debaixo de um dossel, famintos demais para conversar, e Evadne concluiu que jamais havia experimentado algo tão delicioso. Ela lambia os dedos quando Damon enfim olhou para ela.

— Vamos fazer uma última parada na Coruja de Ouro. É a melhor loja para quando se precisa de tinta, papiro e penas. Depois, voltaremos ao casarão e daremos início ao dia.

Evadne não teve a chance de responder, pois, de repente, uma multidão começou a se aglomerar nos cantos da rua, esbarrando nela e em Damon, que fez uma carranca, olhando para o outro lado do mercado.

— O que está acontecendo? — perguntou Evadne quando um homem esbarrou nela.

— A rainha está prestes a passar — respondeu Damon, focando na curva distante da rua. Em seguida, olhou para Evadne e sorriu. — Você já viu a rainha Nerine?

— Só o perfil dela em uma moeda de Akkia.

— Então venha comigo. Você precisa vê-la. — Ele estendeu a mão, esperando Evadne pegá-la.

A garota hesitou, e Damon percebeu. O sorriso do mago sumiu e ele começou a abaixar a mão, mas então Evadne se apressou para pegá-la. Seus dedos se entrelaçaram como se já tivessem feito isso inúmeras vezes.

Ele a conduziu, abrindo caminho para os dois entre a multidão.

Evadne sentiu certa dificuldade para manter a relíquia de Kirkos debaixo dos dedos do pé e mancava mais ainda por conta disso. Damon parou para olhar para ela, uma pergunta se formando em seus lábios, quando Evadne disse, curta e grossa:

— Está tudo bem.

Ele não pareceu surpreso com o tom dela, mas avançou mais devagar pela multidão, e ela estava secretamente grata por isso.

Eles emergiram na frente da aglomeração, e Evadne esperou a rainha chegar, a ansiedade se espalhando feito faíscas ao longo de sua pele. Ela sentiu Damon em sua sombra, e então a multidão o empurrou para mais perto, até que o espaço entre os dois sumiu e o peito dele estivesse pressionado contra as costas dela.

A solidez do calor de Damon foi como um choque para Evadne. De repente, ela tinha plena noção de tudo: a diferença de altura entre os dois, a forma como as curvas de seus corpos se encaixavam. Como a respiração de Damon acelerou, balançando o cabelo dela.

Ela deveria se mover, obviamente o estava deixando desconfortável. Porém, não queria, e percebeu que sua respiração estava tão acelerada quanto a do mago. Como se seus corações estivessem batendo no mesmo refrão.

A rainha Nerine enfim apareceu — uma distração muito bem-vinda —, liderando sua procissão montada em um cavalo alto.

Ela usava um quíton roxo, com a bainha logo acima dos joelhos, e as tiras douradas das sandálias brilhavam em suas panturrilhas. A relíquia encantada de Ari, o Xale Estelar, estava atravessada no corpo dela, protegendo a frente e as costas, um escudo feito de centenas de pequenos e primorosos diamantes. Qualquer flecha ou lança que ousasse acertá-lo ricochetearia, arremessada de volta para acertar o suposto assassino. Muitos caçadores de relíquias tolos haviam tentado assassinar os reis e as rainhas de Corisande por aquele xale, que fora encontrado cem anos antes por uma princesa que o mantivera na posse de sua linhagem real.

Havia uma coroa de louros no cenho de Nerine e seu cabelo escuro esvoaçava atrás dela como uma flâmula, as ondas grossas com mechas grisalhas. Seus braços estavam adornados com ouro e lápis-lazúli. Ainda assim, enquanto ela sorria para o povo, era tangível o quanto estava cansada, como se não estivesse totalmente acordada.

Evadne assimilou a visão da rainha, tentando memorizar cada detalhe, mas seu fascínio se desfez quando a pessoa ao seu lado na multidão gritou cheia de raiva:

— Suas taxas vão nos fazer morrer de fome!

Em seguida, outro homem, do outro lado da rua, levantou o punho e gritou a respeito do decreto das relíquias, da fome, da desigualdade e da divisão entre as cortes. Surgiram focos de murmúrios e gritos pela multidão, se espalhando feito fogo.

Evadne foi empurrada — alguém pisou em seu pé e ela estremeceu de dor. Damon estendeu o braço para afastar as pessoas dela. E a glória do momento foi eclipsada pelo ressentimento da multidão. A rainha

Nerine não parou, nem vacilou. Seguiu seu caminho com o mesmo sorriso distante estampado no rosto. Era como se ela não estivesse ouvindo o povo.

A atenção de Evadne se voltou para a mulher montada logo atrás da rainha.

Era Selene.

Primeiro, Evadne piscou, sem conseguir acreditar. A tia de Damon estava *com* a rainha, em sua procissão. Mais próxima do que qualquer guarda. E ela cantava na Língua Divina, sua voz formando uma corrente de palavras adocicadas.

Evadne se recostou em Damon, desejando desaparecer antes que Selene se aproximasse, prestes a passar por eles. Os olhos da maga se mexeram e então miraram diretamente Evadne e Damon. Ela não parou de mexer os lábios em momento algum, seu canto jamais vacilando. Mas ela atravessou Evadne com o olhar, e um sorriso afiado fez os cantos de seus lábios vermelho-sangue se curvarem.

Ela passou por eles, o vento esvoaçando seu cabelo e o manto roxo enquanto ela seguia a rainha. Os gritos de raiva continuavam a ebulir pela rua.

Os guardas da rainha seguiram a uma distância respeitosa, protegidos com armaduras e carregando lanças. Eles ouviram os dissidentes, mas não agiram contra eles. Logo, a rua estava vazia, e a multidão começou a se dispersar.

Evadne continuou parada, letárgica pelo choque. Depois de um momento, virou-se para olhar para Damon.

— Sua tia...

— É a mão da rainha Nerine. Sua conselheira mais próxima.

— Ela estava entoando algo logo atrás da rainha.

— Sim. Um feitiço de proteção.

Isso explicava por que os guardas não tinham atacado e nenhum dissidente tinha avançado. Selene havia formado uma barreira invisível ao redor dela e da rainha, criada por uma canção encantada.

Evadne desviou o olhar para o mercado, que voltou a sua movimentação anterior, como se nada tivesse acontecido.

— Sua tia deve ser muito poderosa, então.

— Sim. — Damon começou a andar de volta para o casarão do pai, desistindo de parar na loja de tinta. Evadne acompanhou seu caminhar.

— Quando Xander e eu éramos crianças, nosso pai nos dizia todas as noites para tomarmos cuidado com o poder e o orgulho. "Se descobrir que é forte, use sua força não apenas para si mesmo, mas para os outros a seu redor. E se descobrir que é inteligente, use sua inteligência para engrandecer os demais", dizia ele.

Evadne não conseguia imaginar um homem como Straton dizendo coisas do tipo.

— Seu pai me parece ser muito sábio.

— Ele estava preocupado conosco — disse Damon. — Meu irmão havia começado a demonstrar grandes habilidades como guerreiro, e a magia tinha acabado de se revelar no meu letramento. Minha irmã também, apesar de muito jovem, já estava adepta à cura. Parecia que nós três estávamos destinados a grandes feitos, a chegarmos perto das divindades aos olhos da sociedade. Não valeria a pena, meu pai dizia com frequência, crescermos tanto à custa de outras pessoas. Deveríamos fazer por merecer com honestidade e, caso um dia víssemos nossas vidas sendo exaltadas, seria somente porque tínhamos servido e respeitado os outros.

"Xander e eu nos cansamos dos alertas constantes do nosso pai. Eu não entendia na época, mas agora entendo, depois de ver a ascensão da minha tia. Ela e meu pai se esforçaram com diligência e encontraram o próprio poder, mas meu pai era inflexível em relação aos limites, enquanto minha tia, não. Ela assumiu um posto de professora em Destry quando outro instrutor adoeceu misteriosamente. Tornou-se membro do círculo interno da rainha pouco depois, e quando a mulher que ocupava a posição de mão da rainha morreu repentinamente, Selene foi escolhida para substituí-la, embora a votação tenha sido apressada e ocorrido durante a ausência do meu pai."

Damon parou, olhando para Evadne.

— Peço desculpas. Eu não deveria importuná-la com esses assuntos.

— Não, não tem problema algum. — Ela queria ouvir mais, mas Damon se calou.

Seguiram em silêncio pelo restante da caminhada, e Evadne não conseguia se livrar da sensação de que estava sendo observada, seguida. No entanto, toda vez que olhava por cima do ombro, a rua estava quieta e sem nada preocupante à vista. Ela se perguntou se Selene havia lançado um encanto nela, mas até isso parecia improvável, e Evadne continuou a reimaginar Selene e a rainha — uma com um sorriso distante, a outra com um sorriso irritado. Como se a rainha fosse uma marionete. De repente, ela compreendeu o desejo de Damon de escolher sua própria escriba, e enquanto Evadne entrava no casarão ao lado do mago... ela receou não ser forte o suficiente para aguentar qualquer que fosse a tempestade que se formava entre Damon e a tia.

— Lorde Damon — cumprimentou Toula com uma reverência no pátio. Em seguida, olhou para Evadne e se assustou, como se não a tivesse reconhecido. — *Evadne?*

— Evadne concordou em se tornar minha escriba, Toula — explicou Damon. — Você pode, por favor, avisar aos outros para que eles possam começar a se dirigir a ela adequadamente? — Ele continuou andando e Evadne foi atrás, tentando ignorar o horror de Toula.

Ela ficou aliviada por finalmente estar na segurança dos aposentos de Damon. Parecia que eles tinham enfrentado uma batalha e saído ilesos milagrosamente, apenas com poeira nas roupas.

Mas lá estava Arcalos. Evadne tinha a impressão de que o cão dormia a maior parte da vida, aninhado em um feixe de luz do sol no chão. Ele levantou a cabeça para piscar de maneira adorável para Damon e depois para Evadne.

De repente, o cachorro não parecia mais tão ameaçador.

— Esta mesa agora é sua — falou Damon, ao lado do móvel. — Pode organizá-la como quiser. Tem rolos novos nas estantes para quando precisar. Papiro e cera para correspondências naquela ali. Eu gostaria que você registrasse meus feitiços em tinta escura. Nada muito extravagante, como alguns magos que conheço. E mantenha eles ordenados por rolos. Então, por exemplo, hoje começaremos a transcrever o que chamo de meus feitiços *sorah*. São encantos verbais, muito simples e fáceis de se lançar. Com o tempo, progrediremos para os mais complexos: meus encantamentos *charena*, que são feitiços cantados. Eu... por acaso a assustei com tantas informações, Evadne?

Sim. Os olhos dela estavam arregalados.

— Não, estou só... assimilando tudo. — Evadne atravessou o cômodo para ir até a mesa, sua mente em um turbilhão. Ela mal podia esperar para tirar a relíquia de Kirkos, que se tornara um espinho irritante em seu pé. Mesmo assim, procurou um rolo novo na estante que Damon indicara e se sentou à mesa, orientando-se entre os potes de tinta.

— Por que importa que eu seja destra? — indagou, lembrando-se de como ele tinha reparado naquele detalhe sobre ela, como se fosse um fato vital. — É para representar equilíbrio, por você ser canhoto?

— O quê? Ah. Não importa, não. É só conveniente, pois todas as penas que eu tenho são para destros.

Ela olhou para o pote de penas. Os canhotos precisavam de penas colhidas da asa direita de uma ave. Já os destros precisavam de penas da asa esquerda.

Damon não conseguia escrever com a mão esquerda por causa de sua magia, mas o fato de que ele só tinha penas para destros fez Evadne se perguntar com que frequência ele devia tentar escrever com a mão não dominante.

— Muito bem — disse ela, abrindo o pergaminho. A superfície lisa era como seda sob seus dedos, branca e repleta de possibilidades. Ela foi tomada pela admiração mais uma vez, tocando na superfície perfeita antes de pegar uma pena de cisne. — Este será seu rolo de *sorah*.

Sorah. Que significava *falado* na Língua Divina.

Ela escreveu a palavra no papiro, elaborando-a com curvas e traços elegantes.

Em seguida, pensou no outro termo que ele mencionara: *charena*, cuja tradução era *cantada*.

Ela se deu conta do silêncio e levantou o rosto, encontrando Damon do outro lado da mesa, olhando para o que ela escrevia. A palavra antiga, em tinta ainda por secar, o deixara totalmente enfeitiçado.

— O que eu daria para ser capaz de escrever, de ver minhas palavras formadas perfeitamente em minha própria mão, de saber que vão continuar ali por muito tempo depois de eu ter partido — ele sussurrou e, então, pareceu se lembrar da presença de Evadne, corando envergonhado.

A garota decidiu compartilhar uma confissão também.

— E o que eu daria para ser capaz de usar magia, de ver minhas palavras se transformarem em poder falado e cantado.

Damon lhe ofereceu um sorriso triste.

— Suponho que esse seja o nosso destino, então: que o mago inveje o poder da escriba, e a escriba inveje o do mago.

Ela nunca tinha pensado nisso dessa forma. Começou a se dar conta do dom que tinha, a habilidade de escrever com traços belos, de escrever o quanto quisesse. Havia poder nisso, uma sementinha de poder. Mas poderia crescer, se ela permitisse.

Evadne se lembrou de que ela tinha, *sim*, um pouco de magia, graças à relíquia de Kirkos. E Damon *podia* escrever com a mão direita, se assim quisesse.

— *Sorah* — murmurou Damon, como se tivesse acabado de se lembrar do motivo para estarem ali. Ele começou a andar pela sala.

Evadne esperou, a pena pronta.

Logo, ele começou a enunciar seus feitiços de cabeça.

Um para mover uma sombra. Um para extinguir uma chama. Um para consertar roupas rasgadas. Um para distrair outra pessoa. Um para invocar luz. Um para chamar um animal. Um para fazer um objeto se mexer. Um para destrancar uma porta.

Todos eles feitiços falados.

Evadne os registrou, palavra por palavra. A maior parte dos *sorahs* continha apenas algumas palavras e era facilmente enunciado em um só suspiro. Alguns prosseguiam por várias linhas e, embora Damon os considerasse "simples", eles eram representados por palavras bastante intricadas. Evadne se viu desejando voltar e reler, dizer os feitiços em voz alta, apenas para ouvir como soariam na própria voz.

Ela percebeu algo, como se tivesse levado um golpe. Se recostou na cadeira, com a mão doendo, e riu.

Damon pareceu se assustar com o som e franziu o cenho.

— O que foi, Evadne?

A risada dela diminuiu, mas a leveza permaneceu, aliviando o coração dela.

— Agora vejo que eu jamais poderia ter sido uma maga. Não tenho a poética para isso.

Damon bufou e deu um sorrisinho, a tensão abandonando seu rosto.

— Poderia, sim. Todos os magos têm seu próprio estilo para as palavras e um ritmo particular. Você teria encontrado seu estilo.

De repente, a porta se abriu com um baque.

Evadne se assustou, a pena riscando tinta no papiro. Até Arcalos teve um sobressalto, levantando a cabeça para o intruso, e Evadne ficou perplexa ao ver que já havia anoitecido. O dia se esvaíra, e ela e Damon tinham se perdido completamente em outro mundo. As lamparinas a óleo eram a única fonte de luz no cômodo.

Straton estava parado à porta, olhando para os dois.

— Pai — disse Damon, calmo.

— Quero falar com meu filho, a sós — disse o comandante a Evadne. Seu rosto parecia impassível, mas seus olhos estavam furiosos, abrindo caminho até Damon.

Ela se levantou e partiu depressa, fechando a porta.

O corredor estava quieto, envolto em sombras. O ar fresco da noite entrava pela janela aberta no fim do corredor. Evadne respirou aquele ar, cogitando se deveria descer para o andar principal e preparar o vinho da família, embora Damon tivesse dito que ela não era mais copeira. No entanto, Evadne escolheu permanecer pressionada à porta, encostando a orelha na madeira...

— Você me desafiou, Damon — sibilou Straton. — Eu disse que isso precisaria ser aprovado por mim.

— Se me lembro corretamente, pai... o senhor passou a missão *de volta* para mim. E é isso que eu estou tentando fazer.

— Você não pode levar essa garota junto!

— E por que não? Me parece bastante apropriado que Evadne termine o que Halcyon começou.

— E o que acontece se ela não sobreviver? Já parou para pensar nisso? Gostaria mesmo que eu fosse obrigado a contar à família dela que ela morreu por uma causa desconhecida?

— Não finja se importar com a família de Evadne de repente, pai. Você praticamente os destruiu.

Outro momento de silêncio extenuante. Evadne continuou respirando contra a porta. Os pelos em seu braço se arrepiaram.

— É isso que pensa de mim, Damon? Acha que eu sinto prazer em destruir a vida das pessoas? Que gosto do que aconteceu com Halcyon?

— É óbvio que não quero acreditar que meu pai não tem coração. Mas se quer mesmo que eu seja sincero... sinto que nós dois começamos a desejar coisas muito diferentes na vida.

— Você e eu queremos as mesmas coisas, Damon.

— Se isso é verdade, então por que está se opondo à minha escolha?

— Evadne mal consegue andar sem mancar, filho — continuou Straton, tentando acalmar o tom de voz. — As chances de ela ser uma parceira bem-sucedida nesta missão são muito pequenas. É errado de sua parte cobrar isso dela.

— O senhor não prestou atenção nesta última semana, pai? — Damon soava incrédulo. — Evadne esfregou o piso do seu casarão cinco vezes, de joelhos, deixando a lixívia queimar a pele dela. Antes disso, ela interrompeu uma assembleia e pediu para assumir metade da sentença da irmã! Não conheço ninguém que faria o mesmo. E não posso fingir que isso não tem importância, mentir para mim mesmo que ela não é digna desta missão. Minha magia é atraída por ela.

— Limpar o piso do casarão não é nada comparado ao que você está prestes a pedir a ela.

— O senhor age como se a força física fosse a única coisa que importa na vida.

— Isso não é verdade.

— É *sim*, e por isso favoreceu Xander em vez de a mim. Por isso deu a missão a ele e a Halcyon, e não a mim, embora tenha sido eu quem a elaborou. Fui eu que ajudei o senhor a descobrir onde a coroa estava! E agora meu irmão está *morto*.

— *Basta!*

O silêncio foi doloroso. Evadne piscou, tentando conter as lágrimas, e disse a si mesma que devia se afastar. Mas continuou ali, paralisada.

— Devia ter me procurado primeiro, Damon — falou o comandante. — Era para você ter pedido minha opinião antes de correr para Destry hoje de manhã.

— E qual seria sua opinião, pai? *Que Evadne é uma escolha descabida,* mesmo que eu sinta que ela é um bom equilíbrio para mim? Embora quando pedi para ela escrever um mito, ela tenha escolhido justamente a criação da Coroa Onividente de Acantha?

O comandante fez um barulho em resposta.

— Sim. Ela escolheu esse mito — reiterou Damon.

— Pensei que ela não soubesse de nada. Você me disse que Halcyon não traiu seu juramento.

Damon se calou por um instante. Depois, falou em um tom baixo, mas nem um pouco arrependido:

— Eu não vasculhei a mente de Halcyon.

— *O que foi* que você disse?

— Eu não vasculhei a mente dela, e jamais farei isso. E o senhor, pai, deveria ter vergonha de me pedir algo assim.

— Você mentiu para mim.

— Sim, eu menti.

— Então Evadne sabe?

— Não sei o que ela sabe, mas tola ela não é. Precisamos trazê-la para a missão ou bolar novos planos.

Evadne podia ouvir o comandante andando de um lado para o outro. Por fim, ele grunhiu em resposta:

— Quer saber por que escolhi Xander? Por que não posso confiar em você. Quando lhe dou uma ordem, espero que a siga.

— Bem, eu não sou um dos seus hoplitas, comandante. Caso tenha esquecido, sou seu *filho.*

Evadne saiu correndo e se escondeu numa sombra do canto pouco antes de Straton sair, batendo a porta de Damon atrás de si.

Ela ficou parada no corredor, tentando encontrar sentido no que tinha ouvido. Enfim entendeu por que Damon visitara Halcyon em sua cela na noite após o julgamento: para seguir as ordens do pai de vasculhar a mente de sua irmã. O fato de que Damon não o fizera e ainda se arriscara levando Evadne escondida para a ágora fez o coração da garota doer. Ela enxugou as lágrimas antes de retornar cautelosamente ao quarto de Damon.

Ele estava sentado no chão, com as costas apoiadas na parede e Arcalos deitado ao seu lado. Os olhos de Damon estavam fechados, até que ele ouviu o caminhar suave de Evadne. Seu rosto estava tingido por uma palidez assombrada quando ele olhou para ela.

— Estava esperando você voltar. Entre para que possamos conversar.

Evadne se juntou a ele no chão, hesitante por estar tão próxima de Arcalos. Damon, então, afagou o pelo branco e cobre do animal. Arcalos estava sonolento, a cabeça repousada sobre o colo de Damon.

— Seu cachorro parece dócil — murmurou ela.

— Ele era de Xander. — As carícias de Damon foram diminuindo o ritmo nas costas de Arcalos, como se a lembrança fosse demais para ele. — Por anos, ele implorou aos nossos pais por um cachorro. Algumas estações antes de partir para a Legião de Bronze, ele ganhou Arcalos de presente. Nós dois sabíamos que Xander passaria um bom tempo longe, e ele ficou preocupado com o cachorro e me pediu para cuidar dele. Foi o que eu fiz, embora às vezes eu ache que Arcalos ainda observa a porta na esperança de que Xander voltará para casa.

— Você era próximo do seu irmão?

— Antes de ele partir para Abacus, sim. Vi Xander novamente algumas semanas atrás, e fui surpreendido pela pessoa que ele havia se tornado... senti que ele era um estranho.

Evadne se perguntou se Damon também tinha visto Halcyon naquele momento para discutir a missão que Straton estava tentando liderar. Foi inevitável pensar no que tinha ouvido pouco antes — sobre Damon ter escolhido Evadne para algum desafio difícil em que Halcyon deveria triunfar.

Ela se esticou para fazer carinho em Arcalos. Seus dedos tremeram até desaparecerem na pelagem macia, e ela quase chorou ao se dar conta de que estava tocando algo que outrora a aterrorizara.

— Preciso contar uma coisa, Evadne — falou Damon, atraindo a atenção dela. — Algo que não pode ser compartilhado fora deste cômodo.

Evadne esperou pacientemente, e quando Damon enfim falou, ela colheu suas palavras como se fossem de ouro.

— Dois anos atrás, eu era aluno em Destry. Estava na aula da minha tia, e ela ensinava um encantamento específico que me surpreendeu: o feitiço do pensamento. Você poderia chamá-lo de manipulação, e não seria um exagero. Com esse poder, um mago pode plantar ideias ou roubá-las da mente de uma pessoa. É um tom de magia que raramente usamos, e somos ensinados a sermos calmos e cuidadosos ao lançar algo do tipo. Só que, naquele dia, minha tia mostrou que era assustadoramente boa com o feitiço.

"Comecei a prestar mais atenção nela. Percebi que, todas as manhãs, ela sumia de Destry. Que chegava tarde. E logo vieram as notícias de que ela havia sido escolhida como a mão da rainha Nerine, então Selene iniciava seus dias no palácio, e só depois ia para Destry. Decretos começaram a ser aprovados pouco tempo depois, leis que nada tinham a ver com o reinado de Nerine, e tive receio de que minha tia estivesse usando o feitiço do pensamento na rainha, plantando ideias na mente dela, manipulando-a lentamente. Eu não sabia o que fazer, então conversei com meu pai. Ele estava em Mithra para uma visita breve, mas me escutou e acreditou em mim. Começamos a traçar um plano.

"Ele me perguntou se eu poderia quebrar o encantamento de Selene. Só havia uma maneira de eu conseguir isso, que seria roubando dela o feitiço escrito e criando minha própria oposição a ele: um grave crime entre os magos. E então eu teria que entoar meu encantamento na presença da rainha. O escriba de Selene é leal, guarda todos os feitiços dela com a própria vida. Porém, ainda que eu tivesse conseguido roubar o encanto, minha tia tem um poço de magia muito fundo. Ela é muito mais poderosa que eu. Seria tolice da minha parte pensar que eu seria capaz de desfazer o que ela tinha lançado na rainha. Então, comecei a pensar em uma outra alternativa. Foquei em objetos encantados, o que me levou ao estudo das relíquias divinas, algo em que eu mal pensava antes. Somente duas delas podem quebrar encantamentos: a Espada Voraz de Nikomides, que fica aos cuidados do lorde da prisão dos magos para impedir que condenados usem encantamentos para escapar, e a Coroa Onividente de Acantha.

"Pouco depois, um mestre-espião da rainha se aproximou do meu pai e disse que havia um grupo de pessoas, principalmente magos, que queriam encontrar e colecionar todas as relíquias. O objetivo deles era possuir todas, de modo que ninguém além dos magos tivesse magia. Atualmente, esse grupo trabalha em oposição à rainha Nerine.

"Como eu já havia estudado as relíquias a fundo, meu pai me contou sobre a oposição e me convidou para participar da aliança secreta da rainha. Há uma caça para encontrar e recuperar todas as relíquias. Nosso grupo quer proteger e salvar a rainha com isso, enquanto nossa oposição planeja usá-las para manipular o declínio de Nerine.

"O mestre-espião de Nerine me pediu para estudar as lendas de Acantha, e foi o que fiz no começo, até descobrir que não há vestígios do paradeiro da coroa. Intrigado, reli o mito de sua criação com Euthymius, e logo se tornou evidente para mim que ele foi vital em todo o processo. Por isso, ousei me aproximar do único sacerdote devotado a ele no reino: Bacchus de Dree."

— Bacchus? — Evadne sussurrou, inclinando-se para mais perto do mago. — Bacchus sabe sobre isso?

— Sim. Bacchus é leal a Nerine e há anos tem prestado apoio à aliança secreta da rainha em segredo. Ele falou com Euthymius em oração, e o deus lhe deu informações sobre onde a coroa está, assim como um mapa, para que possamos recuperá-la.

"Antes disso tudo, meu pai, que começou a acreditar que minha magia não era forte o suficiente para a missão, decidiu unir Xander a uma de suas hoplitas favoritas. Sua irmã, Halcyon. Juntos, eles também receberam as informações secretas. Começaram a treinar um com o outro, e meu pai, sigilosamente, os enviou para Dree para falar com Bacchus e procurar o mapa. Era perigoso demais para mim deixar Mithra naquele momento, pois minha tia passou a suspeitar de mim. Além do mais, eu ainda não tinha uma escriba, e sabia que seria impossível conseguir a coroa sem alguém para me auxiliar. Assim, a tarefa foi incumbida aos guerreiros: meu irmão e sua irmã. Eles deveriam memorizar o mapa para resgatar a coroa, e nós a apresentaríamos à rainha para quebrar o controle que minha tia estabeleceu sobre ela."

Damon parou e fechou os olhos. Seu cabelo escuro estava caído sobre a testa, nuances de azul brilhando logo abaixo, e havia um brilho de suor em seu rosto.

— E você sabe tudo o que aconteceu depois — sussurrou ele, olhando para Evadne. — Tudo ruiu, e eu queria nunca ter concordado em deixar meu irmão assumir a missão por mim.

— Não é culpa sua, Damon — falou Evadne, sentindo a mente girar depois de tudo que ele acabara de compartilhar com ela. — Nem da minha irmã. — Ela hesitou por um momento. — Você disse que precisa de uma escriba para procurar a coroa. Tem a mim agora, e eu irei com você.

Damon olhou para ela com sofrimento nos olhos.

— Você ainda não me perguntou onde está a coroa, Evadne.

— Onde ela está?

Ele ficou em silêncio e ela sentiu seu pavor. Seu medo.

— A coroa de Acantha está na porta do Submundo. No coração do Monte Euthymius.

XVIII

Halcyon

— Thales... acho que estou sendo envenenada.

Halcyon manteve a voz baixa enquanto os dois se sentavam no refeitório, comendo o mingau do desjejum. Dez dias haviam se passado desde que ela chegou à pedreira do povo comum. Dez dias, e Macarius não a convocou novamente. O silêncio preencheu Halcyon com um pânico indescritível: será que esse sumiço indicava que o mago havia conseguido o que queria em sua memória antes dela se desvencilhar bravamente de seu controle?

Talvez, sem perceber, ela tenha cedido informações vitais no vasculhamento da mente.

— O que a faz pensar isso, Halcyon? — indagou Thales no mesmo tom de voz diminuto enquanto continuava tomando o mingau da tigela.

— Estou ficando mais fraca a cada dia. Mal consigo dormir. Eu me sinto... indisposta.

O olhar suave e compreensivo de Thales encontrou o dela.

— As primeiras semanas na pedreira podem causar isso.

— Não, Thales. O trabalho na pedreira não me assusta. É outra coisa. — Ela encarou o mingau, que ainda não tinha sido tocado. — Acho que Macarius mandou colocarem veneno na minha comida. Percebi nos últimos dias que, quando vou pegar o mingau, o guarda não serve minha porção da panela. Sempre tem uma tigela cheia já separada na prateleira inferior.

O estômago dela roncou, dolorido de fome. Ela queria tanto comer. Porém, sua boca estava seca, e sua mente, turva. Seus braços estavam lentos. Tinha algo errado, e só pioraria se ela comesse o que os guardas estavam lhe servindo.

Houve um movimento rápido e, quando Halcyon levantou a cabeça, viu Cassian se aproximando da mesa deles. O caçador de relíquias que cuspira em sua comida no primeiro dia.

— A Senhorita Careca não quer mais comer mingau agora? — debochou Cassian com um sorrisinho, esgueirando-se sobre a mesa de frente para Halcyon. — Ou talvez você precise do meu tempero especial de novo?

— Por que você liga se eu como o mingau ou não? — Halcyon perguntou. — Eu como quando eu quiser. Volte para sua mesa.

Cassian abriu o sorriso. Ele fez exatamente o que ela queria — pegou a tigela e a levou para sua mesa, onde seus companheiros riam e gargalhavam.

Halcyon e Thales observaram Cassian tomar todo o mingau sozinho, sem compartilhar com os amigos.

— Bem — falou Thales, arqueando as sobrancelhas. — Acho que essa é uma boa maneira de descobrir se alguém colocou algo na sua comida.

Halcyon quase sorriu, seus lábios pareciam rígidos.

— Sim. Bem como eu esperava.

— Aqui. — Thales empurrou sua tigela de mingau para ela. — Coma um pouco do meu.

Ela quis recusar, insistir que ele precisava da porção inteira, mas estava tão faminta, tão desesperada para aliviar aquela dor, para dar combustível a seu corpo. Ela tomou apenas alguns goles e tentou devolver a tigela a ele, mas Thales já estava levantando e seguindo para a fila na plataforma.

Naquele dia, os dois trabalharam no trilho trinta e dois. O céu estava limpo acima deles, o sol quente demais em suas cabeças enquanto manuseavam o buril e o martelo, despejavam água e ouviam o mármore rachando. Halcyon se movia devagar e com dificuldade. Sua mente já estava envolta em uma névoa, e a cabeça continuava doendo. Martelava as cunhas de madeira nas fendas, mas toda vez que piscava, as ferramentas se multiplicavam diante dela, e ela não sabia mais dizer qual era a cunha real e quais eram miragens. Ela oscilou, chegando perto da beirada do trilho. Thales largou o cinzel para agarrar o braço dela um momento antes de ela acabar perdendo o equilíbrio e escorregar sobre as cordas, em um mergulho profundo para a morte.

Ela tentou focar o rosto dele, mas viu dois Thales segurando seu braço. Seus rostos estavam pálidos e os olhos arregalados.

— Halcyon? — A voz dele soava distante.

— Eu te disse. Estou sendo envenenada.

Ele a puxou para longe das cordas, fazendo com que ela se apoiasse no mármore.

— Aqui. Beba. — Thales abriu o jarro de água e deu para ela, olhando ao redor para se certificar de que nenhum guarda os observava.

A água a inundou, aliviando seus sintomas. Quando olhou para seu parceiro de novo, havia apenas um Thales, e ele pairava próximo a ela, preocupado.

— Estou bem. Eu só... preciso de um instante.

Um guarda começou a se aproximar deles, suas sandálias estalando nos trilhos. Thales rapidamente pegou o cinzel e voltou a trabalhar, e Halcyon voltou a jogar água nas cunhas, embora lhe doesse desperdiçá-la quando ela mesma queria bebê-la.

— Por que Macarius desejaria envenenar você, Halcyon? — questionou Thales quando o guarda se afastou.

Halcyon ficou quieta. Ela não podia contar a verdade a Thales. Por fim, respondeu:

— Porque ele não gosta de mim.

Thales não falou mais nada, o que a irritou. Halcyon pressionou:

— Não acredita em mim, não é, Thales?

— É *óbvio* que acredito — respondeu ele rapidamente. — Mas Macarius se arriscaria fazendo algo tão tolo. A menos que tivesse motivo para tal.

Ele a analisou. Halcyon, por sua vez, manteve o olhar fixo no mármore, forçando seu semblante a transparecer calma.

— Se ele estiver envenenando você — começou Thales, num tom baixo e urgente —, então está fazendo isso para enfraquecê-la. E se ele estiver tentando deixar você debilitada... deve estar querendo alguma coisa. Alguma informação que você saiba, talvez?

Ela sentiu o vigor da insistência de Thales e cedeu, olhando para sua expressão preocupada.

— O que ele poderia querer de mim? — ponderou, mas Thales não estava convencido. Não, seu olhar estava obscuro e astuto, como se estivesse lendo os pensamentos de Halcyon. Ela estremeceu, ainda que Thales não tivesse mais o poder de vasculhar mentes.

Ela se afastou dele, mas ele a seguiu.

— Ele te machucou, Halcyon?

— Não é nada com que eu não possa lidar.

— *Olhe para mim.*

Halcyon ficou irritada, mas se virou para encará-lo. Só então ela entendeu, lendo as linhas no cenho dele.

— Você conheceu Macarius antes de ter sido mandado para cá e não está surpreso por ele ter conseguido entrar nesta pedreira e me feito de alvo.

Thales ficou em silêncio, mas sua aflição estava nítida.

— Fui um de seus professores em Destry.

— Como aluno, ele era uma ameaça?

— A princípio, foi um aluno bom. Um dos melhores que já tive. Mas era facilmente influenciado, fácil de levar na conversa. Acabou se juntando a um grupo de amigos que o levaram para o caminho errado.

Halcyon pensou nos opositores secretos que buscavam a destruição da rainha Nerine. Ela sabia que Macarius fazia parte do grupo. Ele era Cicuta, a marionete de Selene.

E quanto mais Halcyon olhava para Thales, mais ela sentia que ele também tinha coisas a esconder.

Ninguém era o que ela pensava.

Ela queria continuar fazendo perguntas a respeito de Macarius, mas houve um baque repentino acima deles, em um dos trilhos mais altos, e então um grunhido.

Thales e Halcyon olharam para cima, bem a tempo de ver Cassian de joelhos, inclinado sobre os trilhos, vomitando na cavidade da pedreira.

— Acho que você provou sua teoria, Halcyon — falou Thales, pesaroso, como se não quisesse acreditar que ela estava certa.

— E o que devo fazer sobre isso? — Ela sentiu o próprio estômago revirar com os sons de ânsia que vinham de Cassian. Ela se virou e arriscou mais um gole furtivo no jarro.

— Ainda não sei — Thales murmurou para ela, voltando ao trabalho. — Mas vamos pensar em algo.

O plano de Thales era que Halcyon continuasse pegando a tigela de mingau envenenado com o guarda e deixasse o máximo possível cair pelas beiradas enquanto caminhava até a mesa, para parecer que ela tinha comido um pouco. E então, ela deveria colocar a tigela à sua frente e esperar um dos caçadores de relíquias aparecer para roubar. O que eles sempre faziam. Mesmo quando percebiam que Thales tinha tomado metade de seu mingau e dado o restante para Halcyon. Até mesmo quando quem tomavam o mingau acabava vomitando algumas horas depois.

O plano durou um total de dois dias antes que um guarda finalmente notasse.

Na décima segunda manhã na pedreira, Halcyon se levantou e esperou sua cela ser destrancada. Ela ouvia as celas ao redor se abrindo. Via os outros prisioneiros passando, seguindo até o refeitório. No entanto, a sua continuou trancada.

Depois de um tempo, um guarda se aproximou de sua cela e deslizou uma tigela de mingau por baixo da porta.

Ela apenas olhou para a comida. Nos últimos dois dias, ela sentiu a força retornando num ritmo lento, mas estável, depois de ter parado de ingerir o veneno. Mas parecia que ela tinha chegado a um impasse. Comer veneno ou morrer de fome.

— Vou ficar aqui e assistir a você engolindo até a última gota desse mingau — falou o guarda.

Halcyon não respondeu. Sentou-se na cama e tirou as sandálias.

O guarda esperou o dia todo, observando-a. Halcyon não comeu nem bebeu nada. Ficou deitada de bruços e fechou os olhos, tentando entrar no fundo da própria mente, extrair sua determinação. Quando os prisioneiros voltaram às suas celas naquela noite, o guarda deixou seu posto. Porém, voltou com outros quatro, que invadiram a cela de Halcyon feito uma tempestade.

Foram precisos três homens para segurá-la. Um abriu sua boca, e os outros forçaram o mingau garganta abaixo.

Ela engasgou.

— Não a mate, seu idiota — grunhiu um deles.

Ela cuspiu a maior parte na cara dos guardas, mas acabou engolindo um pouco. Já sentia o veneno queimando sua garganta, fervendo em seu estômago. Ela forçou o vômito quando os guardas a deixaram.

Mais dois dias se passaram, tão parecidos que Halcyon mal conseguia discernir a diferença entre eles. Ela sentiu a fraqueza tomando conta: seus pensamentos estavam nublados, o corpo dolorido, os pulmões pesados, como se água os infiltrasse. Não demorou para que, enquanto tossia, sua mão ficasse ensanguentada, e ela sentiu que morreria em breve.

Ficou deitada na cama, encarando a parede. Havia um desenho entalhado na pedra, quase imperceptível. O prisioneiro que estivera ali antes dela devia tê-lo feito, e quanto mais Halcyon analisava a imagem, mais ela a confortava. Era uma serpente enorme, o que trouxe à tona algumas lembranças. Não, não era apenas uma serpente, e sim um basilisco. Ela perdeu o fôlego, atônita.

O Basilisco.

Ela encontrara o mestre-espião da rainha uma vez, quando Straton recebeu ela e Xander na aliança secreta de Nerine. Foi um encontro breve, e estava escuro. Ela não conseguiu ver o rosto do Basilisco, mas ouviu sua voz, um barítono áspero que mal passava de um sussurro.

— Está disposta a fazer isto, Guarda-rios? — perguntara ele, referindo-se à caça pela coroa, escondida no coração da montanha mais perigosa do reino.

— Sim — dissera ela, ao lado de Xander. — Precisamos de algumas luas para treinar, mas estamos confiantes em que teremos sucesso.

O Basilisco ficou em silêncio, mas ela o sentira encarando seu rosto ao luar. Tinha ficado tão preocupada com a ideia dele ter visto um defeito nela, de tê-la considerado uma escolha ruim.

— Que seja feito, então — dissera ele a Straton. — Que os hoplitas entrem na montanha.

A lembrança de Halcyon esvaneceu, mas ela continuou observando o basilisco cravado na parede, se perguntando se ele estava mesmo ali ou se ela estava alucinando. Ela se perguntou o que o Basilisco pensava dela agora: uma fracassada, uma desonrada. Sua força e sua glória começaram a escapar dela a cada expiração, até ouvir um sussurro na luz fraca do fim do dia.

— *Halcyon*.

Ela virou a cabeça. Thales estava na porta de sua cela, segurando as barras de ferro.

Ela se sentou com dificuldade. Estava fraca demais para andar, então engatinhou até ele.

— Thales... vão pegar você — tentou falar, rouca, sabendo que a cela dele ficava mais à frente no corredor sinuoso, que ele se arriscara ao andar até ali depois do jantar.

— Shh, aqui. — Ele se ajoelhou para nivelar seu olhar ao dela. Passou uma tigela cheia de seu mingau sob o espaço estreito debaixo da porta. — Tome rápido.

As mãos de Halcyon tremiam incontrolavelmente. Ela tomou um gole de mingau, fazendo-o escorrer pelo queixo e cair dentro de sua túnica, tamanho o desespero. Enquanto isso, Thales continuou ajoelhado, esperando, os olhos marejados de lágrimas ao observá-la.

— Por que ele fez isso com você? — sussurrou, triste e bravo.

Halcyon enfiou o resto do mingau na boca em meio a engasgos — seu estômago se contorcia, e ela mal conseguia engolir. Passou a tigela de volta para Thales, e ele escondeu o recipiente na túnica.

— Thales, eu vou morrer aqui.

— Você não vai morrer, Halcyon. Vou encontrar uma maneira de libertá-la. Só... aguente firme. Por favor. Por favor, não desista.

— Vou morrer aqui — repetiu Halcyon, sentindo a verdade daquela afirmação em seus ossos. — Quando você for liberto deste lugar, quero que escreva para a minha família em Isaura e diga a eles que...

— Saia daqui! — ordenou um guarda, aproximando-se da porta da cela de Halcyon. Ele chutou Thales para o lado, ameaçando-o com um cassetete até o antigo mago recuar pelo corredor.

Halcyon rastejou até a cama, ofegante. Tossiu até sentir que seus pulmões tinham se dilacerado, até vomitar todo o mingau bom que Thales tinha roubado, arriscando-se ao levar para ela.

Ela se deitou na cama e encarou o basilisco novamente, o mundo ficando turvo. A respiração dela ficava cada vez mais superficial. Os guardas entraram na cela para forçar mais veneno nela. Só que, desta vez, eles não fizeram isso. Seguraram ela em pé e bateram em seu rosto. Um deles falou, frenético:

— Você colocou muito no mingau dela!

— Rápido, passe um pouco de água para cá.

Eles se atrapalharam ao redor dela, abriram sua boca ensanguentada e quase a afogaram com a água. Foi inevitável para Halcyon engolir, embora ela quisesse desafiá-los.

Ela não se lembrava de vê-los indo embora. Acabou dormindo e perambulando pela fronteira entre a vida e a morte, até sentir seus braços sendo agarrados e os pés arrastados sobre a pedra fria. Foi levada até o escritório do posto avançado novamente e sentou-se na cadeira solitária. E lá estava Macarius, aguardando sua chegada.

Só de olhar para ele, Halcyon já sentiu as brasas quase extintas de sua força voltando à vida. Sua consciência ficou mais aguçada com a fúria, mantendo seu juízo no lugar.

Macarius parecia atordoado ao vê-la. Não era de estranhar, pois Halcyon mal reconhecia o próprio corpo. Estava franzino e pálido, como se ela tivesse se tornado um espectro.

— Devemos acorrentá-la à cadeira, milorde? — indagou um dos guardas, incerto.

— Eu disse para vocês *enfraquecerem* ela durante a minha ausência — rebateu o mago. — Não para matá-la, seus imbecis!

— Pedimos desculpas, milorde. Nós... não sabíamos a dose correta...

— Acorrentem-na à cadeira — ordenou Macarius. — E deixem-nos a sós. Lidarei com vocês quatro mais tarde.

Halcyon encarou fixamente o mago, e ele devolveu o olhar enquanto os guardas prendiam os braços e os tornozelos dela. Ela se deu conta do quanto Macarius a temia, a ponto de mandar imobilizá-la mesmo quando ela estava tão debilitada.

— Beryl? — falou Macarius, e sua escriba se mexeu na cadeira. — Prepare-se para escrever.

Halcyon sentiu a encarada de Beryl. Fez contato visual com a escriba e viu o brilho de horror nos olhos dela, como se não pudesse acreditar no estado de saúde de Halcyon.

— Tem certeza de que devemos continuar, Macarius? — hesitou Beryl. — Ela não me parece bem.

— Está me questionando? — sibilou Macarius, olhando por sobre o ombro para alfinetá-la com o olhar furioso.

Beryl se endireitou na cadeira, constrangida, e desenrolou o papiro. Pegou a pena, mas olhou para Halcyon novamente, com uma expressão de dúvida.

Macarius caminhou até parar diante de Halcyon, e ela preparou a própria mente, instalando os escudos mentais assim que os dedos dele tocaram seu cenho e a magia começou a vasculhar sua memória. Ele revirou e averiguou, mas todas as vezes que chegava perto da verdade — qualquer coisa que tivesse a ver com Xander, Straton ou a localização da coroa de Acantha —, ele era desviado. E Macarius sabia disso. Xingou ela, mas não conseguiu esconder o quanto estava impressionado também. Ele a havia enfraquecido com veneno repetidas vezes, e ainda assim não conseguia invadir sua mente.

— Qual é o significado disto, Macarius? — falou uma voz fria.

Macarius quebrou seu controle mágico sobre Halcyon, cambaleando para trás. Sua testa estava coberta de suor, e ele tremia, exausto, olhando para a recém-chegada.

— Lady Selene. Eu... estou muito próximo de encontrar o que procura — gaguejou o mago, fazendo uma reverência. — Eu só preciso de um pouco mais de tempo.

Halcyon não virou a cabeça, mas sentiu a irmã do comandante entrando na sala, sua presença murchando o ar como um rastro de inverno conforme chegava mais perto de Halcyon. Então Selene entrou em seu campo de visão distorcido, e Halcyon não teve escolha senão olhar para ela.

Selene a estudou. Era a primeira vez que as duas se viam, mas certamente tinham ouvido falar uma da outra. Em conversas particulares, em pequenas fofocas, em suspiros destinados a declamá-las como lendas. Selene, uma das magas mais poderosas que o reino vira em séculos, e Halcyon, a humilde guerreira que ascendera e ganhara o respeito seletivo do comandante da Legião de Bronze.

— Vejo que quase a matou, Macarius — comentou Selene, e sua voz estava aguda com o desgosto. — Pensei que tinha dito para você tomar cuidado com esta aqui. Meu irmão a ama como se fosse sua própria filha. E se ele a visse assim... bem, isso arruinaria tudo.

— Sim, madame. Peço desculpas mais uma vez. Eu me ausentei e deixei ordens para que a envenenassem...

— E por que você precisaria envená-la? — interrompeu-o Selene com o mesmo esforço singelo do vento apagando uma chama fraca. — A força dela é demais para você, mesmo agora?

Macarius engoliu em seco. Halcyon viu o pulsar em sua garganta. Ela se deleitou com a vergonha dele. Quase sorriu quando o olhar dele foi dela para Selene.

— Madame... ela é muito resiliente. Não consigo acessar suas lembranças protegidas. No entanto, eu procurei o cinturão do sacerdote, como me pediu. Ele também não cooperou em falar ou revelar a localidade, então voltei à Condenada 8651 para extrair a informação.

Selene ficou quieta por um instante e em seguida murmurou:

— O sacerdote está morto, então?

O coração de Halcyon disparou. A sala começou a se distorcer ao seu redor, e ela teve dificuldade para controlar a respiração. *Bacchus*. Estavam falando de Bacchus e sua relíquia, o Cinturão Dourado de Euthymius. Ela entendia enfim o motivo da ausência de Macarius: ele estivera em Dree, torturando Bacchus.

— Sim, está morto. Tomei cuidado para contratar um dos trabalhadores locais para fazer isso, e ele está aqui na pedreira, por enquanto. Ele e seus seguidores nos apoiarão.

— Pois bem. Deixem-nos a sós — indicou Selene.

Macarius e Beryl saíram e fecharam a porta silenciosamente.

Selene puxou uma cadeira e se sentou de frente para Halcyon. Seus olhos eram de um azul vívido, tão afiados quanto os do comandante. Halcyon sustentou o contato visual e aguardou, a respiração ofegante.

— Lembro-me da primeira vez que ouvi meu irmão falar de você — começou Selene, a voz agradável. — Foi dois anos atrás, quando eu estava em uma das reuniões de conselho da rainha Nerine. Estávamos esperando a rainha chegar, cada um de nós conversando para passar o tempo. Straton falava com o conselheiro das terras, e ele mencionou uma hoplita que era insuperável em sua velocidade e destreza com lanças e espadas. Uma jovem que viera do mais baixo nível e estava destinada a se tornar uma lenda. Alguém a quem logo ele atribuiria o posto de capitã quando os oito anos de treinamento fossem concluídos. "Quem é a hoplita, Straton?", indagou o velho conselheiro de terras. E meu irmão disse seu nome com reverência, como se você tivesse mais magia do que todos os magos de Destry juntos. "Halcyon de Isaura." E eu nunca mais me esqueci de seu nome, da maneira como ele cortava o ar como o desembainhar de uma lâmina. Eu sabia que ele voltaria a ouvi-lo novamente, e, das duas, uma: ou você seria uma espada na minha mão ou um espinho cravado no meu flanco.

Halcyon ficou em silêncio, mas seu peito doía tanto que ela temia que as palavras de Selene mais cedo ou mais tarde a partissem em duas.

— Imagino que saiba qual das alternativas você se tornou para mim, Halcyon de Isaura — sussurrou Selene. — Mas não precisa ser assim. Reconheço que você é uma mulher forte, criada para desafiar e vencer. Uma mulher que foi enganada pelo meu irmão. Isso me enfurece, ver o que ele fez com você.

— E o que foi que ele fez comigo? — rebateu Halcyon. — Lorde Straton foi clemente comigo. Ele me deu a vida quando eu merecia a morte.

— Isso é clemência para você, filha?

— O trabalho na pedreira não me intimida. Eu *mereço* estar aqui, lady Selene. A cada rachadura que faço na parede da pedreira, penso em Xander e ganho forças para cumprir minha sentença. O que eu não mereço é ser envenenada e ter minha mente vasculhada sem meu consentimento, ser tratada como inferior porque sou uma mulher entre uma horda de homens.

Selene ficou quieta, mas seus olhos traíram sua frustração.

— É difícil para mim decifrá-la, Halcyon, quando foi meu irmão que a mandou para cá. Ainda assim você continua fiel a ele? Não há nada que eu possa dizer para levá-la à luz, colocá-la sob meus cuidados e minha proteção?

— Isso seria um insulto à memória de Xander, seu próprio sobrinho, lady Selene. E eu jamais me juntaria a alguém que tortura e assassina sacerdotes inocentes.

— Sim, tudo porque meu irmão lhe pediu uma coisa terrível — acrescentou Selene rapidamente, ignorando a acusação de Halcyon. — Sei que Straton pediu que você e Xander procurassem uma relíquia. E como meu irmão é tão respeitoso, sei que ele jamais iria atrás da Espada Voraz de Nikomides. Ele procuraria algo que está perdido, que pudesse quebrar um encantamento, certo? — Ela se inclinou para a frente, o quíton farfalhando com seu movimento fluido. A prata do anel em seu polegar refletiu a luz e brilhou nas sombras de seu colo. — Meu irmão perderá essa batalha, Halcyon. E eu odiaria ver você sendo destruída por ela. Una-se a mim e a minhas forças. Você e eu seríamos imbatíveis com a Coroa Onividente de Acantha. Eu encontraria e lhe daria qualquer relíquia que você desejasse. Eu a nomearia a comandante da Legião de Bronze, e você seria a espada em minha mão. Juntas, podemos elevar Corisande a níveis jamais vistos. Podemos retornar à era dos deuses, quando as divindades caminhavam entre nós.

Halcyon não precisou nem contemplar a oferta.

— Tudo o que eu conquistar será merecido. Não quero nada roubado ou desmerecido. E, caso tenha se esquecido, Selene... pertenço ao povo comum. Minha família sofreu com seus impostos altos e a retórica odiosa que espalhou pela Corte de Magia. Eu jamais uniria forças com você.

— Um dia — começou Selene calmamente — você vai pensar neste momento e se arrepender de sua decisão. Um dia, vai se ver presa a outra pessoa, com um amuleto no braço, trabalhando nos campos e limpando as sarjetas das ruas. Você odiará seu eu do passado quando perceber que poderia ter sido uma de nós, governando o reino. Que, em vez disso, passará o resto da sua vida lamentável e insignificante trabalhando. Embora, talvez, você não se importe tanto, considerando que nasceu como uma cuidadora de propriedade, a ralé mais imunda da sua Corte do Povo Comum.

Ela ficou de pé e chamou Macarius.

O jovem mago retornou depressa.

— Lady Selene?

O olhar dela permaneceu sobre Halcyon, mesmo quando respondeu a ele.

— Será preciso usar a criatividade para conseguir o que quero desta aqui. É de grande importância que consigamos a coroa antes deles. Continue envenenando-a se quiser, mas não a mate. Mantenha ela presa na cela, fora de vista. Eu a quero viva quando assumir o trono. Use as memórias que conseguiu dela a seu favor. Se for bem-sucedido, eu o nomearei minha mão quando o momento chegar.

Selene sorriu para Halcyon. Enfim, o medo invadiu o coração da jovem, atordoando-a mais do que o veneno fizera.

— Sim, está certo, lady Selene. Alguma sugestão? — concordou Macarius.

Selene foi até a porta, mas parou na passagem.

— Talvez você deva retomar o trabalho a partir de um ângulo diferente. Meu sobrinho Damon acabou de contratar uma escriba. Acho que ela deveria ser seu alvo. Será fácil extrair informações dela. Busque-as como preferir.

— E quem seria a escriba, madame?

— Evadne — falou Selene antes de desaparecer, deixando para trás um rastro de seu perfume. Halcyon gritou quando a compreensão a rasgou por dentro. Sua voz falhou, e ela cuspiu sangue enquanto se debatia contra as amarras, machucando a pele nas correntes.

Dessa vez, quando Macarius começou a vasculhar sua mente, Halcyon não conseguiu proteger tudo. Não conseguiu bloquear os detalhes da missão e todas as suas lembranças de Evadne. Quando os tentáculos de Macarius encontraram um momento em particular — iluminado, amável e tenro —, Halcyon soube que ele o tomaria e o usaria contra ela e sua irmã.

E Halcyon chorou, sua alma enfim rompendo.

XIX

Evadne

—*Charena* — disse Damon, entregando um novo rolo a Evadne. — É assim que conseguiremos entrar no coração de Euthymius. Com um dos meus encantamentos cantados.

Evadne aceitou o pergaminho e o desenrolou sobre a mesa.

— O que você sabe sobre o Monte Euthymius? — indagou, parado no lugar de sempre, de frente para ela do outro lado da mesa, encarando o papiro em branco em que ela estava prestes a escrever. Ainda era noite, e ambos estavam cansados, mas, ao mesmo tempo, estranhamente revigorados, carregando entre eles o segredo da missão como um segundo coração pulsando.

— Bem, eu sei que Euthymius e Loris escavaram a montanha com o poder da terra e da água — disse Evadne.

— O que significa que nenhuma chama de Pyrrhus pode queimar nas passagens da montanha. O fogo seria extinto assim que fosse aceso dentro de Euthymius. — Ele dispôs um rolo menor na frente da escriba, seus dedos abrindo-o rapidamente. Tratava-se de um mapa da passagem interna da montanha, uma trilha declinante que levava à porta do Submundo.

— Este é o mapa que Bacchus desenhou para Halcyon e Xander? — questionou Evadne, contornando as linhas com as pontas dos dedos.

— Sim. Euthymius deu o conhecimento ao sacerdote, para que fosse repassado a Xander e Halcyon — explicou Damon. — É por isso que nossos irmãos estavam treinando para lutar no escuro, porque não poderiam levar fogo para dentro da montanha.

Evadne se lembrou da confissão terrível da irmã: *Xander tinha se rendido, mas eu não... vi. Eu já estava em movimento, e minha espada acertou seu pescoço.*

Ela afastou a lembrança, concentrando-se no mapa.

— Isto aqui parece uma cisterna...

— E é — confirmou Damon. — Há três patamares. A água começa na altura do tornozelo. Flui até o oeste, onde fica uma escadaria entalhada no meio de uma cachoeira, levando ao próximo patamar. É uma queda íngreme. Encontrar os degraus será difícil, mas acredito que conseguiremos evitar a força da queda-d'água. — Ele apontou para a primeira cachoeira e a escadaria de pedra que a dividia. O entusiasmo de Evadne diminuiu enquanto ela tentava imaginá-los atravessando aquilo sem escorregar, se afogar ou despencar para a morte.

— O patamar seguinte será ainda mais árduo — continuou Damon, movendo os dedos para marcar o caminho. — A água chega à altura dos joelhos e, novamente, a correnteza segue em direção ao oeste, para outra dupla de cachoeira e escadaria, que leva ao patamar mais baixo da montanha. Ali a água será profunda, sem correnteza. Teremos que nadar até a porta do Submundo, e lá haverá degraus que sobem para a superfície e levam à passagem. A coroa está pendurada na porta. Acima de tudo, Bacchus nos alertou, não devemos abrir a porta e libertar Pyrrhus, não importa o quanto o deus possa bater ou tentar nos persuadir.

— E quanto à maga imortal, Ivina? — perguntou Evadne.

Damon ficou em silêncio por um momento.

— Ela é uma ameaça. Não tenho dúvidas de que ela tentará nos deter. Xander e Halcyon estavam se preparando para uma batalha com assombrações no escuro.

— Não sei usar uma espada, Damon.

— Nem eu — falou ele. — Mesmo assim, levaremos espada para tranquilizar meu pai, mas nossa maior defesa serão meus encantamentos. As assombrações de Ivina não suportam o fogo. Mantê-las longe será essencial para o nosso sucesso.

Evadne pegou a pena e girou-a nos dedos enquanto refletia sobre o que ele acabara de dizer.

— Vai lançar um fogo encantado, então?

— Isso.

— Isso parece bem simples.

Houve um lampejo nos olhos dele.

— Simples para um mago de grande poder. Lançar fogo, ou mesmo qualquer tipo de luz, é um feitiço bem desgastante. Compare ao fogo comum: ele precisa de lenha, sopro e cuidado constante; do contrário, a chama se apaga.

Entendendo a complexidade da empreitada, Evadne ficou quieta. Percebeu que realmente não sabia nada sobre magia.

— Eu não sou poderoso — admitiu Damon. — Mas tampouco sou fraco. Sou um mago mediano.

As palavras dele marcaram Evadne, porque eram exatamente o que ela pensava de si mesma. Nem poderosa, nem fraca. Um meio-termo entre os dois extremos.

— Para o desespero do meu pai, não sou tão forte quanto alguém como minha tia — disse Damon com um sorriso triste. — Só consigo lançar encantamentos por um determinado período, e há muitos fatores que influenciam a profundidade e a extensão deles. O cansaço, por exemplo. Se estou doente, com fome ou sede. Lançar um feitiço de fogo será difícil para mim. É por isso que... devo pedir que entoe o encantamento comigo, Evadne.

A surpresa invadiu o rosto dela. Era a última coisa que ela esperava ouvir, e tentou imaginar como seria cantar um feitiço com ele. Ela não conseguia visualizar a cena, mas também não conseguia conjurar a travessia pela água e pelo terror que residia no coração do Monte Euthymius para reivindicar uma relíquia divina.

— Será um encantamento composto de seis versos — Damon continuou. — Posso aprofundar meu poço mágico ao deixar minha voz carregar a força da magia. Por isso, devemos cantar as estrofes em ordem, depois repeti-las, diversas vezes até estarmos a salvo, fora da montanha.

— Isso é comum? — questionou Evadne. — Espera-se que uma escriba cante com seu mago?

Damon assentiu. Seus olhos estavam vermelhos, o cabelo bagunçado. Ele parecia exausto até olhar para ela, e algo se agitou dentro dele.

— Sim. Os escribas registram nossos encantamentos, mas também os aprendem, para que possam cantá-los conosco quando precisamos lançar feitiços mais difíceis. Será como cantar ao vento, como nadar contra a corrente. Eu ficarei cansado e com a mente enevoada, então precisarei que você me guie quando minha memória começar a vacilar. — Ele fez uma pausa, a rouquidão de sua voz atenuando quando ele voltou a falar. — Se eu fosse um mago mais poderoso, poderia ter ido sozinho. Lançar fogo seria mais fácil se eu tivesse um poço mais fundo. Mas não é o caso.

Evadne ficou pensativa, surpresa com quão ansiosa ela estava para cantar a magia dele. Damon, no entanto, interpretou o silêncio dela como relutância.

— Você mudou de ideia, Evadne? Não precisa entrar no Euthymius comigo se não quiser.

Evadne encarou o mapa — seus desafios, suas quedas, a água. Pensou em Halcyon e em Xander. Lembrou-se de como Straton não achava que ela fosse capaz de uma missão tão ameaçadora.

— Não mudei de ideia.

Damon tentou esconder o alívio, mas havia um brilho em seus olhos quando ele se virou e começou a andar pelo cômodo.

— Acho que podemos aperfeiçoar o feitiço nos próximos dois dias, e depois, nos preparar para ir à montanha. Por ora… ambos precisamos dormir. De nada adiantará nos esgotarmos antes do Euthymius. Volte aqui pela manhã, quando estiver se sentindo descansada.

A noite se estendia densa além das janelas, embora Evadne não fizesse ideia do horário. As cortinas ondulavam com a brisa, e o casarão estava em silêncio, adormecido.

Ela se levantou, o pescoço e as costas doloridos de tanto ficar sentada. Chegou à porta e estava a um passo de deixar Damon, quando parou e se virou para olhar para ele, observando enquanto ele continuava a andar para lá e para cá, inquieto.

— Você nunca me perguntou se sou uma cantora aceitável.

Damon parou e a fitou.

— Não faria diferença.

— É mesmo? Você não veria problema se eu parecesse uma cítara desafinada entoando seus encantamentos?

— Você soa como uma cítara desafinada?

Evadne sorriu e se deixou envolver pelas sombras do corredor.

— Você descobrirá em breve. Boa noite, Damon.

Toula a interceptou na manhã seguinte. Evadne estava subindo as escadas em direção aos aposentos de Damon, quando a mulher gesticulou para que ela parasse.

— Aqui — disse, mal-humorada. — Isto é para você.

Evadne arqueou as sobrancelhas quando viu que se tratava de uma carta, dobrada e lacrada. Seu primeiro palpite foi que era uma carta de seus pais. Mas então ela reparou no selo e na letra — não reconhecia nenhum dos dois.

Pegou o papiro de Toula e subiu as escadas, esperando até estar fora da vista da criada para abrir a carta.

A mensagem era esparsa:

Evadne
Encontre-me na Coruja de Ouro esta tarde.
Venha quando for mais conveniente para você.

Não havia assinatura, apenas o carimbo de um basilisco sinuoso no canto inferior direito.

Evadne já tinha visto aquela marca antes. Lembrou-se da mensagem estranha que havia encontrado na bolsa do comandante em sua primeira noite como criada.

Quem era aquela pessoa e o que queria ter com ela? Como sabia seu nome? Por que desejava encontrá-la?

Um tremor a percorreu enquanto ela enfiava a carta no cinto. Não teve tempo de pensar no convite, de cogitar ir ao encontro da pessoa enigmática. Viu Damon sentado à mesa, escrevendo meticulosamente em um papiro com a mão direita. Ele se assustou ao vê-la, como se ela o tivesse flagrado cometendo um crime.

— Cheguei cedo demais?

— Não, não — respondeu Damon, mas parecia envergonhado. Enunciou um encanto para secar a tinta, a caligrafia torta e deselegante praticamente ilegível. Em seguida, ele enrolou o papiro antes que Evadne pudesse identificar sequer uma palavra dos garranchos. As hastes do pergaminho eram de ouro e refletiam a luz do sol como se tivessem acabado de engolir um segredo.

— Aqui, sente-se, Evadne. — Damon levantou depressa. Sujou o rosto de tinta ao pegar o rolo de ouro nos braços e levá-lo a seu quarto.

Evadne tentou acalmar sua curiosidade enquanto se sentava, a cadeira ainda retendo o calor de Damon. Era evidente que ele tinha passado um bom tempo trabalhando antes de sua chegada, pensou ela enquanto organizava a mesa de acordo com sua recém-descoberta preferência. Ela abriu o pergaminho de *charena*.

Damon caminhou até ela. Ainda estava com as roupas do dia anterior e parecia cansado ao parar em pé do outro lado da mesa.

— Você dormiu? — perguntou ela, preocupada.

— Humm? Sim. Algumas horas — falou ele, atônito. Passou a mão pelo cabelo e suspirou. — Vamos começar?

Evadne abriu um recipiente de tinta e se preparou para escrever. Damon começou a perambular de um lado para o outro, aparentemente à toa, mas ela sabia que ele estava organizando palavras e pensamentos, preparando-se para dar voz a seu encantamento.

Ele finalmente parou diante da janela. Evadne observou por baixo dos cílios enquanto ele erguia a mão para um raio de sol e estudava a forma como a luz iluminava seus dedos.

— Uma Canção da Luz de Fogo — começou ele, e Evadne escreveu tudo que saiu da boca do mago, capturando as palavras aleatórias e gravando-as no papiro. Ele tentava descrever a essência do fogo, como se jamais o tivesse visto.

Damon voltou a perambular, ainda procurando as palavras certas, os ossos certos para construir seu encantamento, e por fim parou diante de Evadne.

Ele se calou; ela levantou o rosto para encará-lo. Damon observava a forma como a luz do sol tocava o cabelo da garota, os broches dourados em seus ombros. Então ele baixou os olhos para o papiro, onde a caligrafia dela secava.

— Risque tudo isso — falou ele com um grunhido de insatisfação, e voltou a andar.

Evadne queria protestar, mas fez o que ele lhe pedira, traçando uma linha sobre as palavras.

Ela logo percebeu que Damon não se satisfazia facilmente. Ele dizia uma palavra atrás da outra, uma frase atrás da outra, e depois pedia que ela riscasse, como se nada bastasse. Evadne começou a temer que o encantamento não estaria pronto em dois dias, como ele esperava.

Quando a manhã se transformou em tarde, Damon havia aperfeiçoado a primeira metade da canção, restando ainda três estrofes a serem criadas. A última pena de Evadne quebrou, e ela pensou que devia ser um sinal divino, porque estava com fome e cansada.

— Essa foi minha última pena — anunciou, grunhindo ao ficar de pé. — Que tal eu passar na Coruja de Ouro para comprar mais? E devíamos comer alguma coisa.

Damon desabou em sua cadeira e inclinou a cabeça para trás. Arcalos não estava com eles naquele dia; e Evadne se perguntou onde o cachorro estava, surpresa com o quanto sentia falta de sua presença dorminhoca.

— Sim — murmurou Damon, fechando os olhos. — Mas deixe-me acompanhá-la. Não quero que vá sozinha.

— Não, é melhor você ficar e descansar — insistiu, pensando em seu encontro misterioso. — Lembro-me de onde fica a Coruja de Ouro. Volto logo.

— Pode colocar as penas na minha conta — falou Damon, as palavras se misturando umas às outras em sua exaustão. — Compre mais um ou dois potes de tinta também.

Ela partiu em silêncio e já estava quase na escada quando ouviu Straton e Cosima conversando enquanto passava pela porta entreaberta.

— Quero que tenha muito cuidado, Cosima — disse Straton, a voz baixa e urgente. — Não beba o vinho até a copeira ter experimentado. Tenha sempre seus antídotos à mão. Repasse essas instruções a Lyra também, para que ela não beba nada fora desta casa.

— Você não acha que...

— Acho, sim. Está acontecendo de novo. O conselheiro de terras adoeceu. Não levará muito para que Selene tenha dizimado todo o círculo interno.

— Você precisa mesmo ir tão cedo, Straton? — suplicou Cosima. — O que tem em Abacus que é mais importante que sua família?

— Tenho responsabilidades — respondeu o comandante. — Preciso retornar à legião. Eu lhe disse na semana passada que precisaria partir hoje. Meus guerreiros estão me aguardando.

— Sua legião pode esperar. Por favor, Straton. Por favor, passe mais uma semana conosco.

Evadne desceu as escadas apressada, sentindo o coração batendo na garganta. Ela não sabia por que aquilo a incomodava, por que sentia um eco da dor de Cosima. No entanto, lembrou-se do dia em que Halcyon foi embora para se juntar à legião.

Ela estava ansiosa ao passar pelos portões da propriedade, as nuvens de temporal começavam a soprar do oeste. As ruas logo esfriaram com a sombra, e Evadne refez o caminho pelo qual Damon a levara no dia anterior. Seria tolice atender ao chamado da carta? Parte dela acreditava que sim. Porém, ela não conseguia conter a curiosidade, a esperança de que a pessoa talvez pudesse estar disposta a ajudar Halcyon.

Evadne estava quase no mercado leste quando sentiu um formigamento na nuca, como se alguém a estivesse seguindo.

Ela desacelerou o passo e analisou a rua — o Basilisco poderia ser qualquer pessoa, pensou —, mas ninguém reparou nela. Evadne continuou caminhando até sentir mais uma onda de arrepio. Lembrou-se de como, uma vez, ela e Damon andaram por aí invisíveis.

Era um mago a seguindo, invisível. Tinha quase certeza.

A chuva começou a cair e Evadne buscou abrigo abaixo do mesmo dossel sob o qual ela e Damon haviam dividido uma refeição. Ela assistiu aos mercadores e vendedores fechando suas bancas rapidamente, observou a forma como a chuva batia nas pedras, chiando com vapor, e reparou que havia um pequeno círculo seco na rua.

O mago estava ali, a uma distância curta, observando-a.

Fingiu não ter percebido nada, atravessando o mercado até a Coruja de Ouro em uma esquina, a porta quase escondida pela hera.

Quando entrou, o estabelecimento estava quieto. Evadne ficou boquiaberta pela quantidade de papiros e rolos, além dos inúmeros potes de penas de corvo, ganso, cisne. Isso sem falar das tintas de diferentes cores nos jarros de vidro! Variavam de um vermelho furioso a um azul de lápis-lazúli. Havia até um pote com tinta dourada brilhante. Evadne se perguntou se aquilo poderia ser o icor extraído de uma divindade. Considerando o preço exorbitante, ela não descartou a ideia.

— Posso ajudá-la?

Evadne se virou e viu o lojista atrás de uma mesa, com o cabelo grisalho espigado, parecendo uma nuvem, e os olhos gentis que a estudavam.

— Sim, sou a escriba de Damon de Mithra, e estou aqui para comprar um conjunto de penas — falou ela, aproximando-se da mesa do homem.

— Damon é um dos meus melhores clientes. Pela tinta em seus dedos, suponho que a senhorita seja destra, certo?

Evadne assentiu.

— Venha e escolha a pena que lhe servirá melhor. Tenho penas de todos os tipos para destros — convidou o lojista, dispondo suas penas para a consideração da garota.

Evadne passava os dedos pela pena de cisne, ouvindo o lojista contando sobre as origens das penas e como ele havia cortado suas pontas, até que ela ouviu a porta se abrindo e fechando. A garota segurou a respiração, ouvindo os passos molhados se aproximando dela, sabendo que pertenciam à pessoa que a perseguira na rua, e continuou olhando para o lojista, observando-o levantar o olhar em expectativa para o segundo cliente e murchando ao ver quem era.

— Ah, Macarius — cumprimentou o homem em um tom desanimado. — Já fazia um tempo que você não dava as caras por aqui.

Macarius.

Evadne reconheceu a presença sinistra. O mago que roubara a ela e aos pais com encantamentos cantados. E ele teve a audácia de ficar ao lado dela, próximo demais para o gosto de Evadne, a manga de sua roupa roçando o braço da garota.

Ele era o basilisco misterioso do carimbo? O coração de Evadne minguou com raiva e decepção.

— Olá, Sophus — respondeu Macarius na voz educada que fez a garota travar os dentes. Ele olhou para ela e fingiu surpresa. — Evadne? Quase não a reconheci com essas roupas bonitas!

Ela franziu o cenho, como se nunca o tivesse visto antes, e falou:

— Acho que não nos conhecemos. Quem é você?

Isso abalou a autoconfiança de Macarius.

— Ah, por certo. Estava escuro quando seu pai caridosamente compartilhou a fogueira comigo.

— Ah. Sim, agora me lembro. E meus pais caridosamente o alimentaram por dias, não foi? — disse Evadne com o tom afiado. Ela olhou então para Sophus, que analisava ela e Macarius com cautela, como se a interação entre os dois o estivesse deixando nervoso. — Acho que vou levar este conjunto de penas, Sophus. E um pote de tinta preta também seria ótimo.

O lojista assentiu, indo à prateleira do canto.

Macarius esperou e só falou quando o homem já estava longe demais para ouvir.

— Acredito que Damon a esteja tratando bem?

Evadne se recusou a olhar para ele, direcionando sua atenção às penas.

— Eu não lhe contei que era a escriba de Damon.

— Isso agora é informação pública — falou Macarius devagar. — Pensei que soubesse. O contrato foi divulgado em Destry.

Ela escolheu ignorá-lo. No entanto, Macarius parecia estranhamente decidido a captar a atenção dela.

— Evadne, Evadne. Está irritada comigo. Por quê?

— Você é mesmo um tolo tão presunçoso a ponto de precisar perguntar? — sibilou a garota para o mago, o rosto vermelho de fúria.

— Devo dizer que você fica linda quando está brava.

— Você não tem direito de falar comigo dessa forma. Na verdade, eu preferiria que não me dirigisse a palavra. — Ela pegou as penas e encontrou Sophus do outro lado da loja, agradecendo ao senhor por sua ajuda. Ele deu uma bolsa de couro lustrada para carregar as compras, e Evadne disparou para fora da loja, direto para a tempestade.

Estava na metade do caminho no mercado abandonado quando a voz de Macarius a perseguiu, quase que em desespero.

— Espere, Evadne. Ao contrário do que possa imaginar que seja minha intenção, quero que ouça as notícias que trago.

— Não me interessa — gritou Evadne, caminhando o mais rápido que seu tornozelo permitia.

— Mas tenho notícias sobre sua irmã. Sobre Halcyon.

Aquilo deteve Evadne. Ela parou, indecisa. Não era justamente a coisa pela qual ela torcia em segredo? Que o carimbo de basilisco pudesse lhe oferecer alguma ajuda para a situação atual de Halcyon?

— Como assim você tem notícias dela?

— Venha, vamos sair da chuva e compartilhar uma refeição na taverna da esquina. Contarei tudo que quiser saber. — Macarius estava parado bem à frente dela agora, o cabelo claro pingando com a chuva, a mão estendida na esperança de que ela concordasse.

Era a última coisa que ela queria: sentar-se com ele em uma taverna para uma refeição.

Porém, Evadne o seguiu para o estabelecimento da esquina. A atitude lhe pareceu o prelúdio de uma traição, e ela torceu para que Damon nunca ficasse sabendo do que decidira fazer.

Os demais clientes estavam relaxados, bebendo vinho e ouvindo uma musicista tocar uma melodia sedutora em sua flauta. Todos vestiam trajes refinados, com os cabelos perfumados e ouro adornando seus pulsos. Evadne nunca se sentira tão deslocada em toda a sua vida enquanto se sentava, relutante, diante de Macarius, em um nicho à sombra.

Ele fechou as cortinas, garantindo privacidade. Mais uma vez, a inquietude a inundou, e Evadne levantou o olhar para ele.

— Que notícias são essas? Como as conseguiu?

— Paciência, meu amor — balbuciou Macarius com um sorriso. — Beba alguma coisa primeiro, para aliviar a rigidez em sua voz. — A cortina da alcova se abriu, e uma servente levou um jarro de vinho branco e dois cálices dourados. Macarius esperou até ela se retirar para servir a bebida aos dois.

— Não quero beber nada — disse Evadne, tensa.

— Como quiser. — Macarius se reclinou na almofada sem tirar os olhos de Evadne. Ela ainda estava ensopada e desgrenhada, e a encarada dele se demorou em suas vestes molhadas, onde o linho apertava sua pele. — Está gostando? De ser escriba, quer dizer.

— Não estou aqui para conversar sobre meu trabalho, Macarius. Se não me der notícias da minha irmã nos próximos instantes, vou embora.

Ele deu um gole no vinho, desapressado. No entanto, ela percebia o quanto sua aspereza o irritava.

— Não entendo a pressa, Evadne. Por acaso Damon estipulou um horário estrito para você voltar de seus afazeres?

Ela se levantou para ir embora, e Macarius se inclinou para a frente.

— Tudo bem. Sente-se e contarei tudo que sei.

Evadne o encarou, deixando sua antipatia por ele evidente ao franzir o nariz. Ela voltou a se sentar na almofada e esperou.

— Falei com Halcyon — disse Macarius, girando o vinho no cálice.

— Quando? Onde? — emendou Evadne em desespero. Ela teve dificuldade de conter sua emoção, sabendo que Macarius somente a usaria contra ela.

— Na pedreira do povo comum.

— Como? Você é mago. Não tem permissão para entrar.

— O lorde da pedreira me concedeu o direito de entrada algumas noites atrás — disse Macarius. — Há um ex-mago entre os condenados, e ele estava causando problemas, planejando a fuga. Fui chamado à pedreira para tentar trazê-lo de volta à razão. Descobri que ele tinha convencido sua irmã a fugir com ele.

Um ex-mago? Isso significava então que um mago podia perder a magia? Evadne nunca tinha ouvido falar de algo assim, mas sua curiosidade foi ofuscada pelo medo.

— Fugir?

— Sim. E, embora em qualquer outra circunstância eu fosse me opor à ideia… não é o caso desta vez.

— E por que não?

— Porque sua irmã está gravemente doente. Acredito que ela não sobreviverá a mais uma lua naquela pedreira.

Evadne tremia. Entrelaçou os dedos, tentando esconder.

— Doente como?

— Seus pulmões foram afetados pela pedreira. É o tipo de coisa que acontece com condenados, por respirarem muita poeira. Quase sempre chega a ser fatal.

— E o que foi que ela lhe disse, então?

— Pediu que eu ajudasse ela e seu amigo a escapar da pedreira. Concordei, mas precisarei de sua ajuda, Evadne.

Qualquer coisa, Evadne quase disse, mas conteve a resposta na ponta da língua. Seus pensamentos entraram em um turbilhão. Por que Macarius, que só lhe causara mal, estaria disposto a ajudar de repente?

— Não acredito em você.

Macarius a olhou sem entender.

— Não acredita em mim? Se bem que, parando para pensar, isso não me surpreende. Halcyon disse mesmo que você duvidaria de mim. Então aqui está minha prova, considerando que você não confia nas pessoas com facilidade. — Ele enfiou a mão no quíton e tirou um papiro dobrado. Evadne observou, impassível, enquanto ele o colocava sobre a mesa entre os dois. Quando não fez menção de pegá-lo, Macarius sussurrou: — Vá, Evadne. Gostará de saber o que diz.

Ela pegou o papiro e o deixou abrir.

Reconheceu os símbolos da tinta como se estivesse vendo um reflexo de si mesma. Seu coração disparou, seu sangue rugiu, e ela quase chorou ao ler a mensagem em Haleva:

Evadne, minhas orações a seguem, irmãzinha. Torço para que esteja bem. Adoeci na pedreira — acredito que não sobreviverei muito aqui, mas Macarius concordou em me ajudar a fugir. Por favor, irmã. Ajude-me a escapar deste lugar.

Evadne leu a carta duas vezes, a visão turva com lágrimas. Se sentiu dilacerada, imaginando o estado deplorável da irmã. Ela dobrou o papiro e o enfiou na bolsa de couro.

— Qual é o plano? — sussurrou, e Macarius bebeu o resto do vinho, como se revitalizado pelo interesse da garota.

— Ainda não posso falar a respeito dele, pois há partes que preciso organizar. Mas venha me encontrar aqui novamente à meia-noite. Estarei pronto para você, assim como Halcyon. Não se atrase, Evadne.

Ele partiu tão depressa que Evadne ficou momentaneamente abismada. Continuou sentada, encarando o jarro de vinho, o mundo parecendo rachar embaixo dela.

Sua mente recuperou o foco e ela se deu conta de algo. Devagar, pegou de volta a mensagem em Haleva de Halcyon. Ela a leu com cautela, analisando os símbolos. Os que ela e a irmã haviam escolhido e decorado com cautela.

Evadne conhecia bem a escrita da irmã, praticamente com a mesma intimidade da sua própria. Contornara as letras de Halcyon diversas vezes enquanto aprendia a ler e escrever.

Aquela não era a escrita da Halcyon.

Um dos símbolos estava torto. A asa de pardal. Tinha sido desenhada na direção errada.

Halcyon não tinha escrito aquela mensagem.

O que significava que tinha sido outra pessoa. Alguém que precisaria averiguar as memórias de sua irmã para conhecer o Haleva.

Evadne se levantou da mesa, enfiando a mensagem na bolsa de couro. A chuva tinha passado, o sol abrira caminho por entre a tempestade e as ruas fumegavam como um banho quente. A garota correu de volta ao casarão do comandante.

Ela viu o cavalo de Straton pronto para a viagem, esperando por seu senhor diante da colunata. Ele estava prestes a partir de Mithra, recordou ela, para voltar a Abacus, e por algum motivo aquilo a alarmou.

Evadne ficou cismada com a ideia de que justamente o homem que ela jurara odiar era a quem ela precisava recorrer em busca de ajuda. Não queria confiar nele, mas tinha que lidar com um inimigo ainda maior.

Ela quase trombou com o comandante à porta. Straton estava vestido com a armadura, o elmo aninhado debaixo do braço. Ele olhou para ela, uma carranca marcando sua testa, e ele estava prestes a falar, mas a voz de Evadne se sobrepôs à dele.

— Milorde, preciso falar com o senhor. Agora, antes que parta.

Straton bufou.

— Não tenho tempo, Evadne. Já estou atrasado. — E ele passou por ela.

— Lorde Straton — implorou. — *Por favor.*

Ele seguiu seu caminho, descendo as escadas e pisando nas poças.

— Comandante, tem a ver com minha irmã — disse Evadne, e percebeu a forma como ele desacelerou o ritmo. — Acredito que ela esteja em perigo.

Straton parou na metade da escada e se virou para olhar para ela.

— O que quer dizer com isso?

— Não posso dizer aqui, lorde.

Ele titubeou, olhando para onde o cavalo aguardava. Em seguida, no entanto, virou-se de volta para Evadne e subiu os degraus, gesticulando para que ela o acompanhasse à privacidade de seu escritório.

— Sente-se, Evadne — indicou, servindo um copo de água de cevada. — Você não me parece bem.

Ela ocupou a cadeira diante da mesa dele, ouvindo o coração pulsar nos ouvidos. Aceitou a água e bebeu tudo enquanto Straton a observava da beirada da mesa.

— Então, que perigo é esse de que você fala?

Ela tremia ao pegar o código. Levou um instante para esticar o amassado do papiro e para reencontrar a própria voz, mas contou a Straton a história de Haleva, de como Macarius a seguira e convidara para uma taverna. Da mensagem, da escrita e da asa torta.

— Você me diz que Halcyon não escreveu isto? — reafirmou o comandante, pegando o papiro quando ela lhe ofereceu.

— Não, não escreveu. Tenho certeza.

Straton retribuiu o olhar de Evadne.

— Então quem foi?

— O mago. Macarius.

— Mas ele não pode entrar na pedreira do povo comum, Evadne.

— Ele foi até lá, lorde. E vasculhou a mente da minha irmã.

O semblante de Straton permaneceu calmo, mas seus olhos estavam em chamas. Ela viu o medo e a fúria ardendo dentro dele.

— Sei da missão, lorde — sussurrou, estremecendo quando ele a fitou. — Damon me contou. E juro que vou com ele resgatar a coroa de Acantha para o senhor. Concluirei a tarefa incumbida a Halcyon, se o senhor for à pedreira garantir o bem-estar da minha irmã e conferir por conta própria que ela não está morrendo, como temo que esteja.

Straton ficou em silêncio, mas devolveu a mensagem em Haleva para Evadne e ficou de pé, sua vista ainda flamejante.

— Não se preocupe com sua irmã — disse por fim. — Vou à pedreira me certificar de que ela está sã.

Ele não acreditava completamente nela, percebeu Evadne. Mas não importava, porque o comandante era um homem de palavra, e se ele disse que iria ver como Halcyon estava, ela sabia que assim o faria.

A garota ficou em pé e fez uma reverência para ele, segurando o papiro contra o peito.

Straton a deixou em seu escritório. Ela ouviu seus passos se afastando até sumirem completamente, e Evadne foi até as janelas, abrindo as cortinas de linho.

Ela o viu partindo para o oeste, onde ficava a pedreira, e só então se permitiu cair de joelhos e chorar em silêncio com o rosto escondido no braço.

XX

Evadne e Halcyon

Meia hora depois, Evadne estava sentada à sua mesa nos aposentos de Damon, o cabelo úmido de chuva preso em uma trança, o rosto ainda com manchas de lágrimas e o corpo coberto com um quíton limpo e um xale. O rolo de *charena* estava aberto diante dela, e Evadne segurava uma nova pena. Observava Damon vagando de um lado para o outro pelo quarto, entrando e saindo da luz que se esvaía. Ela pensou em Halcyon e tentou não se preocupar. O comandante já devia estar com ela, e, pelo menos uma vez na vida, ficou tranquila. Macarius não ousaria machucar sua irmã com Straton presente.

Ela não contara a Damon sobre seu encontro com Macarius, sobre a mensagem em Haleva, mas ele sentia que havia algo errado.

— Tem certeza de que está bem para escrever, Evadne? — questionou. — Podemos retomar amanhã.

— Estou bem. — Ela molhou a pena na tinta para expressar sua determinação. — Não temos muito tempo.

— Sei como quero que seja o fim da canção — revelou Damon. — Não será um encantamento de *fogo* como eu havia pensado a princípio, mas um refrão sobre *estrelas*. As últimas três estrofes devem me ocorrer rapidamente agora.

Evadne continuou diante do rolo aberto, preparada e ansiosa.

Damon voltou a falar — palavras, fragmentos e frases. Parecia que ele invocava seus dizeres do céu e Evadne se apressou para acompanhar seu ritmo. Ele falava depressa e, com a mesma rapidez, rejeitava alguns devaneios, mas não tanto quanto antes. Evadne via as palavras de Damon se formando como uma tempestade, uma montanha, algo que suas vozes pudessem escalar.

A estrofe final veio naturalmente, como se todas as pontas soltas de antes, que pareciam não ter propósito algum, tivessem encontrado seu lugar e se entrelaçado. Evadne se sentiu atordoada com a beleza daquilo, sua mão doendo ao escrever as últimas palavras do mago.

Ela pousou a pena e se reclinou na cadeira. A canção para o Monte Euthymius estava feita, pronta diante dela no papiro, secando à luz.

Damon estava de frente para ela, olhando para as letras com a mesma admiração.

— E agora? — indagou ela.

Ele a encarou com um brilho maroto nos olhos.

— E agora nós cantamos.

— Ela comeu alguma coisa?

— Não, lorde.

— Acordou ou disse alguma coisa hoje?

— Não, lorde.

Uma pausa. Deitada na cama, Halcyon manteve os olhos fechados, tremendo e sentindo-se febril, mas ela sentia o olhar de Macarius nela. Ele estava parado à porta da cela dela na prisão, observando.

— Halcyon? — chamou ele, impaciente. — Halcyon, olhe para mim.

Ela se recusou. Sua respiração saía mais e mais lentamente, e a dor estava insuportável àquela altura. Corpo, mente, espírito. Todos quebrados.

Halcyon queria morrer.

— Você vai receber uma visita hoje à noite — continuou o mago. — Levante e coma o mingau. Não está mais envenenado.

Ainda assim, ela não moveu um músculo, não abriu os olhos. Só conseguia respirar, arder e sentir o coração batendo nos ouvidos, um refrão lamentável que estava prestes a chegar ao fim.

— Se ela não comer na próxima hora, quero que enfie a comida goela abaixo — ordenou Macarius ao guarda. — E faça com que ela beba um copo de água.

— Sim, milorde.

Fez-se silêncio. Halcyon parecia flutuar em uma paisagem de terra vermelha e mar vermelho, até que por fim o guarda entrou em sua cela para obrigá-la a engolir o mingau. Havia apenas um soldado; não eram mais necessários *quatro* guardas para contê-la.

Quando ele a largou, Halcyon vomitou a comida.

Deitou-se de bruços novamente, a bochecha encostada no declive duro da cama de lona, esperando pela morte.

— Halcyon.

A voz era forte, familiar. Ela não achava que a morte faria aquele som, mas então ouviu de novo, com urgência.

— *Halcyon.*

Ela abriu os olhos; o mundo estava embaçado, distorcido, até ela ver Straton do outro lado da porta de sua cela, iluminado por uma tocha que carregava.

Estou sonhando, pensou e fechou os olhos novamente.

— Abra a porta — ordenou o comandante.

— Milorde, não posso fazer isso — respondeu o guarda.

— Abra esta porta. Agora.

Um tilintar frenético de chaves. A porta de ferro se abriu com um rangido.

Halcyon via a luz da tocha acesa mesmo de olhos fechados. Sentiu um movimento no ar, depois uma mão grande — maravilhosamente fria em sua pele — segurando sua cabeça raspada.

— Halcyon, o que aconteceu? Quem fez isto com você?

Ela sentiu dificuldade de manter os olhos abertos, de fitar o comandante. Ele estava ajoelhado ao lado de sua cama com lágrimas embaçando sua vista.

— Nunca vi você chorar — disse ela, e sua voz não era nada além de um sopro.

— Levante-se, Guarda-rios.

Ela não fez esforço para se sentar.

— Levante-se — ordenou ele novamente, com gentileza. — Existe força dentro de você. Encontre essa força, Halcyon.

— Não consigo, comandante.

Ele parou. Ela voltou a fechar os olhos, sem conseguir mantê-los abertos ou ver as lágrimas dele.

— Você nunca me disse isso antes — disse. — Por que desistiu?

— Estou morrendo.

— Não. Não vou permitir.

Ela quase sorriu.

— Por que, lorde, o senhor se importa com a minha vida?

Ele ficou quieto. Quando enfim falou, sua voz estava trêmula.

— Porque eu a amo como se fosse minha filha. O mundo seria um lugar sombrio sem você. Levante-se, Halcyon. Não desista assim.

Ela não se mexeu.

Mas ele sim. Ficou de pé e a pegou nos braços, puxando-a para se sentar na beira da cama, e um som escapou dela quando sentiu como estava frágil.

Uma vez, muito tempo antes, quando era uma menina que ainda não havia se juntado à legião, ela ansiara por ser abraçada pelo pai como ele abraçava Evadne. Gregor aninhava Evadne em seu colo todas as noites depois do jantar, como se ela fosse parte de seu coração. E, ah, como Halcyon também desejava aquilo... teria dado qualquer coisa para ser sua irmã mais nova — a filha adorada.

Finalmente ela estava sendo aninhada por seu pai de alma, o homem que a amava a sua própria maneira — silenciosa e afiada feito aço. Que lhe ensinara tudo que ela sabia, que a entendia, que confiara nela. Uma pequena parte de Halcyon queria sentir vergonha por estar sendo abraçada em seu pior momento: suja de sangue, imunda, fedendo a vômito. No entanto, a exaustão era forte demais para que ela se importasse.

A cabeça dela tombou até o comandante apoiá-la no peito, as escamas da armadura pinicando-lhe a bochecha. A voz dele ecoou quando mandou o guarda buscar água fresca.

— Não beba — sussurrou ela, gastando a última força que tinha na voz. — Está envenenada.

Ela começou a vagar para a paisagem vermelha, e Straton percebeu.

— Você está pelando — disse ele, tocando a testa dela. — Fique comigo, Halcyon. Abra os olhos.

No entanto, pela primeira vez na vida, ela não teve energia para seguir o comando dele.

* * *

Evadne estava ao lado de Damon e cada um segurava uma ponta do rolo enquanto liam e cantavam em uníssono. Num primeiro momento, eram apenas suas vozes, cuidadosamente se mesclando, procurando equilíbrio uma com a outra. Evadne mal conseguia se lembrar da última vez que tinha cantado; havia sido em Isaura, com o pai, semanas antes. Em uma vida completamente diferente.

Sua voz saía em um sussurro, incerta. A cada palavra que cantava, porém, mais se sentia forte e ousada, até preencher os pulmões com o ar da noite, libertando sua voz.

E foi então que finalmente aconteceu.

Deram vida ao primeiro fogo encantado. Uma estrela surgiu, suspensa entre ela e Damon, rente ao ombro dos dois, radiante.

Ela sabia que não tinha sido sua própria voz a inspirá-la, mas, por um momento apenas, imaginou que tinha lançado um encantamento sozinha.

Eles chegaram à segunda estrofe. Mais uma estrela se acendeu, e depois outra. As constelações se uniram ao redor deles, brilhantes e gloriosas, e Evadne teve a sensação de estar andando no céu noturno.

Ela não cantava por Damon, nem pela montanha, nem pela coroa de Acantha.

Cantava por Halcyon.

Halcyon teria continuado submersa em seu oceano. Planejava esperar o fim chegar. Partiria em silêncio, o que a pegou de surpresa. Jamais imaginou que deixaria o mundo de tal maneira, com os pulmões se enchendo de água a cada suspiro.

Qual divindade apareceria para recebê-la na passagem para a morte?

Ela ouviu uma voz, mas não a reconheceu. Sentiu mãos frias em seu rosto, esguias e gentis, como as de sua mãe.

Mãe, Halcyon quis gritar, alcançá-la. Porém, seus braços estavam pesados feito chumbo. Ela não conseguia encontrá-los, nem a sua voz. *Perdida*, pensou. *Estou perdida. Não sei como voltar.*

— Segure-a firme — disse a voz maternal. — Ela deve beber tudo.

Halcyon sentiu os dedos frios abrindo seus dentes, quis confrontá-los. Bastava! Ela não queria mais. No entanto, o líquido era adocicado e calmante, e invadiu sua boca feito óleo, o azeite de casa, e Halcyon o engoliu, sem saber mais o que fazer.

Ela viu estrelas se acumulando sobre a água. Elas a chamavam, e Halcyon não sabia de onde tinham surgido ou como a haviam encontrado, mas, quando enfim abriu os olhos, tinha emergido da superfície e estava respirando. Sabia quem a havia guiado de volta ao mundo.

Evadne.

Evadne sentiu Damon olhando para ela, sua voz ficando mais lenta, como se o mago começasse a esquecer a própria canção. A transpiração brilhava em sua testa; ela percebeu a forma como suas mãos tremiam, evidenciando sua exaustão.

Será como cantar ao vento, como nadar contra a corrente.

Ele descrevera o canto de um feitiço complexo dessa forma.

Damon se calou, a língua traindo sua intenção. Então, Evadne continuou a entoar o encantamento, as estrelas lentamente se apagando sem a mágica voz do mago. Ela cantou e, depois de alguns momentos, Damon se juntou a ela novamente, em busca de força e orientação. O fogo se acendeu mais uma vez e mais constelações ganharam vida.

Uma gota de sangue caiu no papiro.

Evadne levou um instante para perceber que era o sangue de Damon, pingando de seu nariz.

Ela parou de cantar no segundo em que Damon se calou, baixando ao chão e derrubando a metade do rolo que segurava. Ela pegou o papiro e se ajoelhou na frente dele. Vendo como ele estava espantado, Evadne esticou os braços para o mago, pressionando a ponta de seu xale no nariz dele para estancar o sangue.

A garota não queria sentir nada por ele, mas sentia. Estava preocupada; sua ansiedade aumentava à medida que o sangue do mago molhava seu xale. Ela colocou a culpa nas circunstâncias que os cercavam — os segredos, a perda e a incerteza. Evadne sabia que, apesar de tudo, ela estava mudando. Reparava toda vez que Damon olhava para ela; percebia a graciosidade em suas mãos. Ela gostava do som da voz dele. Encontrava prazer quando cantavam juntos.

Evadne estava indecisa em relação a como o enxergava: um mago, um parceiro, um amigo... o filho do homem que ela detestava.

Eles continuaram no chão por um tempo, até que todas as estrelas mágicas tivessem se extinguido, exceto uma, e o nariz de Damon tivesse parado de sangrar.

— Peço desculpas — sussurrou ele enquanto Evadne abaixava o xale.

— Por quê?

— Por ser tão fraco. Eu... não esperava que o feitiço me fizesse sangrar tão rápido assim.

Evadne ficou em silêncio ao fitá-lo. O acidente a surpreendera também, além de inflamar sua apreensão. E se ele sangrasse o tempo todo no coração da montanha? E se ele não conseguisse chegar à porta e voltar? Ela assistiu à última estrela se apagando e desejou vê-la mais uma vez. Quis cantar com ele novamente.

— Você não é fraco. Tem aço dentro de você — sussurrou, lembrando-se de como Halcyon lhe dissera aquelas mesmas palavras. Como elas tinham lhe dado força.

— Parece algo que meu pai diria.

— É, bem, minha irmã me disse isso.

— Então provavelmente foi ele quem disse a ela alguma vez.

— Provavelmente.

Evadne ficou de pé e estendeu a mão para ele.

Damon a olhou por um momento, depois sorriu, um sorriso caloroso que pareceu ser genuíno, e Evadne pensou que o mago parecia muito mais jovem, muito mais delicado.

— De fato, uma cítara desafinada — comentou ele, cheio de humor, aceitando a mão dela.

A garota o ajudou a se levantar. A deduzir pela forma como os dedos de Damon relutaram em soltar os dela, Evadne soube que sua voz tinha sido muito mais do que ele um dia imaginara que poderia ser.

XXI

Halcyon e Evadne

Havia uma mulher sentada na cela de Halcyon. Não era sua mãe, nem Evadne, e ela aos poucos a reconheceu, surpresa. Tinha visto a mulher apenas em uma outra ocasião, no julgamento. Era Cosima. A esposa do comandante.

Mãe de Xander.

Assim que Cosima viu Halcyon despertar, ficou de pé e se aproximou, ajoelhando-se ao lado da cama. A princípio, não disse nada, tocando hesitante a testa da prisioneira.

— Sua febre passou — declarou ela, ainda evitando contato visual. — Tenho mais uma infusão para você, para ajudá-la a eliminar o que resta do veneno em seu corpo.

Halcyon observou Cosima vasculhando uma bolsa de couro no chão. Verificou jarrinhos de ervas, alguns potes de bálsamos, rolos de ataduras de linho e um frasco de água limpa, rapidamente preparando a infusão em uma tigela de argila. Ela a colocou em um copo de madeira, o remédio herbal refrescando o ar viciado da cela.

— Consegue se sentar? — questionou e, quando Halcyon teve dificuldade para se erguer, a ajudou.

O mundo girou por um momento, mas os olhos de Halcyon recuperaram o foco. Embora ainda se sentisse fraca, com um buraco por dentro, parecia que um pouco de sua força estava voltando. Cosima levou o copo aos lábios de Halcyon, que bebeu o líquido.

A curandeira pareceu relutante ao olhar para a jovem, o que fez Halcyon se lembrar de suas próprias transgressões. De repente, ela não conseguiu mais engolir. Engasgou-se e virou a cabeça, mas Cosima aguardou, determinada e paciente.

— Você precisa beber tudo, Halcyon.

A garota estava em silêncio, ouvindo a própria respiração ofegante. Em seguida, sussurrou:

— Por que está me ajudando?

Cosima se mexeu, puxando o banquinho para mais perto, e sentou-se com o copo no colo, bem de frente para Halcyon.

— Porque Xander a amava. Imagino que ele esteja morando em meio às nuvens agora, observando e torcendo muito para que você escolha viver. Beba o restante, por ele.

O nome de Xander aliviou a tensão entre as duas mulheres, e Halcyon encontrou o olhar de Cosima. Não viu raiva nem ressentimento nos olhos da curandeira, como esperado. Havia um toque de tristeza, de esperança.

Straton devia ter contado à esposa a verdade a respeito da missão, destinada ao fracasso; do erro que não enxergaram, pelo qual Halcyon jamais conseguiria se perdoar.

Ela consentiu em beber o restante da infusão, e Cosima a ajudou a se deitar novamente, para refazer as ataduras nas costas dela.

— Você sabe quem a envenenou?

— Sim — respondeu Halcyon. — O mago Macarius de Galenos.

— Ele fez mais alguma coisa com você, Halcyon?

A garota hesitou. Odiava a forma como a vergonha a inundou, como sua garganta ficou apertada.

— Ele vasculhou a minha mente. Duas vezes. Eu... fiz o melhor que pude para proteger certas lembranças, mas posso ter fornecido a ele algumas informações cruciais. O sacerdote Bacchus... Macarius viu Bacchus na minha mente e o matou para tomar o Cinturão Dourado.

— Não foi culpa sua. Macarius cometeu um crime grave contra você. — Cosima espalhou um unguento gelado nas costas de Halcyon. — Não encontramos rastros dele em lugar algum. Mas não se desespere, nós o pegaremos.

Halcyon não ficou nada surpresa em saber que Macarius fugira. E como poderia culpá-lo, sendo que ela mesma também fugiu quando ficou com medo? A devastação tomou conta. Cosima a colocou sentada na cama novamente para trocar as ataduras em seu corpo. Halcyon tentou se lembrar do dia anterior — ou já haviam se passado dois dias? — e sua memória pareceu turva.

— Por... por acaso o lorde Straton veio aqui? Ou foi imaginação minha?

— Veio, sim. Quando viu quão doente você estava, pediu que eu viesse. — Mais uma vez, um tom de sofrimento na curandeira.

— Como ele soube que deveria vir?

— Sua irmã pediu. Ela sentiu que você estava em apuros.

Halcyon ficou embasbacada. Ela queria tanto ver Evadne que sentiu a vontade sob a pele.

— Meu marido voltou a Abacus — continuou Cosima. — Mas foi se encontrar com o arconte a fim de formalizar o pedido para que você seja mandada à enfermaria por algumas semanas, e então poder se curar totalmente sob meus cuidados. Evadne poderá visitá-la.

Halcyon ficou espantada. Lágrimas arderam em seus olhos, e ela tentou segurá-las enquanto Cosima a ajudava a vestir uma túnica limpa.

— Straton não queria que eu a deixasse aqui sozinha. — Ela ficou de pé e começou a limpar as ervas e os curativos sujos. — Mas precisarei me ausentar por um momento. Minha filha, Lyra, virá para me substituir por um tempo. Ela trará um pouco de caldo, e eu gostaria que você bebesse tudo. Também quero pedir que beba água ao longo do dia. — Ela dispôs um frasco ao lado da cama de Halcyon e colocou a bolsa por sobre o ombro, preparando-se para ir embora. Mas antes parou e falou tão baixo que Halcyon quase não a conseguiu escutar: — Straton também deixou um presente para você debaixo do cobertor. Disse que você saberá o que fazer com ele, caso volte a ver a pessoa que a envenenou.

A cabeça de Halcyon estava em um turbilhão, mas ela assentiu.

— Obrigada, madame. Estou em dívida com a senhora.

— Não há dívida alguma aqui, Halcyon de Isaura. Volto em breve.

Halcyon a observou partir, a porta de sua cela sendo fechada e trancada logo depois. Só que o guarda não mais espreitava Halcyon. Ele parecia temeroso, e Halcyon deduziu que a reação do guarda era resultado da presença de Straton.

Ela olhou para o cobertor a que Cosima se referira, macio e limpo, vindo da enfermaria e dobrado ao pé da cama. Enfiou uma mão trêmula por baixo e encontrou o presente.

Ela desembainhou uma lâmina pequena, o coração palpitando quando a reconheceu. A arma que ela vira muitas vezes, mas que jamais havia segurado. Ninguém nunca a segurava exceto ele.

Era a cópis de Straton.

Evadne acordou assustada. Sua bochecha estava dormente e ela babava sobre o rolo de *charena*. A garota se ergueu devagar, massageando o pescoço. Tinha dormido na mesa, nos aposentos de Damon. E lá estava ele, dormindo na cadeira, a luz da manhã cobrindo seu rosto.

Aos poucos, ela se lembrou.

Tinham passado a maior parte da noite cantando, repetidas vezes, até que a Canção das Estrelas estivesse na ponta da língua, até o cansaço ter dominado seus ossos. Depois de algumas horas, ambos precisaram de um momento para descansar, então Evadne se sentou à sua mesa, e Damon ocupou a cadeira. E aí acabaram dormindo.

A porta rangeu ao se abrir.

Evadne olhou para a passagem e viu a mãe de Damon entrando no cômodo. Cosima não pareceu surpresa ao ver Evadne ali dentro. Na verdade, parecia que a madame estivera procurando por ela, não por Damon, e Evadne tentou ficar de pé.

— Não precisa se levantar — falou Cosima com doçura.

Damon acordou ao ouvir o som de sua voz.

— Mãe? O que foi?

Cosima olhou para o filho, reparando nas manchas de sangue em seu quíton e também no xale de Evadne.

— Trago notícias sobre Halcyon.

— Como ela está, madame? — sussurrou Evadne, de repente temerosa pela resposta.

— Sua irmã está bastante doente. Foi envenenada diversas vezes e teve a mente vasculhada, mas consegui levar um antídoto para ela a tempo. Halcyon está fraca, mas acredito que, com o tempo e os cuidados adequados, ela vá se recuperar completamente.

Evadne tremeu ao voltar a se sentar.

— Quem a estava envenenando? — indagou Damon.

— Macarius — respondeu Evadne, e a verdade saiu depressa: o código, seu encontro com o mago, a mentira que ele lhe contou e o plano de usá-la contra Halcyon. Damon e Cosima ouviram com atenção.

— Ele fugiu da pedreira assim que Straton chegou — contou Cosima. — Mas levarei sua irmã à enfermaria assim que ele conseguir falar do acordo com o arconte. Não tenho dúvidas de que pegaremos o mago, Evadne. Ele desobedeceu a muitas leis, e a rainha fará com que ele pague por seus crimes como for cabível.

A rainha.

Evadne olhou para Damon, que estava do outro lado do cômodo.

Como é que a rainha poderia agir com justiça se Selene a estava encantando?

— Vocês devem partir para a montanha em breve, eu acho — falou Cosima, surpreendendo os dois.

— Meu pai… te contou? — perguntou Damon com cautela.

— Sim. E ele jamais deveria ter escondido isso de mim. — Ela pegou a bolsa de couro e tirou dela um frasco de ervas. — Sei que vocês têm uma longa jornada pela frente. Estas ervas vão amenizar a fadiga. — Ela colocou o frasco na mão do filho. — Quando partem, Damon? Seu pai disse que não sabe.

O mago olhou para Evadne, que estava com o cabelo desgrenhado, a mão suja de tinta e olheiras fundas.

Pensaram a mesma coisa: Macarius havia vasculhado a mente de Halcyon. A confirmação fez Evadne tremer de fúria. Ela sabia que o mago tinha visto o código Haleva. O que mais ele descobrira? Será que tinha desvendado o paradeiro da coroa?

Damon não podia arriscar, e Evadne assentiu para ele.

— Hoje — revelou, sem tirar os olhos dela. — Partiremos assim que possível.

Era difícil escapar do casarão para uma jornada misteriosa sem que os criados notassem. Toula embalou suas provisões, e Amara separou as roupas apropriadas para Damon e Evadne: túnicas de lã simples, mas confortáveis, que os manteriam aquecidos, xales para cobrirem a cabeça e sandálias para protegerem os pés. Damon pegou duas espadas do arsenal e solicitou que dois dos cavalos mais velozes fossem preparados para a viagem. E então chegou a hora de ir, embora Evadne sentisse que havia algo faltando.

Ela não se sentia pronta.

Cosima esperou para se despedir deles à sombra da parte interna do pátio.

— Quando devo esperar seu retorno? — indagou ela ao abraçar Damon.

— Se tivermos sorte, vamos levar três dias para chegar à montanha. Talvez metade de um dia para resgatarmos o que precisamos. Não tive tempo de alertar meu pai em Abacus. Pode contar a ele que já parti?

— Então devo esperá-lo de volta em no máximo uma semana, se tudo correr bem? — falou Cosima com calma, mas Evadne ouviu um tremor de apreensão em sua voz. Uma semana de incerteza seria como um ano para ela.

— Sim. Não se preocupe, mãe.

— É como me dizer para não respirar, Damon. Seja como for, deixarei seu pai avisado. — Ela se preocuparia porque ele era o único filho que lhe restava. E seus olhos o esquadrinharam, memorizando sua imagem. Exatamente como Phaedra fizera na última manhã que teve com Evadne.

Cosima olhou para a menina.

— Obrigada, Evadne. Por acompanhá-lo.

Evadne pensou ter visto um lampejo de vergonha nos olhos da madame, como se estivesse remoendo a primeira noite que estiveram juntas, quando a insultara.

— Eu o trarei de volta em segurança — garantiu Evadne.

Cosima assentiu e se virou, sem forças para vê-los partir do casarão.

Pouco antes de passarem pelas portas, Damon lançou um encanto sobre eles. Um encantamento *charena*, não para torná-los invisíveis, mas para atribuir uma singela mudança de aparência, escondendo seus verdadeiros traços. Quem passasse por eles nas ruas não veria um mago e sua escriba, mas um fazendeiro e sua esposa, viajando a seus campos de cevada no sul de Corisande.

A magia recaiu sobre Evadne; ela percebeu que seu cabelo tinha ficado mais claro, mais cacheado, e que seu nariz estava mais longo, o maxilar mais arredondado. Ela assistiu à transformação de Damon, seu cabelo claro adotando um tom de madeira de oliveira, o rosto ficando mais largo e o azul de seu olho esquerdo sumindo.

Ela não o teria reconhecido, o que era justamente o objetivo da magia, mas ela sentiu um leve incômodo.

— Está pronta? — sussurrou ele, pegando os sacos de provisões e entregando uma das espadas a Evadne.

— Sim. — Ela aceitou a lâmina e a pendurou atravessada no peito. Ficou pensando se Xander tinha dito as mesmas palavras a Halcyon, semanas antes. Como alguém poderia se preparar para algo que desconhecia?

Evadne seguiu Damon porta afora, emergindo na luz da tarde e indo até onde os cavalos esperavam.

Ela levava apenas três coisas na saída de Mithra.

A espada embainhada às costas.

A relíquia de Kirkos ao redor de seu pescoço, escondida sob a túnica.

E a cópis de Halcyon no cinto.

Lyra cavalgava pela trilha até o posto avançado da pedreira com dois guardas em seu encalço. Era óbvio que sua mãe não permitiria que fosse à pedreira do povo comum sem escolta, e ela tentou não se deixar abalar por isso. No fundo, porém, sabia que seu pai a achava frágil e que sua mãe nunca a deixava ir a lugar algum sem supervisão. As coisas só piorariam depois da morte de Xander. Damon era o único da família com quem ela sentia que podia falar abertamente, mas fazia semanas que seu irmão andava ocupado. E ainda assim, ele jamais entenderia, pois recebia um tratamento diferente dos pais.

Ao pensar em Xander, Lyra sentiu um aperto no peito.

Ela ainda era criança quando ele foi para a Legião de Bronze e não tinha um dia em que não desejasse tê-lo conhecido melhor.

A garota deixou de lado as lembranças do irmão mais velho; do contrário poderia estar cheia de raiva quando encontrasse Halcyon, e sua mãe tinha sido firme ao pedir que fosse agradável com a assassina. Tratá-la como faria com qualquer outro paciente.

Ela não passou por ninguém na estrada, exceto um fazendeiro e sua esposa, viajando ao sul com pressa, e Lyra suspirou quando enfim chegou aos portões da pedreira.

Nunca tinha estado ali e não conseguiu reprimir o arrepio que percorreu seu corpo ao entrar no posto avançado com sua bolsa de suprimentos, os acompanhantes indicados por sua mãe indo logo atrás. Ela seguiu um dos guardas da pedreira pelo corredor sinuoso da prisão e ouviu os ecos que assombravam o ar: os buris, as rachaduras e os gritos.

A prisão fedia com uma mistura de ar viciado, dejetos, vômito e homens sujos.

Ela começou a respirar pela boca, preparando-se. Sua mãe a alertara sobre a condição terrível de Halcyon e lhe orientou para controlar suas emoções e seu semblante. Dar à assassina somente esperança, não demonstrar entojo ou desespero.

O guarda parou abruptamente. Lyra quase esbarrou nele.

— O que foi? — indagou, irritada.

Ele ficou em silêncio, encarando uma cela. Lyra deu a volta nele e viu que a porta da cela estava escancarada. Chegou mais perto, o coração começando a palpitar...

— Lyra — chamou um dos acompanhantes, tentando agarrar o braço da menina para que não entrasse. — Não é seguro. Espere.

Ela escapou dos dedos dele e entrou no que sabia ser a cela de Halcyon.

Havia um cobertor rasgado no chão. O balde de dejetos estava caído. Um banco estava tombado.

E Halcyon... não estava ali. Lyra se ajoelhou e tentou pegar, com a mão trêmula, a única coisa que reconheceu dentro da cela.

A cópis de seu pai estava largada no chão.

Com a lâmina manchada de sangue.

XXII

Evadne

— Acho que o tempo não será um problema — falou Damon, ajoelhando-se ao luar para organizar a refeição. — O vento está soprando a nosso favor.

Evadne assentiu, apertando o xale ao redor de si. Eles tinham viajado muito naquele dia, os cavalos levantando nuvens de poeira dourada, a estrada do sul curvando-se feito uma foice ao redor das montanhas. Era meia-noite, o encanto *charena* de Damon tinha acabado e os cavalos precisavam de água e descanso.

Com dificuldade, encontraram um ponto plano no sopé das Montanhas de Dacia, escondido da vista da estrada. No entanto, Damon não quis arriscar. Eles não acenderiam fogueiras na viagem e a noite estava fria.

Evadne tremia; sentia-se exaurida por tantas horas cavalgando e estava cansada demais para falar. Comeu o pão e o peixe defumado à luz das estrelas e em seguida se deitou, mas não conseguiu se aquecer. Ouviu o vento, os cavalos pastando na grama da montanha e Damon se mexendo ali por perto, tentando se acomodar.

Ela sabia que não conseguiria dormir com os ossos tremelicando pelo frio.

— Damon? Está com frio?

Ele ficou em silêncio por um momento. Depois falou devagar:

— Estou congelando, Evadne.

— Seria melhor dividirmos um cobertor? Poderíamos nos aquecer.

Em um instante, ele estava rastejando até ela, puxando consigo seu xale e o cobertor.

— Vou ficar de costas para você — sugeriu ele. — Caso ache que isso me deixará mais quente.

Evadne sorriu.

— É, acho que sim. — Ela se virou de lado e ele se deitou próximo a ela. Ficaram de costas um para o outro e compartilharam os cobertores.

O calor de Damon começou a alcançá-la, e Evadne fitou as estrelas com as pálpebras pesadas. Os astros queimavam em prata contra a noite, e ela pensou no Xale Estelar de Ari. Pensou na forma como a voz de Damon fizera com que constelações brilhassem.

Ela vagou para os sonhos, afoita e intrigada com o mistério que ele era, a magia que ela sempre desejara, e ainda assim não conseguia entender de todo.

Evadne despertou ao amanhecer. O esquema das costas juntas se desfizera em algum momento da noite. Ela viu que estava com as pernas entrelaçadas nas de Damon, e o peito do mago estava colado às costas dela, seus braços jogados sobre a garota. Ela sentia a respiração quente dele em seu cabelo enquanto Damon sonhava, e Evadne ficou sem se mexer por um tempo, esperando-o acordar.

O que logo aconteceu, e os dois cuidadosamente se desataram um do outro e dos cobertores, como se nada tivesse acontecido. Comeram depressa, beberam água, e, enquanto Damon preparava os cavalos, Evadne enrolava os sacos de dormir, tirando grama do cabelo.

Ele cantou o feitiço *charena* mais uma vez para que se disfarçassem, e então partiram, galopando para o sul.

A segunda noite de acampamento foi parecida com a primeira, só que já conseguiam avistar o Monte Euthymius. Evadne ficou inquieta ao vê-lo, o cume mais alto que todos os outros. Damon ainda insistiu que eles não deveriam acender uma fogueira, mas, quando se deitou ao lado de Evadne, colocou duas pedras incandescentes perto deles, para que pudessem assoprá-las e criar chamas rapidamente, caso precisassem de fogo.

— Acha que Ivina pode enviar nossos medos para nos deter na montanha? — indagou Evadne enquanto Damon ficava de costas para ela, puxando os cobertores para cima de seus corpos. O vento estava mais forte naquela noite, gélido e vindo das montanhas. E não havia estrelas; estavam encobertas pelas nuvens. Evadne sentia falta delas.

Damon ficou em silêncio por um momento, pensativo.

— Sim. Imagino que vá.

Evadne se perguntou o que ele temia, que tipo de assombração o apavorava, um fantasma que Ivina pudesse conjurar com um breve gesto dos dedos. No entanto, não perguntou, recordando a maneira como Toula a reprimira semanas antes. Revelar seus medos era ficar vulnerável.

E ela foi consumida pelo próprio medo, puxando o tornozelo direito mais para baixo dos cobertores.

Se Ivina ressuscitasse a assombração de cachorro novamente, Evadne pensaria em Arcalos. O dócil e amável Arcalos.

— Você já a viu? — questionou Evadne.

— Não. Mas ouvi sua risada no vento — respondeu Damon. — Ela sente prazer em atormentar os outros.

— Será que ela sempre foi assim, mesmo quando era uma maga mortal?

— Acho que é possível que ela já fosse diferente mesmo antes de Euthymius lhe dar a imortalidade — falou Damon, bocejando. — Ficar sozinha em uma montanha, guardando um deus preso por centenas de anos, não deve ser tarefa fácil.

— Acha que seria possível alguém matá-la?

— Talvez. Mas seria preciso que a pessoa chegasse perto o bastante para ao menos tentar. E até onde sei… isso nunca aconteceu.

Evadne teve uma noite turbulenta, acordando de vez em quando. As costas de Damon continuavam grudadas às dela, e dessa vez foi ela quem se virou para ele, o rosto e as mãos congelando até ela se encostar nele e roubar seu calor.

Levantaram novamente ao amanhecer e viajaram pelo último trajeto até Euthymius. Quando a escuridão caiu, Damon assumiu a liderança por uma trilha de cervos entre os sopés. Havia muitas pedras e arbustos torcidos pelo caminho, mas ele argumentou que seria a forma mais simples de chegar à porta da montanha.

Aquela era a rota que Xander e Halcyon haviam planejado tomar.

Damon enfim os levou a uma gruta engenhosamente escondida. Eles comeram e deram água aos cavalos, deixando-os presos na segurança das sombras. O mago colocou as ervas de Cosima nos frascos de água dele e de Evadne para retardar a exaustão enquanto prosseguiam.

Seguiram pela trilha da montanha, levando em silêncio as espadas às costas e a Canção das Estrelas em suas mentes. Os cavalos teriam chamado a atenção de Ivina, disse ele assim que o caminho se tornou íngreme e traiçoeiro. Diversas vezes, Damon se ajoelhou detrás de uma pedra, puxando Evadne consigo, como se sentisse os olhos da maga imortal espreitando a montanha. Nada os atacou.

A manhã chegou com um suspiro de cansaço. Evadne observou a luz aumentando a cada fôlego, pintando as rochas e o xisto ao seu redor em tons rosados. O Monte Euthymius parecia um pilar de fogo em contraste com as estrelas brilhantes, roubando a luz do sol e da lua. Apesar da beleza do pico, Evadne ficou encarando, por receio de chamar a atenção de Ivina.

Ela estava ensopada de suor, com frio e calor ao mesmo tempo, fraca de exaustão nos raros momentos em que o medo não a atormentava, seu tornozelo reclamava de dor. E então Damon parou abruptamente; por pouco ela quase trombou com ele, olhando sobre seu ombro para ver o que o fizera estacar.

A passagem da montanha parecia um pátio. Havia uma porta enorme no meio da rocha, abobadada e entalhada com os nove símbolos das divindades.

— Como entramos? — sussurrou Evadne, e mesmo com a voz mais baixa que um zunido, parecia estar falando alto demais.

— A entrada é simples — respondeu Damon, sussurrando.

Ele se esgueirou para pegar a corda enrolada em seu cinto. Evadne o assistiu prendendo a corda no quadril, sabendo que a outra ponta era destinada a ela. Eles deveriam se amarrar um ao outro para evitar que acabassem se separando. Ela chegou mais perto, e Damon amarrou sua cintura com cautela, por fim dando um nó com os dedos trêmulos. Era a única evidência de seu medo.

— Venha, agora vamos.

Ela sentiu cada passo dele. A corda se esticou entre os dois, e ainda assim ficaram próximos. Sentia o cheiro da terra e do sal em sua pele, o vento em seu cabelo ao se aproximarem da porta. Não importava a posição do sol, a porta de Euthymius estava sempre imersa nas sombras. Apenas os detalhes entalhados pegavam luz.

Damon os fitou por um momento, como se estivesse perdido em pensamentos. Evadne aguardou, sentindo o sol subindo no céu com cada suspiro difícil.

— Damon...

— Se minha voz falhar — começou ele, continuando a encarar os símbolos divinos —, se eu me esquecer das palavras, acima de qualquer coisa, não pare de cantar. Sua voz será minha guia, Evadne.

Damon se virou para ela, que se viu refletida em seus olhos: a luz do sol formando uma coroa sobre seu cabelo; o cabo da espada queimando feito uma estrela em seu ombro.

Ela provavelmente deu a impressão de estar pronta, porque Damon tirou a cópis de seu cinto. Cortou a palma da mão em um movimento fluido, posicionando-a sobre o símbolo de Ari, sua ancestral.

A porta tremeu. Foi alto demais, percebeu Evadne, estremecendo, preparando-se para ver os olhos selvagens de Ivina a qualquer instante.

Mas ninguém surgiu para recebê-los.

A porta se abriu completamente, e Evadne sentiu o cheiro do coração gelado da montanha: pedra branca escorregadia, musgo velho, água infinita, putrefação de alguma coisa morrendo.

Se não estivesse literalmente amarrada, ela teria regressado.

Evadne queria correr, mas Damon continuou em frente.

Ela o seguiu montanha adentro, a luz da porta aberta diminuindo quanto mais se embrenhavam. Estavam passando por um túnel, o chão abaixo deles gradualmente inclinado para baixo. As paredes de cada lado estavam úmidas; água pingava do teto, caindo sobre o cabelo deles, seus ombros. Evadne imaginou Euthymius e Loris abrindo caminho dentro daquela montanha, muito tempo antes. Um pela terra, a outra pela água. Ambos eram divindades, ambos ardendo com a intenção de aprisionar o irmão.

Não tardou para que não restasse mais iluminação alguma lá dentro. A escuridão era absoluta, penetrante. Evadne não conseguiu enxergar a própria mão quando a estendeu diante do rosto, e o ar castigava com um frio brutal. A baixa temperatura era úmida, chegava ao centro dos ossos. Evadne começou a tremer, e eles não haviam chegado nem ao primeiro patamar.

— Evadne — sussurrou Damon, desacelerando.

Ela se perguntou se ele queria dar meia-volta. E o que responderia se ele lhe pedisse isso.

Ela também queria voltar atrás. No entanto, precisava cumprir a missão. Por Halcyon.

— Estou aqui — assegurou ela, tocando as costas dele.

Damon continuou na dianteira, e logo ela sentiu o teto ficar mais alto e o túnel se alargar. Estavam quase na cisterna. Ela ouvia o gotejar da água; visualizou um mapa mentalmente. Haveria um arco de pedra indicando a escadaria. Era assim que eles encontrariam um caminho seguro para descer pela primeira catarata.

Ela ouviu Damon entrando na água.

Ele ficou parado por um momento, a água batendo na altura de seus tornozelos, e então começou a entoar seu encantamento, a iluminar o caminho e afugentar as assombrações. Evadne apenas ouviu da primeira vez, absorta pela beleza fantasmagórica da voz de Damon, que ecoava pela água da cisterna e levava a garota de volta a um momento tenro quando sua vida era doce e agradável. Aquilo provocou algo dentro dela que era difícil de nomear — uma chama que queimava em seus pulmões. Ela o observou invocando o fogo. Uma estrela se acendeu, inspirada pela voz e pela magia de Damon, e flutuou na atmosfera ao redor deles. Ela viu as feições dele, banhadas em prata, e ouviu sua voz ficando mais forte e corajosa.

Ela entrou na água com ele e se juntou à canção. Sua voz era suave em contraste com a rouquidão de Damon. Evadne era o equilíbrio dele, era sua companheira. E as estrelas começaram a se multiplicar;

uniram-se ao redor dos dois e iluminaram seu caminho, formando um reflexo igualmente luminoso na superfície da água.

Ivina devia saber que eles estavam ali. Ela ouviria a música deles, e ainda assim eles não cantaram baixo. Cantaram para desafiá-la, para anunciar sua presença. Cantaram sem medo, andando pela cisterna. A cada estrofe que Damon cantava, mais e mais estrelas se juntavam, até que Evadne enfim conseguiu ver o teto da montanha, branco e reluzente. Enxergou os pilares que Euthymius formara, estreitos e lisos, brotando do chão feito árvores para sustentar o domo, e ela e Damon passaram por entre eles.

A resistência só veio quando terminaram a canção, suas vozes voltando para repeti-la.

Evadne sentiu Damon puxando a corda ao tropeçar, perdendo o fôlego. O mago se inclinou, e Evadne temeu que ele estivesse sangrando. O rapaz desacelerava o canto, e ela soube que sua magia estava se esvaindo. Ainda assim, as estrelas continuaram a se abrir ao redor deles, incandescentes. E Evadne continuou a entoar, sua voz virando um guia para ele.

Damon se endireitou e juntou-se a ela mais uma vez. Com dificuldade, eles cantaram enquanto caminhavam pela água gélida, seguindo a força da correnteza. A testa da Evadne transpirava; eles deviam estar próximos à primeira catarata. Entre um suspiro e outro, ela ficou atenta para ouvir o rugido distinto da queda-d'água.

— Eva! Eva, aonde está indo?

Evadne parou, chocada ao ouvir uma voz que amava, entremeada ao encantamento de Damon, ecoando pela água até chegar a ela. Ela passou por ele e viu Halcyon alguns metros à frente. Sua irmã mais velha estava vestida com uma armadura — era brilhante, como se ela estivesse vestida em todas as cores da terra e do céu. Ela sorriu e seus olhos eram alegres, tão chamativos quanto ouro fundido. Halcyon emanava força, saúde e beleza; seu cabelo em tom escuro estava longo e brilhava à luz do fogo, recaindo sobre os ombros.

— Halcyon? — gritou Evadne, perplexa. — É você mesmo?

— Sim, irmãzinha — falou Halcyon.

— Mas eu pensei que… — Evadne de repente teve dificuldade de se lembrar. Onde ela estava? O que era aquele puxão irritante em suas costas? — Mas eu pensei que você estivesse em outro lugar.

— Onde mais eu estaria? — rebateu ela, dando risada. O som apenas intensificou o desespero de Evadne para alcançá-la, abraçá-la. — Estive com você este tempo todo. Jamais a abandonei. Agora venha comigo e vamos para casa. Vamos voltar para Isaura.

— Sim, quero tanto isso, mais do que qualquer coisa! — Evadne quase chorou, o desejo ameaçando explodir em seu peito.

— Venha, então. Siga-me — chamou Halcyon, mas ela se virou antes que as palavras tivessem saído totalmente de seus lábios, seguindo para a escuridão.

— Hal, espere! — Evadne estava apavorada com a ideia de perder a irmã. Correu para ela, mas descobriu que algo a detinha. Sentia como se mãos estivessem em seu quadril, percorrendo seus braços, segurando seu rosto… Ela se debateu contra elas, mas havia uma persistência muito delicada naquele toque forte. — Hal! *Halcyon!* — gritou Evadne, arrastando consigo o peso misterioso em seu encalço. Tudo parecia distorcido em sua mente, em seu coração. Estava escuro, mas havia luz. Não conseguia se lembrar de onde estava. Só sabia que a irmã estava prestes a deixá-la.

Halcyon enfim parou, formando sombras nos pilares de pedra.

— Você é mais forte que isso, irmãzinha.

— Tem algo me segurando!

— É você mesma, Eva. Está com a espada às costas, lembra-se? Desembainhe a arma e corte a parte de si mesma que está segurando você.

A sugestão deixou Evadne chocada. Por que usa irmã pediria que ela machucasse a si própria?

Porém, Halcyon não a estava esperando decidir. Ela estava impaciente, o que era raro, e insistiu mais uma vez. Estava prestes a desaparecer na escuridão e não havia a menor chance de Evadne perdê-la.

A mais nova usou toda a força que tinha e arrastou o peso massivo como se não passasse de um mero saco de grãos. Pensou ter ouvido o próprio nome, como se alguém o estivesse gritando de longe, mas estava focada demais na irmã para parar e conferir.

Sentiu a água fluindo mais rápido em seus tornozelos. A correnteza a levava à irmã, ajudando em sua travessia. E então Evadne percebeu que Halcyon a guiara à primeira catarata.

Sua irmã estava próxima à beira, a água despencando na queda atrás dela. Halcyon não parecia nada afetada; estava na superfície espumosa com a mão estendida para Evadne e um sorriso no rosto.

— A única forma de sair daqui é por baixo. Venha, Eva. — E ela deu um passo em direção ao vazio.

Evadne se apressou para segui-la, mas o peso do qual estivera tentando se desvencilhar enfim a sobrepujou. Ela caiu de joelhos na água rasa e bateu a cabeça em um pilar próximo; a dor lacerante provocou um espasmo em seu corpo, assim como a água congelante, que corria forte ao redor dela, encharcando sua túnica e ensopando seu cabelo.

Ela arfou, de repente se dando conta de que estava de costas, a cabeça logo acima da superfície com seu corpo dividindo a correnteza, e um homem estava praticamente deitado em cima dela, seu corpo iluminado por uma luz estelar fraca.

— Evadne — sussurrou ele. — Volte para mim. Ela não é real... *Ela não é real.*

A garota o reconheceu aos poucos, seus olhos se ajustando como se ela tivesse acabado de sair da luz do sol para um ambiente escuro.

— Damon?

— *Sim!* Sim, estou aqui, sozinho, com você.

O alívio dele foi tão sincero que ela ficou com os olhos marejados.

Enfim entendeu o que tinha acontecido. Halcyon não passara de uma assombração pertencente aos encantamentos de Ivina. E Evadne quase caíra da catarata com Damon para ir atrás dela.

Ela tremia muito e tentou acalmar o coração. O fogo incitado pela música se esvaía, minguando sem a voz de Damon. Porém, as estrelas demoraram a se extinguir, a luz prateada continuava a iluminá-los. Evadne o observou tentando alcançá-la, enfiando os dedos pelo cabelo dela em busca do ferimento na parte de trás de sua cabeça. O corte não era fundo, mas os dedos do mago ficaram cobertos de sangue.

— Estou bem — garantiu ela. — Me ajude a levantar.

Damon encontrou as mãos dela e a puxou para cima. Ficaram apoiados no pilar que quase deixara Evadne inconsciente — o que, ela percebia enfim, tinha salvado a vida dos dois ao fazê-la recuperar a consciência — e eles tentavam entender o que acabara de acontecer.

— Você viu sua irmã — deduziu Damon.

Evadne concordou. Ela sentiu um aperto repentino na garganta e piscou para afugentar as lágrimas.

— Sim. E foi como se eu tivesse me esquecido de tudo assim que ela me chamou. Não consegui mais te ver nem te ouvir. — Ela olhou para ele e as estrelas que morriam, algumas constelações se apagando no cabelo molhado do rapaz. — Mas não foi um medo, como esperávamos.

— Não, mas foi algo tão intenso e visceral quanto medo — falou Damon. — Você viu o que queria.

E tinha sido mais doloroso do que o encontro com a assombração de cachorro. Porque Evadne desejava com todas as forças que fosse verdade. Que pudesse voltar a Isaura com a irmã. Que estivesse mesmo vendo Halcyon sã e salva, risonha e alegre.

Foi então que um pensamento lhe ocorreu, deixando-a entorpecida.

— Você acha que aconteceu algo a Halcyon? Que ela está… morta, e Ivina a ressuscitou como assombração e…

Damon a puxou para perto, seu toque confiante e reconfortante.

— Não, Evadne. Minha mãe disse que sua irmã conseguiria se recuperar totalmente, que trataria de Halcyon. Ela está bem.

Evadne respirou fundo e assentiu. Damon esperou até que ela estivesse pronta para encontrar a escadaria.

Ele começou a entoar seu encantamento, e as estrelas voltaram à vida. Juntos, eles seguiram pela cascata até verem o arco de pedra que marcava o começo dos degraus. Primeiro, Evadne ficou aliviada por estar pisando em algo sólido, até ver o tamanho da escadaria — parecia uma descida interminável. Além do mais, os degraus eram feitos de pedra, perigosamente escorregadios pela umidade da queda-d'água.

Cada passo era doloroso. Seu tornozelo direito latejava, e ela não sabia quanto mais conseguiria aguentar. Sua voz ficou fraca e, por sorte, Damon parecia estar suportando o desconforto do encantamento sozinho, porque Evadne não teria sido de grande ajuda.

A garota ouviu a voz de Straton atrás dela, falando em seu ouvido. *Evadne mal consegue andar sem dificuldade... As chances de ela ser uma parceira bem-sucedida nesta missão são irrisórias.* Ela quase acreditou que ele também era um fantasma, seguindo seus passos para destruir sua esperança. Porém, quando olhou por sobre o ombro, não havia nenhum comandante etéreo. Somente as estrelas que ela conquistara.

Eles finalmente chegaram ao segundo patamar da cisterna.

As pernas de Evadne tremiam ao seguir Damon para a água que chegava aos joelhos. O frio era como um bálsamo em suas dores; a garota logo perdeu a sensibilidade nos tornozelos e nos pés ao enfrentar a correnteza.

Damon parou abruptamente — tanto de se mexer quanto de cantar. Evadne temeu que ele estivesse sentindo mais uma onda de dor, até que a corda entre os dois se esticou ao máximo.

— Xander? — gritou o mago, elevando a voz em alegria e incredulidade.

Evadne sentiu um aperto no coração.

— Não, Damon!

— Xander, espere! Aonde está indo? Onde esteve? — E, com uma tremenda facilidade, o rapaz começou a arrastar Evadne pela água.

— Damon! — gritou ela, desesperada para que ele a ouvisse, que fosse mais devagar. — Damon, ele não é real! *Pare!*

— Arcalos e eu não tiramos os olhos da porta esperando você voltar — disse o mago, avançando como se a água não fosse nada, como se Evadne não pesasse nada. — Sim, Arcalos ainda está vivo! Cuidei muito bem dele, como prometi. Espere, mais devagar!

As estrelas começaram a se extinguir, uma a uma. E a água foi ficando mais funda e feroz. Num piscar de olhos, estava na altura da cintura, e os batimentos de Evadne martelavam. Ela esticou os braços para agarrar Damon, frenética para segurá-lo antes que ele os derrubasse da segunda cascata.

— Damon, por favor — implorou ela, ofegante, segurando o peito dele e tentando se equilibrar no chão escorregadio. Ela sentia o coração dele batendo, um estrondo de perdição.

Ele se desvencilhou das mãos dela, e por um momento Evadne ficou submersa, sendo puxada pela corda enquanto Damon avançava. Ela emergiu, tomando fôlego. A correnteza era implacável; Evadne jamais teria conseguido nadar contra ela se estivesse sozinha.

Os dois estavam quase na queda-d'água. Ela via a beirada, a forma como as constelações de Damon reluziam sobre a água.

Eles iam morrer ali.

O pânico a dominou, deixando-a sem fôlego.

E houve um momento em que tudo ficou imóvel. A água pareceu se acalmar e foi como se as estrelas se juntassem ao redor de Evadne. Ela tentou segurar Damon e sentiu um arrepio percorrer o corpo do mago quando ele se deu conta de que Xander era uma assombração, enfim recuperando seus sentidos.

Uma mulher riu à distância, seu divertimento ecoando nas pedras e na água.

Era tarde demais.

Damon entrelaçou os dedos nos de Evadne quando a água os empurrou da beira para uma queda fria e sem fim.

XXIII

Evadne

E les caíram juntos, entrelaçados, ambos com estrelas se apagando presas ao cabelo. O coração de Evadne martelava tanto que ela não conseguia pensar direito. Dentre todas as coisas, sua mente se concentrava em uma única imagem: no pomar, em sua casa. Ela viu o poderoso Kirkos caindo e quebrando as asas, seu corpo imóvel nos galhos da oliveira.

Voe.

Evadne ordenou ao seu coração, e a força gritante do ar silenciou em resposta. No entanto, Damon era pesado. Ele estava com o rosto pressionado junto ao pescoço dela, segurando-a da mesma forma que ela o segurava.

Voe, sussurrou novamente e, embora não conseguisse suspendê-los no ar, ela os fez aterrissar de forma delicada e lenta, o cair da água rugindo ao lado deles.

Chegaram ao fundo. Era uma rocha escorregadia, a água fluindo pela borda e caindo em um reservatório profundo. Evadne pousou Damon na rocha primeiro. Exausta, acabou ficando no colo dele, montada no mago sem graciosidade alguma, a névoa em seu rosto e a água correndo na altura de seus joelhos. Havia estrelas o suficiente para que ela visse o rosto embasbacado de Damon olhando para ela, o cabelo assumindo um tom de azul à luz encantada.

Ele não disse nada, mas esticou os braços para encostar nas costas dela, no ponto onde as asas deveriam estar.

E um tremor delicioso percorreu Evadne; ela não sabia se era pelo toque de Damon, pela admiração que provocara nele ou pela forma como seu próprio sangue ainda zunia por causa da queda e do voo.

Ela tirou a relíquia de Kirkos de debaixo da túnica ensopada. A asa de lápis-lazúli pousou sobre seu peito, reluzindo como um segredo revelado. O olhar de Damon recaiu diretamente nela, e o mago começou a tremer. Ainda em cima dele, Evadne se deu conta de que ele estava rindo, tão aliviado quanto maravilhado. Parecia ridículo rir em um momento tão delicado, mas ela se juntou a ele, o que afrouxou o nó de horror que estivera se apertando dentro dela.

— Você nunca me contou que estava em posse de uma relíquia, Evadne — falou ele quando o riso esmaeceu.

— Você nunca perguntou — respondeu ela, escondendo a asa debaixo da túnica novamente.

— Não mesmo, mas eu deveria. Você é cheia de mistérios — respondeu ele. No entanto, seus olhos revelavam muito mais, parecendo dizer: *Você é um mistério que quero conhecer, desvendar aos poucos.*

E ela sabia que seus próprios olhos refletiam a mesma vontade.

— Venha — disse ela para esconder o leve desejo que sentia. — Estamos quase na porta.

Evadne afastou-se de Damon, ignorando seu suave grunhido.

Ele tirou as mãos das costas dela, e Evadne o ajudou a ficar em pé. Foi então que ela viu o brilho de ossos, espalhados e fundidos à rocha ao redor, evidências de corpos estilhaçados.

Se Damon os viu, não falou nada. Ele entrou primeiro no reservatório, devagar e virando para ajudá-la.

Evadne não sentia o fundo. Não havia como saber de quantos milhares de metros era a profundidade da água, e a garota tremeu só de pensar nas criaturas que deviam nadar ali.

— Tente não pensar — sussurrou Damon, e ela sabia que ele estivera pensando a mesma coisa. No entanto, o que poderia ser pior do que atravessar águas misteriosas? Só restava uma das estrelas, e ele voltou a cantar seu encantamento, instigando sua luz. Começou a nadar, procurando os degraus que levariam para fora da água, até a porta, e Evadne seguiu ao seu lado.

Mas nadar e cantar era exaustivo. Ambos se cansaram, e a memória de Damon se esvaía cada vez mais. Evadne cantou por ele, para ajudá-lo a se lembrar, mas, quando o mirou, viu sangue escorrendo de seu nariz.

Damon parou, boiando no lugar. Evadne enrijeceu de medo, imaginando que ele estava vendo mais uma assombração.

Ele parou de cantar para respirar.

— Ali está.

Evadne olhou à frente, onde as constelações dele emolduravam o caminho, iluminando os degraus que davam para fora d'água, feitos de rocha branca e salpicados de musgo. A escada levava à porta do Submundo.

A visão devolveu a energia deles, e os dois nadaram até os degraus, as vestes encharcadas e pesadas enquanto eles saíam da água. *Está quase acabando*, pensou Evadne enquanto cantava, sua voz ficando rouca. Ela seguiu Damon bem de perto, o caminho até a porta se estreitando de repente.

A porta não era tão enorme quanto ela imaginara que seria, mas seus entalhes eram exuberantes. Evadne admirou as videiras, as ondas e as montanhas que haviam sido esculpidas na pedra. E sobre o centro pairava uma guirlanda de ramos de oliveira, suas folhas lustrosas no brilho estelar, eternamente verdes e prateadas.

A Coroa Onividente de Acantha.

Evadne esticou os braços para tocá-la, encostar os dedos nela, tomá-la em suas mãos. Ela ouviu um sibilo, fluindo das rachaduras da passagem.

— Evadne, Evadne de Isaura — chamou Pyrrhus, o deus do fogo aprisionado, sua voz faminta como o bruxulear de uma chama. — Abra a porta e liberte-me, estimada filha de Kirkos.

As mãos da menina congelaram logo antes de ela conseguir pegar a coroa.

Sabia que Damon também tinha ouvido, pois parou de cantar.

— Evadne, *Evadne*, garota do vento, me solte — implorou o deus do fogo, e ela o ouviu arranhando a porta.

— Pegue a coroa — disse Damon, os olhos fixos na porta, que balançava. — Depressa, Evadne.

Ela levantou a coroa da porta e sentiu a raiva de Pyrrhus vibrando no chão e aquecendo a rocha a seus pés. A porta voltou a balançar com vigor, como se o deus estivesse jogando todo o seu peso contra ela.

— *Evadne* — gritou ele; a súplica pareceu um ruído estridente de garras em cordas de instrumentos, fazendo os pelos da garota se eriçarem. — Evadne, não me deixe aqui!

Ela teria continuado paralisada no lugar se Damon não tivesse pegado sua mão e a afastado da porta. A coroa farfalhou, encostada em seu corpo, e Evadne a puxou para mais perto, para segurá-la na dobra do cotovelo.

Os dois chegaram à escada e voltaram para a água. Damon andava depressa; ele não cantava mais, suas estrelas gradualmente se apagavam, uma de cada vez. O mago guiou a escriba de volta ao outro lado do reservatório, em direção à queda-d'água e à escadaria de pedra que estava quase encoberta pela névoa. Evadne entendeu que ele estava tentando poupar a voz. Ela ainda ouvia os gritos de Pyrrhus, o que congelou seu sangue ainda mais do que o frio da montanha.

Damon subiu na rocha, tomando cuidado para não escorregar, e puxou Evadne logo depois, com uma força de ferro. Recuperaram o equilíbrio sobre os degraus aparentemente infinitos, mas Damon parou, desembainhando a cópis do cinto. Com uma autoconfiança inabalável, ele cortou a corda que os atava um ao outro.

— O que está fazendo? — indagou Evadne.

— Quero que voe, Evadne — pediu Damon calmamente, devolvendo a cópis para a bainha. — Encontro você lá em cima.

Ela abriu a boca para protestar, mas sentiu um tremor na rocha sob seus pés, depois mais um. Olhou por sobre o ombro, observando as ondinhas se formando na superfície da água. Porém, não era uma reação à pirraça do deus. Tinha algo surgindo das profundezas.

— Agora, Evadne! — Damon começou a subir os degraus correndo, dois de cada vez, e Evadne lançou-se ao ar, voando logo acima dele. Ele observou, ansioso ao começar a desacelerar, cansado. No entanto, ela o ouvia cantando entre um ofegar e outro, fragmentos do encantamento para que as estrelas continuassem a iluminar seu caminho.

Pyrrhus se calou, mas, apesar do rugir da cascata, Evadne ouvia o rebuliço de algo no reservatório. Ela forçou a vista para enxergar na escuridão e viu um aglomerado de olhos dourados, reluzindo ao emergirem da água. As assombrações de cachorros avançavam pela escada, correndo atrás de Damon.

Evadne voou até ele.

— Segure aqui. Vou levar você.

Damon balançou a cabeça.

— Vá, Evadne. Me deixe aqui — falou ele com dificuldade, sem fôlego.

As assombrações se aproximavam. Ele não olhou para trás para ver qual medo o perseguia, mas sabia que seria pego. Damon fazia menção de pegar a espada quando Evadne o abraçou e o levantou no ar.

Ele colocou os braços ao redor dela para se segurar, mas mal ganhavam altura quando as assombrações começaram a rosnar e pular no intuito de atacar seus calcanhares. Evadne se esforçou para levar a si mesma e a Damon para mais alto, sua mente martelando: *Se ao menos eu fosse mais forte e mais rápida.*

E então ela ouviu a voz de Halcyon responder: *Tem aço dentro de você.*

Evadne cerrou os dentes e intensificou sua força de vontade, voando mais alto, mais rápido. As constelações persistiam ao redor deles. Damon estava com dificuldade de respirar; ela sentia a respiração dele aquecendo a parte da frente de sua túnica, e ele começou a soltá-la.

— Damon, segure firme! — Ela ajustou a pegada, aterrorizada pela ideia de ele cair. A água estava feroz sob eles, que haviam acabado de chegar ao segundo patamar da cisterna. Estavam na metade do caminho.

As assombrações continuaram a persegui-los, correndo pela superfície da água, grunhindo e tentando mordê-los sempre que Evadne não voava rápido o suficiente. As costas dela doíam, seus músculos queimavam e se contorciam em cãibras. No entanto, ela via a cascata final, a última escadaria. Voou até ela, cada fibra de si incandescente, viva. Ela sentiu o teto se aproximando e se ajeitou, lembrando que o primeiro patamar era mais raso, e então a escuridão tomou conta.

— Damon, preciso de luz!

As mãos dele a agarraram com mais força, e ele começou a cantar. Sua voz saiu tão abalada que Evadne quase não a reconheceu, mas as estrelas voltaram bem a tempo de ela ver que os estava levando em direção a um dos pilares. Não teve tempo de desviar.

Bateu com tudo, o ombro recebendo a maior parte do impacto. Ela e Damon se separaram, e ela caiu na água rasa. Não foi uma queda longa, mas tombou de costas, arfando, a coroa surpreendentemente intacta junto ao peito em um abraço.

Ela ouviu água chapinhando, como se alguém corresse até ela. Estremeceu, esperando o ataque do cão.

— Evadne! — gritou Damon, segurando a garota e colocando-a de pé. — Pegue sua espada, agora!

Ela se equilibrou e tateou o cabo da espada, desembainhando a lâmina e soltando um grunhido de dor. As assombrações finalmente os alcançaram, cercando-os. Eram seis e, embora avançassem, não conseguiam tocar o fogo encantado. As estrelas de Damon continuaram a queimar ao redor deles, e o mago voltou a cantar, fazendo as constelações brilharem ainda mais.

Evadne caminhou ao seu lado, levantando a voz uma última vez para se juntar a ele. Com cuidado, andaram pela água, imponentes como um mago e sua escriba em um tribunal. Não tiveram pressa, nem quando viram a abertura do túnel que os levaria de volta ao mundo. Não correram nem menearam suas espadas.

E as assombrações enfim os deixaram em paz.

Evadne liderou o caminho para a passagem, enquanto Damon seguia em seu encalço. O chão começou a se inclinar para cima. À distância, podiam ver uma pequena porta de luz.

Quando ela sentiu o sol no rosto, parou de cantar e guardou a espada. Correu com as mãos estendidas em direção à promessa de um céu azul, como se pudesse segurar a luz. A coroa de Acantha voltou a farfalhar em seu braço, recebendo o sol.

Os dois se arrastaram para o espaço aberto piscando e cambaleando, caindo de joelhos sobre as pedras quando as pernas cederam. Evadne endireitou a postura e chorou, então Damon se ajoelhou diante dela, segurando o rosto da menina nas mãos e secando suas lágrimas. A mesma ideia reverberava na mente dos dois.

Halcyon e Xander não teriam sobrevivido à missão.

Não importava que eles tivessem sido os mais fortes da legião. Teriam morrido no coração do Monte Euthymius sem o fogo.

— Seu ombro, Evadne — sussurrou Damon, levando a mão até a escápula dela. Seu polegar contornou a clavícula embaixo da túnica de Evadne em busca de uma fratura.

— Mal estou sentindo — confessou, a dor eclipsada pelo alívio de estar viva. — Está machucado, não quebrado.

Mas, quando ela tentou girar o ombro, a lesão latejou, e ela fez uma careta de dor.

— Deixe-me ver.

Evadne assentiu, e as mãos cuidadosas de Damon subiram sua manga. O movimento balançou a coroa, e os dois se entreolharam, tomados pela admiração.

— Acho que formamos uma boa equipe — sussurrou ela, sorrindo.

Damon abriu a boca para responder, mas uma voz diferente falou a distância, nítida feito o pinicar de cascalhos na sola do pé e moldada pelo deboche. Era uma voz que Evadne jamais quis ouvir novamente.

— Ora, mas que sorte a minha.

Damon enrijeceu. Ele tirou as mãos de Evadne, e os dois olharam em direção à voz.

Ali estava Macarius, a apenas alguns metros de distância, com um corte feio na bochecha. Ele não estava sozinho. Havia uma mulher fraca diante do mago, que a ameaçava com a lâmina de uma cópis contra seu pescoço. Um som escapou de Evadne quando ela percebeu que a mulher era *Halcyon*.

— Olá, Evadne — cumprimentou Macarius com um sorriso frio, mas seu olhar pousava sobre a coroa que ela segurava. — Que tal fazermos uma troca? Sua irmã pela Coroa Onividente de Acantha.

248

XXIV

Halcyon

—**N**ão — pediu Halcyon. — Não entregue a coroa a ele, Eva.

Evadne continuou ajoelhada, encarando a irmã, ensopada e ruborizada pela água gélida da montanha. Estava aturdida, horrorizada. Halcyon sabia que ela não a reconhecera a princípio, e a dor aflorou em seu peito ao perceber que sua aparência estava tão ruim que sua própria irmã não a reconheceu de imediato.

Mas ela não podia remoer coisas tão agoniantes assim.

Porque sua irmã mais nova estava em posse da Coroa Onividente. Sua irmã mais nova tinha feito o impossível, e Halcyon sentiu respeito, admiração e orgulho.

Quis chorar, cair e rastejar até Evadne, mas sentiu a ameaça da cópis de Macarius em seu pescoço.

— Quanto é que a vida dela vale para você, Evadne? — provocou Macarius. — Certamente sua irmã deve significar mais do que uma mera coroa.

Não é uma mera coroa, pensou Halcyon, travando a mandíbula. Era a última esperança para a rainha.

Evadne enfim virou-se e olhou de Halcyon para Damon, que ainda estava de joelhos próximo a ela. Halcyon observou os dois se fitando, como se estivessem tendo uma conversa particular mentalmente. Macarius, sempre impaciente, bateu o pé.

— Evadne! A oferta não vai durar muito mais tempo. Responda agora, do contrário cortarei a garganta da sua irmã.

Halcyon esperava que Evadne fosse entrar em pânico, mas sua irmã mais nova continuou a surpreendê-la.

Evadne encarou Macarius com uma expressão calma e os olhos repletos de desprezo por ele. Devagar, ela se levantou, a túnica pingando água no pátio.

— Minha irmã significa tudo para mim — disse ela. — Darei a coroa a você, mas primeiro deve libertá-la, Macarius.

Ele riu. Sua risada era como o crepitar de madeira queimando.

— Acha que sou tolo, Evadne? Entregue a coroa à minha escriba e então soltarei Halcyon.

Beryl então saiu detrás de algumas rochas e parou no meio do caminho entre os dois grupos, esperando Evadne ir até ela com a coroa.

Evadne encarou Beryl. Ambas eram escribas, mas muito diferentes. Halcyon observou a irmã indo na direção de Beryl, visivelmente andando com dificuldade.

Não, quis gritar. *Não, Evadne. Não abra mão da coroa por mim.*

Mas Halcyon viu um brilho perverso nos olhos da irmã, a forma como ela cerrava o punho. Pensou em todas as vezes que Evadne fora subestimada e menosprezada.

No entanto, era ela quem tinha acabado de roubar a relíquia mais cobiçada de Corisande, sobrevivendo às assombrações de Ivina e à água melindrosa do Monte Euthymius.

Halcyon aguardou, o coração batendo acelerado.

Sua irmã mais nova parou bem diante de Beryl. Evadne olhou para a coroa de Acantha, brilhando à luz do sol, então a ofereceu a Beryl com a mão esquerda.

Beryl, sedenta pela relíquia, olhou para a guirlanda e a pegou, fazendo as folhas farfalharem em protesto. Ela não percebeu o rápido movimento de Evadne até ser tarde demais e Evadne ter jogado um punhado de xisto em seus olhos.

Beryl gritou e tropeçou para trás, derrubando a coroa. Damon ficou de pé em um impulso e, com a mão esticada, enunciou um encanto que tilintou feito uma lâmina — *dessanos vor* —, e Macarius foi magicamente desarmado antes que pudesse cortar o pescoço de Halcyon. Sua cópis voou pelo ar.

Evadne disparou por baixo do aço que caía, tomando a coroa de volta e indo até a irmã. Halcyon correu até ela, escapando das mãos de Macarius, mas ainda sentindo o corpo tremer pela força com que ele a estivera segurando. Seus pés estavam dormentes. Ela trombou com Evadne, e a mais nova agarrou seu braço fino, ajudando-a a recuperar o equilíbrio, antes de arrastá-la freneticamente em direção às rochas.

De esguelha, Halcyon viu Beryl, caída de joelhos e furiosa enquanto limpava os olhos. Damon e Macarius duelavam, sibilando encantos na Língua Divina, palavras que se lançavam e queimavam feito ferro quente em uma bigorna, furando suas roupas e deixando uma sensação tempestuosa no ar. A sombra de Macarius se ergueu e se transformou em uma criatura, com garras longas e dentes afiados, serpenteando pelo pátio. Pouco antes de se esconder com Evadne, Halcyon viu Damon conjurando sua própria sombra também, mas não era um monstro. Era a sombra de um hoplita, armado com uma lança e protegido com um escudo. Ela soube no mesmo instante que fora inspirado em Xander.

Halcyon sentiu um nó na garganta e escorregou, perdendo o equilíbrio. Evadne cambaleou também, e as irmãs escorregaram em um leve declive de xisto. A mais nova teve que impedir a queda das duas usando os pés para se apoiarem em uma rocha, e Halcyon a ouviu grunhir de dor.

— Depressa, Hal — sussurrou Evadne, ofegante. Ela se ergueu e ajudou Halcyon a ficar de pé, seus olhos escuros olhando para cima no morro, para as marcas que elas haviam deixado no xisto. Lampejos de luz forte e sombras continuavam a dançar na passagem da montanha. As nuvens escureceram no céu e o vento começou a uivar. Halcyon sentiu que a irmã estava preocupada com Damon. Só que elas ainda precisavam se esconder, porque Beryl sem dúvidas iria atrás delas.

Halcyon se esforçou para ir atrás de Evadne, dando a volta por trás de um amontoado de rochas, longe de vista. No entanto, seus pulmões sofriam e seu corpo tremia. O cuidado de Cosima lhe devolvera um pouco da força, mas não era o bastante para suportar uma fuga e uma luta. Macarius a atacara na pedreira com tanta facilidade, lembrou-se Halcyon. Ele tinha esperado, invisível, até Cosima partir, depois golpeou Halcyon, arrastando-a de dentro da cela. Ela cortou o mago no rosto, torcendo para ferir seu olho, mas estava fraca demais para enfrentá-lo, para enfiar a lâmina em sua garganta.

Era tudo culpa dela. Macarius vasculhara sua mente mais uma vez e, em sua exaustão, ela não conseguira ocultar o plano. Ele tinha ficado feliz quando ligara os pontos, levando ela e Beryl à montanha. Chegando lá, viram que a porta já havia sido aberta. Covarde como era, decidira esperar e ver quem sairia.

Halcyon se agachou ao lado de Evadne à sombra das rochas, respirando com dificuldade e aninhando as mãos no peito para esconder o quanto tremiam.

Sentia-se uma estranha dentro do próprio corpo.

Então ela viu o lampejo de algo familiar. Evadne segurava a cópis da irmã, esperando que ela a tomasse.

— Eva, eu...

— Pegue, Hal — mandou Evadne, e Halcyon obedeceu.

A lâmina pareceu suspirar de prazer assim que ela envolveu o cabo com os dedos. A arma se lembrava dela, e Halcyon não reclamou da forma como Macarius tirara a cópis do comandante de suas mãos. Não permitiria que ele a desarmasse novamente.

Evadne desembainhou a espada que tinha às costas. Halcyon quis sorrir ao ver a irmã mais nova meneando uma espada, uma cena que ela jamais pensou ver.

As duas esperaram à sombra da rocha, respirando alto demais, as lâminas tremeluzindo em suas mãos.

Foi então que elas ouviram passos. Graciosos e calculados sobre o xisto. Só podia ser Beryl.

Evadne e Halcyon não se mexeram, esperando ela dar a volta nas rochas e encontrá-las. Mas ela não se aproximou. Os passos recuaram, e Evadne suspirou em alívio. Halcyon, porém, sabia que não deveria cantar vitória antes da hora.

— Ela está brincando conosco, Eva — sussurrou Halcyon. — Precisamos sair daqui.

Quando Evadne olhou para Halcyon, a irmã parecia exausta. Quanto tempo ela e Damon deviam ter passado no coração da montanha? Ainda assim, Evadne assentiu e se agachou, afastando-se das sombras para analisar a paisagem diante delas.

Halcyon foi quem ouviu o feitiço primeiro. Um encantamento agudo que voou pelo ar como uma flecha.

Atingiu Evadne, e Halcyon gritou, todo o seu treinamento de combate deixado de lado ao ver sua irmã mais nova caindo de cara no xisto, imóvel, fazendo a espada cair ao seu lado.

Não, não, não, não, não.

Ela ficou de pé com dificuldade, mas tropeçou e caiu como se seus ossos derretessem. E então veio Macarius, descendo pelo declive como se estivesse fazendo uma caminhada agradável. Seu rosto estava ferido com o corte que ela lhe causara — deixaria cicatrizes, independentemente de quais bálsamos curativos ele usasse — e suas roupas estavam rasgadas pelo duelo mágico com Damon. No entanto, os olhos brilhavam em vitória, e ele lançou um sorriso cruel a Halcyon.

Beryl veio logo atrás, mirando o corpo debruçado e desmaiado de Evadne.

— Foi mesmo um prazer, Halcyon — disse Macarius. Ele estalou os dedos, e Beryl foi até Evadne, roubando a coroa de Acantha de seus braços inertes.

O peito de Halcyon inflou; saliva se espalhou por seus dentes quando ela gemeu, irritada por não poder lutar e transtornada por sua irmã estar caída no chão. Será que ele a havia matado?

— Beryl, por favor — sussurrou Halcyon, e Beryl hesitou por um breve instante. — Você não precisa ir com ele. Pode se juntar a nós. Não tem nada para você no futuro que ele planeja. Ele já te contou do que prometeram a ele caso ele entregue a coroa a Selene?

A escriba titubeou, denunciando seu conflito interno.

— O povo comum, como eu e você, será forçado a trabalhar para os magos — contou Halcyon. — Tirarão nossos direitos, nossas vozes, e você não terá mais serventia alguma quando Macarius se vir no luxo do palácio como a mão da rainha, com todas as relíquias em sua posse. Ele vai matar você, Beryl, por saber demais e...

— Chega! — gritou Macarius, furioso. — Ela está mentindo, Beryl. Você se lembra da recompensa que lhe prometi?

Beryl voltou a andar até ele. Parou atrás do mago e, quando ele estendeu a palma da mão, ela colocou a coroa de Acantha em seus dedos.

Era o fim.

Halcyon quis matá-lo. Ela jurou a si mesma que o faria, em breve, e começou a rastejar até Evadne.

Ela ouviu o feitiço de Macarius, o mesmo que ele lançara em sua irmã. O encanto a atingiu como um punho nas costelas, e Halcyon caiu. De barriga no chão, ela mal conseguia respirar, mal conseguia se mexer. Foi como se seu sangue ficasse mais denso, seu coração batendo cada vez mais lento, mas ela se forçou a alcançar Evadne.

Tocou os dedos frios da irmã logo antes de seu corpo congelar.

No entanto, sua mente continuava atenta. Ela ainda enxergava. A tempestade começou, uma decorrência do duelo mágico. A chuva veio, molhando seu rosto, entrando em seus olhos.

E ela observou Macarius e Beryl deixando-as desoladas e expostas no Monte Euthymius, levando a coroa resplandecente consigo.

O TERCEIRO PAPIRO

Um anel feito de fogo

O TERCEIRO PAPIRO

Chão amarello de fogo

XXV

Evadne

E vadne ouviu a tempestade e sentiu os dedos de Halcyon nos seus enquanto via a escuridão chegar como tinta derramada sobre papiro. Quanto tempo ela passaria paralisada ali? Quando caísse a noite, será que Ivina mandaria suas assombrações novamente?

Ela pensou em Damon, em Halcyon, em Macarius, na coroa. Sua mente estava em um turbilhão, revivendo o desastre várias e várias vezes.

Ela ouviu o som de passos no chão, deslizando no xisto em direção a ela. Era Damon, e seu coração se aqueceu de alívio ao descobrir que ele ainda estava vivo. O mago se ajoelhou ao lado dela; suas roupas estavam rasgadas e havia pequenos cortes em seu rosto. Ele acariciou a bochecha e o cabelo de Evadne. Sua mão tinha cheiro de terra, e sua voz saiu rouca quando ele entoou a reversão ao feitiço de Macarius.

— Evadne — sussurrou ele, então a paralisação se esvaiu, e a garota mexeu os braços, levantando-se para olhar na direção da irmã.

Halcyon parecia frágil, como se o vento pudesse parti-la ao meio. Seu cabelo escuro crescia de volta aos poucos, mas seus olhos estavam vidrados de dor, os lábios rachados e feridos.

Evadne precisou de toda a força que tinha para não chorar ao afagar a bochecha funda da irmã, observando Damon liberá-la da armadilha de Macarius.

Halcyon estremeceu e piscou. Seu olhar encontrou Evadne, como se fosse tudo o que ela queria ver, e a mais nova a ajudou a se sentar no xisto molhado.

— Não podemos ficar aqui — comentou Damon. Ele não desviou o olhar do rosto de Halcyon, demonstrando pesar e descrença. E irritação. Carvão em brasa rebuliçava o espírito do rapaz; Evadne via em seus olhos quando ele voltou a fitá-la. Estava furioso por ver Halcyon tão debilitada e fraca. Furioso por Macarius tê-los derrotado, roubado deles, arrastado Halcyon para cima e para baixo com uma cópis ameaçando seu pescoço.

Essa fúria era elétrica.

Evadne permitiu que a energia queimasse dentro dela própria e, quando olhou para a irmã, viu o fogo ardendo em Halcyon também.

Os três se ajoelharam na chuva, unidos.

Evadne recolheu a espada e a cópis da irmã enquanto Damon ajudava Halcyon a ficar de pé. Ele colocou o braço esquerdo dela ao redor do pescoço, Evadne fez o mesmo com o direito, e ambos carregaram o peso ínfimo de Halcyon, ajudando a guerreira a andar.

— A gruta, Damon? — sussurrou Halcyon.

— Sim, deixamos os cavalos lá — respondeu Damon, encontrando a trilha por onde ele e Evadne haviam andado.

Não voltaram a falar, poupando forças para abrir caminho por entre os arbustos e escalar as encostas. Quando enfim chegaram à gruta, a chuva caía e a escuridão estava densa. Os cavalos relincharam em cumprimento e foi a coisa mais receptiva que Evadne já tinha visto na vida.

Ela e Damon baixaram Halcyon em uma parte seca do chão de pedra. Ele logo vasculhou os suprimentos, pegando túnicas limpas e sacos de dormir, além das provisões. Levou tudo a Evadne, silenciosamente deixando as coisas nas mãos dela antes de voltar à chuva, dando privacidade às irmãs.

Evadne mal enxergava na escuridão. Encontrou uma pedra incandescente e a assoprou. Uma pequena chama dançou na rocha, a luz fraca bastando para ver o rosto da irmã.

Com delicadeza, Evadne começou a despi-la.

Ela observou o quanto Halcyon estava magra, as ataduras de suas costas ainda enroladas em seu peito. Analisou os machucados causados por correntes e por mãos fortes. Mirou a sujeira e os cortes nas mãos, as veias azuis sob a pele pálida.

Ficou revoltada quando viu a evidência do veneno que praticamente destruíra a mais velha de dentro para fora e quis beliscar a si e a Halcyon, como se tudo aquilo não passasse de um pesadelo.

Mas o despertar não veio.

Halcyon estava morrendo, e Evadne não podia curá-la, não podia deter a enfermidade, não podia salvar a irmã.

Ela passou a túnica extra de Damon pela cabeça de Halcyon, passando as mangas por seus braços. Evadne revirava a comida, escondendo as lágrimas ao procurar algo macio que Halcyon pudesse comer, quando a mais velha enfim falou:

— Você não me reconheceu, não é, Eva?

Evadne sentiu um aperto na garganta. Ela queria dizer: *Eu te reconheci. Eu reconheceria você onde quer que fosse, mesmo se sua alma estivesse em outro corpo.* Mas não podia mentir para Halcyon. A garota se inclinou para pegar o frasco de água e sussurrou:

— Não a princípio. — Ela levou o recipiente aos lábios de Halcyon, que bebeu um gole e começou a se engasgar com a quantidade de líquido.

— Eu mesma mal me reconheço — falou Halcyon, tossindo e sorrindo, como se quisesse aliviar a preocupação de Evadne. — Ficarei bem. Só preciso de um tempo para me curar.

— Sim — concordou Evadne, o coração abrandando só de pensar, embora as lágrimas caíssem.

Ela ajudou Halcyon a beber mais alguns goles antes de tirar a própria túnica suja. A chama na pedra incandescente já quase se extinguira, mas Evadne viu um machucado escuro começando a se formar em seu ombro. Um lembrete doloroso de que ela não sabia nada a respeito de voar. Então, vestiu rapidamente os trajes limpos. Ela e Halcyon comiam fruta quando Damon voltou. Não sobrara uma túnica limpa para ele se trocar, mas o rapaz não pareceu se importar. Tratou dos cavalos e preparou uma fogueira com a lenha que tinham levado para a jornada.

Evadne estava cansada demais para perguntar se a fogueira não era uma péssima ideia, se atrairia Ivina. Ela grunhiu ao se aninhar próximo ao calor, estendendo as mãos para as chamas antes de preparar a cama de Halcyon ao lado do fogo.

Sua irmã entrou no saco de dormir com um suspiro de gratidão, a luz iluminando sua aparência abatida. Evadne colocou um cobertor e um xale em cima dela e assistiu à irmã caindo no sono. Notou sua respiração, reparando no quanto estava curta e laboriosa. Temia que a qualquer momento ela cessasse completamente. Evadne lutou contra esses pensamentos, tentando manter a esperança.

Ela sentiu Damon observando-a do outro lado da fogueira e levantou a cabeça para olhar em sua direção.

— Para onde acha que Macarius vai fugir? — questionou ela.

— Ele vai a Mithra, entregar a coroa à minha tia — respondeu Damon, no mesmo tom cansado. — Sem ela, não temos como quebrar o encantamento da rainha. Selene está com a vantagem agora.

Mais uma vez, a sensação de desespero tomou conta de Evadne.

Estava exausta. Só queria se deitar ao lado de Halcyon debaixo do cobertor, como faziam quando eram crianças, e passar dias dormindo.

— Sinto muito, Evadne.

— Pelo quê?

Damon encarou o fogo, como se não conseguisse suportar encará-la.

— Sinto muito por não ter conseguido acabar com Macarius. Se nós não tivéssemos saído da montanha naquela hora... se eu não estivesse tão cansado, eu o teria matado. O que ele fez com sua irmã...

— Não foi culpa sua, Damon. — Ela pensou em como Macarius tinha um poço de magia mais fundo que o dele. O fato de Damon ter conseguido lutar depois de cantar por toda a travessia na montanha era extraordinário para ela.

— É, sim — insistiu. — Ele não deveria ter escapado.

Evadne tateou a ponta do cobertor de Halcyon com os dedos, imaginando justiça para a irmã.

— O que quer fazer, Evadne?

Ela ficou em silêncio, considerando seu coração e seus anseios. Porém, um caminho se forjou em sua mente. E ela sabia que era a escolha certa.

— Quero levar minha irmã para casa. Para Isaura.

— Quantos dias a viagem vai levar daqui?

— Acredito que eu consiga chegar em três.

— Pode levar os dois cavalos — disse, aceitando o frasco de água quando Evadne os devolveu. — Um para você e um para a sua irmã.

— Mas e você?

— Vou ficar bem.

— Mas aonde vai? Voltar a Mithra?

Damon bebeu. A barba começava a escurecer seu rosto e seus olhos reluziram com o fogo quando ele se virou para ela.

— Não. Vou a Abacus. Encontrar meu pai.

Eles se calaram, e a fogueira bruxuleou entre eles.

— É melhor você dormir um pouco — sugeriu ele. — Fico de vigia.

E ela queria dizer que ele também precisava descansar. Até mais que ela.

Porém, Evadne deitou no chão. Aninhou-se ao lado da irmã, ouvindo sua respiração, e deixou-se levar por um sono sem sonhos.

A manhã chegou, quente e com um nevoeiro, após o vento ter levado a chuva para o leste. Evadne acordou antes de Halcyon e, em silêncio, foi preparar os cavalos e embalar as provisões com Damon.

— Quando acamparem hoje à noite — falou Damon com a voz baixa, passando a mão no pelo de um dos cavalos —, quero que acenda uma fogueira. Deixe a espada por perto, assim como um galho longo para conseguir menear como uma tocha.

Evadne sentiu seus medos se agitarem.

— Acha que Ivina virá atrás de mim?

— Não sei. Mas me tranquilizaria saber que você estará preparada caso aconteça.

Evadne assentiu, as palavras ficando presas em sua garganta. Ela estava assustada, embora não quisesse. Fechou os olhos até sentir Damon acariciando seu cabelo com a mesma delicadeza de uma brisa na primavera.

— Vocês chegarão bem em casa — sussurrou ele.

Ela inalou aquela promessa, sentiu as asas se abrindo e batendo dentro de seu peito — como se parte dela tivesse despertado, criado vida.

Evadne se aproximou dele por um instante, até sentir-se tomada pela sensação que ele provocava nela. Deu um passo para trás, observando-o afastar a mão, o lampejo prateado em seu dedo.

261

A garota se virou e ajoelhou ao lado de Halcyon, acordando a irmã. Evadne torcera para que Halcyon estivesse com a aparência melhor de manhã, mas seu rosto ainda estava sem cor, os olhos ainda vagos, os movimentos rígidos. Sim, elas precisavam voltar para casa. O mais rápido possível.

Os três fizeram uma breve refeição, e depois Damon ajudou Halcyon a montar em seu cavalo.

Evadne subiu em sua sela, esperando para falar com Damon antes de ir embora. Ele foi ao lado dela e sussurrou-lhe uma frase na Língua Divina, num tom baixinho e agradável, suas palavras radiantes. Em seguida, ele a deixou partir, a distância crescendo entre eles. Evadne o ouvira nitidamente, mas não traduziu suas palavras, não as digeriu até que ela e Halcyon tivessem seguido para o sudoeste e Damon tivesse ido a pé na direção sudeste.

Voltarei para buscar você em breve.

XXVI

Halcyon

Halcyon fez o melhor que pôde para acompanhar o ritmo de Evadne. Ela não sabia por que haviam se separado de Damon, mas também não se importava, contanto que estivesse com a irmã. Sua cabeça latejava, cada suspiro era como cortar madeira molhada com uma serra. Difícil, úmido e doloroso. E então, ao notar que as montanhas continuavam à direita, ela entendeu aonde estavam indo.

Evadne a estava levando para casa.

Ela sentia saudade de Isaura, queria ver os pais. Ansiava por dormir na cama de sua infância e se deliciar com o ensopado da tia Lydia, trançar o cabelo de Maia, ouvir os resmungos de Lysander e absorver as histórias do tio Nico.

Mas... ela não conseguia imaginar que seus parentes também quisessem estar próximos a ela. Afinal de contas, era uma criminosa. Ela trouxera humilhação à família.

O Monte Euthymius ainda estava visível quando Evadne parou para montar o acampamento daquela noite. Ela ajudou Halcyon a descer da sela. Embora tremesse, Halcyon conseguiu organizar uma refeição enquanto a irmã mais nova cuidava dos cavalos, fazia uma fogueira e recolhia dois galhos longos de uma árvore morta. Elas acampariam em uma encosta alta, um promontório que dava para um desfiladeiro profundo. Halcyon sabia exatamente por que Evadne escolhera aquele lugar: era estratégico. Nitidamente dava-lhes pontos de vantagem, e havia apenas uma forma de chegar a ele. Se Ivina decidisse enviar seus medos às irmãs, as assombrações teriam que se aproximar pela boca do promontório, por um trecho estreito.

— Acha que estamos expostas demais aqui? — indagou Halcyon com cautela. — E tudo bem se não acendermos uma fogueira hoje, Eva. Podemos aquecer uma à outra.

Evadne hesitou por um instante, mas continuou a pôr gravetos na fogueira.

— O fogo é nossa única defesa contra Ivina, porque as assombrações não suportam.

Halcyon assentiu, concordando, mas reparou em como as paredes ao redor da encosta eram íngremes. Seria morte na certa para qualquer um que errasse o passo e caísse no desfiladeiro.

Evadne não pareceu se importar com a altura, finalmente acomodando-se ao lado de Halcyon. Elas ficaram sentadas de costas para o desfiladeiro, de frente para o Euthymius, com o fogo aquecendo seus pés.

Apesar do desejo de recuperar a própria força, Halcyon teve dificuldade para comer o pão folha e as frutas que Evadne pegara. Ela sabia que a irmã estava observando tudo, mesmo quando tentava disfarçar. Evadne notava seus suspiros, seus movimentos, do que comia, do tanto que se hidratava. E Halcyon não queria dizer que ela não precisava se preocupar, mas seria uma mentira. Suas mãos ainda tremiam, e ela sabia que precisava de mais doses do antídoto. Ainda sentia o veneno em sua barriga e em seus pulmões, aterrorizando seu sangue.

Para se distrair do inevitável, Halcyon pensou em todas as coisas que queria perguntar à irmã mais nova: como ela tinha se tornado a escriba de Damon? Como era? Straton tinha cuidado bem dela? Quando foi que Evadne foi colocada na missão? Por acaso Macarius tentara usar o código Haleva contra ela? Se sim, como ela soube que era uma farsa? Como tinha sido no coração da montanha?

— Eva… — começou Halcyon, mas sua voz sumiu. Ela não tinha forças para perguntar tudo que se passava em sua cabeça.

— Durma, Hal — sussurrou Evadne. — Vou ficar de guarda no acampamento.

— Eu posso ficar — insistiu Halcyon, mas logo começou a se aconchegar nos cobertores, seus pés em direção à montanha. — Vai me acordar se as assombrações vierem, Eva?

— Sim. Não se preocupe.

Halcyon despertou horas depois com o toque de Evadne em seu ombro. Era um aperto delicado, mas urgente.

— Estão vindo, Hal.

Halcyon teve dificuldade para se sentar. Ela ergueu a mão para bloquear a luz do fogo de sua vista, de modo a deixar seu olhar atento na escuridão. Evadne a ajudou a se levantar, e elas ficaram lado a lado, viradas na direção da montanha. A lua parecia uma unha no céu, a grama sussurrava com o vento e as assombrações corriam pelos sopés para desafiá-las. Halcyon contou somente três, iluminadas pelo luar e impossivelmente velozes. Quando viu o que Ivina preparara para ela, seu coração disparou.

Não.

Mas era. Ela reconheceria aquelas aparições e suas armaduras de bronze em qualquer lugar. Sob a lua ou sob o sol.

Iason. Symeon. Narcissa.

Seus amigos de outrora, transformados em assombrações para a atormentarem. Os três hoplitas de seu esquadrão que haviam deposto contra ela no julgamento. Uma que fora sua capitã, ainda muitíssimo estimada por Halcyon. Que a açoitara, que dilacerara suas costas diante de inúmeras testemunhas.

Não.

Halcyon ficou desconcertada quando percebeu que teria que usar fogo para detê-los. Ela não podia deixar Evadne lidar com todos.

Não importa. Sou uma assassina. A alma de Halcyon chorava. *Já estou a. ruinada.*

Ela se esgueirou para pegar seu galho, colocou a ponta no fogo para que queimasse. Evadne fez o mesmo e desembainhou a espada.

— O que vê, Eva? — indagou Halcyon, a voz trêmula.

— Três cães — respondeu Evadne, também com a voz instável. — Iguais àquele do qual você me salvou uma vez.

Halcyon viu os olhos arregalados de Evadne. O cabelo de sua irmã mais nova estava preso em uma trança, mas algumas mechas haviam se soltado, e o vento as jogou sobre seu rosto. Ela não parecia jovem mais, pensou Halcyon. Seu instinto sempre fora proteger Evadne, desde o dia em que a segurou nos braços com orgulho, aquele pacotinho de vida chorando. No entanto, Halcyon percebeu de repente que sua irmã não precisava de proteção; ela podia se defender sozinha.

E Halcyon deixou sua mente mergulhar bem fundo em suas lembranças, já cobertas de pó. Houve um momento durante o treinamento de hoplitas em que ela sentira medo, quando quisera fugir. O comandante, no entanto, ficara às suas costas e dissera palavras que ela gravara na memória.

— Este é seu momento, Eva — falou Halcyon, sua voz saindo forte e nítida. Muito mais do que com qualquer outra coisa que ela disse desde quando chegou à pedreira. — Encare-o e enfrente-o, pois ele é seu.

Evadne ficou em silêncio, mas não tirou os olhos da irmã, como se Halcyon fosse uma divindade. E então, pegou a tocha e a espada e se virou para as assombrações.

Halcyon agarrou seu galho longo, a ponta em chamas, preparando-se para o ataque.

Ela endireitou a postura e observou as assombrações se aproximando, tão perfeitamente recriadas que pareciam ser de carne e osso. Iason, Symeon, Narcissa.

Foi Iason — o doce e amável Iason — que primeiro avançou contra ela, empunhando a espada, e Halcyon hesitou antes de seus reflexos tomarem conta de seus movimentos. Ela meneou o galho, perfurando-o no peito. A assombração se transformou em uma nuvem de faíscas e fumaça, seu rosto se contorcendo ao se derreter na escuridão. A cena embrulhou o estômago de Halcyon.

Sou uma assassina. Sou culpada. Não há perdão para mim.

Para além das faíscas, Evadne avançou para Symeon com a tocha, acertando seu braço. Ele urrou e pulou para trás, mas Evadne avançou, recusando-se a gritar vitória e entrando em uma dança perigosa com ele. A garota via um cão, mas Halcyon via um velho amigo, e seu coração doeu ao ver sua irmã travando uma luta com Symeon.

Ele não é real. É apenas um fantasma de Symeon. Ele não é real...

Narcissa se aproveitou do momento de distração para serpentear pelas sombras com a lança em riste e os dentes cerrados. Ela não se parecia nada com uma assombração. Até mesmo a crina de cavalo vermelha e branca de seu elmo soprava na brisa. Mais uma vez, Halcyon quis se ajoelhar e largar a tocha. Então, engoliu em seco e atacou, cortando o braço direito de Narcissa com seu fogo.

Sua antiga capitã chiou quando seu braço se dissipou. Ela se recompôs e avançou, dessa vez pegando a cópis do cinto, atacando e golpeando.

Halcyon deu um passo para trás, então sentiu a lâmina pegar a parte da frente de sua túnica e rasgar o tecido.

Deteve o segundo movimento de Narcissa, empurrando-a para a fogueira. Assistiu, trêmula, à capitã virando fumaça e subindo às estrelas.

Halcyon largou o graveto. Vomitou na grama, sentindo o suor frio lhe escorrer pelas costas. A noite tinha ficado quieta. Ela teve a impressão de que haviam se passado horas, mas tinha sido apenas um momento. Enfim, levantou o rosto e viu Evadne do outro lado da fogueira, observando-a com os olhos arregalados e tristes.

A terceira assombração tinha sido derrotada. Evadne a matara, e Halcyon sentiu-se grata.

— Hal?

Halcyon sentiu mais uma onda de ânsia, sem conseguir controlá-la. Seus olhos estavam embaçados, sua boca ardia e ela sentiu seu espírito se agarrando aos ossos, ainda despedaçado e ferido, sem saber como se curar.

— Aqui, Hal. — Evadne estava de joelhos, freneticamente vasculhando as provisões em busca do frasco de água. Concentrada na tarefa, ela havia abaixado a cabeça, então não percebeu a quarta assombração aparecendo.

Mas Halcyon viu.

Ela se endireitou, limpou a boca e observou a assombração do rapaz se aproximando — rápida, silenciosa e brilhante —, bem como ela se lembrava de ele ter sido. Ele não olhou para Evadne. Seus olhos, furiosos, fitavam somente Halcyon. E era justo, ela disse a si mesma.

Ela esperara por aquilo. O medo de Halcyon se esvaiu quando ela estendeu os braços para ele.

— *Xander* — sussurrou.

Ao longe, Evadne estava ajoelhada — tão distante que poderia ser uma estrela no céu. Halcyon a via de esguelha. Ela reparou em como o cabelo da irmã balançou quando a assombração passou correndo por ela. Viu Evadne se assustando, tateando o chão para pegar a tocha e a espada de volta. Ela ouviu Evadne gritar seu nome, tentando chamar sua atenção.

— *Halcyon, Halcyon,* a tocha! *Pegue sua tocha!*

Mas Halcyon deixou a tocha no chão, as chamas se apagando repousadas sobre a grama. Porque ela não iria — nem poderia — matá--lo novamente. Era seu irmão de escudo... que deveria estar vivo.

Xander avançou na direção dela. Seus corpos colidiram, e ele parecia sólido, tangível, alarmantemente real. O bronze de sua armadura acertou a parte da frente da túnica de Halcyon. Ele a fez perder o fôlego, e ela colocou os braços ao redor dele e chorou em seu cabelo longo e claro.

Sinto muito, sinto muito. Eu te peço perdão. As palavras escaparam dela. Halcyon sabia que soava feito uma criatura ferida. Ela soltou um grito de dor que não sabia que tinha forças para emitir.

No entanto, não importava o quanto a criação de Ivina fosse perfeita... aquela coisa não era Xander. E ele levantou Halcyon nos braços, mas não para abraçá-la ou perdoá-la. Ele a levou à beira do promontório.

E juntos, assombração e mulher, caíram para a escuridão uivante.

XXVII

Evadne

E vadne torceu o tornozelo ao tentar alçar voo, a dor mantendo seus pés na terra, como se a grama tivesse se tornado algemas. Era tarde demais, ela era lenta demais. Mesmo com a magia vibrando no ar, não conseguia conjurar as asas. O momento passara, Halcyon não podia mais ser pega ou salva. Sua irmã *desaparecera*. Como se nunca tivesse estado lá.

Evadne caiu de joelhos. Rasgou a túnica e gritou para as estrelas, para o prateado a lua prateada, para a montanha.

Ela tinha chegado tão perto de levar Halcyon para casa. Estavam a dois dias da segurança de Isaura. E Halcyon acabara de cair em direção à morte.

— Como pôde me abandonar? — gritou Evadne para a lembrança de Halcyon, o ponto de onde ela despencara, onde a terra encontrava o gemido do vento. — *Como pôde me deixar assim?*

Mas Evadne sabia o motivo, mesmo no torpor de sua fúria e no crescente entorpecimento de seu choque. Ela ouvira Halcyon suspirar o nome dele — *Xander* — e soubera que estava tudo perdido. Sua irmã não mataria aquela assombração.

Ivina enfim conseguira se vingar.

O tempo passou, mesmo quando parecia que tudo deveria parar.

As chamas da fogueira viraram brasas. O vento desmanchou a trança de Evadne. Os cavalos tinham partido, assustados com as assombrações.

Evadne estava sozinha.

Rastejou até o saco de dormir de Halcyon e se deitou de bruços sobre ele, sem saber o que fazer.

Não tardou até que ouvisse uma voz.

— Esta é mesmo Evadne de Isaura, a garota engenhosa que entrou em minha montanha e roubou uma coroa divina da porta que eu protejo?

A voz era amável, bem-humorada. Havia também um tom de firmeza nela, uma cadência feita para cortar.

Evadne sentiu a presença da maga imortal.

A garota engoliu em seco. Sua garganta ardia; e sua voz parecia despedaçada pelo luto. Evadne levantou a cabeça e contemplou Ivina.

Ela era velha, como as lendas indicavam. Também era bonita.

Evadne queria desviar o olhar, mas não conseguiu juntar forças.

— Eu esperava encontrar uma guerreira aqui — comentou Ivina, suas palavras feito espinhos que Evadne teria que extrair depois. — Esperava encontrar uma mulher corajosa, pois poucos mortais ousam se aventurar no coração do Euthymius, que dirá sobreviver para contar a história.

Evadne ficou em silêncio. No entanto, ela sentia a indignação, a fúria crescendo dentro dela.

— Conquistou seus outros medos com tanta graça, Evadne — continuou a maga, como se sentisse prazer no conflito de Evadne. — O cão que aterrorizara sua infância. Damon arrastando você para a queda-d'água. Muito me admira que você seja uma mera humana, uma garota que estava destinada a viver no pomar do pai, colhendo azeitonas até os dedos ficarem verdes. — Ela parou. — Nem mesmo agora você não teme a mim. Por quê, Evadne? O que causou tal mudança em você?

— Por que veio até mim? — Evadne se colocou de pé. — Diga o que precisa e vá embora, maga.

Seu tom desafiante provocou um sorriso no rosto de Ivina.

— Ah, é isso. Assim é melhor.

Evadne se calou. Mais do que qualquer coisa, ela queria que Ivina sumisse. Queria se deitar e sofrer, sozinha, o luto por sua irmã.

— Mas você sempre carregou esse medo dentro de si, não? — falou Ivina, estendendo um dedo branco comprido para o lugar de onde Halcyon caíra. — Você o alimenta desde os nove anos de idade, o dia em que Halcyon a deixou para se juntar à Legião de Bronze. Halcyon, que era forte, admirada e destinada à grandeza. A filha que banharia o nome da família em honra. E o que você seria, em comparação? Bem, nada. Porque sua irmã a superou, sempre, e por dentro você nutria ressentimentos por ela. Muitas vezes foi menosprezada. E, no entanto, você a amava. Temia que ela a deixasse muito para trás, que fosse a um lugar aonde você não poderia segui-la. Que ela se esquecesse de você. Que você a perdesse.

— Vá embora — disse Evadne, entre dentes. — Não tenho nada a lhe dizer.

— Pode até ser verdade, mas alguém precisa dizer algo a você, Evadne de Isaura, garota alada. Está na hora de você se refazer.

– Você não sabe *nada* de mim, do que preciso!

Ivina riu. Ela se virou para ir embora, suas vestes brancas farfalhando com o movimento. Então, deteve-se e se virou para Evadne uma última vez, seu cabelo caindo sobre o ombro feito uma teia.

— Eu sei, sim, Evadne. Muito tempo atrás, eu era como você. Uma garota mortal, uma jovem maga que não sabia quem era ou o que desejava. E olhe só para mim agora. Vejo em você uma sombra de mim mesma. Você, Evadne, que viveu toda a sua vida se comparando a Halcyon. Você se mede de acordo com ela. E faz uma lua que você não vive por si mesma, apenas por ela. Abriu mão de sua liberdade e assumiu um amuleto no braço, tudo por ela. Arriscou-se no Euthymius para terminar o que ela havia começado. Você ao menos sabe quem é? Consegue existir longe dela? Ou está destinada a ser a lua, sempre refletindo o sol? Quem é Evadne de Isaura?

Evadne a xingou até que a maga se dissipasse em fumaça que o vento levou de volta ao pico.

Ela enfim se viu sozinha novamente, e o silêncio da noite a deixou desolada. Evadne caiu de joelhos, transtornada.

As coisas que Ivina dissera... Algumas palavras tinham sido horríveis, com a intenção de machucar Evadne em seu momento mais frágil. Mas algumas eram verdadeiras.

E saber que havia verdade nas palavras da maga estilhaçou o que sobrava de Evadne.

Quem era ela sem a irmã?

Ela não sabia.

O sol nasceu.

Evadne embalou as provisões, apagou o fogo, dobrou o saco de dormir e o prendeu aos ombros. Então embainhou a espada e partiu.

Encontrou apenas um cavalo, pastando na campina; o outro tinha sumido. Evadne levou o animal até o desfiladeiro para começar a terrível busca pelo corpo da irmã.

O chão era cheio de pedras, rochoso, tomado por ervas daninhas. Evadne caminhou a pé, o cavalo a seguindo por perto. Ela tinha medo de olhar adiante e ver os restos de Halcyon. Esperava encontrá-la quebrada, o sangue formando uma poça ao seu redor.

Parou de repente, fechando os olhos, escondendo o rosto no pescoço do cavalo. Ela jamais chegaria em casa de tal forma. E Isaura a aguardava, do outro lado dos sopés.

Evadne continuou a caminhar pelo chão do desfiladeiro, mas não havia sinal de Halcyon.

Ela estava começando a se questionar se o Xander encantado levara sua irmã a outro mundo — talvez eles tivessem passado por uma porta secreta no ar —, quando Evadne enfim viu um lampejo de movimento, bem alto na beira, na metade do caminho da encosta ameaçadora.

Havia uma jovem agarrada a um arbusto quase sem folhas. Sangrando, respirando. *Viva.*

— Halcyon! — Ela largou as rédeas e voou, sua voz ecoando nas rochas, mas Halcyon a escutou e virou a cabeça. Arregalou os olhos ao ver Evadne pairando no ar ao seu lado.

E então Halcyon fez uma coisa incrível.

Ela riu, bem como Damon fizera na montanha. Riu até chorar, e Evadne a abraçou, esperando Halcyon confiar nela o bastante para carregá-la, para soltar o arbusto que salvara sua vida.

— Estou sonhando, Eva? — sussurrou Halcyon, ainda agarrada à planta. Seu rosto estava arranhado por causa da queda, assim como suas mãos e seus braços. Sangue seco e um vestígio de lágrimas formavam rastros em sua face cheia de poeira. — Ou você está mesmo voando?

— É de verdade — respondeu Evadne, sorrindo. — E você está prestes a voar comigo. Confie em mim, irmã. Solte.

Halcyon deu mais um suspiro, mas enfim aquiesceu.

Ela confiou nos braços de Evadne, em suas asas invisíveis. E soltou.

Há uma campina em Isaura. No verão, ela se transforma em um campo dourado; no inverno, é possível vê-la do casarão de Gregor. É como ter o vislumbre de outro reino, um lugar que apenas as divindades conhecem. Aquilo era um território sagrado da infância, um pedaço de terra que Halcyon e Evadne exploravam frequentemente quando eram crianças. Era o chão sobre o qual Evadne se sentara com a placa de cera, treinando a escrita, esperando a magia chegar. O local onde Halcyon apostara corrida com os garotos da montanha. Evadne se lembrou de como sua irmã costumava correr pela grama — destemida, vitoriosa.

E foi o caminho que pegaram de volta para casa.

Halcyon foi montada no cavalo, e Evadne seguiu andando à frente segurando as rédeas, guiando a irmã por entre a relva alta, um mundo de ouro e flores silvestres. Libélulas e besouros voavam em círculos preguiçosos, suas asas iridescentes flutuando com a brisa. Duas pombas arrulharam suas melodias como um cartaz de boas-vindas sobre as irmãs. E, à medida que Evadne entrava em seu lar, ela já não se sentia mais exausta, desencorajada e machucada. Não sentia dor no ombro ou no tornozelo, nem mesmo as bolhas nos pés. Até Halcyon inclinou a cabeça para o sol, respirando a fragrância da campina, inalando as lembranças de sua infância.

Ela sorriu para Evadne. Por um momento, voltaram a ser crianças.

A brisa correu para encontrá-las, carregando o cheiro do pomar. Evadne via as oliveiras, seus galhos majestosamente cobertos de folhas. Ela via o teto da casa do pai, esperando para dar-lhes abrigo.

Protegeu os olhos da luz quando viu alguém sair das sombras da árvore, da área dos fundos do casarão. A pessoa disparou para a campina, abrindo caminho por entre o dourado e a luz do sol. Correu até elas, e Evadne soltou as rédeas, tremendo.

— Evadne! — gritou Gregor, como se temesse que ela fosse uma miragem, prestes a se esvair antes que ele a alcançasse.

Evadne correu até ele. Seu pai a pegou nos braços e a levantou do chão, pressionando o rosto em seu cabelo. Ela o abraçou ao chorar e teve medo de que ele se partisse. No entanto, Gregor a colocou no chão e tomou seu rosto nas mãos.

— Eva, Eva — repetiu o nome dela como se fosse um refrão. Apesar das lágrimas, ele sorria. — Não acredito que é mesmo você. Como pode?

Ela pegou a mão dele, sua voz de repente perdida dentro do peito. Levou o pai até o cavalo, onde Halcyon ainda esperava, iluminada pelo sol.

Ele não a reconhecera.

— Halcyon? — Gregor se assustou, sua respiração falhando e os dedos soltando os de Evadne quando seguiu em direção à filha mais velha. Viu o quanto estrava magra, machucada, ferida e fraca. Gentilmente, ele pegou sua mão e plantou um beijo em seus dedos.

Evadne se virou para dar-lhes um momento a sós.

E viu sua mãe correndo até lá, o xale escorregando da cabeça, o cabelo preto esvoaçando atrás de si. Sua prima Maia também acenava e gritava, o sorriso tão largo que Evadne enxergava o brilho de longe. E o tio Nico, que era lento, e a tia Lydia, que jamais corria, ambos disparavam, embora Lysander superasse todos com seus passos largos e ansiosos.

Uma última pessoa correu para a campina. Alguém que Evadne quase não reconheceu.

Ele estava exatamente igual a dez anos antes.

O tio Ozias.

Seu tio, havia muito desaparecido, tinha retornado.

Estavam todos em casa por fim, pensou Evadne, e de repente sentiu dificuldade de respirar.

Ela viu a família se apressando para cumprimentar a ela e a Halcyon.

Foi então que Evadne finalmente caiu de joelhos — sorrindo, chorando, rindo. Extasiada.

XXVIII
Evadne

Sua casa estava exatamente como ela se lembrava. Os afrescos ainda estavam deprimentemente rachados nas paredes, os corredores ainda tinham cheiro de pão quentinho, a sala de estar ainda era pequena demais para comportar toda a família. No entanto, foi lá que se reuniram, com Gregor carregando Halcyon. Ele a colocou nas almofadas com cuidado.

Halcyon grunhiu de dor.

Phaedra se ajoelhou ao lado dela, acariciando a cabeça raspada da filha. Evadne se sentou do outro lado, aflita, e observou sua mãe deslizando o dedo ao redor das feridas e dos hematomas no cenho e no maxilar de Halcyon. Sua voz vacilou quando ela disse:

— Gregor? Alguém deveria ir até Dree para chamar um curandeiro.

Gregor parecia incapaz de se mexer enquanto encarava a filha mais velha. A alegria do reencontro se reduzindo ao medo e à descrença, conforme a família assimilava o quanto Halcyon estava doente... conforme ouviam seu esforço para respirar.

— Nico, vá você — sugeriu a tia Lydia. — Agora!

Lágrimas reluziam em seus olhos.

Os homens se retiraram do cômodo e fecharam a porta. Então as mulheres começaram a despir Halcyon.

— Mãe... — sussurrou a garota.

— Estou aqui, meu amor. — Phaedra a tranquilizou, acariciando as bochechas encovadas da filha. — Vou cuidar de você. Feche os olhos e descanse.

Halcyon obedeceu, apoiando a cabeça em uma das almofadas e fechando os olhos.

Evadne cortou a túnica de Halcyon enquanto Phaedra tirava as ataduras sujas e tia Lydia e Maia preparavam uma bacia de água.

Apesar de tudo que Evadne enfrentou, aquele era um dos piores momentos de sua vida: ver sua mãe contemplando o péssimo estado de sua irmã.

— Lydia? — chamou Phaedra, serena, embora as mãos tremessem. — Pode buscar meu unguento e um dos meus quítons velhos? Podemos retalhá-lo para fazer novas ataduras.

Lydia atendeu no mesmo instante, saindo do cômodo. Evadne percebeu que Maia contorcia o rosto de tristeza, dando tudo de si para não chorar enquanto olhava para Halcyon. Evadne tocou o braço da prima.

— Pode ir buscar roupas novas para Halcyon lá em cima, por favor?

Maia assentiu e se retirou. Ficaram somente Phaedra, Evadne e Halcyon.

Em silêncio, elas deram um banho na garota, tomando cuidado com os antebraços de Halcyon, que estavam em carne viva. Evadne via as inúmeras perguntas no olhar da mãe, mas Phaedra não disse nada.

Halcyon abriu os olhos. Seu peito subia e descia com a respiração fraca e úmida.

— Eu sei, minha aparência está deplorável... — falou, rouca.

— Você é linda, Halcyon. Linda. — Phaedra acariciou o rosto da filha novamente.

Evadne sentiu que deveria deixá-las a sós. Elas precisavam de um momento sozinhas.

Deixou a sala, fechando as portas duplas ao passar e encontrando o pai no corredor. Gregor estava encostado na parede, de braços cruzados, aguardando.

— Pai?

— Preciso saber de tudo, Pupa — murmurou Gregor. — Foi você quem tirou Halcyon da pedreira? Estão foragidas? Como sua irmã ficou tão doente? Foi culpa do lorde Straton? Juro que vou *matar* aquele homem se ele voltar a pisar nas minhas terras.

Evadne titubeou. O que é que ela poderia contar ao pai? Com certeza não tudo. Ainda não. Teria que ser aos poucos.

Ela tocou o braço de Gregor.

— Pai... eu...

De esguelha, ela viu o tio Ozias se movendo lentamente, como se pedisse permissão para se aproximar.

— Tio Ozias — disse ela em um suspiro. Quando ele estendeu os braços, ela foi até o tio.

Ele a abraçou forte por um momento. Ozias era exatamente como ela se lembrava, exceto pela cicatriz longa no lado direito do rosto. Seu quíton tinha cheiro de sol e de chuva e ela se perguntou onde ele tinha passado os últimos dez anos. Por que ele tinha ficado longe por tanto tempo? Ela sentiu a relíquia de Kirkos sob a túnica e enrijeceu, torcendo para que ele não sentisse.

— Como você cresceu, Evadne! Da última vez que a vi, você não chegava nem no meu ombro — disse Ozias, afastando-se para observá-la. — Gregor falou que você tinha puxado mais a ele, mas não consegui acreditar. Mas agora eu consigo entender... Ele estava certo.

Gregor ainda parecia estar de cabeça cheia, tentando não chorar. Evadne olhou para o pai e o viu passar a mão pelo cabelo desgrenhado.

— Sim — respondeu Evadne, voltando o olhar para o tio. — Estou feliz que tenha voltado para casa.

Fez-se um instante desconfortável de silêncio. Ozias pigarreou e falou:

— Eu sei, passei muito tempo longe, mas quando tive notícias de Halcyon e de como você tinha ido embora de Isaura para cumprir parte da pena dela... quis voltar para casa. Ver meus irmãos.

Evadne sentiu o coração aquecendo, e ela estava abrindo a boca para falar mais quando viu que Lydia e Maia surgiam no corredor. As duas carregavam roupas limpas, ataduras novas e chá quente para Halcyon.

— Contarei tudo em breve, pai — prometeu Evadne a Gregor. Ela começou a seguir a tia e a prima até a sala de estar quando Ozias segurou seu braço com delicadeza.

— Espere, Evadne.

Ela parou e fitou o tio, esperando que ele dissesse o que queria.

Ozias lançou um olhar para o corredor, em direção ao ponto em que tio Nico e Lysander estavam parados em pé, olhando com curiosidade.

— Eu disse para Nico não buscar o curandeiro.

— Por quê? — Um choque de raiva percorreu o corpo de Evadne.

Ozias olhou de um lado para o outro, nervoso. Da carranca de Gregor à raiva de Evadne e à confusão de Nico e Lysander.

— Quando terminarem de vestir Halcyon, podem nos chamar de volta à sala? Preciso dizer uma coisa a ela e gostaria que toda a família estivesse presente.

Evadne não gostou do pedido e percebeu que não confiava plenamente em Ozias. No entanto, ela apenas assentiu e foi para a sala de estar, deixando os homens nas sombras do corredor.

Tia Lydia e Phaedra limpavam com rapidez as feridas e os cortes de Halcyon e refaziam as ataduras. Logo Halcyon estava vestida com um quíton limpo, e Maia a ajudava a beber o chá.

— Onde será que está o curandeiro? — indagou Phaedra, levantando-se e recolhendo os curativos sujos.

— O tio Ozias tem algo a dizer para Halcyon — disse Evadne. — Antes que o curandeiro chegue.

A mãe e a tia ficaram ultrajadas e irritadas, mas Evadne abriu a porta para que os homens entrassem novamente no cômodo.

Ficaram ao redor de Halcyon, que pareceu se encolher nas almofadas como se estivesse com medo. Com medo da própria família?

Evadne se ajoelhou ao lado da irmã e entrelaçou seus dedos nos dela. Ela sentiu Halcyon apertar sua mão com força, apreensiva.

Ozias baixou o olhar para Halcyon, franzindo o cenho. Em seguida, disse:

— Depressa, depressa. Coloquem ela e as almofadas ali sob a luz do sol.

Gregor olhou perplexo para o irmão.

— Pare com isso, Ozias. Minha filha está doente!

— Faça o que digo, Gregor — insistiu Ozias com calma, sem tirar os olhos de Halcyon.

Gregor delicadamente segurou Halcyon e Evadne pegou as almofadas, colocando-as em uma parte onde o sol batia bastante. Ela ajudou o pai a deitar a irmã nas almofadas mais uma vez e Halcyon, por sua vez, reprimiu um gemido.

Enquanto isso, Evadne só conseguia pensar que o tio Ozias havia perdido a cabeça.

No entanto, ele se ajoelhou do outro lado de Halcyon, a luz do sol iluminando seu cabelo castanho-claro. Ele pegou a mão da sobrinha e a segurou por um momento, então sorriu para ela.

— Assim que eu a segurei pela primeira vez na noite em que você nasceu, eu soube que você estava fadada a algo maior, que você ouviu um chamado para além deste pomar, como eu também ouvi uma vez. Lembro-me do quanto você era veloz e forte quando era criança. Corria muito rápido, como se tivesse asas. Como uma ave guarda-rios.

Os olhos de Halcyon ficaram marejados. *Ele está fazendo com que ela fique estressada sem necessidade*, pensou Evadne, mexendo as mãos. Só que viu a irmã mudar de repente. A emoção dela amainou e se transformou em uma tranquilidade respeitosa, como se visse algo em Ozias que ninguém mais notava.

Ele levou a mão para baixo do colarinho do quíton. Evadne o observou com o coração disparado, e a família se aproximou, ansiosa e desconfiada. Ozias tirou apenas uma corrente de prata do pescoço. Uma corrente de prata com um anel, que ele tirou da corrente e segurou contra a luz. Era um aro dourado, com desenhos detalhados de videiras e flores. Uma grande pedra do sol reluzia no adorno. Era vermelha, âmbar e incandescente com fogo, com vida.

Lysander ficou de queixo caído, incrédulo.

E Evadne enfim entendeu. Ela sabia o que era aquele anel, e lágrimas invadiram seus olhos.

— Dou-lhe este anel, Halcyon de Isaura — declarou Ozias com um sorriso carinhoso. — Use-o e seja curada.

E então ele colocou a relíquia encantada de Magda — o Anel de Cura de Pedra do Sol — no dedo de Halcyon.

Evadne foi atrás do tio Ozias naquela noite, depois do jantar. Ele estava sentado sozinho no canto do pátio, olhando para o pomar iluminado pelas estrelas. Ouviu a aproximação e falou:

— Não, Lysander, pela centésima vez, *não* vou contar onde encontrei o anel.

— Dou graças às divindades que não sou Lysander, então — rebateu Evadne.

Ozias se virou e a viu.

— Ah, Evadne. Peço desculpas. Pensei que fosse seu primo. Venha, sente-se ao meu lado.

A garota sentou, e eles ficaram em silêncio por um momento, vendo a brisa da noite brincar com os galhos.

— Quero agradecer-lhe, tio — disse a garota. — Por dar sua relíquia a Halcyon.

Ela imaginava o quanto devia ter sido difícil para ele abrir mão do anel. Sabia quanto o tio cobiçara uma relíquia, quase mais do que qualquer outra coisa. Sua ambição já havia tragicamente afetado a relação dele com os irmãos.

Ozias ficou em silêncio, e então olhou para ela com um sorriso no rosto.

— Foi uma honra.

— Obrigada.

— Sua irmã deve mantê-lo no dedo e ficar sob o sol o máximo que conseguir. Levará um tempo para que ela esteja curada, mas deve acontecer. O encantamento é potencializado pelo sol, mas o luar também vai servir. O anel não é tão eficaz à noite, mas essa parte você já devia imaginar. Afinal, Magda é a deusa do sol, não?

Evadne concordou. Ela estava pensando em todas as janelas no casarão que poderiam abrir para deixar o máximo de luz entrar. E depois poderiam levar Halcyon para fora, na campina, onde a luz era intensa e dourada.

Ozias voltou a olhar o pomar.

— É uma sensação e tanto voltar aqui depois de ter jurado manter distância deste lugar.

Evadne sentiu que aquilo era um convite e criou coragem para fazer a pergunta que ninguém ousara dirigir a Ozias.

— Onde foi que você passou esses anos todos, tio?

A deduzir pela cicatriz no rosto, em algum momento ele esteve preso na pedreira do povo comum. No entanto, até mesmo esse palpite parecia estranho, porque Ozias usava roupas finas e estivera em posse do Anel de Cura de Pedra do Sol, uma relíquia perdida havia anos.

— Muitos lugares, Evadne — respondeu Ozias. — Andei pelo palácio da rainha e ceei em tavernas de ladrões. Passei por julgamentos e pela prisão e tudo que vem entre uma coisa e outra.

— Foi lá que acabou com essa cicatriz?

— Você é a primeira da família a me perguntar sobre ela — respondeu ele, virando-se para a sobrinha. — E, por isso, vou responder com sinceridade. Um mago tentou me matar uma vez. Não conseguiu, mas me deixou com o rosto marcado.

As palavras dele preocuparam Evadne.

— Por que um mago tentaria matá-lo, tio?

— Nós dois queríamos a mesma coisa.

— Uma relíquia?

Ozias sorriu.

— Ah, tudo sempre gira em torno das relíquias, não é mesmo?

Evadne esperou que ele continuasse o assunto, mas Ozias se calou e tirou um pequeno pedaço de papiro do quíton. Ele o segurou no espaço entre os dois, e a respiração de Evadne falhou quando ela viu a estampa no papiro: o carimbo do basilisco misterioso.

— Vi você no dia em que a rainha passou por Mithra — contou Ozias. — Eu estava na multidão e vi você e Damon. Ali eu soube... eu entendi que ele estava prestes a arrastá-la para um imbróglio e não queria isso para você. Não depois do que tinha acontecido com Halcyon. Mandei a carta para que você me encontrasse na Coruja de Ouro, torcendo para que reconhecesse este símbolo, que o remetesse a mim.

Evadne pegou o papiro, analisando o basilisco. Ela finalmente entendeu, já que sabia que era ele. O basilisco era como o afresco antigo na parede de seu quarto. O cômodo que antes pertencera a Ozias.

— Achei que fosse Macarius — confessou ela. Evadne ficou embasbacada ao perceber que seu tio também estava envolvido com os segredos de Straton. — Pensei que Macarius tinha escrito o recado para mim, não o senhor.

— Foi o que suspeitei quando ele seguiu você para dentro da loja. Eu conseguia enxergá-los do estoque, mas você partiu antes que eu pudesse redirecioná-la.

Ela entregou o papiro de volta ao tio, atarantada.

— Então tem trabalhado com o lorde Straton e Damon?

— Sirvo à rainha, trabalho para ela — corrigiu ele. — Anos atrás, quando parti de Isaura, busquei as relíquias para meu próprio benefício. Eu estava no último nível da classe baixa. Mas minha vida mudou quando a rainha Nerine me perdoou por um pequeno crime. Ela me deu um novo propósito, e eu jurei servir a ela e a sua aliança secreta, ser seus olhos e seus ouvidos em lugares aonde ela não poderia ir.

— O senhor é um espião — falou Evadne, maravilhada.

— Você quem está dizendo, não eu — disse Ozias, achando graça. — Mas sim. Comecei a trabalhar com Straton quando nós dois suspeitamos que Selene estava manipulando a rainha. Isso levou à descoberta do plano dela para as relíquias. O grupo de magos de Selene está tentando unir todas e usá-las contra a rainha ao fazer parecer que Nerine deu as costas ao povo comum. Selene já a fez aprovar algumas leis que causaram discórdia e desigualdade. Estamos tentando encontrar as relíquias antes deles e deixá-las longe de alcance.

Evadne se lembrou de como o povo comum a seu redor tinha gritado e vaiado a rainha naquele dia na rua. Ela pensou nas relíquias, em como as divindades as haviam deixado para trás para que o povo comum as usasse, de modo a manter os magos sob controle. Sentiu uma pontada no estômago quando pensou no roubo da coroa de Acantha, que haviam perdido.

— Perdemos a coroa, tio. Sinto muito mesmo, mas Macarius estava esperando por mim e por Damon na passagem da montanha. Ele foi mais forte que nós dois. E eu sei que a coroa é a relíquia mais importante de todas. Que era a última esperança para Nerine, a melhor chance que tínhamos de quebrar o encantamento que Selene lançara nela.

Ozias tocou o ombro dela com delicadeza.

— Não precisa se desculpar para mim, Eva. Ainda estou admirado com você, com a forma como conseguiu sobreviver aos perigos do Euthymius.

E, ainda assim, não bastava. Evadne cobriu o rosto por um momento, sentindo o cheiro de suas mãos.

— Damon foi a Abacus atrás do pai. — Ela baixou as mãos e mirou Ozias. — Por que voltou para casa, tio?

Ele olhou para o pomar. E então Eva entendeu por que ele tinha retornado para Isaura. Não era para ver sua família abandonada, confortar o irmão e resolver o passado.

— Veio procurar a relíquia de Kirkos — sussurrou Evadne.

— Sim. Falando assim, pareço ser mal-intencionado, não acha, Eva?

Ela se lembrou de como certa vez ele quis cavar o túmulo de Kirkos, pensando que a relíquia pudesse ter sido enterrada com o deus. E pensou em como, aquele tempo todo, seu pai estivera em posse dela. Pelo visto, a base de sua família eram os segredos que guardavam.

— Meu pai não sabe que o senhor é espião de Nerine — concluiu a garota.

— Não. Nem deveria saber, Eva.

— E quanto às demais relíquias?

— Três ainda estão desaparecidas. O Manto Celeste de Irix, os Brincos Perolados de Loris e o Colar Alado de Kirkos.

— O Anel de Cura de Pedra do Sol... — começou Evadne, hesitante e preocupada.

— Pode continuar com Halcyon, por ora — tranquilizou-a Ozias. — Ela faz parte da nossa aliança, é uma serva da rainha. Sabe que deve guardá-lo bem.

Era justamente a resposta que ela queria ouvir.

Evadne levantou a corrente de prata do pescoço, colocando a asa de lápis-lazúli no meio da palma da mão, estendendo-a para o tio.

Ozias apenas encarou a relíquia por um instante. Estava perplexo. E então a tocou de leve com as pontas dos dedos.

— Em nome dos deuses — sussurrou ele, olhando para Evadne. — Onde foi que você...?

A garota balançou a cabeça.

— Não. Não direi onde encontrei. Assim como não vai dizer a Lysander onde encontrou o anel.

— Justo, Eva.

— Mas eu gostaria de dá-la ao senhor, tio Ozias. Pela rainha Nerine. — Evadne colocou a corrente em sua mão, o objeto sussurrando assim que a garota o soltou.

Ela quis a relíquia de volta assim que a deixou. Queria mantê-la no pescoço até morrer, deleitar-se com aquele pedacinho de magia. No entanto, sabia que as relíquias não deveriam ser colecionadas. Muito mais estava em risco. Mais do que um dia ela imaginou ser possível.

— Obrigado. — Ozias fechou a mão com a relíquia. — Quando isto tudo acabar e tivermos vencido, a rainha Nerine terá a honra de saber o que fez por ela, Eva.

Ela assentiu e sorriu. Mas por dentro seu coração estava em rebuliço. A vitória parecia estar tão longe quanto as estrelas.

XXIX

Evadne

—E le sumiu! — gritou Lysander, entrando de supetão na sala de estar na manhã seguinte.

Evadne estava sentada ao lado de Halcyon à luz do sol, alimentando a irmã com aveia, leite e mel. Ela parou para fitar o primo, cuja raiva perturbava a atmosfera plácida feito uma tempestade.

— Quem, Lysander? — indagou Maia num bocejo. Estava sentada do outro lado de Halcyon, segurando um copo de chá fumegante para a prima enferma beber.

— Quem você acha? — grunhiu Lysander. — O tio Ozias!

Evadne olhou para onde o pai estava sentado no banco, terminando o desjejum. Gregor franziu o cenho e disse:

— Não, não pode ser. Ozias disse que ficaria conosco até o próximo verão.

— O quarto dele está vazio. Não tem mais nada lá e o cavalo sumiu também. Ele desapareceu, simples assim. Sem se despedir. Sem um mísero adeus. Apenas… *partiu*. Como se fosse um ladrão na madrugada! — disse Lysander, e então caiu ao chão, explodindo de raiva.

Evadne sabia por que Ozias tinha ido embora sem dizer nada: ele estava com a relíquia de Kirkos e precisava voltar à rainha, em Mithra. No entanto, ela sentiu um aperto na garganta quando viu um lampejo de dor nos olhos do pai. A mãe tocou o ombro de Gregor, em uma tentativa silenciosa de reconfortá-lo. A tia Lydia começou a resmungar:

— Pois que vá com os deuses. Por que abrimos as portas de volta para ele?

Até mesmo o tio Nico pareceu desolado por seu irmão ter partido sem nem se despedir.

— Aposto que ele deve voltar logo — comentou Phaedra. — Talvez tivesse um compromisso em Dree.

— Pouco provável — retrucou Lysander, escondendo a cara fechada ao baixar a cabeça para a aveia que sua mãe colocara à sua frente. — Desde que Bacchus foi assassinado, as coisas estão diferentes em Dree. Todos os homens partiram. O vilarejo está em um constante estado de alerta para uma guerra. Por que Ozias iria até lá?

— Bacchus foi assassinado? — choramingou Evadne, quase derrubando a tigela de aveia da irmã.

A família toda olhou para ela, surpresa pela reação passional. Eva sentiu a mão de Halcyon, mais forte do que estivera no dia anterior, tomar a sua e dar um aperto de leve.

Halcyon sabia, então.

Macarius, ponderou Evadne. Ele devia ter tido algo a ver com isso, e Evadne sentiu vontade de matá-lo. Mais uma vez.

— Sim — confirmou Lysander. — Bacchus foi assassinado por aquele brutamontes do Laneus, que também roubou o Cinturão Dourado. Não há como saber onde a relíquia foi parar. Ele praticamente sumiu, como um tio infeliz que conheço bem.

Laneus.

Evadne viu o olhar triste da irmã.

— O garoto terrível de Dree? — sussurrou Evadne, e Halcyon assentiu.

Evadne precisou de todas as forças para se acalmar, respirar fundo. Para continuar dando a aveia para Halcyon. Porque era isso que importava mais no momento: recuperar a saúde da irmã.

Os dias passaram. Muitas vezes Evadne se sentava ao lado de Halcyon na luz, vendo a irmã ficando gradativamente melhor, que dormia mais do que qualquer coisa, mas jamais ficava sozinha. Sempre havia alguém perto dela. Phaedra ajeitava as roupas; Gregor cantava uma melodia baixa e doce. Maia trançava coroas, e a tia Lydia separava grãos. O tio Nico organizava a situação financeira nos cadernos de registros da família, e até Lysander entrou na escala para fazer companhia a Halcyon, lendo um papiro antigo de lendas, dando tudo que podia para não transparecer a admiração pelo anel no dedo.

Ver a irmã em segurança dentro de casa — dormindo, sonhando, sarando — restaurou o vigor da mais nova.

A cada dia que passava, no entanto, as preocupações de Evadne se intensificavam. Estavam isolados no sul de Corisande. Não era como se as notícias chegassem a eles; a família sempre precisava ir a Dree para descobrir o que estava se passando e, desde a morte de Bacchus, eles passaram a evitar o vilarejo da montanha. Portanto, Evadne ficou cismada com o que poderia estar acontecendo fora do território do pomar. Será que Selene já estava com a Coroa Onividente? Qual seria o próximo passo de Macarius? Por que todos os homens haviam deixado Dree? Para onde Laneus levara o Cinturão Dourado?

Ela tentou não observar os portões de Isaura, que seu pai deixara trancados para o caso de o comandante chegar exigindo Halcyon de volta. O que ele não faria, Evadne sabia. Straton tinha questões mais urgentes com as quais lidar. No entanto, Gregor manteve os portões trancados, e Evadne continuou a olhar para eles na expectativa de alguém aparecer.

Damon, onde é que você está?

Sempre que pensava nele, uma pontada de dor atravessava seu peito. Só porque ela estava esperando por notícias. Porque estava ansiosa. Não porque sentia saudade. Pelo menos, foi do que tentou se convencer.

Talvez ele não fosse até lá, no fim das contas. Talvez tivesse mudado de ideia e não precisasse mais dela. Talvez tivesse se esquecido dela.

A ideia parecia estranha, e ela não conseguia entender por que a fazia se sentir vulnerável.

Quase uma semana havia se passado quando ele finalmente chegou. Evadne, obviamente, estava coberta de farinha, fazendo pão com a mãe na cozinha. Ela não ouviu o sino do portão, de tão absorta em pensamentos, mas Lysander marchou para dentro do casarão e ela ouviu seu anúncio tomando o corredor:

— Tio Gregor, tem um mago no portão. Devemos deixá-lo entrar?

Evadne largou a massa, disparou pelo corredor e saiu pelas portas da frente antes mesmo que o pai pudesse se levantar de seu banco na sala de estar. Estava descalça; sentia a laje e a grama sob seus pés, o pátio quente com o sol do meio-dia. Não havia sequer uma nuvem no céu e a luz estava forte, até dolorosa a princípio. Então, seu olhar recaiu sobre os portões altos de Isaura e, aguardando atrás do ornamento de ferro em formato de videira, estava Damon.

Assim que conseguiu ver o rosto dele e seus olhares se encontraram, ela perdeu o fôlego.

Parou aos portões e eles se fitaram como se tivessem passado anos separados.

— Evadne — sussurrou ele. Sua voz com um toque de alívio ao encontrá-la ali, segura, perpassou a garota como uma onda. — Eu... — Ele estava prestes a dizer mais, mas Gregor chegou.

— Quem é você? O que quer aqui?

Damon olhou para Gregor. Evadne corou ao ouvir o tom de voz ríspido que seu pai usou para se dirigir a Damon.

— Sou Damon de Mithra. Evadne é minha...

— Evadne é *minha* filha e você não tem direito de vir aqui — rebateu Gregor. — Vá embora, volte para o lugar de onde veio!

Damon deu um passo para trás.

— Pai. — Evadne pegou o braço do pai com delicadeza. — Você se lembra do que contei? Sou a escriba de Damon e estava esperando que ele aparecesse.

Gregor travou o maxilar, mas, a contragosto, olhou para Evadne. Ela viu que ele estava se esforçando para conciliar o que sentia com o que sua filha pedia.

— Tem certeza, Pupa? — sussurrou Gregor.

Evadne assentiu, sorrindo para ele. Era raro que ele negasse algo àquele sorriso.

Com um suspiro, Gregor cedeu e abriu os portões.

— *Pupa?* — indagou Damon meia hora mais tarde, quando estavam sozinhos, caminhando pelo pomar.

O sol brilhava em seus ombros e Evadne teve que forçar um sorrisinho, sentindo as bochechas quentes de vergonha.

— Eu estava torcendo para você não ter ouvido.

— Achei que tivesse entendido errado.

— Não. Meu pai me deu um apelido carinhoso inspirado em larvas. Desde que me conheço por gente, é como ele me chama.

Damon ficou em silêncio. Ela arriscou um olhar para ele e viu que o rapaz estava se esforçando ao máximo para não rir.

— Combina com você, Evadne.

Ela deu uma cotovelada nele, e Damon riu alto, assustando um pardal que estava em um galho de árvore. Por um momento, o mundo não era mais um lugar traiçoeiro. Eles não eram um mago e uma escriba com um desafio impossível logo à frente. Eram somente um rapaz e uma garota, caminhando juntos em um pomar, os braços se tocando de leve, os corações contentes e iluminados.

Porém, quando o momento passou, Evadne e Damon se calaram novamente. Ela viu a árvore divina ao longe, a oliveira atordoada convidando os dois para a sua sombra. Pararam sob os galhos antigos, e Evadne se sentou na grama, seu tornozelo doendo, enquanto Damon passava a mão pelo tronco sulcado.

— Este pomar é difícil de encontrar — comentou ele, admirando a árvore. — Viajei a manhã toda para encontrar a estrada que trazia aos seus portões.

— É para ser assim mesmo — respondeu a garota, reclinando-se sobre os ombros e inclinando a cabeça para o céu. — O último encantamento de Kirkos antes de cair.

— Sua casa é linda, Evadne.

Ela sentiu que o olhar dele a observava, e seus olhos encontraram com os dele. Damon permaneceu próximo a ela, sua sombra se assomando sobre Evadne, cujo coração doía. Era aquela mesma dorzinha que ela sentia havia dias, enquanto esperava ele chegar.

— Tenho novidades — falou ela, ignorando a faísca que sentiu.

Damon se sentou ao seu lado, a alguns palmos de distância.

— Encontrei o Basilisco semana passada — revelou ela, observando o choque tomar conta do rosto de Damon.

— *O quê?* Como ele sabia onde achá-la?

— Ele é meu tio. — Ela não ficou surpresa por Ozias ter guardado segredo dela e de Halcyon sobre sua conexão. Mas Damon ficou.

— Seu *tio*? — Ele riu, incrédulo. — Meus deuses! Ele deveria ter nos contado. Isso poderia ter colocado em risco toda a nossa missão.

— Mas isso não aconteceu, certo? — rebateu Evadne, ainda que soubesse que Ozias seria contra ela entrar na montanha.

— Halcyon sabe que é ele?

— Não sei. Dei a ele a relíquia de Kirkos e ele partiu, voltou para Mithra. — Ela pegou um filete de grama e o enrolou no dedo. — Ele não me contou muita coisa. Eu estava torcendo para você me trazer notícias.

Damon soltou um longo suspiro.

— Meu pai acha que Selene vai prosseguir com o golpe. Os arautos proclamaram que a rainha Nerine deu ordem para que todos os portões de Mithra fossem trancados, que ninguém saia nem entre. É um ato de guerra, além do jeito que minha tia arrumou para fazer com que meu pai apareça para desafiá-la uma última vez. Minha mãe e minha irmã estão agora presas na cidade, sob o poder dela, e meu pai não vai aceitar isso. Ele reuniu a legião e planeja marchar com os hoplitas hoje. Vão seguir para Mithra e invadir a cidade para salvar a rainha.

Evadne ficou calada, assimilando o pensamento terrível. E então sussurrou:

— Selene vai mandar o exército da rainha para lutar contra o seu pai?

— Meu pai acredita que não. É muito respeitado pelo exército da rainha. Treinou muitos membros. Seria estupidez de Selene pensar que poderia colocar os hoplitas da rainha contra o meu pai.

— Então quem a legião terá que enfrentar?

— Isso nós não sabemos.

Evadne não sabia o que dizer porque, de repente, ficou com a sensação de que ela não era necessária. Ela e Damon não eram hoplitas. O que poderiam fazer diante de um cerco e uma batalha?

— Apesar disso tudo — falou Damon, e aproximou mais a mão da dela —, meu pai pediu meu apoio. Ele quer que eu marche com sua legião até Mithra.

Evadne resistiu à tentação de olhar para ele.

— Quer que eu vá com você?

Damon ficou em silêncio por um momento.

— Sim, Evadne. Quero que venha comigo. Mas antes que me responda... preciso que saiba que será perigoso, talvez até mais do que nossa jornada até o coração do Euthymius. E vou entender se escolher ficar aqui com sua família. Na verdade, quero implorar que fique, mas também quero implorar que se junte a mim, e não consigo entender direito como você causou isso dentro de mim, que eu desejasse duas coisas diferentes num só fôlego.

Ele parou de falar abruptamente, como se não acreditasse que tinha dito aquilo em voz alta.

Mas seus olhos... eles continuaram a falar.

O que você fez comigo?, diziam eles.

Ela desviou o rosto para esconder os próprios desejos, mas sentiu o calor e ouviu a respiração de Damon rápida, como se lhe causasse dor estar, ao mesmo tempo, tão perto e tão longe dela.

Por fim, Evadne estava começando a entender por que Kirkos escolhera ficar na Terra. Por que ele tinha escolhido abrir mão de suas asas e de sua divindade.

Ainda não, pensou. *Não perca a razão ainda.*

Ela tombou a cabeça para trás até o cabelo tocar a grama. Com a luz do sol e as sombras em seu rosto, ela fechou os olhos, sabendo que Damon ainda a observava.

— Haverá escadas infinitas, cascatas ou magas imortais furiosas no caminho? — questionou ela.

Ele abafou o riso, achando graça.

— Pelas divindades, não.

Ela, por fim, abriu os olhos para observá-lo.

O que você fez comigo? Ela queria devolver a ele, como o sussurro antes de lábios se tocarem. Porque queria ficar e também queria ir. Queria as mesmas coisas que ele.

Mas ela não deu voz a essas vontades. *Ainda não, ainda não.*

Sorriu e disse:

— Então, sim. Eu vou com você.

* * *

Halcyon ainda estava deitada no sol, profundamente imersa em sonhos de recuperação. Evadne se ajoelhou ao lado da irmã, vestida e pronta, o cabelo preso em uma trança, a poucos instantes de partir com Damon.

A mãe delas trabalhava ali por perto, consertando um novo quíton para Halcyon. O casarão estava em silêncio e as paredes quase pareciam tristes por saber que Evadne estava prestes a deixá-las mais uma vez.

— Melhor acordá-la? — sussurrou Evadne.

Sua mãe olhou para Halcyon, séria.

— Não sei, Eva. Se ela acordar... — Então parou de falar.

Evadne sabia o que a mãe estava pensando. *Se Halcyon acordar, ela desejará ir também.*

Evadne plantou um beijo na testa da irmã, maravilhada com o tanto de cor que retornara a seu rosto, como as feridas e os hematomas já estavam praticamente curados. Parecia errado deixá-la sem um adeus, mas Evadne nunca tinha gostado muito de despedidas. Conseguiu ficar de pé e dar meia-volta para sair da sala de estar antes que sua determinação vacilasse.

Phaedra a seguiu até o pátio, onde Damon esperava com dois cavalos e Gregor falava com ele em um tom severo.

— Pai — chamou Evadne, e Gregor parou no meio de uma frase a fim de se virar para ela.

Seu olhar estava suave. Ele foi até ela e a puxou para um abraço.

— Por que você tem que ir, Pupa? — sussurrou no cabelo da filha.
— Acabou de voltar.

Evadne se afastou um pouco para olhar para ele.

— O senhor se lembra de que gostamos de cantar, pai? Cantamos todas as estrofes, senão a canção fica suspensa no ar, inacabada. Por isso devo ir agora, para terminar o que comecei. Devo honrar minha palavra, como o senhor me ensinou a fazer.

Gregor segurou o rosto da filha, e ela ficou com receio de que ele fosse chorar novamente. Mas ele apenas abriu um sorriso triste e doído, e beijou sua testa. Ele a soltou e ela abraçou a mãe.

— Voltará em breve, Eva? — indagou Phaedra, alisando alguns fios desgrenhados nas tranças de Evadne. — E a legião do lorde Straton protegerá você?

— Sim, mãe. — Evadne resistiu à tentação de olhar para Damon, sabendo que ele mencionara a legião apenas para tranquilizar os pais dela. No entanto, não mencionou o cerco ou o embate iminente nos portões de Mithra.

O tio Nico e a tia Lydia vieram depois para dar-lhe um abraço de adeus. E Maia, com lágrimas escorrendo pelo rosto, e Lysander, com inveja nos olhos.

Ela se virou para Damon, que esperou por ela, montado em um dos cavalos. Evadne foi até ele e subiu na sela.

Portão afora, ela o seguiu. Olhou para trás apenas uma vez e teve um vislumbre breve de sua família. Todos, exceto Halcyon e o tio Ozias.

Ela gravou bem forte a imagem deles na memória, feito um lacre de cera.

Cavalgou para o leste sem medo, com Damon ao lado, para encontrar a legião de Straton.

E terminar o que Halcyon começara.

XXX

Halcyon e Evadne

Quando Halcyon acordou, já era noite. O ar estava calmo, tranquilo. Ainda assim, algo parecia estranho.

Ela se sentou, surpresa ao perceber que estava em seu quarto, iluminado por uma lamparina a óleo na cômoda. À luz fraca, Halcyon observou o lado do quarto de Evadne. A cama da irmã mais nova estava perfeitamente arrumada. Sua placa estava sobre o baú de carvalho, os símbolos de Haleva ainda desenhados na cera.

Halcyon se levantou, foi até a placa e a pegou. Analisou os símbolos, contornando-os com as pontas dos dedos, a pedra do sol de Magda reluzindo com o movimento. E foi então que Halcyon entendeu a sensação estranha que sentia. Todas as vezes que tinha acordado desde a volta para casa, Evadne estivera presente.

Ela colocou a placa de lado e saiu do cômodo, seguindo as vozes escada abaixo, até a sala de estar. A família jantava à luz do fogo. Todos se assustaram ao vê-la à porta.

— Broto — chamou o pai. — Venha comer conosco.

O olhar de Halcyon foi de um rosto a outro. Ela amava todos os familiares, mas nenhum era quem ela buscava.

— Onde está Eva?

A família pareceu congelar.

— Eva? — ecoou Maia com um tremelique nervoso, como se nunca tivesse ouvido o nome.

— Ela vai passar um tempinho longe, Halcyon — contou Phaedra com a voz suave. Colocou ensopado em uma tigela e a ofereceu à filha.
— Venha, meu amor. Junte-se a nós.

— Onde está Evadne? — repetiu Halcyon, seu tom ficando mais afiado.

O tio Nico foi o primeiro a desviar o rosto, e as suspeitas de Halcyon multiplicaram.

— Pai — chamou ela. — Pai, cadê minha irmã?

Gregor passou as mãos no rosto. Suspirou e olhou para a filha no outro lado da sala. Embora estivesse com a boca aberta, ele parecia não conseguir falar.

Lysander interveio:

— Evadne partiu com Damon para se unir à legião.

— A legião? — Halcyon olhou para ele. Seu rosto estava comedido, mas seu estômago revirava. — *Minha* legião?

Ela não precisava que respondessem. Soube a resposta imediatamente pelo semblante de seus parentes.

Evadne a deixara. Sem dizer nada.

Halcyon se afastou, foi para longe do fogo e por fim saiu da sala, seus pensamentos em um borrão confuso, sua respiração apressada e difícil. Como se alguém tivesse acabado de dar um soco em seu estômago.

Phaedra ficou de pé, derrubando acidentalmente o ensopado.

— Halcyon, por favor. Você precisa ficar aqui!

Mas ela já estava no meio da escada. Entrou a toda quarto adentro e começou a se vestir e embalar suas coisas, com as mãos tremendo.

Halcyon tinha fechado o cinto e colocado o xale nos ombros quando sentiu a presença do pai no cômodo.

Gregor estava parado, observando a filha, e Halcyon hesitou quando olhou para ele e viu seu sofrimento.

— Pai, preciso ir. O senhor sabe disso.

— Eu sei, Halcyon.

Ele ficou em silêncio, fitando-a. Sem saber como agir, Halcyon mudou o peso entre as pernas, entrelaçou as mãos e depois as soltou de novo.

— Mas sua mãe está preocupada, Broto.

Broto. Ela não acreditava que o pai ainda a chamava pelo apelido antigo. Que o nome permanecia vivaz em sua fala.

— Com o quê? Minha saúde está recuperada. — Era uma mentira. Halcyon sabia que ainda não estava na melhor forma. Sua força ainda lutava para retomar o que costumava ser. Porém, ela não confessaria isso.

— Com o lorde Straton. Sua sentença continua em vigor, filha. E se ele decidir aprisioná-la? Ou mandá-la de volta à pedreira?

Halcyon soltou um longo suspiro ao pensar no comandante. Ela se lembrava de como ele a havia segurado, chorado sobre ela. Ele quis mantê-la viva, mesmo depois de toda a dor que ela causara.

O mundo seria um lugar sombrio sem você.

Ele a machucara, mas ela também o fizera sofrer. E a parte final de sua recuperação não poderia começar sem ele.

Sua redenção não seria ali, em Isaura. Ela estava a leste, onde o comandante andava entre seus hoplitas ao luar, preparando-se para o desconhecido.

— O lorde Straton precisa de mim, pai. Sou uma de suas guerreiras e devo atender ao chamado que ele fez. Com ou sem uma pena a cumprir.

Gregor assentiu, derrotado. Ainda assim, havia mais alguma coisa escondida nele. Uma faísca de orgulho.

— Então ajude-nos a prepará-la da melhor maneira possível, Broto.

Ela o seguiu até a cozinha. Para sua surpresa, sua mãe, sua tia e Maia já tinham embalado as provisões. Um saco pesado de comida e dois cantis de água. Em seguida, Lysander chegou correndo com um par de luvas de couro.

— Hal, você precisa esconder seu anel.

Halcyon tinha se acostumado tanto com a relíquia que quase se esqueceu dela em seu dedo. Lysander tinha razão; a pedra do sol de Magda devia permanecer escondida.

Ela calçou as luvas, grata. E então, olhou para a família, reunida ao seu redor, observando-a com olhos marejados.

— Obrigada — murmurou. — Voltarei em breve. Ou peço para Eva mandar notícias.

Halcyon se virou para partir, mas então seu pai gritou:

— *Halcyon!*

Ela parou e tornou a olhar a família, atônita com a emoção na voz dele. Pensou que ele tinha mudado de ideia, que ele não a deixaria ir embora, mas o que viu foi seus braços, bem abertos. Para ela.

Halcyon entrou no abraço, entrelaçando o corpo com o pai, bem apertado. Em seguida, foi a vez de sua mãe, depois sua tia, seus primos e seu tio. Ela se surpreendeu com a forma que a afeição revigorou suas energias. O tempo todo, dissera a si mesma para *desapegar* e ir embora, mas havia beleza e força no *abraço*, no acolhimento.

Sem dizer mais nada, virou-se e saiu andando pelo pátio de Isaura, passando pelos portões e pegando a estrada. Esperou até sentir o vento soprando, empurrando suas costas com um convite.

E foi então que Halcyon fixou os olhos no céu do leste e começou a correr.

Ela levou dois dias para encontrar a legião.

Halcyon os avistou no meio da tarde do segundo dia, marchando em harmonia ao longe, o bronze de suas armaduras refletindo o sol feito um rio. Seguiu a uma distância segura — ansiosa, exausta e coberta de terra. Sempre que pensava que estava pronta para se aproximar, decidia esperar mais.

Observou as barracas sendo montadas no início da noite — a de Straton ficava no coração do acampamento — e as pequenas fogueiras queimando no mar de guerreiros. Deviam estar descansando e ceando. Compartilhando cerveja de seus cantis. Preparando-se para dormir. Ela também sabia que haveria um guarda fazendo a patrulha do acampamento e logo identificou as figuras que percorriam o perímetro. Também era possível ver o Monte Euthymius dali, então as tochas queimavam nos limites do acampamento.

Não havia sequer uma sombra para que Halcyon pudesse entrar no acampamento sem ser avistada. Guardas demais, olhos demais, luz demais.

Ela procurava qualquer vestígio da irmã quando reconheceu uma das hoplitas de tocaia. Um escorpião estava gravado em seu elmo e escudo. Era sua antiga capitã, Narcissa. E Halcyon sabia que esperara o suficiente.

Começou a descer o morro, a grama alta e densa com flores silvestres roçava seus joelhos. Ela focou Narcissa, esperando que a capitã a visse, o que aconteceu antes que Halcyon estivesse preparada.

— Alto lá! — mandou Narcissa com a lança à mão. — Quem é você? O que quer?

Halcyon parou, levando as mãos ao ar. A capitã ainda não sabia que era ela. Halcyon não sabia se isso a aliviava ou magoava. Com a voz branda, falou:

— Sou eu, capitã. Halcyon de Isaura. Vim falar com o lorde Straton.

Narcissa não se moveu. Continuou mirando a lança no coração de Halcyon, mas arregalou os olhos e enfim deu um passo à frente. Depois mais um. Sua armadura tilintava com seus movimentos graciosos. Em seguida, viu o rosto de Halcyon e baixou a lança.

— Halcyon? É sério?

A jovem engoliu seco, tremendo ao baixar as mãos.

— É uma longa história.

Narcissa a encarou por um momento, assustada.

— Você não é uma das assombrações de Ivina, é?

Ah, a ironia. Halcyon quase riu.

— Não, mas, se duvida da minha palavra, entregue-me uma tocha.

A capitã continuou a analisá-la. Por fim, ela sorriu.

— Quase não a reconheci, Hal.

— Sim, eu mudei. — E ela entendeu o raciocínio de Narcissa. Já havia se passado uma lua inteira desde que tinham se visto pela última vez. Diversas semanas, e a aparência de Halcyon estava drasticamente alterada. Nem mesmo a relíquia em sua mão poderia ressuscitar sua antiga versão. Ela não era mais aquela garota. Nem em corpo, nem em espírito.

— Como estão suas costas? — sussurrou Narcissa.

— Saradas.

A capitã assentiu, mas havia algo em seus olhos, como se ela duvidasse de Halcyon.

— O lorde Straton informou a todos nós que não quer ser incomodado após o pôr do sol. Ainda assim, acredito que ele abrirá uma exceção para você.

Halcyon esperou Narcissa algemá-la e guiá-la pelo acampamento como uma criminosa. Porém, sua ex-capitã não fez nada disso. A mulher gesticulou para que Halcyon enrolasse o xale mais próximo ao rosto, de modo a escondê-lo.

Halcyon ficou grata por Narcissa tê-la guiado pelo acampamento em silêncio. Ela respirou a poeira de seu xale e seguiu a capitã acampamento adentro, serpenteando por entre fogueiras e barracas, sem tirar os olhos do chão ao passar pelos outros hoplitas.

Rápido demais, chegaram à barraca de Straton.

— Espere aqui — murmurou Narcissa.

Halcyon assentiu, continuando do lado de fora, seu coração quase saindo pela boca. Viu Narcissa abaixando para passar debaixo das abas da barraca. Ela a ouviu dizer:

— Lorde comandante, peço desculpas por minha intromissão.

— Sim. O que foi, Narcissa?

— O senhor tem uma visita.

— Não pode esperar até de manhã?

— Não.

Uma bufada cansada.

— Pois bem. Mande entrar.

Halcyon deu um passo para trás. Pelos deuses, o que estava fazendo? Por que tinha ido ali? Mas então Narcissa ressurgiu e ficou parada na abertura da barraca, convidando Halcyon a entrar na tenda do comandante.

Este é seu momento, disse Halcyon a si mesma.

Ela passou por Narcissa e entrou na barraca. O comandante estava sentado à mesa, encarando o mapa aberto à sua frente. Ele parecia cabisbaixo, profundamente absorto em pensamentos. Foi então que ouviu os passos dela, sentiu sua presença e levantou a cabeça.

Franziu o cenho, buscando enxergar quem ela era.

Devagar, Halcyon soltou o xale e revelou seu rosto.

Por um instante, Straton a fitou, como se fosse tudo que ele conseguisse fazer. Em seguida, ficou de pé tão abruptamente que balançou tudo sobre a mesa.

E Halcyon sabia que precisava ser a primeira a falar.

Ela estendeu a mão enluvada e disse:

— Lorde comandante, não segui sua legião na vã esperança de ser recebida de volta entre os guerreiros, ou mesmo para ser perdoada. Sei que ainda tenho uma pena a cumprir. Tudo que peço é que me permita lutar ao lado do meu antigo esquadrão, com sua legião, na batalha que está por vir. Que me permita lutar pela memória e a honra de seu filho, Xander de Mithra, que eu amava como a um irmão. E, quando essa batalha acabar, retornarei prontamente à pedreira do povo comum para concluir minha sentença.

Halcyon olhou para ele, tentando ler sua expressão.

— Pensei que tivesse morrido, Halcyon.

Ela viu um lampejo de dor e remorso no rosto do comandante. Foi tão passageiro como uma estrela cadente. Em silêncio, ela falou:

— Estou viva, comandante. Graças à sua misericórdia.

Ele desviou o olhar, triste.

— Foi mesmo misericordiosa, Guarda-rios, a forma como agi?

Halcyon ficou em silêncio, mas seu coração martelava. Será que ele enfim se arrependia de sua escolha de mantê-la viva?

— Peço que me perdoe, Halcyon. — Straton voltou a encarar seu olhar, seus olhos brilhando e afiados, o tom escaldante do céu de verão. — Por raiva, eu a machuquei. Por raiva, feri seu espírito quando você já estava em pedaços. Cometi um erro. Não mereço tê-la em minha legião. E devo pedir que me perdoe.

Ela sustentou o contato visual. Conhecia as feridas de Straton, e as enxergava naquele momento, como se ele finalmente tivesse baixado a guarda. Contemplou-as como ele contemplara as dela. Feridas que haviam causado um ao outro — por medo, raiva, vingança e orgulho. Como se eles carregassem tais marcas nos corpos, visíveis a quem pudesse ver. O momento era vulnerável, doído e glorioso. Uma lança em chamas para selar a última ferida.

Ela não conseguia dar seu perdão absoluto. Mas também não conseguia mentir.

— Todas as manhãs, acordo e inevitavelmente reflito sobre as coisas pelas quais passei, tudo que tive que suportar — sussurrou ela. — Ainda está tão fresco em minha mente. Quero muito esquecer, ter o poder de restaurar minha alegria, de reviver a antiga Halcyon. — Ela parou, sentindo um tremor na voz. O comandante odiava lágrimas e vacilação, relembrou a si mesma. No entanto, havia lágrimas nos olhos dele enquanto a ouvia. — Mas o senhor me treinou para ser mais forte que isso, lorde Straton. Não sou mais a antiga Halcyon e jamais voltarei a ser aquela pessoa. Sou algo novo, e vou levar um tempo para me curar totalmente. Vou levar um tempo para conseguir perdoá-lo.

Ele ficou em silêncio, mas aceitou as palavras dela com humildade. A jovem percebeu que ele também não era mais o antigo comandante.

Straton assentiu, pelo visto sem palavras; um estado no qual ela jamais o vira antes. Ele sempre sabia o que dizer, qual ordem dar.

— Então vou esperar, Halcyon — concluiu.

Aquelas palavras a revigoraram e reconfortaram. Saber que ele não estava cobrando dela uma clemência imediata. Que ele não a pressionaria ou intimidaria. Ele daria um tempo e esperaria com paciência por seu perdão. Então ela conseguiu respirar de novo.

Halcyon assentiu e baixou a cabeça para o chão, piscando para afugentar as lágrimas.

— Sua irmã disse que você estava se recuperando — falou Straton após um momento —, mas nunca imaginei que a veria com a saúde restaurada tão cedo assim.

— Eu posso lutar e estou ansiosa para isso, comandante — respondeu. Ela não revelaria que estava usando o anel de Magda, embora fosse evidente que o comandante sentia um certo encantamento nela. — Caso minha capitã e meu esquadrão me aceitem.

— Vamos falar com Narcissa, então — disse Straton, caminhando para a entrada da barraca, onde Narcissa esperava.

A capitã entrou na barraca, logo atrás do comandante. Olhou de Halcyon para Straton.

— Halcyon de Isaura gostaria de se juntar ao seu esquadrão novamente. Há espaço para ela?

Narcissa analisou Halcyon. Sua magreza, sua face encovada — coisas que abundância nenhuma de comida mudaria —, o brilho dourado e voraz dos olhos de Halcyon.

— E a sentença dela, comandante? — indagou a capitã.

— Ela foi absolvida — respondeu, e Halcyon precisou suprimir o choque. — Halcyon pagou por seus erros e recebeu minha plena restituição. Agora é uma mulher livre, bem como sua irmã.

Narcissa deu a volta em Halcyon, ainda espreitando sua antiga guerreira com atenção.

— Ela está curada, então, comandante?

— Halcyon diz que sim.

Narcissa parou novamente, bem à frente de Halcyon.

— Terá que fazer por merecer se quiser se juntar a nós novamente.

Halcyon encarou sua capitã. Não esperava menos de Narcissa; aquele era o fluxo natural das coisas na legião. A honra sempre era conquistada.

— Proponha um desafio para mim, capitã. Provarei que sou digna de voltar à legião.

— Muito bem, então. — Um sorriso se abriu no canto dos lábios de Narcissa. — Se conseguir me desarmar em um embate, eu a receberei de volta em meu esquadrão.

— Está bem — respondeu Halcyon com autoconfiança. Ela já havia desarmado Narcissa muitas vezes. Mas, ao seguir a capitã para fora da barraca a fim de vestir uma armadura e pegar armas, sua respiração vacilou.

Pouco mais de uma lua havia se passado, mas ela mudara muito nesse ínterim.

Porque a última vez que Halcyon havia meneado uma espada e lutado tinha sido com Xander. No dia em que o matou.

* * *

— Damon... juro que se você me fizer riscar mais uma palavra sequer... eu mato você.

Damon se inclinou sobre a mesinha improvisada na qual Evadne se apoiava para escrever. Estavam em uma das barracas do acampamento. Havia lamparinas a óleo no alto, preenchendo o espaço com luz, e um tapete no chão de grama. Evadne estava sentada em uma pilha de sacos de grãos, um novo rolo de *charena* aberto à sua frente, com cada uma das linhas riscadas. Ela e Damon planejaram trabalhar madrugada adentro, mas não chegariam muito longe no ritmo em que estavam progredindo. Três palavras ditadas, duas rejeitadas.

Um sorriso sagaz se espalhou pelo rosto dele.

— Risque isso, Evadne.

— Mas... *por quê*? Estas palavras são...

— São o quê?

Evadne abaixou a pena, olhou para ele e falou em um suspiro de derrota:

— São lindas.

— Pode até ser, mas não são perfeitas. E este feitiço não pode deixar nada a desejar.

— Você ainda não me disse exatamente o que é este feitiço.

— Porque ele ainda não tem nome. — Damon continuou a olhar para ela, quase como se estivesse decorando seu rosto e seu cabelo, até mesmo a forma como ela o fitava, a mancha de tinta em seu queixo.

— Por que está me olhando assim? — indagou. — Como se estivesse preocupado em esquecer minha aparência.

Para a surpresa da garota, ele se afastou. Não lhe respondeu e rebateu com outra pergunta:

— O que este feitiço evoca em sua mente, Evadne?

Ela olhou para as palavras restantes que sobreviveram à censura.

— As palavras evocam uma imagem de terra: oliveiras antigas, o cheiro do vento depois de um temporal, a cor do céu ao pôr do sol. — Ela parou, e enfim concluiu: — Elas parecem representar beleza, harmonia.

Damon se virou para fitá-la.

— Beleza e harmonia?

Evadne não tirou os olhos do rolo. De fato, o feitiço a fazia pensar em casa. Em Isaura.

— Sim. Estou errada?

Ele começou a dar voltas no espaço apertado. Por diversas vezes, quase batera a cabeça em uma das lamparinas suspensas.

Evadne já estava acostumada aos padrões de Damon. Ele gostava de andar de um lado para o outro enquanto pensava, depois olhava pela janela ao colocar a magia em palavras para ela registrar. Só que ali não havia janelas, e, depois de muito perambular, Damon parou à frente dela e observou o que havia sido escrito.

Estava prestes a dizer algo quando os dois ouviram uma comoção vinda de fora da barraca. O som de gritos e o tilintar de espadas.

— O que é isso? — perguntou Evadne, levantando-se. Ela fechou o rolo de *charena* e o pegou nos braços feito uma criança, pois o objeto jamais ficava longe dela ou de Damon.

Ela seguiu o mago para o ar livre, e eles se esgueiraram por entre uma multidão de guerreiros e fogueiras para chegar mais perto da origem do barulho de conflito. A princípio, Evadne pensou que as assombrações de Ivina tinham achado uma maneira de invadir o acampamento, instaurando o caos. Porém, quando ela e Damon chegaram à frente da multidão, viu que não era um fantasma atraindo uma plateia.

Era Halcyon.

Evadne assistiu, sem conseguir respirar, à sua irmã lutando com a capitã.

Ela usava uma couraça e grevas nas pernas, além de um elmo com crina de cavalo preta. Também segurava um escudo redondo no braço esquerdo e empunhava uma espada na mão direita. Ela avançava e se movia de forma rígida, como se seus músculos estivessem rígidos e fadigados.

A capitã se esquivava com destreza dos ataques de Halcyon, como se esperasse que a jovem se lembrasse de quem era, voltasse à vida.

Evadne não se surpreendeu com o fato de a irmã ter ido atrás da legião. Previra que Halcyon o faria quando descobrisse que ela mesma tinha partido. No entanto, apesar do presságio certeiro, Evadne sentiu uma pontada de preocupação. Nunca tinha visto Halcyon lutando; era uma cena tão bela quanto amedrontadora. Ela precisou de todas as forças para continuar parada no lugar e não soltar um pio. Segurou o rolo junto ao peito e sentiu o calor de Damon ao seu lado enquanto ele também assistia ao embate.

Halcyon girou, fazendo um arco no ar com a espada em um golpe poderoso. A capitã o deteve com o escudo, esquivando-se de Halcyon com pouquíssimo esforço. A garota tentou mais uma vez, grunhindo e atacando. Ainda lenta demais, como se seus braços estivessem com dificuldade de obedecer às ordens velozes dadas por sua mente.

Narcissa golpeou na direção dela. Halcyon bloqueou a mulher com o escudo, mas o impacto a fez cambalear.

A qualquer um assistindo à luta, estava bastante evidente que Halcyon não estava pronta para se juntar novamente à legião.

Evadne fechou os olhos e ouviu o som dos grunhidos da irmã, o sibilo das lâminas colidindo, o baque das espadas se chocando com os escudos, o ritmo das sandálias no chão.

O embate seguiu da mesma maneira pelo que pareceram ser muitas luas, dançando ao comando incessante da capitã.

Mas então Evadne sentiu uma mudança e ouviu os pés de Halcyon ganhando agilidade, seus grunhidos abandonando o aspecto defensivo e assumindo uma abordagem ofensiva.

Ela abriu os olhos e viu a irmã apropriando-se da luta, relembrando quem era. A rigidez já era. Halcyon se movimentava com uma suavidade calorosa, os dentes à mostra e a espada brilhando com a luz das estrelas.

Ela completou uma sequência que fez o coração de Evadne ficar na boca e deixou-a aturdida e aterrorizada. Foi então que aconteceu, num lampejo rápido e inesperado.

Halcyon desarmou a capitã.

A mulher ajoelhou-se com um sorriso comprimido nos lábios.

Os hoplitas gritaram por Halcyon, ainda em pé com a espada na mão, vitoriosa.

Evadne assistiu ao desenrolar da cena como se fosse um mito agridoce. E ela entendeu que Halcyon finalmente tinha voltado para casa.

XXXI
Evadne e Halcyon

A lua continuou seu arco pelo céu e as estrelas sustentaram seu ardor enquanto Halcyon era acolhida de volta à legião. Não havia conversas sobre o passado, e Evadne estava sentada ao lado de uma das fogueiras, comendo um pedaço de pão duro e vendo tudo com contentamento.

Damon havia se retirado para a barraca, alegando que podiam dar o trabalho por terminado naquela noite, e Evadne ficou aliviada, pois sua mente estava em um turbilhão e tudo o que ela queria fazer era ficar perto da irmã. Abandonou a própria barraca e levou o saco de dormir para a fogueira, colocando-o ao lado do de Halcyon, para dormir sob as estrelas como a maior parte dos hoplitas faziam. Embora estivesse cansada, esperou pacientemente Halcyon terminar de cumprimentar seus colegas.

Evadne não tinha mais o amuleto no braço — foi a primeira coisa que Straton fez quando ela e Damon chegaram no acampamento, dias antes. O ferreiro da legião cortara a prata e ela observara a suave linha que separava a pele bronzeada da que fora encoberta do sol. A sentença de Halcyon tinha sido revogada e, com ela, a de Evadne também. Embora mal conseguisse descrever as emoções que isso incutia nela, a garota também se perguntava o que provocara a mudança no comandante.

Depois de um tempo, ela se levantou e caminhou pelo acampamento para se aquecer. Começou a passar pela barraca de Damon, mas parou quando a luz acesa lá dentro chamou sua atenção e ela viu um lampejo dele sentado à mesinha improvisada.

Em silêncio, abriu uma fresta da aba da barraca para vê-lo totalmente.

Ele estava escrevendo em um rolo, um que ela nunca tinha visto.

Damon escrevia laboriosamente com a mão direita, que tremeu de exaustão quando ele levantou a pena para pegar mais tinta com a ponta.

Ela deveria ir até Damon e se oferecer para escrever, mas sentiu que ele não queria a ajuda dela. Não estava trabalhando em encantamentos; não, aquilo era algo diferente.

Ele sentiu a brisa e se virou para a porta. Evadne se afastou depressa, para longe de sua visão, correndo pelo caminho.

No entanto, o coração dela batia entoando uma dúvida: *o que ele está escondendo de mim?*

Na madrugada, Halcyon estava deitada ao lado de Evadne, ouvindo a irmã dormindo. Tanto sua barriga quanto seu coração estavam cheios, o máximo de satisfação que tinham sentido em semanas. Ainda assim, a preocupação martelava a mente de Halcyon. Havia tanto no que pensar, muita incerteza ainda pela frente.

Ela sentiu Evadne se mexer e puxar os cobertores que compartilhavam.

— Evadne? — chamou ela baixinho.

Uma pausa. E então ouviu uma resposta grogue.

— Sim, Hal?

— Nunca mais faça isso comigo.

— Fazer o quê?

Halcyon engoliu seco e olhou para as estrelas.

— Me deixar sem dizer adeus.

Ela sentiu Evadne se virar, puxando ainda mais os cobertores.

— Peço desculpas por deixá-la daquela vez, anos atrás — sussurrou Halcyon. — E não sei o que o futuro guarda para mim ou para você, o que está por vir. Mas prometo que vou vê-la sempre, onde quer que esteja. Sei que meu lugar é na legião. Mas também é ao seu lado.

Evadne ficou em silêncio, e Halcyon a sentiu se mexer, estendendo a mão para encontrar a dela no escuro.

— Você sabe que odeio despedidas, Hal.

Halcyon riu sem humor.

— Sim, eu sei, mas prometa que não fará nada assim de novo.

Evadne entrelaçou os dedos nos da irmã. A mão que Halcyon usara para matar junto da mão que Evadne usara para escrever feitiços. Duas mãos diferentes e duas mulheres diferentes, e, ainda assim, elas tinham avivado uma à outra, fortalecido uma à outra. Defendido, protegido e curado uma à outra.

Evadne segurou a mão de Halcyon com mais força.

— Eu prometo.

Era estranho vestir uma armadura de novo.

Halcyon estava admirando as peças que Narcissa lhe dera. Uma túnica vermelha adornada com quadrados brancos, uma couraça com escamas de bronze e pregas de linho, sandálias de couro com tiras que subiam cruzadas até os joelhos. Uma espada, uma lança e um escudo redondo com o escorpião pintado. Ela não tirou as luvas, para manter escondida a relíquia no dedo, prendeu a cópis e colocou a espada na lateral do corpo. Por fim, colocou o elmo na cabeça, sentindo o bronze frio em seu couro cabeludo.

Ficou de pé enquanto o acampamento ganhava vida, respirando a luz da manhã.

Evadne começou a guardar os sacos de dormir e Halcyon encontrou comida entre as provisões. O desjejum foi uma refeição rápida. E então chegou a hora de partir.

Evadne montou em um cavalo para viajar ao lado de Damon, e Halcyon caminhou por entre um grupo de guerreiros, encontrando seu esquadrão reunido na dianteira.

A legião marchou para o norte. Halcyon seguiu a pé e banhou-se no máximo de sol possível, lutando contra o desejo incômodo de dormir. Ela sentiu como se a própria saúde fosse o fio de uma lâmina: aguçado, mas ainda um tanto longe da perfeição. As nuvens se juntaram para encobrir o sol, cuspindo trovões e chuva, mas ela continuou marchando até o dia findar e o comandante parar em um campo para passarem a noite.

Ela acendeu uma fogueira e viu Evadne entrar na barraca de Damon. Halcyon sabia que a irmã passaria a maior parte da noite com ele, trabalhando em alguns encantamentos. Não queria dormir ainda — queria cear com o esquadrão —, mas assim que se deitou em seu saco de dormir, Halcyon perdeu sua batalha contra o cansaço.

Acordou de madrugada com o som de gritos no acampamento. Levantou-se depressa, ficando tonta ao seguir o clamor. Passou por alguns hoplitas e parou para perguntar o que tinha acontecido.

— Um forasteiro tentou entrar no acampamento — respondeu um guerreiro. — Ele está falando com o comandante agora.

Halcyon foi até a barraca de Straton. Narcissa e o comandante estavam lado a lado, iluminados pela luz da lamparina, encarando um homem desgrenhado. O estranho estava de joelhos, as mãos atadas às costas, descalço, vestido em uma túnica suja de terra e sangue.

— *Thales?* — gritou Halcyon.

O estranho enrijeceu ao ouvir a voz dela e se virou em sua direção. Fitando-a embasbacado, a incredulidade e a alegria estavam nítidas em seu rosto.

— Halcyon?

Ela chegou mais perto, atônita, mas Straton parou entre os dois.

— Conhece esse homem? — indagou num tom frio.

Halcyon parou, olhando de Straton para Thales.

— Ele era meu único amigo na pedreira. Eu estaria morta se não fosse por ele.

— Ele te contou por que estava na pedreira, Halcyon?

— Disse que o incriminaram por assassinato — falou, mas quando olhou para Thales, suas próprias dúvidas ressurgiram. Via culpa em seus olhos... e vergonha.

— Conte a verdade a ela — ordenou o comandante. — Antes que eu corte a sua cabeça.

Halcyon encarou o amigo, esperando. Seu estômago se contorceu quando ele não conseguiu olhar para ela.

— Você é um dos seguidores de Selene — concluiu ela, com pesar.

— Eu *era* — corrigiu Thales, até que enfim fez contato visual. — Anos atrás, antes de eu entender o que ela estava armando. Éramos bons amigos em Destry. Mas as coisas começaram a mudar. Antes que eu me desse conta, acabei ficando próximo de um grupo de magos com ideias das quais eu não concordava.

O buraco era mais embaixo, Halcyon sabia. Esperou, sentindo como se tivesse levado um soco.

— Selene farejou minha relutância — continuou Thales. — Decidiu testar minha lealdade me pedindo para matar alguém que ela considerava uma ameaça.

— Ela queria que você matasse um de nós, um membro da aliança da rainha — deduziu Halcyon, lembrando-se de todas as noites em que o comandante pensou que seu vinho tinha sido envenenado por Cicuta. De todas as vezes em que ela e Xander foram obrigados a tomar cuidado enquanto treinavam para ir à montanha, para que ninguém soubesse que estavam envolvidos nos planos da aliança para deter Selene.

— Recebi ordens para identificar e matar o mestre-espião que mais estava causando problemas a Selene. Um espião que tinha um vasto conhecimento a respeito de relíquias desaparecidas. O Basilisco.

O Basilisco, um enigma com o qual Halcyon se deparou por pouco tempo, estações antes. Ela só entendeu que era Ozias quando o tio se ajoelhou ao seu lado em Isaura para colocar o Anel de Cura de Pedra do Sol em sua mão. Quando ele a chamou por seu codinome. Aquele tempo todo, ele escondera sua identidade dela, mesmo quando ambos lutavam para trazer justiça a Nerine.

Halcyon jamais chegou a ter a chance de tocar no assunto com ele, pois Ozias partira do pomar feito uma sombra. No entanto, ela enfim sabia de quem era a mão que causara a cicatriz no rosto de seu tio. E a dívida de Thales para mantê-la sã e viva na pedreira? Um pequeno preço a se pagar pelo crime cometido contra Ozias.

Ela o encarou de cima, tomada por emoções.

— Mas você sabe tão bem quanto eu, Halcyon — prosseguiu Thales, ofegante —, que não consegui ir adiante com a morte. E então Selene me incriminou; fui punido por isso. Ela rompeu laços comigo e me deu uma sentença na pedreira. Se duvidar de mim... posso provar tudo. Tenho relatos detalhados por escrito que cobrem os anos do meu envolvimento relutante e da minha desavença com ela.

— E Selene permitia que você registrasse essas transações? — rebateu Straton, desconfiado.

— É lógico que não — respondeu Thales, sua paciência vacilando. — Mas ainda assim tomei nota de tudo. Magos devem agir com cautela, ser meticulosos com... certas coisas.

Halcyon franziu o cenho.

— E onde estão essas suas anotações?

— Em Mithra. Escondidas em um lugar que Selene não conhece.

— Bem, isso não nos ajuda em nada, não é? — disse o comandante entre dentes.

— Por que veio até nós, Thales? — questionou Halcyon.

— Porque trago notícias sobre os planos de Selene.

Halcyon olhou para Straton. Estava nítido que ele queria matar Thales sem ouvir uma palavra do que ele queria revelar.

— Tem um momento, lorde comandante? — Halcyon inclinou a cabeça, convidando Straton a sair da barraca com ela.

O comandante assentiu para Narcissa, que ficou para trás, de guarda. Ele seguiu Halcyon para a noite afora, e ambos ficaram embaixo de uma tocha, imersos em pensamentos.

— Você quer perdoá-lo — declarou Straton por fim, o tom de voz baixo. — Acha que devemos prestar atenção à mensagem dele.

Halcyon respirou fundo.

— Sim, lorde.

— Por que deveríamos confiar em um homem que já foi nosso inimigo?

— Conheci Thales no meu primeiro dia na pedreira — sussurrou Halcyon. — Quando me apresentei... ele se assustou, como se reconhecesse meu nome. Agora vejo que ele sabia de quem eu era *parente*, e Thales fez tudo a seu alcance para me ajudar, para me proteger. Porque ele estava em dívida com um homem que tentou matar.

— O que está me dizendo, Halcyon?

— Estou dizendo que meu tio mostrou clemência a esse mesmo homem. E se ele pôde perdoar a mão que tentou tirar sua vida, então também deveríamos seguir seu exemplo.

Houve um lampejo semelhante à prata fria nos olhos do comandante. Ele ficou chocado com a confissão de Halcyon, de que o Basilisco era seu tio. Straton não fazia ideia da conexão entre os dois. A jovem viu a indignação do comandante aflorando, então prosseguiu.

— O senhor tem muitas perguntas, comandante, e eu vou explicar tudo em breve. Mas nosso tempo é curto, e agora recebemos um recurso inesperado.

— Não estou seguro disso, Halcyon. E se...

— Ele nos enganar? — terminou ela, lendo seus pensamentos. — Mas e se ele se juntar a nós e nos dar a vantagem de que precisamos para vencer essa batalha?

— Não confio nele.

— Então confie *em mim*, comandante.

Straton olhou para ela, sombras tremeluzindo em seu rosto. Será mesmo que ele podia confiar nela? Na garota que tinha matado seu filho e fugido na maior covardia?

Ele gesticulou para que Halcyon entrasse de volta na barraca.

— Pois bem, Guarda-rios. Ouçamos as notícias que ele traz, então.

Evadne escrevia o que Damon ditava quando o comandante os interrompeu. Já era mais de meia-noite e ela e Damon finalmente tinham começado a fazer progresso. Haviam concluído estrofe após estrofe. Palavras que faziam o peito de Evadne doer quando a garota refletia sobre elas, quando se imaginava cantando-as, saboreando-as.

Damon estava indo mais rápido em sua criação. Ele passara a manter mais palavras do que excluindo, e Evadne sabia que o mago havia encontrado o fluxo mágico pelo qual estivera procurando.

Não demoraria muito mais, pensou ela. O feitiço logo estaria pronto e ela enfim entenderia o que o encantamento significava.

Foi então que o comandante apareceu.

— Damon, Evadne. Preciso de vocês dois na minha barraca, agora — exigiu, severo, e se abaixou para voltar à madrugada.

A garota olhou para Damon, que pareceu tão surpreso quanto ela. No entanto, o mago assentiu para ela, e Evadne enrolou o papiro de *charena* e o levou consigo para a barraca de Straton.

Halcyon estava lá, sentada ao lado de um homem estranho. Ele terminava uma tigela de ensopado, a pele suja de lama seca e o cabelo embaraçado amarrado à nuca. Levantou o rosto para olhar para ela e Damon quando entraram na barraca. Um momento desconfortável se passou entre os três, como se o estranho enxergasse o âmago da escriba e do mago. Ele reparou no rolo que ela carregava e Evadne sentiu Damon enrijecer ao seu lado.

— Eva, este é Thales — anunciou Halcyon, quebrando a tensão. — Ele estava na pedreira comigo. É um amigo meu, e trouxe notícias de Mithra.

Damon e Evadne se aproximaram da mesa sobre a qual havia um mapa aberto. Narcissa e os outros cinco capitães da legião também estavam presentes e ouviram quando Thales começou a falar.

— Macarius retornou à pedreira uma semana atrás — contou ele. — Mas, durante a ausência dele, comecei a perceber que mais prisioneiros chegavam. Não precisei de muito tempo para entender que não eram de fato condenados, e sim recrutas que foram selecionados sob o pretexto da penalidade, aguardando o retorno de Macarius. Fiquei longe deles, mas os boatos começaram a se espalhar. O líder do novo grupo se chama Laneus; ele vem do vilarejo da montanha de Dree. Matou Bacchus por ordem do mago, que prometeu recompensá-lo pelo ato maléfico com o Cinturão Dourado.

"Quatro noites atrás, Selene foi à pedreira. Levou a Macarius a Espada Voraz de Nikomides e um grupo de magos condenados que parecia interminável, que ela libertou da prisão no leste. Prisioneiros, tanto magos quanto do povo comum, aguardam na pedreira, preparando-se para a guerra, para defender a cidade. Vão encontrar vocês logo após os portões para lutarem por Macarius e pela promessa de liberdade que a rainha lhes fez, caso consigam proteger a cidade do senhor, lorde Straton."

O comandante ficou imóvel, o rosto como pedra esculpida. Mas Evadne viu um brilho de surpresa em seus olhos. Ele não estava esperando por uma batalha contra condenados.

— Selene ainda está na pedreira? — indagou ele.

— Não, lorde — respondeu Thales. — Ela está no controle de Mithra enquanto Macarius está no controle da pedreira. Fugi na noite seguinte à chegada dos magos; foi o mais absoluto caos, houve uma briga entre eles e os condenados comuns. Macarius ergueu a Espada Voraz, os magos cessaram suas ameaças de encantamentos, e o povo comum baixou suas armas. A mera ameaça da espada parece incitar a obediência neles.

— Macarius com a Espada Voraz é algo quase incomensurável — disse Evadne. — O poder em suas mãos agora...

Desembainhada, a espada podia cortar encantamentos, mas também reduzia armas inimigas a pó. Se Macarius erguesse a espada contra eles... como é que a legião de Straton poderia triunfar?

— Eles têm o Cinturão Dourado — falou Damon, olhando para o mapa. — A Coroa Onividente. E a Espada Voraz.

Três relíquias poderosas.

Parecia um caso perdido. Evadne sabia que Halcyon tinha o Anel de Cura de Pedra do Sol e que Ozias — onde quer que estivesse — tinha o Colar Alado, mas isso era tudo.

Halcyon falou:

— Eles têm três relíquias, mas não têm honra. Não têm o treinamento nem a experiência ao lado deles. Apenas ambição e sede de sangue. A união deles é rasa e não se sustentará, porque os magos condenados e os prisioneiros comuns da pedreira vão querer coisas diferentes. Os magos podem até querer a absolvição de suas penas, mas o povo comum quer relíquias. — Ela parou e ficou de pé, ansiosa. — Podemos derrotá-los, comandante. Mesmo se Macarius fizer nossas armas sumirem... podemos derrotá-los.

Straton fez silêncio por um instante.

— Então Macarius detém a espada. Laneus, o cinto. E Selene, a coroa.

— A espada e o cinto estão na pedreira — acrescentou Halcyon, estudando o mapa. — Macarius e Laneus estarão ansiosos para nos encontrar na batalha com tamanho poder a seu dispor. Mas e a coroa?

— Selene estará com ela em Mithra — supôs o comandante. — Ela vai assistir à batalha da segurança da cidade, próxima à rainha. Devemos encontrar uma forma de distraí-la da relíquia, de mantê-la ocupada, de modo a garantirmos que ela *não* entrará na batalha se começarmos a vencer Macarius.

Straton olhou fixamente para Damon e Evadne.

E, de repente, a garota entendeu para o que Damon estivera se preparando. Porque Damon já sentira o que viria, muito antes de seu pai pedir. Ela entendia o que o mago lhe dissera no pomar: o desafio que os aguardava era recuperar a coroa que tinha sido roubada. Confrontar Selene com magia.

— Evadne e eu podemos entrar escondidos em Mithra — sugeriu Damon, a voz calma e grave. — Vamos distrair Selene por tempo o bastante para que vocês derrotem Macarius e seus seguidores.

— Não quero minha irmã envolvida nisso — protestou Halcyon.

— E eu concordo — emendou Thales. — Você está falando de um duelo mágico, Damon. É muito perigoso, muito arriscado. Para vocês dois.

Evadne ficou perplexa. Sua irmã e aquele homem estranho e acabado estavam falando por ela. A garota sentiu o rosto queimando, a raiva se agitando quando olhou para Halcyon.

— Será perigoso e arriscado para *todos* nós — disse Damon. — Mas vocês não podem tomar decisões por nós dois. Isto é escolha minha e de Evadne.

Um instante de silêncio constrangedor tomou conta da barraca.

Straton foi quem o quebrou.

— Você tem um plano, Damon?

— Estou trabalhando nisso.

— Estará pronto em dois dias?

— Sim — falou Damon com autoconfiança, mas desviou o olhar para Evadne. — Precisamos voltar ao trabalho.

Evadne seguiu Damon de volta à barraca, a chuva novamente caindo de leve.

Ela colocou o rolo de *charena* sobre a mesinha e olhou para ele.

— Damon, que plano é esse? Para que é este encantamento?

Ele pegou o jarro de vinho da mesa e serviu uma taça para si próprio e uma para Evadne. Ofereceu a bebida a ela, e seus dedos roçaram nos dela quando a garota aceitou a bebida.

— Este encantamento foi inspirado em coisas que me fazem sentir focado e fortalecido. É o feitiço mais profundo e intricado que já criei, e pegará minha tia de surpresa. Ela acredita que eu seja mediano, pendendo para o lado fraco. Que pense isso mesmo. Porque fiquei mais forte nesta última lua.

Evadne se lembrou de como Damon e Macarius duelaram na montanha. Seu medo cresceu.

— Vai desafiá-la para um duelo?

— Sim. E mais do que qualquer outra coisa... não quero te envolver nisso, Evadne. Mas só posso derrotá-la com um feitiço *charena*, extraindo-o da parte mais profunda da minha magia. Com o canto.

Evadne ponderou, pensando no feitiço em construção. Um encantamento que a fazia pensar em beleza e harmonia, em todas as coisas boas do mundo.

— Minha intenção não é matar minha tia — falou Damon —, e sim distraí-la até que a legião do meu pai saia vitoriosa.

E Evadne queria acreditar que Damon seria forte o suficiente, mas Selene tinha um poço inesgotável de magia. O de Damon não era tão profundo. Ela se lembrava muito bem de como ele tinha sangrado, do quanto tinha ficado exausto tentando entoar um feitiço de estrelas.

Como é que ele conseguiria sustentar seus poderes contra Selene?

— Damon...

Ele pareceu ler seus pensamentos. Sorriu, e não havia medo em seus olhos. Como se ele sempre suspeitasse que aquele momento chegaria.

— Sei que parece impossível, mas foi o mesmo com o Monte Euthymius, não? Com suas escadas intermináveis, cataratas e magas imortais furiosas. Eu vou nos deixar invisíveis, e assim entraremos escondidos em Mithra. Mandarei uma carta à minha tia, desafiando-a a nos encontrar em Destry. Ela não recusará. E é lá que eu vou distraí-la. Enquanto eu e ela duelarmos, meu pai e sua irmã enfrentarão a resistência de Macarius diante dos portões. Tudo estará acabado antes que possamos nos dar conta.

Evadne sorriu e assentiu, baixando o olhar para o vinho. Ela ouvia a chuva batendo na barraca e era estranho imaginar a violência que os aguardava quando o mundo parecia tão silencioso e plácido.

— Agora — sussurrou Damon —, resta apenas uma última pergunta a lhe fazer.

Ela levantou o rosto para olhá-lo.

Damon a analisou por um momento.

— Aceita entoar o encantamento ao meu lado, Evadne?

— Sim. — Ela levantou a taça. Brindaram, o acordo formando uma nota musical entre os dois.

O restante do encantamento nasceu espontaneamente depois disso, como se Damon tivesse se segurado antes, esperando a garantia de Evadne. Eles trabalharam a noite toda, aperfeiçoando a canção composta por oito estrofes, cada uma mais bela que a anterior.

Foi só quando o sol surgiu e o acampamento começou a ser desmontado que Evadne enfim entendeu por que ele tinha prestado tanta atenção ao olhar para ela. Parte dos versos de Damon eram mistérios escondidos em alusões à natureza. Mas havia outras partes, palavras que a marcaram quando ela as leu, como se a menina estivesse vendo um reflexo de si mesma, um brilho de sua própria alma. E uma das coisas que já haviam fortalecido Damon, algo que inspirara uma estrofe inteira de magia...

Era ela.

XXXII

Evadne

Evadne encontrou Halcyon com o esquadrão pouco depois do amanhecer em um mar de bronze e escudos pintados.

— Eva? — chamou Halcyon enquanto caminhava até a irmã.

— Vim contar que estou de partida — falou Evadne, pigarreando. — Damon e eu vamos na frente para entrarmos na cidade antes de vocês chegarem.

Halcyon não disse nada, e foi difícil para Evadne ler suas expressões com o elmo ocultando seu rosto.

— Isso não é um adeus — acrescentou Evadne, embora fosse, de certo modo. Ela não sabia se Halcyon sobreviveria à batalha com Macarius, e tentou não remoer esse pensamento doloroso.

— Sabe onde Damon vai desafiar Selene? — questionou Halcyon.

— Sim. Em Destry. Não se preocupe comigo, Hal. Se parar para pensar, eu é que tenho direito de me preocupar mais com você.

Ela sentiu que Halcyon não gostaria de ser abraçada na frente do esquadrão. Evadne começou a dar as costas à irmã, mas Halcyon a surpreendeu, segurando seu braço e a puxando delicadamente de volta.

Abriu a mão de Evadne e colocou a cópis nela, fechando os dedos da irmã sujos de tinta na lâmina embainhada. Quantas vezes aquela arma fora passada entre as duas?

— Quero que fique com isto para o duelo, Eva — disse Halcyon. — Não tenha medo de usá-la. Ataque um destes pontos se estiver em perigo. — Ela apontou para a axila, o pescoço e o olho. — Prometa?

Evadne assentiu.

— Eu prometo, Hal.

Halcyon beijou a testa da irmã e a observou indo até Damon. Ele entoou um encanto *charena*, alterando a aparência dos dois como fizera antes. Em seguida, montaram em seus cavalos, prontos para seguirem à frente da legião.

O comandante os interceptou, logo antes de partirem. Estreitou os olhos para protegê-los da luz, seu olhar se demorando no filho. Evadne viu uma tempestade de emoções no rosto do comandante, tendo passado a lê-lo melhor: preocupação, arrependimento... *esperança*.

— Aguardarei seu sinal, Damon — disse Straton.

O rapaz assentiu. Não viu o pedido de desculpas escondido por trás do orgulho do pai como Evadne a reconhecera. Não ouviu as palavras que Straton falou em silêncio para ele entre um suspiro e outro — *tome cuidado, eu te amo, tenho orgulho de você* — e Damon pegou as rédeas e olhou para Evadne. A garota estava com o cabelo esvoaçante e o quíton sujo de lama, seu encantamento pairando sobre ela feito a luz de uma estrela.

Pegaram a estrada juntos, lado a lado em um galope furioso. Assim, deixaram a legião, Straton e Halcyon bem para trás.

— Você não vai gostar disto, Evadne — sussurrou Damon no dia seguinte, os dedos entrelaçados nos dela. Seu encantamento invisível os cobria nos arredores de Mithra, seus cavalos deixados para trás em uma gruta próxima. — Mas vamos ter que entrar pela água.

Evadne estava exausta, olhando para o quadrante leste da cidade, onde o rio Zan cortava Mithra feito uma lâmina prateada. Faltava uma hora para amanhecer e a cidade estava quieta, o que era estranho. Os portões estavam fechados, a luz das chamas bruxuleava sobre as portas de ferro e madeira que trancavam o mundo para fora.

— Está bem — sussurrou ela, embora odiasse pensar nisso. Desde a passagem na montanha, a ideia de se submergir em água a aterrorizava. Ela sentiu a mão de Damon apertar a sua por um instante, como um reconforto silencioso.

Ele foi na frente a pé, dando a volta na parte leste de Mithra. Andaram o mais próximo que ousaram do muro, embora o encantamento de Damon permanecesse estável e tangível sobre seus corpos tanto quanto sua própria pele. Evadne levantou a cabeça e viu os guardas da rainha fazendo a patrulha pelo muro, e ela se perguntou onde a rainha Nerine devia estar naquele momento. Se ela estava no castelo, bem e segura, ou se Selene estava com ela, envenenando sua mente tanto quanto Macarius tinha envenenado o corpo de Halcyon.

Chegaram à beira do rio e ficaram em meio à relva alta. O Zan era largo, raso nas margens e fundo no centro. No entanto, a correnteza estava lenta; eles poderiam cruzar com tranquilidade a água até o porto de Mithra.

— Mas e os rolos? — indagou Evadne. Eles estavam guardados em uma bolsa de couro que Straton lhe dera, a alça firme atravessada em seu peito.

— Ficarão intactos — respondeu Damon. — Eu os encantei dias atrás. Nada pode destruí-los.

Ela não tinha mais desculpas. E o sol estava começando a se erguer atrás deles, as estrelas começando a derreter. A legião de Straton chegaria naquela tarde e era primordial que Damon e Evadne conseguissem entrar na cidade.

— Confia em mim, Evadne?

Ela confiava. Damon esperou até que ela sussurrasse um "sim" antes de entrar no rio e seguir cada vez mais fundo. Evadne o seguiu, hesitante a princípio, sentindo a água fria penetrando suas roupas.

— Não vou soltá-la — sussurrou Damon.

E ela acreditou nele. Assim como ela também não o tinha soltado no Monte Euthymius.

O chão do rio era escorregadio e macio; até não dar mais pé, mas Damon a segurou firme, e eles atravessaram a extensão de água, a correnteza os levando em um ritmo lento e estável até o porto.

Barcos balançavam em seus ancoradouros. Os guardas da rainha andavam pelas docas, armados. Damon e Evadne emergiram ao lado do cais. Esperaram até o guarda se virar de costas para eles antes que saíssem do rio, espalhando um pouco de água.

Ainda havia um portão trancado entre o porto e a cidade, mas também havia uma porta na parede ao lado dele, quase escondida em meio à hera, e Damon usou a magia para abri-la sem fazer barulho. Ele e

Evadne entraram e se depararam com um arsenal em um pátio aberto. Passaram por um grupo de guardas sentados a uma mesa, jogando bugalha. Os guardas reparariam na porta entreaberta, mas, quando acontecesse, Damon e Evadne já estariam na metade do caminho, avançando pelo mercado do leste, todo deserto.

— Aonde está me levando? — sussurrou a garota.

— Para casa.

O casarão do comandante estava sombrio e silencioso nos tons que antecediam o amanhecer. Parecia quase abandonado. Evadne e Damon passaram pelos portões e desceram pela trilha no meio do jardim, entrando em uma porta de criados na penumbra.

Até que enfim estavam seguros dentro do casarão. Ainda assim, Damon não soltou da mão de Evadne nem finalizou o encantamento. Ele a guiou até o andar principal, depois ambos subiram para seus aposentos. Passaram apenas por Toula, que começava a acender os braseiros e, sem dúvidas, perceberia o estranho par de pegadas que misteriosamente sujavam os pisos recém-esfregados.

Damon soltou a mão de Evadne quando entraram no quarto dele, e ela viu o próprio corpo voltando a ficar visível. Suas roupas e seu cabelo ainda estavam molhados, pingando água do rio no chão. Damon quebrou o encantamento, sua aparência se mostrando tão caótica quanto a dela.

Eles se entreolharam por um momento. Ofegantes. Inseguros.

Evadne se virou primeiro e foi até a mesa. Tirou a bolsa de couro do ombro e a colocou sobre a cadeira, percebendo que havia uma pilha de quítons belíssimos dobrados sobre sua mesa. Em cima das roupas estava uma caixinha entalhada.

— O pedido de suas roupas — disse Damon, seguindo-a.

Evadne passou a mão pelo linho macio; o tecido brilhou em seu toque, como se a luz do sol tivesse sido costurada junto. Damon pegou a caixinha na mão e a colocou no bolso sem dizer nada.

— Vou falar com minha mãe e minha irmã. Ver se elas estão bem e se consigo pescar mais alguma notícia. Você deveria colocar roupas secas. Vou trazer alguma coisa para comermos.

Evadne assentiu, ouvindo-o partir. E então ela ficou sozinha nos aposentos de Damon, e lentamente tirou as roupas e torceu a água do cabelo. Vestiu um dos quítons novos; a peça farfalhou e reluziu, e ela pegou seus broches antigos na pilha úmida de suas vestes descartadas. Os ramos dourados de oliveira que Rhode escolhera para ela semanas antes.

Como aquele dia parecia distante, pensou Evadne, espetando os ramos sobre os ombros.

Tão distante que a lembrança parecia pertencer a outra pessoa.

Ela se sentou à mesa e abriu a bolsa com o intuito de estudar o mais recente encantamento de Damon, que ainda não ganhara um nome. Ela encontrou o rolo de *charena*, perfeitamente seco e intacto. Em seguida, viu o segundo rolo — aquele que Damon tinha escrito algumas noites antes.

Ela titubeou. Seus dedos pairaram sobre as hastes de madeira. Ela quis pegá-lo, abri-lo sobre a mesa e lê-lo.

Mas não teve coragem. O que quer que estivesse escrito ali, Damon não queria que ela lesse.

Ela pegou o papiro de *charena* e começou a estudá-lo, gravando as palavras de Damon na memória. A luz entrava no cômodo quando Damon voltou, carregando uma bandeja de comida.

— Como estão sua mãe e sua irmã? — indagou Evadne.

— Bem. Presas em casa há dias, assim como todos os outros cidadãos de Mithra. Ordens de Selene para "mantê-los em segurança", obviamente. — Damon reparou que ela estava lendo o rolo de *charena*. E quando baixou a bandeja, ela o viu erguendo os olhos para a bolsa aberta, onde o outro papiro misterioso ainda aguardava. Damon havia se esquecido dele. A tensão formou rugas em seu rosto quando ele se abaixou para pegar a bolsa. Em seguida, saiu, levando o rolo estranho para o quarto.

Fechou a porta atrás de si. Evadne ouvia os movimentos abafados através da madeira enquanto Damon se trocava. Ela suspirou e começou a comer.

Damon voltou usando roupas limpas, os nós do cabelo úmido enfim desembaraçados. Ele se sentou de frente para ela a fim de iniciar a refeição. Os dois comeram em silêncio, novamente inseguros.

Quando a fome foi saciada, Damon puxou a bandeja de lado.

— Pode escrever a carta à minha tia?

— Sim, com certeza. — Evadne pegou um pedaço de papiro na estante, e Damon pediu que ela o cortasse em um retângulo pequeno.

Ela abriu o recipiente de tinta, molhou a ponta da pena e esperou que ele ditasse.

Para Selene,

Eu a desafio pela Coroa Onividente de Acantha. Hoje. No saguão de Destry. Três horas após o meio-dia.

Evadne observou Damon secando a tinta sobre o papiro com magia. Depois, ele o enrolou e o prendeu com um barbante. Ele deixou o recado sobre a mesa, então olhou para o rolo de *charena*, aberto e vulnerável — ostentando a escrita sombria e elegante de Evadne.

Eles ainda tinham algumas horas.

Damon passou o tempo dormindo em sua cadeira à janela; Evadne usou-o para decorar o encantamento.

Mas logo as preocupações dela se multiplicaram. Ela enrolou o papiro de *charena* e ficou de pé, seu corpo agitado com o vigor de sua ansiedade. Ela não queria acordar Damon, então andou de um lado para o outro em silêncio, o piso de mármore frio sob seus pés descalços.

Ela estava se esquecendo de algo.

Tocou o quadril, no lugar onde o novo quíton tinha bolsos. A cópis de Halcyon, lembrou-se ela. Estava sobre as roupas sujas, e Evadne se abaixou para pegá-la, prendendo a lâmina pequena no cinto de ouro.

Ela recordou as instruções de sua irmã para atacar e sentiu o estômago revirar. Por que Halcyon diria aquilo a ela? Certamente Evadne não precisaria golpear ninguém...

— Evadne. — A voz de Damon saiu grave, rouca pelo sono.

Ela olhou para ele, ainda sentado na cadeira. Partículas de poeira pairavam na luz entre os dois. Além de uma doce nota de desejo aguardando para ser cantada.

— Não mudei de ideia — garantiu ela, sentindo que o rapaz estava prestes a fazer-lhe a pergunta. Dar-lhe uma chance de se eximir do plano. — Só estou... nervosa. — E ela voltou a perambular. A princípio, Damon apenas a observou.

No entanto, já estava quase na hora, pensou ela. Por que estava sem fôlego? E por que Damon parecia tão calmo?

Ela o ouviu ficando de pé, mas decidiu ignorá-lo, até que ele disse:

— Tenho um presente para você.

Ela parou de andar de um lado para o outro e o viu tirando a caixinha de madeira do bolso.

Com os dedos frios, ela pegou a caixa das mãos dele, abrindo a tampa.

Havia duas asas de bronze dentro, esperando que a luz as tocasse. Eram as asas de Kirkos, transformadas em broches para que ela as usasse com orgulho na roupa, declarando suas origens. Perplexa, tateou o lindo adorno, e sabia que Damon havia encomendado as asas para ela, porque não eram feitas de ouro ou prata, como a maioria das pessoas desejariam. Eram feitas de bronze. Bronze como Halcyon, como Xander, como a legião.

— São lindas — sussurrou a garota.

— Posso? — perguntou Damon, e Evadne assentiu com lágrimas nos olhos.

Lentamente, ele tirou as guirlandas de oliveiras douradas das roupas dela. Pegou uma das asas e cingiu o linho frouxo no ombro dela. Ela sentiu seus dedos tocando sua clavícula exposta quando ele prendeu a primeira asa, depois a segunda.

Damon então baixou as mãos, mas seus olhos continuavam a admirá-la, as asas de bronze flamejantes à luz do sol.

— Acho que estamos prontos agora — sussurrou Damon com um sorriso.

Ainda assim, ele não se mexeu. Ela também não.

Ainda não, sua mente e sua razão imploravam novamente. *Ainda não, ainda não...*

O coração dela, porém, engoliu todo o alerta, e Evadne ficou na ponta dos pés. Seu tornozelo latejou em protesto, mas ela mal o sentiu quando segurou o rosto de Damon e se aproximou dele. O mago não se mexeu. Pela primeira vez, ela havia lançado seu próprio encantamento, e ele estava à sua mercê.

Evadne o beijou suavemente no começo, como um sussurro de asas de borboletas nos lábios dele. Inalou o cheiro de sua pele, criou coragem e o beijou de novo, com mais intensidade.

Ainda assim, ele parecia não conseguir se mover nem corresponder. Foi então que Damon engoliu o suspiro de Evadne e deixou-se incendiar pelas chamas dela. A atmosfera tornou-se âmbar, elétrica entre os dois. Ele colocou os braços ao redor dela e pressionou as palmas das mãos nas costas dela, puxando-a para mais perto e dissipando o que restava da distância entre seus corpos.

Ela entrelaçou o cabelo dele com os dedos e descobriu os segredos da boca de Damon tanto quanto ele descobriu os da sua. Hesitante a princípio, depois ávida.

O tempo deixou de existir para os dois. Assim como tias ardilosas, relíquias roubadas e batalhas iminentes. Eles estavam emaranhados um no outro, vagando pelo chão a cada suspiro. As mãos de Damon estavam no cabelo de Evadne, na sua boca, no pescoço dela, que se sentia aquecida e vibrante com o esplendor que haviam provocado. E então, ela trombou com a mesa, e Damon quase caiu em cima dela, mas estendeu a mão para se segurar. Sem querer, derrubou o jarro com as penas de escrever, e o bilhete para Selene foi ao chão.

Sua respiração estava pesada quando ele encostou a testa na de Evadne. As asas de bronze tinham se soltado, estavam a um instante de cair dos ombros dela, quando Damon deu um passo para trás e colocou mais uma vez distância entre os dois.

Ela comprimiu os lábios inchados ao ajeitar a roupa, e Damon se abaixou para pegar a carta.

Sem dizer nada, ele foi à janela e chamou um rouxinol. Damon sussurrou um feitiço, e a ave pegou o papiro e alçou voo, levando-o aonde quer que Selene estivesse na cidade.

O rapaz então se virou para Evadne com a mão estendida.

Era chegada a hora.

Destry era como uma joia sob a luz vespertina. Damon e Evadne adentraram o saguão solene à luz baixa, seus passos ecoando.

Evadne imaginou que ela e Damon estivessem sozinhos, entre as colunas das divindades, mas então viu um feixe de luz de relance.

Quando se virou, viu Selene entre os pilares de Magda e Ari. Seu escriba estava a seu lado, um homem alto que tinha braços musculosos, a cabeça raspada e os olhos verdes como jade.

A Coroa Onividente estava nas mãos da maga.

— Olá, Damon — disse ela, ignorando a presença de Evadne. — Não seja tímido. Você propôs esse duelo. Venha.

Damon ainda segurava a mão de Evadne. Selene reparou nisso quando os dois se aproximara um pouco. Ainda havia uma distância considerável entre as duplas.

— Pensei que havia lhe ensinado a ser melhor que isso, Damon — falou Selene, sua voz fria.

— Você me ensinou muitas coisas, tia. Quando era uma grande maga. Alguém que eu respeitava.

— E não sou mais, então? — Selene arqueou as sobrancelhas. — Só porque você escolheu o lado das escolhas estúpidas de seu pai. Ele e Nerine serão a ruína desse reino, Damon. Chegou a hora de pessoas como nós agirem e reivindicarem nossa posição nessa sociedade.

— Tenho certeza de que a rainha terá uma opinião sobre isso, Selene, quando enfim for libertada do seu encantamento repugnante.

Selene abriu um sorriso. A luz reluziu em seus dentes.

— Acho que isso vai depender se você conseguirá pegar essa coroa. Porque esse foi seu plano desde o princípio: coroar Nerine com a relíquia de Acantha, quebrar meu feitiço. Admito que tamanha tenacidade me surpreendeu. No entanto, é uma pena para você que... agora a coroa seja minha.

Ela levantou o artefato, como se estivesse prestes a colocá-lo na cabeça.

Evadne sentiu Damon apertando sua mão e ouviu quando a respiração dele se interrompeu. Ela sabia que estariam perdidos caso Selene usasse a coroa. Ela teria o poder de ver o passado e o presente de ambos. E o futuro, se assim desejasse, para ver a qual resultado aquele desafio chegaria.

Selene se deteve pouco antes de a coroa tocar seu cabelo. O sorriso perverso voltou e uma gargalhada explodiu de dentro dela.

— Acha mesmo que já não usei a coroa, Damon? Que já não vi o que sairá disto? — Ela baixou a relíquia novamente. — Deixe o orgulho de lado e tenha medo de mim. Você não será vitorioso aqui. Mas ainda há tempo de mudar o rumo das coisas. — Ela parou, seu olhar se suavizando enquanto o olhava. Evadne viu que uma vez, muito tempo antes, Selene tinha amado Damon.

O jovem ficou em silêncio. Evadne o sentia tremendo ao seu lado e temeu que ele estivesse prestes a consentir, a abandonar os planos.

Ela está mentindo, Evadne quis dizer a ele. *Ela não poderia ter visto nossos futuros antes que estivéssemos presentes.*

Damon olhou para Evadne, como se lesse seus pensamentos. Ele a encarou e seus olhos estavam acometidos pelo pesar, pelo desejo. Pelo medo.

Ela balançou a cabeça. *Não se renda a ela.*

— Venha — chamou Selene. — Vamos deixar este desafio de lado, e a ameaça que ele sugere também. Venha fazer as pazes.

Damon, decidido, voltou a encarar a tia.

— Jamais me juntarei a você, Selene. Entregue-nos a coroa ou responda ao desafio a que eu a submeti.

O semblante de Selene enrijeceu.

— Então saiba que o que lhe acontecer será culpa sua, Damon de Mithra. — Ela ergueu a mão, o anel prateado piscando com um alerta conforme ela invocava a própria magia.

Selene respirou fundo, inalando toda possibilidade, toda partícula de sombra e luz no saguão. E então começou a cantar.

XXXIII

Halcyon

Halcyon se agachou atrás de algumas rochas, os olhos focados em Mithra a distância. Iason e Narcissa a acompanhavam, aguardando o sinal de Damon. O sol castigava o campo entre eles e os portões da cidade. O calor subia em ondas. A grama murchava e os gafanhotos zuniam voando em linhas tortas. A transpiração pingava do corpo de Halcyon, ensopando a túnica por baixo de sua couraça. Mas ela mal se dava conta. Tinha olhos apenas para a cidade, para o telhado de Destry, que ela quase não enxergava dali.

A qualquer momento, Evadne e Damon chegariam lá, pensou.

Ela lembrou das palavras de Thales, ditas a ela em confidencialidade, pouco antes de Evadne e Damon terem partido no dia anterior.

Não deixe sua irmã ir embora com o filho do comandante sem estar armada.

Halcyon perguntou o motivo, mas Thales não chegou a responder.

Então só lhe restava se perguntar como sua irmã estava e remoer sua preocupação por ela.

— Ali está — disse Iason, animado. — O sinal de Damon.

Halcyon semicerrou os olhos e avistou o rouxinol. Um mero pontinho na névoa, mas ficou mais nítido à medida que se aproximava. Ele iria até o comandante antes de voar de volta à cidade, garantindo a Straton que Damon havia começado a distrair Selene.

— Vamos — disse Narcissa.

Os três correram para longe da vista da cidade, descendo o morro até onde a legião aguardava. Os cavalos já tinham sido abandonados havia muito tempo, devido ao fato que Laneus tinha o Cinturão Dourado, que sem dúvidas ele usaria na batalha. Como ele deteria o poder de comandar os animais, Straton e os capitães chegariam a pé entre os hoplitas. Isso, porém, não garantia que outros animais não seriam invocados para atacá-los.

A ideia fez o estômago de Halcyon revirar. Ela sentiu a tensão e a empolgação no ar, tão densas que poderiam ser cortadas com uma lâmina, enquanto os hoplitas se preparavam para a batalha. O esquadrão de Narcissa estava pronto. Halcyon e Iason se reuniram novamente a seus irmãos e irmãs e Narcissa aguardou entre eles, esperando Straton dar a deixa para avançarem.

O comandante parou diante de sua legião, olhando para todos — um momento que pareceu longo e eterno. Em seguida, colocou o elmo na cabeça, a crina de cavalo preta e branca esvoaçando na brisa, e um grito emergiu de seus guerreiros, fazendo a terra tremer e o sol se esconder atrás das nuvens.

Straton liderou o caminho até o outro lado do morro, no campo que se estendia diante de Mithra.

Os hoplitas seguiam em sincronia, organizados em uma formação estreita com fileiras de oito guerreiros, suas lanças compridas apontadas para o céu, os escudos presos em cada braço esquerdo. Halcyon estava na dianteira da falange, entre os guerreiros mais fortes. Os mais jovens e fracos estavam no meio, onde estava Thales, que tinha sido aceito depois de insistir para lutar ao lado deles.

A linha de frente também era a que sofria o maior número de baixas. No entanto, Halcyon sabia por que ela tinha sido colocada ali.

O esquadrão de Narcissa recebera uma ordem primordial: pressionar Macarius a tirar a Espada Voraz de sua bainha.

Em um primeiro momento, a ideia parecera insensata aos demais hoplitas da falange de Narcissa. Se Macarius empunhasse a relíquia, as armas de todos os seus inimigos — a legião — sumiriam de suas mãos. Em um passe de mágica, eles estariam desarmados, enquanto os condenados do povo comum ainda teriam com o que lutar. Os hoplitas teriam que lutar com a própria força, usando o próprio peso.

Mas se Macarius pegasse a espada, todos os magos prisioneiros sob seu comando também perderiam o poder. Quaisquer encantamentos feitos para a batalha seriam quebrados.

Era uma jogada perigosa e genial.

— Quero você na linha de frente — dissera-lhe Straton naquela manhã. — Você deve tirar a Espada Voraz das mãos de Macarius.

E Halcyon baixara a cabeça para o comando, honrada. Quando a relíquia estivesse em sua posse, seus adversários — os condenados da pedreira — também perderiam suas armas.

Mais do que qualquer coisa, ainda que não colocasse isso em palavras, Straton estava dando a Halcyon a chance de matar o mago.

Com dificuldade para respirar, o peito dela subia e descia feito uma pedra saltitando na superfície d'água. O sangue dela corria — rápido, ralo e luminoso como ouro aquecido no fogo — e seu coração se expandia, preenchendo seu peito. Ela marchou e sentiu que se ergueria da terra a qualquer momento, sustentada por asas invisíveis.

Macarius os ouviu se aproximando.

Não tardou para que Halcyon visse os prisioneiros saindo aos montes dos portões da pedreira, formando uma minguada linha de defesa diante de Mithra. Straton levantou os braços, e a legião parou. Havia um quilômetro e meio entre eles e os condenados. Ainda assim, Halcyon via Macarius bem no centro, vestido com uma armadura de couro, a Espada Voraz embainhada às costas, o rubi no punho reluzindo ao sol. E ali estava Laneus usando o Cinturão Dourado e segurando uma espada. E Cassian, o prisioneiro que cuspira em sua comida, com os capangas reunidos ao seu redor, empunhando picaretas de ferro.

Os magos estavam espalhados em meio aos homens da pedreira. Não carregavam armas, mas Halcyon sabia que a magia descontrolada deles tinha o potencial de ser devastadora.

Straton começou a avançar sozinho no campo para encontrar Macarius no meio do caminho. Os dois conversaram, a última tentativa do comandante de instaurar a paz. Halcyon sabia que seria em vão, pois Macarius não baixaria a cabeça para nada. E então o comandante andou de volta até os hoplitas enquanto Macarius correu para a proteção de sua linha de frente.

Os hoplitas formaram sua barreira e começaram a se aproximar ao comando de Straton. Halcyon abaixou a lança, preparando-se para o impacto. Sentiu o escudo de seu irmão hoplita em suas costas, pressionado contra ela para não deixar espaço algum entre eles. Narcissa gritou, sentindo que sua falange dispersava. Era difícil resistir ao impulso de ir para a direita, pensou Halcyon, lutando para marchar reto. A apreensão e o medo faziam com que todos quisessem buscar abrigo no escudo do hoplita a sua direita.

Os condenados não sabiam lutar em formação. Eram tolos e zelosos e a linha de frente avançou para a falange dos hoplitas com machados, picaretas e espadas em riste. Halcyon os observou chegando mais perto, sentiu o chão tremer, sentiu a mente calma como sempre ficava antes de um embate.

Quantos dias de sua vida ela passara praticando e treinando para aquilo?

Quantas horas debaixo de sol e debaixo de lua?

No entanto, nada poderia tê-la preparado para o primeiro momento de impacto.

Sentiu um baque, um golpe de resistência quando os dois lados enfim se encontraram. Ela enfiou a lança no pescoço de um prisioneiro comum antes que ele pudesse menear sua picareta para dilacerá-la. Observou o sangue escorrendo de sua boca, seus olhos arregalados. Ele caiu, e Halcyon removeu a lança e continuou a avançar em uma linha perfeita, os hoplitas atrás dela fazendo pressão.

Mantenham a formação, mantenham a formação, repetiu a si mesma à medida que os gritos e grunhidos começavam a tomar a atmosfera ao redor. Contanto que a falange se sustentasse, eles seriam imbatíveis. Eram como uma muralha de bronze que avançava.

Ela viu Macarius, prestes a ser morto diante dela. Ele estava bem atrás de seus prisioneiros, assistindo à luta com uma expressão fechada. Não tardaria para que a falange o alcançasse.

Halcyon o observou levantar a mão e começar a cantar. A coragem tomou Halcyon.

Mantenham a formação, mantenham...

Houve um crepitar no vento. Faíscas surgiram, transformando o ar como um trovão.

E então a magia de Macarius explodiu, atingindo a falange a vários metros de Halcyon. O ataque rompeu a linha, e Halcyon foi empurrada para o lado, por pouco não sendo empalada pela lança de Iason. Ela caiu no chão, seus ouvidos zunindo.

Uma nuvem de poeira se formou no ar. Halcyon tentou ficar de pé, ver por entre a cortina dourada, mas o caos se espalhou. Os hoplitas usavam os próprios punhos para lutar com os condenados. A cena era um alvoroço infindável de escudos, gritos e armas sujas de sangue. No meio disso tudo, gavinhas incandescentes de magia causavam explosões e dor inevitável, além de sombras que se erguiam com dentes e maldade para rasgar armaduras e músculos.

O mundo se desfez em fogo, sombras, poeira e ferro.

— Halcyon! — gritava Narcissa.

Em sua confusão, Halcyon viu sua capitã a alguns metros de distância, forte e imóvel feito um poste, chamando Halcyon para a missão que lhe havia sido incumbida.

Macarius.

Halcyon conseguiu se equilibrar e correu para se juntar a Narcissa. As nuvens de terra se desfaziam, mas havia sombras avançando em meio a elas. E não eram mágicas; eram sombras de inúmeros pássaros, voando em círculos, preparando-se para atacar.

A jovem teve apenas um instante para levantar o escudo antes de as aves mergulharem no ar e a golpearem. Ela odiou o som de seus corpos cobertos de penas batendo em seu escudo, em sua armadura. Garras agarravam seus braços, deixando cortes em sua pele. Ainda assim, ela continuou; seguiu em um ritmo lento, porém estável, logo atrás de Narcissa. Eram pássaros canoros. Pardais, pombas e rouxinóis. Criaturas dóceis.

Laneus era um energúmeno. Invocara pequenas aves canoras para a batalha, forçando-as contra sua vontade.

E Halcyon o mataria.

A guerreira saiu da revoada e baixou o escudo. Ali estava ele. O garoto terrível de Dree. Que era cruel e podre por dentro. Ele estava a apenas alguns metros dela, com a espada à mão. Ocupado demais tentando direcionar os pássaros para vê-la se aproximando. Quando enfim a avistou, já era tarde demais.

Ela o viu arregalar os olhos, sua boca tremendo de medo.

Halcyon acertou a lança bem no abdômen de Laneus. Repetidas vezes, logo acima do Cinturão Dourado.

Laneus gritou e despencou ao chão. Ela pairou sobre ele e o observou morrendo de tanto sangrar. Os pássaros logo foram libertos da invocação e voaram de volta a seus poleiros. Thales apareceu, como se a tivesse seguido.

— Pegue o cinto, Thales — mandou Halcyon.

— Sim. — Thales ficou de joelhos e se apressou para pegar a relíquia.

Halcyon avançou, passando por cima de cadáveres, terra queimada e grama pisoteada. Viu a pluma vermelha e branca do elmo de Narcissa enquanto ela continuava a ferir e cortar um prisioneiro após o outro. No entanto, Halcyon perdera Macarius de vista. Ela o procurou na vastidão, sedenta por sangue.

Um lampejo de luz, branca feito osso de tão intensa, passou pelo ombro de Halcyon. Sua armadura queimou desconfortavelmente e ela ouviu um hoplita gritar de dor atrás dela. Um mago condenado estava prestes a lançar mais um raio, o cabelo claro empapado à testa com o suor, mostrando os dentes apodrecidos até a gengiva com um sorriso.

Halcyon meneou sua lança e o acertou no coração. Ele caiu, e ela pegou a arma de volta, vendo as pontas dos dedos dele fumegando com a magia que ela interrompera. A jovem voltou a procurar Macarius, seus olhos vasculhando o caos. O brilho de ferro e bronze, o odor de sangue, a canção de refrões mágicos — tudo isso misturado como em um tônico repugnante, fazendo seu estômago revirar.

Ela viu o comandante lutando na bulha, o elmo e o manto vermelho chamando sua atenção. Ele não percebeu quando Macarius surgiu de repente, despindo-se de sua invisibilidade. Mas Halcyon viu.

Covarde, enfureceu-se enquanto corria, a lança em riste. Ela jogou a arma, que voou e reluziu no ar. Macarius se virou a tempo de vê-la avançando em sua direção. Arregalou os olhos, do mesmo que jeito que todos os homens que Halcyon tinha matado. Porém, o mago esticou a mão para as costas, desembainhando a Espada Voraz.

A lança de Halcyon virou pó antes que pudesse perfurar seu coração.

E os encantamentos dos magos cessaram no mesmo instante, dissipando-se no campo feito fumaça.

A perda da arma não deteve Halcyon. Suas mãos estavam vazias, mas cheias de raiva, e ela disparou até Macarius.

Ele demorou a perceber que era Halcyon. Estava sorrindo, triunfante pela maneira como fizera a arma dela sumir. Como fizera as armas de toda a legião sumir. Halcyon, porém, continuou a avançar como se a vitória já lhe fosse garantida, e o sorriso de Macarius se desfez.

Ele a reconheceu por fim. Mesmo com o elmo e a armadura, sabia que era ela.

Foi então que o mago começou a fugir, cambaleando, apavorado, embora ele tivesse uma espada encantada, e a única arma que ela tinha era sua sede de vingança.

Mas a verdade era que ele sempre tivera medo dela.

Halcyon sorriu para ele. Seus dentes cortaram a nuvem de poeira e a luz, e Macarius tropeçou em um de seus homens mortos e caiu de costas. Halcyon pulou em cima dele.

Ela bateu no rosto do mago. Uma, duas vezes. Sentiu o nariz dele quebrando com o impacto de seu punho. Macarius enfim se ergueu, lembrando que ainda tinha a espada na mão. Começou a levantá-la no ar, mas Halcyon deteve seu braço antes que ele pudesse assimilar o que o tinha agarrado. Ela pressionou o polegar nos tendões de seu pulso, e Macarius urrou, soltando a espada.

Ela caiu no chão, a um braço de distância.

Halcyon se apressou para alcançá-la e pôr um fim a tudo aquilo, mas Macarius entoou um feitiço. Roubou um reflexo de luz da armadura dela e deu vida a sua quimera de fogo.

O monstro cresceu em uma chuva de faíscas, que Halcyon sentiu pingando sobre ela, queimando sua pele, chiando em contato com sua armadura. A quimera não atacou; estava determinada a proteger a Espada Voraz. Halcyon custou a acreditar naquilo. Era para a relíquia ter cessado todos os encantamentos. Foi então que ela se deu conta de que alguém deveria segurar o cabo para que o poder da relíquia fosse ativado.

Ela se virou para Macarius e bateu nele, repetidas vezes, fazendo seu sangue escorrer para o cabelo. Ela ouviu a quimera soltar um ruído estridente e sentiu que estava prestes a ser atacada quando alguém se colocou entre ela e a criatura.

Era Straton. Ele não tinha arma para deter o monstro, mas recebeu a maior parte do impacto da quimera. Halcyon ouviu o manto do comandante rasgar, o arranhar de garras de fogo no bronze, o grunhido de dor de Straton. Ela esticou o braço para a espada e a pegou.

O calor do cabo ultrapassou o couro das luvas e queimou sua mão. Estava muito quente por causa da presença da quimera. No entanto, a criatura virou fumaça em um instante, unindo-se ao vento com um sibilo.

Halcyon ergueu a Espada Voraz, seu reflexo brilhante no aço. Ela baixou o olhar para Macarius, que estremecia.

— Por favor... por favor, não me mate. — Ele levantou as mãos trêmulas.

Halcyon esperou, assistindo à humilhação do mago.

— Tenha piedade, Halcyon. *Piedade.*

Antigamente, muito tempo antes, ela teria sido misericordiosa para com ele. No entanto, não era mais aquela menina.

Então, enfiou a Espada Voraz na garganta de Macarius.

Quando a poeira baixou e os últimos prisioneiros foram derrotados, Halcyon embainhou a Espada Voraz. Ela queria entregá-la ao comandante e o encontrou sentado à sombra dos muros de Mithra.

Soube logo que havia algo errado. O manto estava disposto sobre os ombros do comandante e a pele, pálida. Seu olhar estava vago quando ele a viu.

Halcyon se ajoelhou ao lado dele, afastou o manto e viu a ferida.

Eram três cortes profundos nas coxas. A quimera de Macarius havia cortado as pregas duras da couraça do comandante e atingido o osso de sua perna. Não se tratava de um ferimento feito por ferro ou aço; o corte vertia sangue sem parar, cercado por uma massa de carne derretida, manchada de roxo e vermelho.

Era uma ferida envenenada.

Halcyon não conseguiu respirar, lembrando-se de todo o veneno que fora forçada a suportar. Sentiu o olhar do comandante em seu rosto e o fitou. Sabia que ele estava morrendo.

Não conseguia imaginar um mundo em que ele estivesse morto.

— Comandante — disse ela, e Straton tentou puxar o manto de volta para cobrir a perna, embora estivesse muito fraco para conseguir.

— Pode ir, Guarda-rios.

Ir? Ela o encarou por um momento. Irritada, perguntou:

— Quer morrer sozinho, então?

Straton fechou os olhos. Ele riu, o que fez seu sangue escorrer mais depressa.

— Quero apenas descansar por um momento. Pergunte se vão abrir os portões para nós. Eu gostaria de ver minha esposa e minha filha.

Halcyon o ignorou. Arrancou a luva de couro, o que fez Straton abrir os olhos. Quando viu o que reluzia na mão da hoplita, arqueou as sobrancelhas.

— Ah. Bem que eu desconfiava.

Halcyon não respondeu. Colocou o anel no dedo indicador dele e o encarou, sem conseguir esconder a preocupação.

Levaria tempo, ela sabia. O comandante precisava da luz do sol.

Ela o ajudou a sair da sombra do muro, e Straton se deitou à luz, que começava a esvanecer à medida que o sol sumia atrás das montanhas. Àquela altura, Narcissa reparou nos dois. Correu para ver por que Straton estava no chão, sorrindo para o sol como se estivesse bêbado. E então ela viu o ferimento, a forma como o fluxo do sangue e as cores fortes esmaeciam, e avistou a pedra do sol em sua mão. Ela simplesmente olhou para Halcyon, grata.

— Precisamos entrar em Mithra — disse a capitã. — Em seguida, temos que encontrar uma carroça para o comandante. Pode ver se...

— Não preciso de uma carroça.

— Se vão abrir os portões? — concluiu Narcissa.

Straton ainda sustentava um meio-sorriso enquanto fazia careta ao estreitar a vista sob o sol. Halcyon olhou para a perna dele e aliviou-se ao ver que a magia do anel já estava a toda, fechando a ferida.

— Sim, vou conferir — falou Halcyon, e começou a caminhar pelo chão sujo de sangue em direção ao portão do sul.

Thales se aproximou como se estivesse esperando por ela. Não estava mais usando o Cinturão Dourado, e Halcyon se sentia exausta demais para se perguntar a quem ele o tinha dado. O homem acompanhou seu ritmo, nervoso.

— O que foi, Thales?

— Sua irmã. Estou preocupado com ela, Halcyon.

Ela perdeu a paciência.

— Por quê? Por que fica me atormentando com isso?

Thales passou a mão no rosto. Ele tremia. Halcyon não sabia se era a adrenalina por causa da batalha, ou se ele estava mesmo preocupado com Evadne.

— Não consegui matar o Basilisco, como você sabe, mas ainda assim mereci ir para a pedreira do povo comum.

— Sim, por quê?

— Porque eu matei uma pessoa. Depois da minha tentativa falha de assassinato, tentei entoar um encantamento para matar Selene. No entanto, ela era poderosa demais, sua magia era muito mais profunda que a minha, que se esgotou e quebrou.

— O quê? Sua magia quebrou? — ecoou ela, olhando para a mão direita dele, para a cicatriz onde o anel do mago outrora brilhara.

— Sim. — Ele franziu o cenho como se a lembrança ainda lhe causasse dor. — Selene secou minha magia até não sobrar mais nada. Isso fez minha mão quebrar, e então minha magia se foi. Naquele momento, eu estava tão transtornado que... acabei matando uma pessoa muito querida por mim.

— Thales... — Halcyon começou a entender a preocupação dele. Ela sentiu o coração batendo na garganta. — Quem foi que você matou?

Ele olhou para a mão direita, torta e coberta de cicatrizes. Um lembrete constante de quem ele tinha sido um dia, do que ele tinha perdido.

Com esforço, voltou a olhar para ela e havia apenas sofrimento dentro dele, profundo e terrível, quando respondeu:

— Eu matei minha escriba.

XXXIV

Evadne

Evadne não tinha medo da magia de Selene. Nem mesmo quando ela pairou acima de sua cabeça, chamando atenção para o teto glorioso de Destry. Ela a viu engolindo o sol, as nuvens, as ilusões azuis do céu. Uma névoa faminta que rodopiou, obscureceu e começou a se espalhar para baixo, envolvendo os pilares. A magia alcançou Damon e Evadne, pronta para devorá-los.

O coração da garota acelerou, e Damon deu início a seu encantamento ainda não nomeado.

Cantou somente a primeira estrofe, repetindo-a diversas vezes.

Aquela não era a magia lenta das estrelas, ou o fogo que ele criara no monte Euthymius. A luz era brilhante e visceral; o brilho do sol na espada de uma irmã, o reflexo de luz no elmo de um irmão. Queimou o ar como se fosse meio-dia, espalhando ondas de calor.

Halcyon, Xander, pensou Evadne. A luz dourada e o calor tinham sido inspirados neles. E ela levantou a voz para se juntar a Damon. Seu coração se preencheu com os versos porque, ao cantar com o rapaz, ela sentiu a presença de Halcyon e de Xander com eles. Eram os quatro ali, naquele momento, e névoa nenhuma suportaria tamanho fogo.

A magia de Damon cessou a de Selene, e a névoa se dissipou, a luz piscando sobre os semblantes perplexos dela e de seu escriba.

O choque de Selene se transformou em raiva. Ela levantou as mãos e entoou uma canção diferente, seu escriba cantando no mesmo ritmo que ela.

O pilar de Kirkos começou a se mover. O falcão empoleirado em seu braço despertou do mármore e bateu as asas. Alçou voo de seu mestre e se transformou no ar. Evadne não tirou os olhos do encantamento, observando o falcão de mármore virar um grifo. Ele se multiplicou, formando um bando que voou diretamente até Evadne e Damon.

Entretanto, a canção de Damon estava preparada para o ataque de criaturas com asas e aves, e ele começou a cantar a segunda estrofe. Evadne se juntou a ele, misturando sua voz suave à voz rouca — uma combinação perfeita. O encantamento não passava de meras palavras em um rolo, palavras que ela mesma escrevera. Era um fragmento dela, saindo de sua boca como uma oferta, como algo tão puro que não poderia ser superado.

Os grifos voaram em círculos sobre ela e Damon; esgueirando-se para o cabelo da garota com suas garras, mas a voz de Evadne e a magia de Damon agitaram as penas das criaturas, que pairaram no ar antes de se renderem a Evadne de Isaura. A descendente de Kirkos.

A garota que conhecia o gosto de voar.

Um a um, os grifos pousaram. Baixaram a cabeça para Evadne e Damon como se os dois fossem a rainha e o rei dos mitos e das asas.

Furiosa, Selene transformou as criaturas em pó.

Ela levantou as mãos e começou uma canção diferente. Sua voz continuava firme, ressoando com poder. E como os pilares não a haviam ajudado, ela recorreu ao chão. O piso preto e branco quadriculado começou a rachar sob os pés de Damon e Evadne, abrindo-se para engoli-los.

No entanto, não era a primeira vez que Damon e Evadne ficavam diante de uma queda ameaçadora.

Ambos já haviam caído antes, e Damon não se deixou intimidar. Começou a cantar a terceira estrofe, a voz de Evadne acompanhando a sua. A água começou a subir nas fendas, preenchendo os espaços vazios que Selene criara. Reluzindo, o líquido se solidificou e virou mármore. A cada rachadura que era conjurada, a canção de Damon intervinha, preenchendo-a e remendando-a, restaurando tudo.

Foi então que a voz de Damon começou a falhar. Ele cantava mais lentamente, como se as palavras o enfrentassem.

Enfim havia a resistência.

Evadne olhou para ele. Havia um filete de sangue escorrendo de seu nariz enquanto ele se esforçava para cantar. Seus ombros curvaram para a frente, como se a dor dentro dele fosse insuportável e estivesse usando os resquícios de sua força para continuar de pé.

Enquanto sua voz começou a sumir, a de Evadne só ficou mais nítida, mais forte. Como um guia para ele encontrar e seguir.

Ele virou o rosto e olhou para ela, para ouvi-la cantar sua magia. Ao redor deles, o chão se partia, mas Evadne continuava firme, cantando e esperando ele se recompor.

Damon se endireitou. Ainda sangrava, mas a voz dela o levou de volta à letra, e sua magia retornou, inundando o piso rachado mais uma vez e curando a destruição de Selene.

Ela também começava a se cansar.

Evadne ouvia a voz forçada de Selene, como se ela não conseguisse tomar um fôlego completo, e seu escriba cantava um fluxo estável de palavras para ela.

De quanto mais tempo precisariam para superá-la?, perguntou-se Evadne.

Selene recuperou o vigor, como Damon fizera.

Ela invocou os pilares novamente. O de Euthymius começou a quebrar, ameaçando tombar.

Damon cantou a quarta estrofe. Estava pálido e trêmulo, com sangue pingando de seu queixo, mas ele cantou e levantou a mão ao pilar. Conjurou um vento, aromático e forte, uma brisa que sentira no pomar de Isaura. Deteve o desmoronamento do pilar e o colocou de volta no lugar, preso ao chão e ao teto.

E então houve um estalo no ar, como madeira lascando em pedra.

Damon soltou um som surpreso. Caiu de joelhos, a magia recolhendo-se a ele, a sua boca aberta. Luz, vento, água, mitos. Ele fechou os olhos, seu rosto tomado pela agonia.

Evadne parou de cantar. Esqueceu as palavras, esqueceu-se de onde estavam, do que deveriam estar fazendo. Ela estava congelada, observando Damon se contorcer, grunhir e segurar a mão esquerda.

Ela viu seus dedos distorcidos — sua mão, *sua mão estava quebrada* — e a cena a fez perder o fôlego.

Damon balançou, ajoelhado, e aninhou a mão quebrada. Seus gemidos viraram uma tosse e ele cuspiu sangue no chão que tinha acabado de remendar. Mas havia algo diferente no sangue, estilhaços reluzentes que pareciam ouro. Ele tossiu mais, e Evadne percebeu que era icor. Pedaços do divino em seu sangue, seu suspiro, sua voz. Damon tossia a própria magia, e ela não era mais intrincada e bela; era afiada, amarga e rígida, cortando-o de dentro para fora, deixando o corpo do mago assolado ao escapar dele.

Ele parou de tossir, e o anel prateado em seu dedo fervilhou e chiou, desfazendo-se no ar. Ele gritou de dor, a mão se fechando em punho. O restante de sua magia o abandonou, evaporando em uma nuvem de fumaça e deixando uma cicatriz de queimadura em seu dedo.

Evadne despencou, caindo de joelhos, sem conseguir suportar o que via, sem aceitar ter que ouvir e ver Damon sofrendo, quebrando e se desfazendo.

— Damon — sussurrou, ofegante. — *Damon.*

Ela engatinhou até ele.

O mago estava curvado em meio à desolação, ao próprio sangue e aos estilhaços de magia. No entanto, ele enrijeceu ao ouvir a voz dela, ao ver um relance dela se aproximando.

Damon ergueu a cabeça, os olhos descontrolados e vidrados. Fitou Evadne e sussurrou para ela:

— Quem é você?

XXXV

Halcyon e Evadne

Halcyon bateu no portão ao sul de Mithra. Chamou os soldados da rainha, que patrulhavam os muros, olhando feio para ela. Quando não funcionou, ela atirou ordens a eles.

Ainda assim, eles não abriram os portões para ela ou para o comandante e sua legião.

— Não podemos desafiar a ordem da rainha — gritou um dos soldados para ela, do alto. — Devemos esperar a rainha Nerine suspender o comando.

E Halcyon sabia que era uma tentativa vã. Era óbvio que eles não abririam os portões sem a aprovação da rainha. O que, na verdade, era uma ordem de Selene.

Halcyon sentiu vontade de chorar ao se afastar do portão, os nós dos dedos machucados e ensanguentados. Thales ainda estava com ela, a preocupação marcando seu cenho. E o sol começava a se pôr. As primeiras estrelas surgiam, e não havia notícias de Damon e Evadne. Nem sinal de Selene. O que aquele silêncio todo significava?

Na frustração de Halcyon, ela não viu o homem parado entre os soldados da rainha no muro. O homem que, se ela tivesse olhado melhor, não usava armadura e parecia muito uma versão mais jovem de seu pai, só que com uma cicatriz no rosto. Um homem que assistira a todo o desenrolar da batalha, sabendo que ela estava em algum lugar entre o vislumbre de bronze e ferro.

Ela não o viu descer do muro e pairar no ar. Não o viu descer até ela com suas asas invisíveis.

— Halcyon.

Ela se assustou, finalmente reparando no homem que se aproximava. O tio Ozias. O Basilisco.

— Tio, como foi que você...

— Precisa entrar em Mithra? — deduziu o tio. — Venha, levo você por cima do muro.

Ela não sabia o que falar, mas notou então a relíquia amarrada a seu pescoço. O colar de Kirkos, que Evadne usara uma vez.

Halcyon sentiu um movimento próximo ao cotovelo e lembrou-se de que Thales estava ao seu lado. O homem que tinha tentado matar seu tio. Ela olhou de um para o outro, de repente inquieta.

Thales tinha motivo para agir com cautela. Deu um passo para trás e baixou a cabeça em submissão, mas Ozias não deu a mínima para ele. Olhava apenas para Halcyon, sabendo que o tempo estava se esgotando.

Ela abraçou o tio, e ele voou com ela, lenta e cuidadosamente, até o outro lado do muro de Mithra. Os soldados da rainha observaram sem interferir, ainda aguardando ordens de Nerine.

Ozias desceu com Halcyon no mercado do sul, vazio e abandonado. A jovem estava ofegante pelo voo e saiu dos braços do tio, olhando para ele com gratidão.

— Jura para mim que não matará Thales, tio Ozias?

Ozias lhe deu um sorriso afiado.

— Não o matei ainda. Acredito que eu possa esperar mais um dia.

Ela não sabia se o tio estava brincando ou falando sério e estava exausta demais para continuar remoendo aquele assunto.

— Preciso dele. Pode trazê-lo também? E o lorde Straton? Ele está ferido.

— Trago os dois — garantiu Ozias, observando Halcyon começar a correr. — Mas, Halcyon, aonde está indo?

— Para Destry — gritou ela sobre o ombro.

Ela não viu o tio içar voo novamente. Seus olhos estavam fixos em uma única coisa.

Ficava a duas ruas dali. O telhado ardia no fogo do pôr do sol, induzindo-a a se apressar.

E então Halcyon começou a correr.

— Quem é você? — repetiu Damon. Frenético, atônito. Então se afastou dela, como se a presença da garota fosse demais para ele.

Evadne parou, sentiu os estilhaços dourados cortando seus joelhos. Observou a angústia de Damon enquanto ele continuava a tomar o máximo de distância possível, como se ela pudesse machucá-lo.

Ele não sabe quem sou.

Seu coração se partiu em pedaços; seu peito parecia ceder a toda a dor. Ela não conseguia mais respirar. Não conseguia pensar. Tudo o que pôde fazer foi se ajoelhar no sangue de Damon e observá-lo tremer.

— Deixe-o, Evadne — falou uma voz fria, cheia de pena.

A escriba, entorpecida, levantou o rosto para Selene, que estava ao seu lado. Ela fitou o pesar do sobrinho e deu um suspiro.

— O que… o que aconteceu com ele? — sussurrou Evadne, rouca.

— Ele chegou ao fundo de seu poço de magia e o esgotou. A magia dele se quebrou. E levou parte de suas lembranças consigo. — Ela baixou o olhar para Evadne. — Sinto em lhe dizer, mas ele não se lembrará de você.

A revelação de Selene cobriu Evadne feito chuva. Ela não aceitava aquilo. Não conseguia imaginar um mundo no qual Damon não a conhecesse.

Evadne olhou para ele novamente, tentando esconder a devastação. Ela o viu mirar a tia, as linhas de dor mais leves em seu rosto.

— Tia Selene. Tia… preciso de ajuda.

— Eu o ajudarei, Damon. Me dê apenas um momento. — Selene estendeu a mão para Evadne. — Venha, filha. Não há mais nada que você possa fazer por ele. É melhor que vá embora daqui.

Evadne encarou a mão elegante da maga. O anel prateado em seu dado. Selene sempre soube que Damon cantaria até esgotar a própria magia, e por isso ela o tinha alertado antes do duelo.

Ainda assim, a mulher havia entrado no desafio, sabendo que sua força seria mais duradoura que a do sobrinho. Selene havia quebrado Damon e não parecia se importar.

Com relutância, Evadne aceitou sua mão. A maga a ajudou a se levantar. Um momento de tensão se passou entre as duas, e Evadne viu pena no olhar de Selene — um dó que a garota dispensava. A empatia então desapareceu, como se não tivesse passado de fingimento, e os olhos de Selene se estreitaram cheios de ira e ódio. Ela se movimentou com velocidade e graciosidade. Houve um lampejo de aço em sua mão.

Evadne foi para trás, mas não rápido o suficiente. Selene enfiou uma adaga em sua barriga, comprida e dentada.

Um som de choque escapou de Evadne. E então uma onda de dor a assolou por dentro, fazendo seus ossos tremerem. Dor que fez com que ela quisesse cair no chão. Ela sentiu a adaga sendo removida, e Selene se preparou para atacá-la mais uma vez.

Evadne não se moveu, não até Selene a golpear uma segunda vez, a lâmina totalmente enfiada no flanco de Evadne, logo abaixo das costelas. Foi só então que ela encontrou a cópis da irmã, como uma promessa esperando para ser cumprida. Ela agarrou o cabo e, com os dentes expostos, enfiou a arma da irmã no pescoço macio de Selene.

A maga sacolejou, surpresa. Mas acabou: ela tinha sido derrotada e soube disso ao olhar para Evadne. Seu sangue começou a escorrer pelo pescoço, depressa e reluzente. Ela se afastou e se engasgou, tentando agarrar o cabo da cópis.

Evadne não conseguiu pensar em nada enquanto via Selene sucumbir até o chão. O sangue se espalhou embaixo dela como um manto vermelho e então a luz malevolente de seus olhos se apagou.

Evadne tinha acabado de matar alguém.

A verdade ecoou dentro dela como se ela fosse oca, e Evadne se sentiu transformada. Esfacelada. Como se tivesse cruzado uma passagem que jamais conseguiria encontrar de novo e pela qual nunca mais regressaria.

— Você a matou.

Evadne olhou para Damon, ainda sentado no chão.

— Damon...

O coração dela doeu em vê-lo. Ela foi tomada pelo desejo de ir até ele, tocá-lo, beijar sua face. Abraçá-lo em sua desolação. No entanto, os olhos de Damon denunciaram sua raiva por ela. Ele apontou para Evadne com a mão direita.

— Fique longe de mim.

Ela não sabia o que fazer. Ele rastejou e grunhiu, sem conseguir andar. Evadne não poderia abandoná-lo, mas ele não a conhecia. Não a queria ali.

Ouviu-se barulho de passos. Aturdida, a garota levantou o rosto e viu o escriba de Selene encarando-a e afastando-se. Ela tinha se esquecido dele. Então o homem fugiu de Destry, deixando apenas ela e Damon.

Ela, Damon e um brilho de algo encantado nas sombras.

Evadne percebeu que a Coroa Onividente estava no chão. Selene devia tê-la deixado de lado durante o duelo. A guirlanda de oliveira aguardava nas sombras — prateada, verde e cheia de segredos.

Evadne começou a ir em direção a ela, mas logo percebeu que andar se tornara uma tarefa muito árdua e dolorosa. A adaga de Selene ainda estava enterrada na lateral de seu corpo, e Evadne olhou para o cabo, considerando remover a lâmina e se perguntando se isso a faria morrer mais rápido, de tanto sangrar.

Ela cerrou os dentes para conter a dor que o movimento provocou e andou com a lâmina ainda presa em seu flanco. Levou um momento para se ajoelhar e pegar a coroa nas mãos. Em seguida, precisou de mais um momento difícil para ficar de pé e se virar para Damon, sentado olhando para ela com desconfiança.

Evadne foi até ele.

— Damon — sussurrou, e seu amor por ele transformou o nome do rapaz em uma melodia, um refrão.

Ele ficou de pé, apoiando o peso do corpo no pilar de Euthymius.

— Não sei quem você é... Fique longe de mim.

Evadne avançou lentamente, observando-o se virar para ela, recostado no pilar. Ele estava irritado, assustado e confuso. E ela só podia torcer para que a coroa bastasse.

— Damon, deixe-me ajudar — sussurrou a garota.

Ele a encarou, sua respiração vacilando, mas não se mexeu nem protestou.

— Por favor. — Evadne chegou mais perto. Com a adaga fincada no corpo e o sangue encharcando o quíton, ela coroou Damon.

Esperou, tremendo e conjurando.

A coroa permitia que seu usuário visse o passado, o presente ou o futuro da pessoa para quem olhasse. E enquanto Damon estudava seu rosto... Evadne só torcia para ele ver o passado. Para ele ver a amizade que tinham criado, como mago e sua escriba. Que ele visse todas as tribulações pelas quais haviam passado, toda a dor, a preocupação, a magia e o desejo.

Outrora, ela se sentira relutante que ele visse sua mente. Jurou jamais permitir que Damon invadisse seus pensamentos. Mas as coisas tinham mudado... ela *ansiava* para que ele a visse e se lembrasse dela.

Viu a mudança o transformando, a tensão do corpo de Damon aliviando. O castanho e o azul de seus olhos se suavizaram feito terra depois de uma longa chuvarada. Ele esticou a mão direta para ela; contornou seu maxilar e sussurrou seu nome. A garota sentiu o coração dando uma pirueta e lutando para continuar batendo mesmo à medida que desacelerava... e desacelerava...

— *Evadne.*

Ela sorriu para ele. A imagem de Damon ficou turva em sua vista, e ela percebeu que estava chorando. Damon beijou as lágrimas em seu rosto, e ela se apoiou nele. Seu corpo ficou cada vez mais frio, como se uma sombra começasse a cobri-la.

Grunhiu de agonia quando ele tocou sem querer no cabo da adaga fincada dela.

Damon a afastou e viu a arma empalada. A alegria em seus olhos se transformou em terror. O quíton que ela usava estava vermelho, e o sangue dela também sujara suas roupas. Ela respirou com dificuldade, agarrou o cabo e puxou a adaga, deixando-a cair no chão.

— Damon — sussurrou Evadne. Damon a segurou, baixando seus corpos ao chão lentamente.

— Evadne, *Evadne.* Fique comigo...

Ela sentiu o calor que ele emanava, a respiração dele ao segurá-la bem perto. Ouvia o coração de Damon disparado, eufórico. Em contraste com o dela.

A garota tombou a cabeça para trás. A última coisa que viu foi o teto de Destry e como ele era um espelho do céu.

Ela o observou enquanto a pintura assumia um tom violeta conforme a noite avançava. As primeiras estrelas despertavam quando ela desvaneceu para a escuridão.

Halcyon entrou em Destry, e as portas bateram quando ela pisou no saguão. A primeira coisa em que reparou foi no sangue. Havia muito sangue cobrindo o chão.

— Evadne? — chamou, entrando no ambiente cavernoso. Ela viu Damon sentado, segurando e chorando inclinado sobre sua irmã.

Sua irmã, ensanguentada.

Não.

Halcyon se virou para eles, escorregando no sangue de Evadne. Caiu no chão e rastejou, transtornada.

— *Não, não, não.*

Damon havia matado sua irmã.

Damon havia matado sua irmã.

Halcyon não compreendia, embora a prova estivesse bem à sua frente. A verdade a atingiu com um golpe, e ela sentiu o coração se partindo. Trêmula, tocou o rosto de Evadne.

Ela enfim entendia a dor que causara a Damon, pois ele a devolvera.

— Ajude-a — sussurrou Damon. — *Ajude-a.*

Evadne estava viva.

Halcyon emitiu um som de desespero. A mão esquerda de Damon estava fechada em um punho, mas ele abriu os braços, e com cuidado Halcyon passou Evadne do colo dele para o seu.

— Eva? *Eva.* — Entoou Halcyon, sentindo o pulso da irmã.

Evadne ainda respirava, embora seu sangue escorresse fatalmente no chão.

E Halcyon podia salvá-la. Halcyon tinha o Anel de Cura de Magda. Ela poderia salvar Evadne, então trocou os braços para tirar a mão das costas da irmã...

Não havia nada em sua mão — um lembrete de que ela dera a relíquia ao comandante.

— Halcyon — clamou Damon com dificuldade e, por fim, ela o observou atentamente. O rapaz estava encolhido, como se não conseguisse respirar. — Salve-a.

Halcyon queria machucá-lo com suas palavras. Esfolá-lo como a um peixe. E então ela viu o outro corpo, caído em uma poça de sangue. Selene. Com a cópis de Halcyon fincada no pescoço.

Halcyon tentou tirar algum sentido da cena diante dela.

Evadne tinha matado Selene. Selene devia tê-la golpeado. Damon… Damon era inocente, mas estava quebrado, como Thales.

E Halcyon não podia salvar a irmã.

— Ah, Eva. — Ela segurou Evadne, afastando o cabelo do rosto da menina.

O tempo se contorceu. Ela não soube dizer quanto tempo passou ali, ninando Evadne em seu colo, o sangue da irmã sujando sua armadura. Porém, de repente, ela percebeu que não estavam sozinhos. Ozias, Thales e Straton chegaram a Destry. Os três homens se aproximaram dela, caminhando pelo chão ensanguentado.

— Halcyon.

Ela olhou para Straton enquanto o comandante se ajoelhava a seu lado. Atrás dele vinham Thales e o tio Ozias, os semblantes pesarosos ao verem-na segurando Evadne.

O comandante tirou o anel do dedo, então ofereceu a relíquia a Halcyon, com um olhar tranquilo.

— Pegue o anel, Halcyon.

Mas ele também precisava da cura. Ela olhou para sua coxa ferida, que o poder da pedra do sol começara a sarar. A pele de Straton ainda estava desigual por causa do veneno. Levaria dias, possivelmente semanas, para que o poder do anel o removesse de seu corpo. Halcyon sabia disso muito bem.

Se ela pegasse o anel, sabia que ele morreria.

— Comandante…

— Coloque o anel na mão de Evadne. Está tudo bem, Halcyon. É como deve ser.

Ela o encarou, as lágrimas fazendo seus olhos arderem. Straton apenas lhe deu um sorriso gentil.

Ela pegou o anel e o colocou no dedo de Evadne.

Na mesma hora, o ritmo da respiração da menina mudou, aumentando. Aos poucos, a cor voltou para a sua face, com a luz e as constelações do teto encantado banhando-a em luz prateada.

Aliviada, Halcyon a aninhou mais perto. Ozias foi para trás da sobrinha e pousou a mão em seu ombro. Os dois observaram Straton se arrastando até o filho, que se contorcia no chão.

O comandante tocou o cabelo de Damon de leve, puxando-o para um abraço.

— Estou aqui, filho. Estou aqui — sussurrou Straton, segurando Damon contra seu coração.

O mago abraçou apertado o pai, chorando em seu pescoço. Os sons que ele emitiu eram dolorosos e arrepiantes.

Halcyon sabia que ela jamais conseguiria perdoá-los.

Thales ficou de joelhos e cobriu o rosto. Ele era o único que entendia, de fato, a agonia que Damon estava sentindo. Chorou por ele, pelo jovem mago que quebrara e perdera a própria magia.

E à medida que as feridas de Evadne começaram a se fechar, as de Straton reabriram.

O sangue se misturou no piso preto e branco de Destry. Sangue mesclado em estilhaços reluzentes de ouro.

Aguente firme, comandante, quis pedir Halcyon. *Seu filho precisa de você. Sua família precisa de você. Não vá embora assim.*

E Straton ergueu os olhos para ela.

Ele sofria, por si mesmo e pelo filho, mas aguentaria. Por tempo suficiente, Halcyon sabia.

Ele aguentaria.

350

XXXVI

Halcyon e Evadne

Ozias carregava Evadne pelas ruas sinuosas de Mithra enquanto Halcyon os seguia. Ela não prestava muita atenção em Thales, que vinha logo atrás, pois ainda havia muito sangue de Evadne em suas mãos e na sua armadura. Eles viraram em uma esquina, depois em outra, e Destry logo ficou bem para trás. Por fim, Ozias usou a relíquia de Kirkos para subir um lance de escada até um apartamento no terceiro andar. Halcyon subiu dois degraus de cada vez para acompanhar seu ritmo.

— Rápido, Halcyon — disse Ozias quando chegaram à porta. Ele entregou uma chave a ela, e Halcyon se atrapalhou para abrir a fechadura.

A jovem entrou no apartamento do tio, que estava escuro e tinha cheiro de sândalo. Ela tropeçou em uma cadeira, ao se apressar para alcançar as portas da varanda e abri-las. Ajeitou algumas almofadas no chão, e o tio deitou Evadne sobre elas.

A menina ainda estava inconsciente, imersa em um sono curativo. Apesar de tudo, Halcyon queria acordá-la, ver os olhos da irmã e ouvir sua voz.

Tirou uma mecha de cabelo de cima do rosto de Evadne. O luar não brilhava tanto quanto Halcyon queria, e ela ansiou pelo amanhecer, por um banho de luz do sol forte e calorento que cobrisse sua irmã. Que acelerasse sua cura.

Aquela seria uma noite longa.

— Deixe-me ver se minha vizinha tem roupas para emprestar a Evadne — falou Ozias, ofegante. Ele se virou e quase trombou com Thales, e os homens trocaram algumas palavras murmuradas.

Halcyon estava ocupada demais para prestar atenção e se sentou ao lado de Evadne. Ozias partiu, mas Thales continuou na varanda, sua presença fornecendo um conforto silencioso.

Halcyon ouviu os rouxinóis, o eco distante de uma criança chorando. Ela se lembrou dos sons que Damon fizera e seu coração bateu com pesar.

— Ele perdeu definitivamente a magia, Thales?

O rapaz ficou quieto, olhando toda a extensão da cidade.

— Sim, Halcyon. Ele nunca mais vai fazer magia.

Ela respirou fundo. Ainda não tinha tirado os olhos de Evadne e sentiu um mal-estar só de pensar em ter que revelar aquilo à irmã. Ela tinha reparado na forma como o ar vibrava entre Evadne e Damon. O jeito como olhavam um para o outro.

— Quanto tempo vai levar para ele se curar? — indagou.

— Depende. — Thales não se aprofundou, e Halcyon sentiu que aquele era um tópico delicado.

Ozias voltou com uma túnica branca no braço. Ele também trouxe uma esponja e uma bacia de água para Halcyon limpar o sangue do corpo de Evadne.

Os homens a deixaram na varanda, e Halcyon começou a despir a irmã. Tirou as asas de bronze de seus ombros e o cinto dourado do quadril. Removeu o quíton sujo de sangue e viu as feridas que desfiguravam a pele de Evadne. Dois cortes fundos no abdômen, que ainda estavam em processo de cicatrização. O luar não estava forte o suficiente, Halcyon lamentou, rezando para que as horas daquela noite se passassem depressa. Lavou com delicadeza o sangue e vestiu com a túnica nova. Era grande demais; o tecido engoliu Evadne, e Halcyon sentiu vontade de chorar.

Ela se deitou ao lado da irmã. Não tinha intenção de dormir, mas o sono a envolveu, e assim Halcyon caiu em uma série de sonhos desagradáveis.

Acordou com a mão do tio em seu ombro, sacudindo-a de leve.

— Halcyon? Tem uma pessoa aqui para vê-la.

Ela se sentou, sentindo uma cãibra no pescoço. Ainda era noite e Evadne continuava dormindo, incandescente com a luz prateada.

— Eu fico com Evadne — tranquilizou-a Ozias.

Halcyon então se levantou, o corpo rígido, e andou pelo apartamento do tio até a porta.

Havia uma garota no batente. Halcyon não a conhecia, mas reparou no amuleto cingido a seu braço. Era uma das criadas de Straton.

— Halcyon de Isaura? — indagou a menina.

Halcyon assentiu.

— O lorde Straton a convocou ao casarão — revelou a garota com um tremor na voz. — Pediu que vá o mais rápido possível.

Halcyon titubeou. Ela queria ir ver o comandante, mas também queria ficar, continuar ao lado da irmã.

Indecisa, ela se virou para Thales, que estava ali por perto, observando e ouvindo.

— Diga ao meu tio que volto em breve — falou, rouca. E saiu do apartamento antes que pudesse voltar atrás.

A garota correu com Halcyon, esforçando-se para manter o ritmo veloz. O casarão do comandante não ficava longe. Halcyon correu até a residência com o coração martelando, sentindo um frio na barriga. Os portões estavam abertos; ela subiu a escada e os guardas abriram as grandes portas de bronze sem dizer nada.

Ela nunca tinha estado ali, mas Xander muitas vezes lhe contara sobre a propriedade. De alguma forma, ela sentia que já tinha andado naquele piso, em sonhos.

Lyra a aguardava à beira de um espelho d'água. Calada, a garota levou Halcyon a um lance de escada de mármore, depois a um corredor e, por fim, ao quarto particular de Straton e Cosima.

Imediatamente, Halcyon quis fugir.

Um incenso queimava. A garota reconheceu o aroma doce e amadeirado de olíbano, o óleo que queimava nos altares de Nikomides. As janelas estavam abertas para deixar o ar fresco da noite entrar, fazendo as cortinas balançarem com a leve brisa. Halcyon parou relutantemente ao lado de uma cômoda, cuja superfície estava coberta de jarros e recipientes — ervas, extratos e bálsamos — e um rolo de linho. Uma bacia cheia de água suja de sangue.

Ela tinha a impressão de estar interrompendo um momento particular. Quis dar meia-volta, mas então viu o comandante.

Straton estava sentado na cama, recostado em almofadas, esperando por ela.

A esposa estava do lado dele, com o rosto exausto, o cabelo claro grudado na testa. Damon estava sentado em um banco do outro lado da cama, ainda usando a coroa de Acantha. Havia curativos em sua mão esquerda; todos os dedos haviam sido endireitados. Halcyon nem queria imaginar a dor, lembrando da vez que quebrou um polegar, anos antes. Ele segurava um copo de tônico na mão direita; Halcyon sentia o cheiro pungente e deduziu que Cosima fizera uma infusão para amenizar a dor do filho.

— Guarda-rios — cumprimentou Straton, mas sua voz soava diferente. Estava fraca, frágil. — Venha cá.

Assim que Halcyon foi para a lateral da cama, Cosima, Damon e Lyra lhes deram privacidade, saindo do quarto.

Entorpecida, Halcyon se sentou no banco que Damon vagara. Ela sentiu o olhar do comandante, esperando que ela criasse coragem para fazer contato visual.

Lentamente, ela o fez.

Viu o brilho da morte nos olhos dele. A cor da vida o estava deixando a cada suspiro. Halcyon quis permitir que a raiva tomasse conta e chorar; ela não queria que ele a deixasse. Nunca tinha sido adepta a orações, mas estava absurdamente tentada a apelar às divindades, para que o curassem, que o deixassem viver.

— Meu tempo está se esgotando — falou Straton. — E eu queria vê-la. Queria pedir-lhe uma coisa.

Halcyon aguardou, sentindo um bolo na garganta de tamanha emoção.

— Quero que esteja lá — continuou ele. — Para ajudar Narcissa e meus outros capitães. Para ajudá-los a liderar a legião.

— Não sou digna — sussurrou ela.

— Você é mais que digna. Um dia, assumirá o meu lugar. — Ele esticou a mão para pegar a dela. Era grande, coberta de cicatrizes, febril. As veias no pulso estavam visíveis, marcadas por causa do veneno. — Olhe para mim, Guarda-rios.

Ela precisou de todas as forças para conter as lágrimas e olhar para ele novamente.

— Eu a indiquei como minha sucessora. Narcissa liderará a legião nesse meio-tempo, até você cumprir o tempo de serviço como capitã. E então... será você. É meu desejo vê-la comandando a Legião de Bronze.

A mente dela girou em um turbilhão. Seus pensamentos se emaranharam e zuniram, e ela não conseguiu respirar ao se imaginar ocupando o lugar dele um dia.

— Aceita fazer isso, Halcyon de Isaura?

Ela engoliu o nó na garganta e segurou a mão dele com mais firmeza.

— Sim, comandante. Seria uma honra.

— Pois bem. — Ele se reclinou nas almofadas. Sua força já quase se esvaíra.

— Deixe-me pegar algo para você beber. — Halcyon tentou se levantar, mas ele segurou os dedos dela, impedindo-a de ficar de pé.

— Há mais uma coisa que devo lhe pedir, Guarda-rios.

Straton respirou com dificuldade e a fitou com os olhos vermelhos novamente.

— Damon está usando a coroa de Acantha, mas é chegada a hora de completarmos a missão. Quero que leve a Coroa Onividente ao palácio e a coloque sobre a cabeça da rainha Nerine, para quebrar o encantamento.

Era a última parte da missão, o plano que ela, Damon, Xander e Straton haviam forjado juntos. Era o fim de tudo, o sonho deles: coroar a rainha com a relíquia.

— Faça o quanto antes — pediu o comandante. — Pois a legião ainda está no campo, aguardando a abertura dos portões.

— Prometo que assim será feito, lorde.

Ele estava relaxado; esvanecendo. E Halcyon ainda não o havia perdoado totalmente por todos os erros que lhe foram causados.

Ela pensara que o perdão levaria luas, talvez até anos. No entanto, a morte mudava as coisas. Ela tinha o poder de deixar uma alma afiada e reflexiva. Ela não conseguia imaginar um mundo sem Straton. E sabia que o havia perdoado, e que o perdão tinha vindo sorrateiramente. Como no momento em que ela o encontrou sentado apoiado no muro, quando viu sua ferida envenenada. Uma ferida que ele recebera no lugar dela.

Halcyon ergueu a mão dele e a encostou em sua face, depois sussurrou:

— O mundo será um lugar sombrio sem você.

Straton sorriu.

— Mas estou em paz, sabendo que você será a luz.

Ele sabia que ela o havia perdoado. A garota viu a compreensão em seus olhos e o soltou.

Halcyon ficou de pé, lutando contra a vontade de sair correndo. Cosima entrou no quarto, afofando os cobertores do comandante, e Halcyon saiu do cômodo. Mais uma vez, Lyra esperava por ela no corredor.

— Meu irmão está em seus aposentos — falou ela, levando Halcyon a mais adiante no corredor.

Encontraram Damon sentado em uma cadeira, encarando uma mesa vazia. Arcalos estava aninhado aos seus pés, e a coroa de Acantha brilhava em contraste com seu cabelo escuro. Seu rosto estava pesaroso quando olhou para Halcyon. Ele sabia que ela tinha ido pegar a relíquia. A coroa que preservava sua memória.

Lyra preparou mais um tônico para ele. Damon encarou o copo por um instante, relutante, antes de beber todo o líquido. De uma só vez, a tensão em seu corpo começou a ceder. Era uma infusão para fazê-lo dormir.

— As últimas cinco luas — disse ele, encarando a mesa novamente. — Quando o efeito deste tônico passar e eu acordar, não me recordarei do que aconteceu nas últimas cinco luas. Do momento em que me formei em Destry até agora... tudo será apagado da minha mente. Quando eu acordar, vou pensar que é o dia seguinte à minha formatura.

Ele fez contato visual com Halcyon, e ela ouviu as palavras que ele não proferiu.

Ele não se lembraria da morte de Xander. Teria que reviver a dor.

Não se lembraria de toda a magia que ele havia feito e lançado nas cinco luas anteriores.

Não se lembraria de sua jornada para dentro do Monte Euthymius, de que a missão que ele planejara fora colocada em prática.

Não se lembraria de seu desafio com Selene, um desafio que resultara em deixar de ser quem ele era.

Não se lembraria de que seu pai tinha sido fatalmente ferido.

Não se lembraria de Evadne.

Halcyon não sabia o que dizer, mas viu a tristeza de Damon ao saber que estava prestes a perder uma parte tão grande de sua vida.

— Halcyon — chamou ele, sua fala começando a ficar arrastada —, diga a Evadne... que encontrarei uma maneira de voltar para ela, assim que eu me recuperar.

Ele tombou a cabeça para trás e perdeu a consciência.

Halcyon aguardou mais um momento, observando o rosto de Damon, a mão cheia de curativos. Ela estava tremendo quando enfim tirou a Coroa Onividente de sua cabeça.

Ela correu com a coroa, subindo a estrada sinuosa até o palácio da rainha no topo. Nenhum dos guardas a deteve; meramente assistiram a Halcyon marchando pelos jardins do palácio com a armadura suja de sangue e subindo a escada até o grande salão.

O incenso queimava em tigelas de prata. Tochas bruxuleavam em pilares ornamentados, a luz iluminando desenhos entalhados de videiras, falcões e luas. O piso estava tão polido que era como olhar para água; o reflexo de Halcyon brilhando intensamente na superfície. Do outro lado do salão estava o trono de ouro, ardendo como uma estrela caída. A rainha Nerine estava sentada nele, congelada no tempo, seus olhos fechados.

Em um sono encantado.

Halcyon parou, olhando para a rainha. Quando começou a se aproximar, um guarda enfim a interceptou.

— O que está fazendo? — indagou.

— Estou... — Halcyon parou, mas não tinha palavras. Estava exausta, destruída, ensanguentada, devastada, esperançosa.

— Deixe-a passar — falou outro guarda, vendo a coroa que Halcyon tinha em mãos.

Os guardas se afastaram, e Halcyon continuou a andar até o trono. Andou por Xander, pelo comandante, por Ozias. Andou por Damon e Evadne. Andou por si mesma, por tudo que tinha feito, tudo que sacrificara para chegar àquele exato momento.

Ela pisou no palanque. Com todo o torpor das horas anteriores, ela havia se esquecido de que ainda carregava a Espada Voraz de Nikomides, embainhada às costas. Ela podia pegar o cabo, puxar a lâmina e o encantamento seria quebrado. No entanto, Halcyon não escolheu a espada dessa vez. Ergueu a coroa de Acantha. As folhas de oliveira, verdes e prateadas, tremiam à luz do fogo. Sussurravam sobre outra era, outro tempo. Sussurros sobre esperança e cura.

Ela colocou a coroa na cabeça da rainha Nerine.

Em seguida, com rapidez e em silêncio, desceu do palanque e se ajoelhou diante da monarca. As palmas das suas mãos estavam viradas para cima; o coração e a mente, prontos. A rainha precisava saber o que tinha acontecido, e precisaria ver o passado e o presente de Halcyon para descobrir.

Os olhos da rainha Nerine se abriram. O encantamento de Selene sobre ela derreteu como gelo exposto ao sol. Ela estava livre e respirou fundo, confusa até encontrar o olhar de Halcyon. As duas mulheres ficaram imóveis e em silêncio, sustentando o contato visual, seus pensamentos e corações entrelaçados. Uma entregava; a outra recebia.

Halcyon não sabia quanto tempo havia passado, mas, por fim, a rainha Nerine ficou de pé. Ela usava o Xale Estelar de Ari e os diamantes reluziam com luz antiga conforme ela se movimentava. A rainha desceu do palanque e foi até a hoplita.

Sorriu e segurou o rosto de Halcyon.

— Halcyon de Isaura, mulher de bronze e coragem... você me deu uma grande honra. Seu sacrifício jamais será esquecido. Nem o de Xander e o de Damon, o de Ozias e o do lorde Straton. Nem o de sua irmã, Evadne. Seus nomes serão gravados nas paredes do palácio, como uma prova do que vocês todos fizeram, de tudo o que são, de tudo o que estão destinados a se tornar.

As lágrimas e a emoção que Halcyon estivera suprimindo escaparam. Era o fim; tinha acabado. Ela virou o rosto para as mãos da rainha e finalmente chorou.

Quando Evadne se mexeu, restava uma única estrela no céu, suspensa como uma promessa à medida que o sol nascia. Ela a observou sumir e começou a se lembrar do que tinha acontecido. Tentou se sentar, mas suas feridas doeram em protesto. Ela grunhiu e se deitou novamente sobre as almofadas.

Estava em uma varanda. Onde? Onde é que estava?

— Eva.

Ela ouviu a voz de Halcyon e se virou, encontrando a irmã deitada a seu lado. O tio Ozias estava dormindo em uma cadeira ali por perto, de boca aberta ao roncar, e Thales também estava dormindo, encostado na parede.

— Onde estamos? — sussurrou Evadne.

Halcyon se sentou em silêncio e ajudou Evadne a beber alguns goles de água.

Gradualmente, sua irmã lhe contou o que havia se passado. A quebra de Damon, a morte do lorde Straton, a libertação da rainha Nerine.

— Acabou, Eva — sussurrou Halcyon, acariciando o cabelo embaraçado da irmã. — Você foi tão corajosa e forte, irmãzinha. Fizemos tudo ao nosso alcance e conseguimos.

Então por que Evadne sentia que tinha sido derrotada? Por que as lágrimas se acumulavam nos olhos das duas?

Ela pensou em Damon. Assim que ele passou por sua cabeça, ela sentiu todos os pedaços de seu coração, ainda esparramados e agoniados, esforçando-se para bater dentro do peito.

Halcyon leu seus pensamentos.

— Momentos antes de eu tirar a coroa dele... Damon pediu que eu lhe dissesse que ele vai encontrar uma maneira de voltar para você, assim que tiver se recuperado.

Evadne não disse nada, mas as lágrimas começaram a cair. *Como?* Ela quis gritar. Como ele encontraria uma maneira de voltar quando suas memórias haviam sido apagadas?

Ele tinha dito aquilo só para abrandar a dor, que continuava forte e intensa. A garota teve dificuldade de respirar.

— Halcyon? — sussurrou Evadne.

— Sim, Eva?

Evadne fechou os olhos e suas lágrimas continuaram a cair, escorrendo pelo rosto e molhando o cabelo.

— Pode me levar para casa, para Isaura?

Halcyon secou as lágrimas da irmã.

— Sim, irmã. Eu a levarei para casa.

E Evadne enfim entendeu a dor de se despedaçar, a dor de tentar sarar após uma perda. Ela sentiu um eco da angústia de Kirkos e chorou quando enfim entendeu o custo de sua queda.

XXXVII

Evadne
Quatro luas depois

—Pupa? Pupa, vamos lá, não se canse. Ainda temos que cantar hoje à noite.

Evadne continuou a passar o pequeno rastelo de mão pelos galhos das oliveiras, sorrindo ao ver a preocupação de Gregor.

— Não se preocupe, pai.

Apesar da recuperação plena, o pai ainda ficava atento, muito mais do que a mãe. Ele estava ao lado da carroça, cuja traseira estava repleta de azeitonas, e assistiu à filha fazendo a colheita por mais alguns momentos, derrubando azeitonas ao redor no linho estendido sobre o chão, até ter certeza de que o rubor na face de Evadne era devido ao vento gelado, e não à estafa.

A tarde estava fria com a chegada da safra. Ela e a família vinham trabalhando do amanhecer até o anoitecer, colhendo e fazendo a prensagem das azeitonas. E quando a noite chegava, reuniam-se na sala de estar para cear, compartilhar histórias e cantar.

Fazia quatro luas que Evadne partira de Mithra. Quatro luas desde seu retorno a Isaura. Ela, enfim, tinha voltado a cantar.

Ao longe, ouviram o sino do portão soar.

— Ora essa, quem deve ser? — falou Gregor.

— Provavelmente o arauto, tio Gregor — respondeu Maia, juntando-se a Evadne com o rastelo.

— Mas ele veio há poucos dias — retrucou a tia Lydia, jogando um avental cheio de azeitonas na carroça.

— Vou ver o que ele quer — disse Lysander de pronto, como se não quisesse deixar o rastelo para trás. Pulou de sua escada, na qual subira para colher azeitonas do alto da árvore, e correu pela trilha, desaparecendo nos limites da propriedade.

Evadne não interrompeu o trabalho. Estava determinada a se concentrar nos galhos, nas olivas, nos movimentos de sua ferramenta. O trabalho tranquilizava sua mente e seus pensamentos, ajudava a dormir pesado à noite, e ela era grata por isso.

— Meus deuses! — gritou a tia Lydia, e todos olharam para a trilha.

Evadne viu Halcyon indo em direção a eles, sua armadura de bronze iluminada pelo sol. Ela tinha um sorriso fácil no rosto e pressa nos pés.

Todos correram até ela, e Halcyon abraçou cada parente, deixando a irmã por último. Evadne viu um brilho nos olhos da irmã, um brilho que ela não enxergava havia muito tempo.

— Achávamos que você só viria no feriado de Ari — disse Phaedra, e eles abandonaram o trabalho para caminharem com Halcyon até o casarão.

De fato, Halcyon estivera em Abacus, trabalhando sem parar. Evadne não se permitiu criar esperanças de ver a irmã por mais um bom tempo. A legião precisava de Halcyon mais que ela, desde a morte de Straton.

— Fiz uma pausa — explicou Halcyon quando entraram no pátio. — Quero ajudar com a colheita.

Evadne viu como o pai estava praticamente explodindo de orgulho com aquela declaração da filha.

— Faz um tempinho que você não colhe azeitonas, Broto.

Halcyon riu. Ela tinha deixado sua égua no pátio, então andou até o animal, desamarrando sua bolsa.

— Sim, pai, mas não se preocupe. Eu me lembro do processo.

Lysander ofereceu para levar a égua ao estábulo, e Halcyon segurou a bolsa nos braços, como se houvesse algo precioso escondido ali.

Ela fitou Evadne novamente, e a mais nova arqueou a sobrancelha, como se perguntasse: *O que é?*

— De fato voltei para casa para ajudar na colheita — confessou Halcyon, levando a mão à bolsa de couro. — Mas há outro motivo... — Ela pegou algo robusto enrolado em um saco de linho. — Também tenho uma entrega para Evadne.

Halcyon estendeu o embrulho à irmã. A princípio, tudo que Evadne conseguiu fazer foi encará-lo.

— Aqui, irmã, pegue.

Evadne pegou o saco pesado nos braços. Estava amarrado com uma tira de couro e tinha um pedaço de pergaminho suspenso no laço.

Somente para os olhos de Evadne, avisava o pergaminho, em uma caligrafia horrenda.

Maia, que surgira sorrateiramente do lado de Evadne, franziu o nariz ao tentar ler o bilhete.

— Pelas divindades, que letra feia! Como é que você consegue ler isso?

Evadne perdeu o fôlego. Ela sentiu o peso do saco e sabia exatamente o que havia dentro dele, sabia exatamente a quem pertencia aquele garrancho. Ela olhou para Halcyon, que apenas sorriu, com os olhos cheios de animação.

Sem dizer nada, Evadne se virou e correu para o casarão.

— Eva? *Eva!* — gritou a mãe.

— Deixe-a ir, Phaedra — disse Gregor, depois acrescentou para Halcyon: — Tem certeza de que não faz a menor ideia do que tem naquele saco?

— Não faço a menor ideia, pai.

Evadne subiu a escada, ignorando a pontada em seu tornozelo, e correu para o quarto, praticamente batendo a porta depois de entrar. Seu coração estava disparado e sua respiração, ofegante. Devagar, foi até a cama e colocou o saco ali, de repente receosa em abri-lo.

Somente para os olhos de Evadne.

As mãos da garota tremiam quando ela abriu o embrulho. Tirou dois rolos de dentro e reconheceu ambos. Um era grosso e belo, com hastes douradas. O outro era fino e mais simples, com hastes lisas de madeira.

Ela passou a mão em ambos. Era como reencontrar amigos depois de muito tempo, embora ela jamais tivesse segurado aqueles rolos ou escrito neles. Isso tinha sido obra de Damon, o que a deixava admirada e curiosa.

Ela pegou o pedaço de pergaminho e avistou mais escritos do outro lado.

Comece pelo rolo dourado, instruiu ele.

Evadne subiu na cama e botou o rolo dourado no colo. Era grosso, pesado, e ela respirou fundo ao abri-lo.

Foi recebida pela escrita de Damon, torta e cheia de manchas de tinta. Foram escritas com a mão direita. Evadne começou a leitura.

11º dia da Lua de Tempestade

Hoje eu me formei em Destry. A professora Zosime diz que esse será meu ponto de ruptura. Qualquer coisa depois deste dia — depois que o anel estiver no meu dedo — estará perdida se eu esgotar minha magia. Se eu quebrar.

Ela disse para eu ter um diário. Todos os magos sábios têm, até mesmo os mais poderosos. Zosime diz que eu preciso registrar tudo que, a meu ver, signifique alguma coisa, mesmo que seja algo simples e cotidiano, algo a que a maioria das pessoas não dá valor.

— Você ficaria chateado se perdesse essa coisa simples? — perguntou ela. — Se a resposta for sim, escreva sobre ela antes do pôr do sol.

— Mas como? — indaguei. — Não consigo escrever com a mão esquerda, e com a mão direita, minha letra é quase ilegível.

Ela só ergueu uma sobrancelha, e eu já conheço aquele olhar. Eu preciso dar um jeito, seja fortalecendo minha mão direita, contratando um escriba para registrar minhas experiências diárias ou aceitando o risco de perder tudo. Mas por que eu iria querer que um escriba soubesse de todos os meus pensamentos mais profundos? Sobre todos os momentos da minha vida que eu gostaria de garantir que não me escaparão?

De toda forma, hoje é um ponto de ruptura. E minha mão já está cansada, e eu estou frustrado (será que conseguirei ler isso tudo, já que sou azarado o suficiente para quebrar?), então vou escrever mais amanhã.

12º dia da Lua de Tempestade

A melhor e a pior parte de se formar em Destry é colocar a mão no fogo. Durante oito anos, fui um aluno, estudando e aprendendo encantamentos, animado para criar os meus um dia. Durante oito anos, pensei que o alcance da minha magia fosse tão amplo quanto o da minha tia. Do meu pai também.

Coloquei minha mão no fogo, diante de todos os meus professores e colegas de classe, diante de todos os meus familiares, e esperei até que meu anel se moldasse, para que revelasse o quão poderoso sou.

O fogo não me queimou. Mas senti o anel tomando forma, se prendendo ao meu dedo.

Quando tirei minha mão das chamas, eu o vi. Prateado como a lua, reluzindo no meu dedo médio.

Comum. Eu sou comum.

Não sou forte, não sou fraco; estou entre um e outro.

E senti tanta inveja de ver um mago feito Macarius vir em seguida, colocar a mão no fogo e sair com um poço enorme, ainda mais poderoso que o meu.

Eu não conseguia olhar nos olhos do meu pai. Ele depositou toda a sua esperança em mim para a nossa missão. E agora ela está se esvaindo, e sei que ele vai achar que não sou capaz e forte o suficiente.

Por que estou escrevendo isso mesmo?

Mas talvez colocar em palavras escritas seja se libertar. É catártico.

Então coloco essa memória no papiro e torço para que, logo, logo, se torne aço, algo que me deixe afiado.

Este rolo não era *nada* do que Evadne imaginou. E ela continuou a ler o diário de Damon, sabendo que aquele foi o caminho que ele trilhou para si mesmo, o caminho que ele usaria para se lembrar. Ele havia escrito todos os dias, sempre falando sobre o que tinha acontecido no dia, mesmo que fosse algo pequeno, insignificante. O coração de Evadne começou a acelerar à medida que ela se aproximava do relato de quando haviam se encontrado. Sabia que estava próximo...

9º dia da Lua do Arqueiro

Meu irmão morreu.
Meu irmão morreu, e estou arrasado.

11º dia da Lua do Arqueiro

Meu irmão morreu. E meu pai está desaparecido. E não sei o que aconteceu.
Não tenho forças para suportar isso.

19º dia da Lua do Arqueiro

Halcyon matou Xander. Não consigo digerir isso. Meu pai mandou no-
tícias e disse que devemos ir a Abacus imediatamente.

Evadne precisou parar de ler. Precisou se levantar da cama e andar
pelo quarto um pouco. Acendeu a lamparina, pois já era noite. Por fim,
voltou a se sentar e chorou ao prosseguir com a leitura dos diários de
tempos difíceis de Damon, o relato dos dias árduos em que a verdade
veio à tona e Halcyon foi punida.

E então ela chegou às seguintes palavras:

Eu não sabia que Halcyon tinha uma irmã mais nova. Ela se sentou de
frente para mim, do outro lado do salão da assembleia. Eu a observei por
um momento antes que ela percebesse, e então ela fez contato visual comigo.
Como se conseguisse me enxergar para além da minha presença física. E, de
repente, foi difícil sentir tamanha raiva, tamanha amargura por Halcyon.
Porque vi a dor de Evadne ouvindo o desenrolar do julgamento. Vi sua dor
como se fosse um reflexo da minha.

Damon começou a escrever sobre ela cada vez mais. Evadne bebeu
suas palavras, sentindo que elas faziam seu coração palpitar. Ela perdeu o fôlego, lendo à luz do fogo, e abraçou alguns trechos específicos.
Sentiu os pedacinhos espalhados voltando a se juntar.

Jurei a Halcyon que eu cuidaria de sua irmã, e na primeira noite de viagem, Evadne arriscou a própria vida. Com nada mais nada menos do que as assombrações de Ivina. À sombra do Euthymius. A ironia é tão grande que eu poderia rasgar minhas roupas!

Eu não deveria me importar com o fato de Evadne estar esfregando o piso do casarão. Digo a mim mesmo para não me importar, mas não consigo dormir de tanto pensar nas mãos dela, rachadas e castigadas pela lixívia. Pedi a Lyra para preparar um bálsamo curativo. Minha irmã me olhou desconfiada, como se soubesse exatamente para quem eu estava pedindo e me achasse um paspalho que deveria tomar tenência. Ainda assim, ela preparou o bálsamo, e eu mandei que o deixassem no quarto de Evadne. Só que ainda não consigo dormir.

Quero pedir a Evadne para ser minha escriba. Mas estou apavorado. Com certeza ela recusará.

Ela aceitou e eu mal consigo acreditar. Agora preciso contar-lhe a verdade sobre a missão, mas como? Qual é a melhor maneira de fazer isto? Por que me sinto tão vulnerável em sua presença?

Evadne pegou o segundo rolo. Ele começava com o que Damon havia escrito sobre o Monte Euthymius, e a garota sabia que ele havia comprado aquele rolo em Abacus, pouco antes de encontrar a legião do pai. Porque o rolo dourado ainda estava em Mithra, e Damon não podia arriscar perder aquelas memórias.

Na escuridão absoluta do coração da montanha, quase morri. Eu deveria ter morrido, mas havia uma garota, uma garota feita de asas secretas, que me pegou e carregou com cuidado nos braços.

O último trecho era sobre a noite em que Evadne o vira escrevendo na barraca. Ele tinha relatado o retorno triunfante de Halcyon à legião e dado vazão a seu receio de quebrar e esgotar sua magia, e ao desejo de que, apesar do risco, ele não sentisse medo.

Ela me deu forças. Quando eu a ouço cantar, todos os meus anseios e as minhas dúvidas se dissipam. Se é meu destino quebrar, então que assim seja. Posso viver sem magia. Mas não posso viver sem

Aquilo era tudo.

A última coisa escrita. Damon não conseguira nem completar a frase. *Sem o quê?* Evadne quis que o vento soprasse sua pergunta para ele. *Sem o que você não pode viver, Damon?*

Ela ficou sentada, atordoada. Já passava muito da meia-noite. Halcyon não aparecera no quarto, dando à irmã a privacidade de que ela precisava.

Evadne fez menção de fechar o rolo, mas algo chamou sua atenção. A ponta de uma pena, esgueirando-se pela haste direita do papiro, como se a convidasse a abrir, só mais um pouco.

Assim ela fez, e encontrou a pena de um falcão em cima de mais um trecho. O derradeiro, escrito apenas quatro dias antes. E ao ler as palavras de Damon, Evadne entendeu: ele encontrara uma maneira de voltar para ela.

7º dia da Lua de Oliva

Evadne, meu coração. Meu refrão. Eu cantaria com você até o fim dos meus dias. Cantaria com você até meus ossos virarem pó.

XXXVIII
Evadne

— Está usando o rastelo do jeito errado, Hal.

Halcyon parou na escada, encarando o galho do qual ela estivera colhendo azeitonas.

— Como assim?

— É para o *outro* lado — explicou Lysander lá de baixo, mas explodiu em uma gargalhada, e Halcyon atirou uma azeitona nele.

— Eu disse que me lembrava de como colher azeitonas — protestou ela, voltando a trabalhar com uma indiferença fingida.

Evadne se sentou no chão, tirando folhas perdidas entre a safra, uma montanha de azeitonas espalhada sobre seu xale. Eram só os três trabalhando naquela região do pomar. O sol estava se pondo; logo viria o jantar e as mães os chamariam de volta para o casarão.

Ao longe, o sino do portão tocou.

Parecia que Halcyon estivera esperando pelo som, pois desceu da escada e se ofereceu para ir atender antes mesmo que o tilintar tivesse cessado.

Lysander seguiu em seu encalço, como se abrir o portão fosse uma tarefa para duas pessoas.

Evadne assistiu aos dois correndo pela trilha, Halcyon fazendo Lysander comer poeira. Então tudo ficou em silêncio, e Evadne inclinou a cabeça para trás, apoiando-a no tronco da oliveira, e fechou os olhos para ouvir os sons do pomar.

Estava frio e ela tremia, seus braços expostos. Ela deveria subir a trilha com o xale e as azeitonas até a carroça, mas se demorou, aproveitando o crepúsculo silencioso.

Ouviu passos se aproximando, macios sobre a grama.

Pensou que fosse Halcyon, e falou:

— E que notícias o arauto traz dessa vez?

Uma pausa. Ela sentiu alguém a olhando, mas manteve os olhos fechados.

— Ele diz que foi um milagre ter se lembrado de como encontrar este lugar.

A voz era grave e alegre, com um pouco de rouquidão.

Uma voz que Evadne passara as últimas luas desejando ouvir.

Ela abriu os olhos e viu Damon parado a alguns metros. Por um momento, ela não conseguiu respirar, e teve a impressão de que ele também não conseguia. O rapaz sorriu, e Evadne ficou de pé, de repente envergonhada por seu quíton estar manchado de terra e grama. Além de tudo, seu cabelo estava solto e desgrenhado e ela cheirava a azeitonas.

Damon nunca havia chegado a escrever sobre a aparência dela. Ele não tinha como se lembrar de como ela era, e até que enfim... estava vendo Evadne pela primeira vez, a garota sobre quem ele escrevera em seus diários. A garota que ele passara a amar.

— Eu não estava esperando você — disse ela, discretamente tentando alisar os vincos de suas roupas.

— Recebeu meu pacote? — Ele deu um passo para mais perto dela.

— Recebi. Mas... — Ela parou de falar. Fazia apenas um dia que tinha lido os registros dele. E o último trecho fora escrito poucos dias antes. Ela achava que Damon levaria dias para chegar. No entanto, parando para pensar, ela devia ter adivinhado que ele e Halcyon haviam planejado aquilo. — Eu não sabia que você viria tão cedo.

Damon parou. Estava muito perto dela, tão perto que ela conseguia sentir o cheiro do sol e do vento em suas roupas, ver o reflexo de poeira dourada em suas sandálias.

— Eu deveria ter esperado mais um dia.

— Não. Estou feliz que tenha vindo.

Damon fez silêncio por um instante, assimilando a presença de Evadne. Seus olhos vagaram para os ombros da garota, nos quais as asas de bronze reluziam ao pôr do sol. Ele não se lembrava delas, Evadne sabia. Damon não se lembrava de encomendar os broches para ela, porque nunca tinha escrito sobre os adornos. No entanto, algo surgiu em seus olhos, como se ele estivesse percebendo que um sonho havia sido realidade.

— Li cada palavra.

— Então sabe que não me recordo de algumas coisas — respondeu ele.

— Posso ajudá-lo a se lembrar — sussurrou ela.

Ele respirou fundo e ela tremeu — por causa do frio, da beleza de Damon e de sua proximidade.

Um sorriso divertido dançou no rosto do rapaz.

— Está com frio, Evadne?

Ah, ele tinha escrito sobre aquela noite em seus registros. A noite em que eles estavam viajando para o Euthymius. Quando tinham se deitado de costas um para o outro. Damon levara uma eternidade para pegar no sono porque não parava de pensar nela.

— Estou congelando, Damon. — Ela ousou estender a mão para tocá-lo, insegura de seu ímpeto até ele abraçá-la como se estivesse esperando por aquilo, sonhando com aquele momento. Ele a segurou bem perto, e ela sentiu o hálito do rapaz em seu cabelo, as mãos de Damon tocando suas costas no ponto em que as asas haviam batido uma vez.

— Não tenho mais magia, Evadne — disse ele, pesaroso. A garota se afastou para olhar para ele.

— Então teremos que criar a nossa própria. — Ela o beijou suave e delicadamente, mas então Damon aprofundou o beijo.

As estrelas tinham começado a surgir, brilhando por entre as copas da oliveira, e Damon enfim se afastou para sussurrar contra os lábios dela:

— Você já havia me beijado antes, não é?

Evadne riu, um som límpido e agradável. Ela encontrou a mão direita dele — a esquerda ainda estava enfaixada — e entrelaçou seus dedos nos de Damon. Em seguida, puxou-o para a trilha.

— Deve estar com fome. Vamos comer com a minha família, antes que meu pai comece a se preocupar e venha atrás de mim.

— Que os deuses me livrem — respondeu Damon, e Evadne riu, segurando a mão dele com mais firmeza.

Eles caminharam sob a luz tranquila das estrelas, os rouxinóis cantando baixinho, a grama e os trevos exalando seu aroma sob os pés deles.

O casarão de Gregor apareceu, vibrando com luz e vozes.

Evadne parou, admirando a vista de seu lar. Olhou para Damon e viu que ele também observava a casa.

— Aceita cantar comigo hoje à noite? — convidou ela.

Damon se virou para ela e sorriu. Ela viu estrelas em seus olhos, um lento despertar de alegria em seu rosto.

— Eu gostaria muito.

Juntos, eles entraram no casarão, onde foram recebidos por risadas e pela luz de chamas.

Agradecimentos

É difícil acreditar que este é o meu terceiro livro no mundo. Em alguns momentos parece que acabei de começar minha jornada e, quando penso em como cada uma das minhas histórias nasceu, em todas as pessoas que foram primordiais para suas criações e publicação, sinto uma gratidão profunda.

Primeiramente, ao meu marido, Ben. Já estava mais do que na hora de eu te dedicar um livro, embora eu ache que meu amor por você está em todas as minhas histórias. Obrigada por todo o apoio e pelas orações matinais; pelo incentivo e pela sabedoria; pelas risadas, pelas lágrimas e pelo amor que compartilhou comigo nesta jornada. Por me ouvir maquinando, sonhando e conspirando, e por me levar para jantar quando eu estava ocupada demais para cozinhar, trabalhando com rascunhos e revisões. E por inventar os apelidos Pupa e Broto.

À minha cachorrinha, Sierra. É inevitável te colocar em todos os meus livros também. Obrigada por dar inspiração para Arcalos. Seus lembretes de ir caminhar um pouquinho e pegar um pouco de sol são sempre bem-vindos.

Aos meus pais, Tim e Beth, por sempre me encorajarem a sonhar. Eu não seria a escritora que sou hoje sem seu amor e apoio. Aos meus irmãos, que amo e por quem eu sem dúvidas me ofereceria para receber metade de uma sentença em um julgamento (mas vamos deixar combinado de não pôr isso à prova, está bem?): Caleb, Gabe, Ruth, Mary e Luke. Aos meus avós, que são minha constante inspiração, aos meus sogros, Ted e Joy Ross, e a todo o clã Ross, que me amam tanto. A todo o restante da minha família — tias, tios, primos e primas. Obrigada por me apoiarem.

Às minhas almas gêmeas que continuam a inspirar grande parte dos meus personagens: Kaylin, Deanna, Aly. Vocês são minhas irmãs de espada e eu as amo demais.

A Kristen Ciccarelli, Mindee Arnett, Adrienne Young e Elly Blake — por suas palavras belas e generosas a respeito desta história. Seus livros também me inspiraram e preencheram meu poço de criatividade.

À minha adorável parceira de escrita, Heather Lyons, que leu o primeiro rascunho deste livro e me deu muito incentivo e opiniões valiosas. A Isabel Ibañez, que é o empurrãozinho nas minhas costas e a pessoa que sempre consegue me fazer rir quando mais preciso. A Taylor, do blog *Bookish Ballad*, por todo o amor, o apoio e a animação pelos meus livros. Estou tão feliz por ter te conhecido na Comic Con, e espero ver logo um livro seu nas prateleiras!

A Suzie. Uma agente extraordinária. Você foi minha âncora e torceu muito por mim, e sou eternamente grata por você e sua paixão pelas minhas histórias. Sei que digo isso o tempo todo e você sempre ri quando falo, mas é verdade: eu não conseguiria sem você. Obrigada por dar ao meu sonho as asas necessárias para voar.

A Dani, por ser tão maravilhosa e me ajudar com tudo possível e imaginável. À equipe ímpar da New Leaf: Joanna, Mia, Veronica, Kathleen, Cassandra, Pouya e Hilary. Sem cada uma de vocês, isto não seria possível. Obrigada por tornarem meus sonhos realidade.

À minha editora, Karen Chaplin. Sou tão grata por ter tido você por três livros inteiros! Não fosse por você, esta seria somente a história de Eva, e eu jamais teria escrito o ponto de vista de Hal — o que, de fato, deixou este livro muito mais audacioso. Obrigada por todas as horas e os neurônios que você dedicou aos meus personagens e mundos.

A Rosemary Brosnan e à equipe esplêndida da HarperTeen. Tem sido uma jornada e tanto, e continua sendo uma honra e um privilégio poder compartilhá-la com vocês. O grupo editorial, o de design, o de produção, o de marketing, o de publicidade e o de vendas — sou grata por todas as mãos e todos os olhos que participaram da criação deste livro e pelas inúmeras horas que a equipe dedicou para fazer esta história brilhar.

Ao pessoal maravilhoso do Epic Reads, sou muito grata por todas as suas postagens, suas fotos e seu entusiasmo. Vocês são os maiorais.

A Kate O'Hara, que criou o mapa e a capa, belíssimos. Tudo que eu sonhava para este livro. A Molly Fehr, cuja letra é dos deuses e que deu vida à capa — obrigada um milhão de vezes.

A R. G. Grant e sua obra *Warrior*, por me ensinar sobre as armaduras, armas e táticas de batalha de hoplitas.

A minha equipe incrível e apaixonada do Street Team, que moveu céus e terra. Sou imensamente grata a cada um de vocês por se juntarem à Legião, por me ajudarem a divulgar e comemorar o lançamento deste livro comigo. Fico embasbacada e emocionada com vocês e nunca vou conseguir agradecer-lhes o suficiente por todo o amor e apoio.

Aos meus leitores e fãs, nos Estados Unidos e no exterior, por todo o carinho nas mensagens, postagens e resenhas. Por sempre acreditarem em mim. Obrigada, *obrigada*.

E ao meu Papai do Céu, que nunca se cansa de me deixar maravilhada. *Soli Deo Gloria.*

Este livro foi composto na tipografia Caslon Pro,
em corpo 11,5/15, e impresso em
papel off-white no Sistema Cameron da
Divisão Gráfica da Distribuidora Record.